二十六篇——和青年朋友谈心

钱理群 著

東方出版中心
ORIENT PUBLISHING CENTER

图书在版编目(CIP)数据

二十六篇：和青年朋友谈心 / 钱理群著. —上海：东方出版中心，2018.3（2024.5重印）

ISBN 978-7-5473-1239-1

Ⅰ.①二… Ⅱ.①钱… Ⅲ.①演讲-中国-当代-选集 Ⅳ.①I267

中国版本图书馆CIP数据核字（2017）第322688号

策 划 人 郑纳新

责任编辑 张芝佳

责任印制 周 勇

二十六篇——和青年朋友谈心

出版发行： 东方出版中心

地 址： 上海市仙霞路345号

电 话： 62417400

邮政编码： 200336

经 销： 全国新华书店

印 刷： 上海盛通时代印刷有限公司

开 本： 720×1000毫米 1/16

字 数： 300千字

印 张： 24 插页 2

版 次： 2018年4月第1版 2024年5月第5次印刷

ISBN 978-7-5473-1239-1

定 价： 68.00元

目　录

我与青年（代序）*

青年对我的意义

我的第一本随笔集的题目是《人之患》，这是陈平原先生为我命名的，意思是我的最大特点，就是“好为人师”。这是确实如此的：作为“教师”的钱理群，比作为“学者”的钱理群更为重要；也有人评价说，钱理群的讲课比钱理群的文章更吸引人。其实，我的文章与讲课，都是以青年为对象的。我的第一本学术专著《心灵的探寻》，扉页上就写着一行字：“本书献给致力于中国人和中国社会改造的青年人。”差别仅在于写书时，青年是预设读者；讲课时就直接面对青年人，自然更容易激发热情，也就更动人了。

青年不仅是我的学术研究与教学的对象，更是参与者。很多熟悉我的学生与朋友都知道，我的写作是开放式的：我每有一个新的写作计划与构想，就喜欢和年轻人交流。每一个来访者，一坐下来，我就滔滔不绝地谈我的这些新想法——顺便说一点，我和任何人的谈话，谈的都是精神性的话题，在这个意义上，我更是一个精神的存在，这构成了一个特色，但也是一种片面性。这样的和青年人的无拘无束的交谈，其实也是对我的思考的一个整理与提升过程，而年轻人

* 2014年12月20日在生活·读书·新知三联书店举办的读者见面会上的讲话。

也总会对我的设想提出种种问题与意见，这也就深化了我的思考，他们也在无意中参与了我的思想与学术的创造。这样一次又一次地与来访者交谈，我的思考也就越来越成形，这才着手写成讲稿。这又是一个更为系统、自觉的交流，通过课堂讨论与课后作业，学生就更有深度地参与了我的学术研究。最后根据讲稿整理成书时，我总是大量地引述学生的观点，有人在看我的第一部学术著作《心灵的探寻》时，就发现我很少引用学术名家、大家的论述，却不断引述学生作业里的一些创见。我始终认为年轻人（包括本科学生）对于文学常有新鲜的感悟，尽管仅是思想的闪光，但却极具启发性；我把他们的零星发现引入自己的论证体系，就不但给我的著作增添活力，而且对他们的思考也是一种提升：这是真正的共同创造。这几乎成了我的研究方法与习惯，我的每一本学术著作都尽量吸收青年学者的研究成果，并郑重说明。我可以说时刻在关注学术的新发展，每一次发现学术新著、新人都兴奋不已，总是忍不住要引述他们的新创造，以引起学术界的注意，同时也使自己的思考与研究处于学术前沿。我希望自己的重要研究，都具有集大成的意义；当然，这都是建立在个人的独立研究基础上的，引用时的选择也是出于自己的眼光与判断，并且有所改造与发挥。

这样的两大特点——以青年人为对象，以及青年人对我的学术研究的参与，也决定了我的学术的叙述方式与语言风格。我因此自觉采用“演讲体”和“谈话风”的学术文体，追求表达的真诚、坦率，语言的畅达，情感的强度与生命的温度，力戒艰深与纠缠、晦涩。我始终期待自己的学术，能够走出学院，不局限于学术界，而能走向青年，走向普通读者。

青年对我的影响，当然不限于学术研究与教学，更是渗透到了我的生命本体。很多人都对我的身体与精神始终保持着某种青春活力感到惊奇，这或许和我的某些气质有关，但其中最重要的奥秘还在我始终保持着与青年的密切联系。特别是到了晚年,我已经不可能深入了解社会,就只能借助于青年志愿者这样的群体的帮助。我在一篇文章里回顾我们之间的交往历史时,这样写道:“我心里只存感恩之心,仿佛命运特意眷顾我,让我晚年能够接触到这么多的好人,青年朋友。他们都给了我无尽的生命力量。我这个‘老宅男’正是通过他们,才与现实世界、底层社会保持了或一程度的精神联系;也正是他们不断吹送来的新鲜的生命气息,让我不停地思考,保持了思想的活力。”这里提到了“感恩之心”,这是确实的;更准确地说,我与青年的交往,是一种双向的需要与支援,从不是单向的给予。用现在流行的话来说,这是一个生命共同体,谁也离不开谁;但同时又保持着各自的独立性,谁也不依附于谁。这样的平等与互助,是我所向往的。

讲鲁迅:我和青年联系的精神纽带

有学生回忆说,“在北大,如果你问钱理群是谁,可能得到的一个最简洁的答复就是‘那个讲鲁迅的’”。[1]我确实几十年如一日地向青年人讲鲁迅,不管外界围绕鲁迅有多少争论,无论有多少人总想把鲁迅和青年隔开,赶出课堂,我始终如一地以充当“鲁迅与青年之间的桥梁”为天职,乐此不疲,老而弥坚。这是基于我的两个坚定不移的信念。其一,“鲁迅的心永远和青年相通”。主要理由有二:第一,“鲁迅是一个‘真的人’”,这也有两层意思:首先,“他敢于公开说出别人不敢说、不愿说、不能说的一切真实;鲁迅恰恰是在人们因为缺乏勇气和智慧而停止思考,满足于似是而非以自欺欺人时,把思想的探索进行到底,从不顾虑将会引出什么‘可怕’的结论,这里所表

[1] 邵燕君:《赤子佛心钱理群》。

现出的正是年轻人所向往的大智大勇的大丈夫气概”。再者，“鲁迅追求真的彻底性，更表现在，他从不向读者（包括年轻人）隐瞒自己内心的矛盾、痛苦、迷惘、缺陷、不足与失误。第二，他敢于面对自身的局限，更无情地批判自己，他从不以真理的化身自居，更拒绝充当‘导师’，他将真实的自我袒露在年轻人面前，和他们一起探讨和寻路，青年可以向他倾诉一切，讨论、争论一切，你可以毫不顾忌地批评他，甚至拒绝他：他是青年的朋友。在年轻时候，能够结识这样一位‘真’的成年人，应该是人生之一大幸”。其二，“鲁迅是现代汉语语言的大师。他的语言以口语为基础，又融入古语、外来语、方言，将汉语的表意、抒情功能发挥到极致，又极富个性与创造性。阅读鲁迅作品，不仅能够得到精神的启迪以至震撼，还能得到语言的熏陶与美的享受。尽管初读时会有些困难，但坚持读下去，自会有自己的发现与感悟，而且常读常新。流连于鲁迅所构建的汉语精神家园，也是人生的一大乐事”（《〈鲁迅入门读本〉后记》）。后来我还说过这样的意思：“人在春风得意、自我感觉良好的时候，大概是很难接近鲁迅的。人倒霉了，陷入了生命的困境，充满了困惑，或者说，对自己听惯了的话，习惯了的常理、常态、定论，产生了怀疑，对自己现有的生存状态，产生了不满，希望有新的选择、新的突破，这时就是接近鲁迅的最佳时刻。这就是鲁迅对我们的意义：他是另一种存在，另一种声音，另一种思维，因而也就是另一种可能性。”我因此而深信，只要具备两个条件——有一定的文化，又喜欢思考，这样的人，特别是年轻人，迟早是要与鲁迅相遇的。我就接触过许多青年朋友，他们在学校里读鲁迅作品，没有什么感觉，甚至有些排斥；但进入社会，有了阅历，感受到人生的酸甜苦辣以后，再回想起学校读过的鲁迅作品，就有了感觉，进而自觉地读鲁迅作品了。而我所要做的，就是和有这样的要求的年轻人一起读鲁迅，在这一过程中达到心灵的沟通。

我首先是在北大讲，连续十七年，先后和二十一届的北大学生一起读鲁迅。我在《我与北大》一文里，已经有过详尽的回忆。在退休以后，我就到全国各地的大学，到中学，到工厂，到社会上，到处讲鲁迅，和不同年龄、不同文化、不同身份的年轻朋友一起读鲁迅。这也是出于我的两个信念：一是鲁迅活在当下中国，他是一个现实的存在，而不仅仅是历史的存在，因此，我们读鲁迅，就是在思考现实中国社会人生；二是鲁迅作品是要读一辈子的，每个人在生命历程的不同阶段，都会以不同的方式与鲁迅相遇，我的任务是帮助读者找到这样的方式。我因此编选了不同的鲁迅读本和研究读物：《小学生鲁迅读本》、《钱理群中学讲鲁迅》，供大学生读的《鲁迅作品十五讲》，给研究生读的《与鲁迅相遇》，以及提供给社会青年和中老年人的《鲁迅九讲》。而我自己也活跃在其中，我追求的是"鲁迅—我—青年读者"之间的生命的交融。

我和六代青年的交往

我出生于1939年，按今天流行的说法，应属于"30后"那一代。我最感自豪的是，我与以后的六代青年，都有生命的交集。六代人又可以分为三个阶段，即"40后"、"50后"，"60后"、"70后"与"80后"、"90后"。

我于1960年大学毕业，经过一番曲折，最后被分配到贵州安顺卫生学校教语文。那年我正二十一岁，我的学生年龄和我差别不大，都属于"40后"。我出生在一个上层社会的旧式大家族，在南京、北京等大城市长大，小学、中学与大学读的都是名牌学校，自己也是以当作家、学者为追求。因此，一下子到了最边远，也最底层的中等专科学校教书，这样的反差实在太大，可以说，理想与现实的矛盾以最尖锐的形式突然呈现在我面前，要如此年轻的我独自直接应对：如何面对现实？还要不要坚持自己的理想？又如何坚持？开始我有不知所措之感，但冷静下来，就作出了此后决定我的一生的选择：对于我这样的天生的理想主义者，放弃自己的追求是不可能的；但是，面对严厉的现实，我又必须作出某种调整。我一到贵州，当地人事部门就宣告：进入贵州大山，就别想出山。我曾经想考研究生，但由于家庭出身，学校明确表示不准报考。这样，我就必须作好长期（甚至一辈子）待在贵州的准备。那么，我又如何坚持理想呢？情急之中，我突然想起了“狡兔三窟”的成语：是不是也应该将自己的理想分为两个层面。首先是“现实的理想”，即客观条件已经具备，只要我努力，就可以实现的理想。于是，我冷静地分析了自己的处境：尽管受我的家庭出身的影响，学校对我多有防范，连班主任都不让我当；但总还是给了我一个课堂，一个和青年人接触的机会。于是，我决定就以“成为受学生欢迎的教师”作为自己的现实理想，由此而开始了我自觉地充当青年的朋友的人生之路。我不仅全身心地投入教学中，而且搬到学生宿舍里，与学生同吃，同住，同学习，同劳动。由于我和学生年龄差别不大，因此很快就打成一片，我们一起学习，逛街，踢球，爬山，演戏，办壁报，我的周围很快就聚集了一大批学生，我真的成了最受欢迎的老师。几十年后，当年的学生每次聚会，回忆学生时代的生活，首先想到的就是我，前几年我到贵阳，还有学生从几百里外赶来看我。更重要的是，我自己从与学生的交往，特别是学生的成长中，感到了生命的意义，获得成功感，享受着教师的快乐，从而获得了坚持理想的力量。也就是说，我并没有放弃自己的学者梦，只是把它作为一个“现实条件不具备，需要耐心等待，作长期准备”的“未来的理想”。因此，在学生睡觉以后，我又挑灯夜读，主要是继续我的鲁迅阅读与研究，现在我还保留着当年所写的数十万字的《鲁迅研究札记》，并且有了更为明确的“回到北大讲鲁迅”的梦。这是一段漫长的准备与等待，一直等到1978年文化大革命结束，我才获得报考研究生的最后机会，最终回到北大讲台，这一等就是整整十八年。

回顾这段历史，我总要感激我的贵州的“40后”的学生，如果没有和他们休戚与共的生命交织，我早就被现实压垮或变形了，根本不可能坚持十八年的理想，保持生命的本色不变。

但我与“40后”青年学生的交往，我们彼此都付出了难以想象的代价：文化大革命一开始，我就被打成了“资产阶级反动学术权威”，许多在我身边的学生都被打成“以钱理群为首的三家村”里的“小牛鬼蛇神”。而尤其让我震惊的是，一个学生竟为我付出了生命！那是一位护士班的叫陈某某的女学生，她其实并不是我的圈子里的学生，只是随着其他同学到我那间小屋坐过一两次，因此连她的面貌我都记不清楚。“文革”开始在批斗我时，她仅是出于年轻人的正义感，在小组会上针对批判我时横加的某一具体罪名，说了一句“上纲上线太高，不符合实际”，就被打成“公开跳出来为反革命钱理群鸣冤叫屈”的“现行反革命”，她想不通，再加上家庭出身不好，压力更大，就投湖自杀了。我为此感到万分恐惧，而且不断进行自我拷问：“即使我真的罪孽深重，与生俱来，也应由自己一人默默承受；为什么偏不甘寂寞，要用青年的热情慰藉一颗孤寂的心，结果却让他们付出了如此巨大的代价！这岂不是用青年的生命之重换取了自己的苟活之轻？！——我终于发现，并承认：在无辜的青年面前，我有罪！从此，这年轻人的尸体，这有罪感，便如梦魇阴影般永远没有离开过。”在我与青年之间，永远横亘着一座“压在心上的坟”。

或许正是因为这具沉重的尸体的存在，我后来义不容辞地参加了“文革”“造反”队伍，因此走出学校大门，走向工厂、农村，以至兵营，接触到了更广大的社会人群和青年人，我的影响也逐渐扩大。于是，大概在1974年左右，我的周围就聚集起了一批爱读书的年轻人，有学生、知青、工人，还有社会青年，年龄在二十岁上下，都是“50后”了。我们这个小群体，大概类似于今天的读书会，“文革”后期是相当盛行的，研究者将其命名为“民间思想村落”。这样的民间聚集，有两个背景与推动力。一是大家都陷入了精神的困境：我们这些人大都有造反的经历，但最终却发现，“文革”并没有解决我们期待解决的“官僚主义者阶级”的问题，“文革”中产生的以“四人帮”为代表的“新贵”很坏，面对“文革”进入绝境的现实，我们就面临着“中国向何处去，我们（我）向何处去”的问题。我和我的“40后”、“50后”的学生这三代人，都是把中国的选择和命运与自己的选择和命运联结在一起的；而在我们的观念中，中国的问题又是和世界的问题联结在一起的，因此，提出的问题是：“中国—世界”与“我们”向何处去？与此同时，我们又意识到，当“文革”陷入危机，也是一个转机：中国正面临一个巨大变革的前夕；当然，我们并不能预知以后中国的改革开放，但却自觉地意识到自己的使命，就是要为这样的不知何时、以什么方式到来，却必然要到来的社会变革作理论的准备。而要作理论准备的第一步就是读书。这就意味着，我们当时是为了一个宏大高远的目标聚集起来读书的；这和我们当时的身份、地位——边远地区、社会底层的、文化程度很低的年轻人（除了我这个大学生之外，都是十几岁、二十几岁的只读过小学和中学的“半大孩子”），形成了巨大的反差。我们连最起码的书都没有，就只能偷；能够读的就是马列主义、鲁迅的书；而且读书，特别聚集起来读书本身，就有风险：后来我们才知道，这群人从聚集起来开始，就受到当地公安部门的特别关注，而且“文革”后期也确实有人因组织读书会而被捕，甚至被处以极刑的。对此，我们都是有充分思想准备的：夸大一点说，我们是为追求真理而读书，并且准备作出牺牲的。当然，我们一起读书，也不全是如此严肃，毕竟都是年轻人，大家经常在一起唱歌、朗诵、爬山、游泳、做游戏，甚至谈恋爱。后来，一位朋友曾赋诗一首，描述我们当年的生活：“更难忘，娄山湖畔（这是我所住的地方），登吟《井冈》（指一个雪天的早晨，我们一伙人爬上附近的山岗，齐声朗诵毛泽东的《井冈山》）；陋室聚首，鲁迅文章；朝来暮往，笑语喧堂。遥望共产主义理想，眼前烧饼和清汤。”可以说，我和“40后”、“50后”两代青年的交往，是真正的理想之交、生死之交。

1978年，我考上北大研究生，离开了这批患难与共的朋友。但我们依然保持密切的联系，直到今天。这本身就构成了我最宝贵的精神财富。我到了北大，闭门读了七年书，到1985年正式开课讲《我之鲁迅观》（在此之前曾代一位老师给81级学生讲现代文学史），接触的就是“60后”、“70后”的青年了。他们或多或少有“文革”经验与记忆，因此和80年代的启蒙主义思潮有着先天的契合。在《我与北大》一文里，我谈到80年代和“60后”、“70后”的青年一起读鲁迅，课堂上就形成一股“鲁迅—我—学生”心心相印、声气相通的气场，那几乎是以后时代很难重现的。后来这些学生纷纷投入社会，当然不是偶然的。我也因此陷入了和前述“40后”、“50后”一代交往时同样的矛盾心境中：既理所当然站在学生这一边，又为他们可能付出的代价而担忧，更为自己无力和学生一起承担后果而痛苦地自责。这里所暗示的我与青年交往中的有罪感，是延续至今的。我总觉得，我们成年人没有把国家搞好，却要让本应该只是学习的青年学生来担负社会的责任，付出代价，这过于残酷，我们成年人更具有不可推卸的责任。

在2002年退休以前，我在北大的最后一批学生，是80年代上半期，也即1980—1983年出生的，我也就有了机会接触“80后”的青年。但我真正关注与思考这一代人，却要到退休以后。记得是2006年，我应邀到北大演讲，题目就是《如何看待“80后”这一代》。为什么会提出这样的话题？原因是我看到了《中国青年报》的一个“青年调查”，其中有两点引起了我的注意。一是报告透露，我国“80后”的青年有将近两亿人，而且他们将要或者已经开始接班，这就不能不让人刮目相看了。二是谈到围绕如何看待这一代人，社会的评价与“80后”的自我评价出现了巨大反差。许多人以“生活离不开网络”，“重视外表，讲究穿着”来概括这一代人，这也是“80后”可以认可的；但他们又批评“80后”“永远以自己为中心”，“道德观念、是非观念、责任感普遍不强”，“总是高估自己的能力”等等，这引起了“80后”的不满，因此发出了“请别误读这两亿青年”的呼吁。我的演讲就是响应“80后”，为他们辩护的。我的想法和说法很简单：“我在研究近百年历史时，早就发现，几乎每一代人都不满意于下一代，而且批评的言辞都差不多。”我举出来的例子是，作为五四那一代人的代表的刘半农，曾写过一篇文章《老实说了吧》。他的“老实话”就是看不惯30年代的青年人，批评他们“不认真读书，又喜欢乱骂人”。我是“30后”，也应该是挨骂的对象；但我读了刘半农的文章就笑了：今天“30后”、“40后”、“50后”，以至“60后”、“70后”某些人不是也在责骂“80后”“不认真读书”吗？连骂的理由也差不多啊！但“历史照样前进：每一代人都被上代人所不满，最后还是接了上一代的班，完成了历史赋予的使命，以至有资格再来批评下一代人”。我由此得出一个结论：“为下一代人，特别是年轻人担忧，实在是杞人之忧。每代人都会有他自己的问题，但既不能看得太重，最终也得靠他们自己来解决问题。一是要相信青年，二是要相信时间：这大概也是我的两个基本信念。”现在，距离我讲话的2006年已经有八年了，“80后”开始成为社会中坚力量，人们对他们的评价也完全不一样了。而“80后”的某些人又开始对“90后”指手画脚了。这样的历史循环，是非常有意思的。

我也大概从2002年退休以后，和“80后”，后来又和“90后”的青年有了不同程度的联系。应该承认，“80后”、“90后”和我熟悉的前几代青年，已经有了很大的不同。如果说，“40后”、“50后”，是“文革的一代”，他们关心的主要是政治问题；“60后”、“70后”，是“改革的一代”，关心的主要是思想、文化问题；那么，“80后”、“90后”，就成长于经济发展的时代、网络的时代，他们最为关心的，是个人生存、经济问题，首先是个人物质欲望的满足。对我来说，最为重要的是我和几代人关系的变化：如果说，“40后”、“50后”和我的年龄与精神气质都比较接近，我可以说是他们中间的人，我是把那些贵州青年朋友视为“精神上的兄弟姐妹”的；在“60后”、“70后”青年面前，我扮演的是名副其实的老师、父辈的启蒙主义者的角色，但我们之间的交往，还是少有距离的，就像一位当年的学生回忆所说，他们是随时可以闯门而入，和我神聊到深更半夜的。对“80后”、“90后”来说，我已经是爷爷辈的人了，我的年纪越来越老，已经没有精力和他们过于密切地交往，他们接近我的机会越来越少，我们之间的距离也越来越远。更重要的是，我已经无法和所有的“80后”的青年作心心相印的交流了。我经常想起鲁迅的话：青年是不一样的，有睡着的、玩着的，也有醒着的。对“80后”睡着、玩着的青年，我尊重他们的选择，但已经无法和他们对话，他们对我也毫无兴趣，至多保留一点有礼貌的尊敬，这也属于正常。我能够交流的，是鲁迅说的，觉醒的，或要觉醒的青年；所谓“觉醒”，就是在坚持自己时代对个人物质利益的合理追求的同时，又有所质疑，希望有新的突破，寻找在物质、精神两个方面更为健全的发展。我因此把他们称为新一代的理想主义者，既在根本上和我这样的老理想主义者有相通之处，又有自己的时代特色。就在这样的意义上，我这个“30后”就与“80后”的部分青年相遇了。

我们共同的话题是什么呢？这也是我和“80后”青年对话时，谈到的对“80后”的看法的第二个方面。年轻人问我：你认为我们这一代存在什么问题？我的回答是：“你们这一代人是在应试教育下成长起来的，从小就以考大学，特别是名牌大学作为自己人生的全部目的；现在如愿以偿，进了大学，在最初的兴奋过去以后，就突然失去了目标与方向。这背后其实是一个信仰的缺失的问题。这个问题，我们也有，‘上帝死了’，是一个全球性的问题。我们这一代曾经以‘革命’为自己的信仰，现在我们却发现革命也有许多问题，需要反思、反省，也就有一种失落感。不过，我们已经老了，可以按照原先的惯性生活，而诸位不行，一切都这样糊糊涂涂地过下去，于是就有了许多苦闷与烦恼。”[1]这样，如何在新的历史条件下，重建我们的理想、信念，以至信仰，就成为我和“80后”的新理想主义者进行精神交往的聚合点。如前文所说，我需要通过与生活在社会底层、具有活力的年轻人，主要是两个群体——青年志愿者与青年读书会的朋友的联系，借助他们的思想力与行动力，给自己不断补充生命力量；我也可以把我及我们几代人的人生经验教训，以及我自己对中国问题的研究、观察与思考，告诉年轻人，为他们选择自己的人生道路提供参考。

我对年轻人的建议，通常有两条：一是要抓紧年轻时代的大好时光，自由读书，尽可能广泛地吸收古今中外的精神资源，为建立自己的信念与理想，打下知识与精神的底子。二是在可能范围内，适当参加社会实践，特别是到底层、到农村去，了解中国国情，与中国老百姓建立不同程度的精神联系，这是建立信念与理想之根。在某种程度上，这也是我自己，我们这几代人的成长之路，人生基本经验；在我看来，这对今天的中国青年，也还是有意义的。

现在，回想起来，退休后的十二年来，我和“80后”、“90后”的青年，主要讨论了以下五个思想与精神命题，也可以看作是前述意见的一个深化和展开。

（一）“沉潜十年”

“真正有志气的青年，应该把目光放远一点，不要迷惑于眼前的一时一地之利，更应该摆脱浮躁之气。真正有力量、有自信的人是

[1] 参看本书《承担，独立，自由，创造——漫谈〈民国那些人〉》一文。

不会追求那些表面的炫目的浮光的”,“要沉潜十年”,“沉潜到民间、底层,沉潜到生活的深处,生命的深处,历史的深处”,“沉潜十年,必然是苦痛的沉默的十年,而‘新的生命就会在这苦痛的沉默里萌芽’(鲁迅语)。无论个人,还是国家、民族,都是如此。”[1]

(二)“认识脚下的土地”

“我们现在面临‘釜底抽薪’的危险:当人们,特别是年轻的一代,对生养、培育自己的这块土地一无所知,对其所蕴含的深厚的文化,厮守其上的人民,在认识、情感上产生疏离感、陌生感时,就在实际上失落了不仅是物质的,更是精神的家园”,“这不仅可能导致民族精神的危机,更是自身的存在危机:一旦从养育自己的泥土中拔出,人就失去了自我存在的基本依据,成为无根的人”,“正是出于这样的可以说是根本性的忧虑,因此想发出一个呼吁:认识我们脚下的土地!”[2]

(三)“想大问题,做小事情”

“这是将思想的天马行空与做事的脚踏实地结合起来,将由于对自己的信念的坚守而表现出来的思想的彻底、激进,与现实操作中的低调行事结合起来,在两者之间形成一种张力”,“这样做,既可以使自己的日常生活为理想之光所照耀,于是所做的小事也就被赋予了一种诗意;同时这样的理想的追求又可以落实到日常具体生活中,具有很强的可操作性,从而避免了空谈与无所事事。而在内心世界里,又可以在总体的焦虑中获得每一个生命瞬间的踏实感。”[3]这正

[1] 参看本书《我们需要农村,农村需要我们——中国知识分子“到农村去”运动的历史回顾与现实思考》一文。

[2]《〈贵州读本〉前言》,见《贵州读本》,贵州教育出版社2003年版。

[3]《面对21世纪:焦虑、困惑与挣扎》,2003年。

是所谓的“低调的现实的理想主义”:“想大问题”,即是坚持大的社会关怀、人文关怀、底层关怀,这是对前辈理想主义的继承;但“坚持和平、渐进的改革,着重点滴的力量,从小事做起”,这又显示了新时代的理想主义的特色。[1]

(四)“静悄悄的存在变革”

当下中国社会,特别是年轻一代,普遍存在焦躁、牢骚和怨愤的情绪,又不甘于无所事事,怎样摆脱这样的困境?“从改变自己的生活开始,从改变自己的存在开始。以建设你自己,作为建设社会的开始”,我们“就按照自己认定的新的价值观念、道德观念,自己行动起来。在这个追逐物质享受的消费社会里,我们这一群人尝试物质简单、精神丰富的生活方式;在许多人奉行极端利己主义,拒绝任何社会责任和承担时,我们这一群人尝试利己利他、自助助他的新伦理;当许多人奉行将他人视为敌人的丛林法则,进行残酷的你死我活的生存竞争时,我们这群人尝试着把他人当作兄弟姐妹的志愿服务;在充斥着谎言的社会里,我们这一群人则反其道而行之,努力生活在真实里”。这本身就是一种独立意志的表现。“我们所做的一切,都是符合人性发展的要求的,它就具有内在的力量,现在我们又组织起来,形成集体力量。只要我们做得好,就会对周围的人产生影响力,就会像滚雪球那样,不断扩大。从改变自己的存在,到改变周围人的存在。”[2]

(五)“健康地、快乐地、有意义地活着”

“我们正在经历一个由‘物质主义’的时代向‘后物质主义’的

---

[1] 参看本书《一百块钱,有多轻,又有多重?——雪灾救助活动的启示》一文。
[2] 参看本书《为生命给出意义——谈“静悄悄的存在变革”》一文。

时代过渡的历史转折期，也许现在许多人还是延续着物质主义时代的思维与习惯，沉迷于物质与欲望的'小时代'，但有思想、有觉悟的青年，应该看到时代发展的新趋向，及时调整自己的生活目标，更自觉地追求健康、快乐、有意义的新生活。""鲁迅还有一个说法，就是'幸福地度日，合理地做人'"，"健康地快乐地活着，幸福地度日，背后有一个幸福观的问题，核心是如何处理精神与物质的关系"，"有意义地活着，合理地做人，背后是一个价值观的问题，核心是如何处理个人与社会的关系，群体的关系"。"健康地、快乐地、有意义地活着，讲起来容易，实际上内涵很丰富，需要我们去研究、琢磨，更需要我们去实践。"[1]

不难看出，这些命题既关系青年的成长，也关乎我自己的生命存在方式的选择。这是我这个"30后"与"80后"、"90后"的共同话题，我们都从相互探讨中获益。好多青年朋友都对我说，这些命题都成了他们的座右铭，我听了也很高兴。

还要说说我和台湾青年的交往：2009年我有机会到台湾"清华大学"和交通大学讲学，我开了两门课，系统地向台湾青年介绍鲁迅与毛泽东。我上课一开始就宣布，希望能够和台湾青年进行心灵的沟通。因此，我除了每周两次讲课，每次都在三小时以上，还留下一个晚上和学生聊天。我接触的这些台湾学生，以"80后"为主，也有"90后"、"70后"、"60后"的。他们开始和我交流，还有些拘谨，但很快距离就越来越近了。我发现，海峡两岸各代人其实还是有相通之处的。比如上一世纪六七十年代我和"40后"、"50后"青年一起在贵州山城夜读禁书时，台湾大学的同龄人也在偷偷地读国民党当局严禁阅读的左翼书刊。而两岸的"80后"、"90后"，就都成长在经济发展的时期和网络时代，相近处就更多。当然区别也是明显的，

[1] 参看本书《读书，为了健康地、快乐地、有意义地活着》一文。

我的感觉是台湾青年相对单纯，用不着提防，可以比较轻松地相处。因此，我在课程结束后的《感言》里，相当动情地这样说道："相信这短短的三个月，在我的心中，在大家心里，都会留下一个不会磨灭的美好的记忆：曾经在这么一个地方，这么一段时间里，我们这么一群人，以美好的心灵相互交流，互相触动，使彼此的生命得到一种升华。因此，我们应该相互感谢。"

和青年交往中的困惑与反省

不妨从一件小事说起：我上课是很受学生欢迎的。同学们听课的热情，以至迷恋，既让我感动，又使我担心，并总是引起我的反省。一次课后，一位学生对我说："钱老师，我太喜欢听您讲课了。听完课，一个星期里我们宿舍里大家都在议论您讲的话，充满了您的声音。"我一听，吓了一跳：全是我的声音，没有了学生自己的声音，那就完了。还有一位研究生则这样说："我听钱老师的课，开始总坐在第一排，后来就觉得不对劲：我被他控制了，就有了一种恐惧感。既想听，又要抗拒，于是我就躲到了一个角落里，远距离地听。"这就对了。

这说明了启蒙主义言说的两面性：既要启蒙，就希望有吸引力，震撼力，但发展到极端，就变成征服力，这就带有了一定的专制性。问题更在于，启蒙主义者一旦成为思想与学术的权威，掌握了学术权力，就有可能自觉不自觉地使用你的话语霸权，成为新的压迫者。我在好几个地方都谈到了自己的一个反省与忏悔：多年前，我主持博士生面试，自然有决定学生命运的生杀大权。一位学生没有什么材料依据，也不加论证，就得出一个很大的结论。我突然愤怒起来，就利用我的知识优势，连续向他提出四五个问题，并且非常严厉地训斥他。最初我很得意，但他惊恐而又不以为然的神态让我一震。应该说，指出学生错误，提出质问，这本身并不错；问题是我的权威心态，我的训斥中的不平等态度与霸气，这就形成了利用知识权力对学生的压抑。这是我终生难忘的一个教训：从此，我都十分谨慎地运用自己的学术权力。这里，实际上是存在着两种启蒙。一种启蒙，是自居真理的掌握者，甚至化身，启蒙变成自以为的“真理”的强制灌输，并借以征服、控制被启蒙者，所谓“服从真理”其实就是服从自己的意志，这样的启蒙必然变成专制。而真正的启蒙，是老师与学生彼此处于平等的地位：大家都是真理的探讨者。启蒙的目的是要建立自我与对象的双重主体独立性。启蒙是一个对人性扬善抑恶的过程，就是要把每一个生命个体中被遮蔽的和被压抑的美好的东西激发出来，用知识来培育、提高、升华，使人成为自由、独立的生命主体。老师、启蒙者自身的真、善、美的因素，也被唤起，它是一个双向的激发，达到相互的生命成长，相互的良性发展。这正是我所追求的启蒙境界：每次上课，我不仅向学生讲我“知道什么”，更讲“我不知道什么”；不仅讲我的道理可能解决什么问题，更讲我的这种说法、道理的限度在哪里，有什么问题解释不了，可能会遮蔽什么。这就是我通常所说的，要“理直气不壮”，首先是“理直”，我向学生讲的“理”，都是我独立思考的结果，因此，我必须坚持；但我同时自觉意识到，我认识的“理”，也可能存在问题、缺陷，而且即使正确，实施起来，也会受到许多限制，因此，我不能过分“气壮”，要留有学生提出质疑和自我调整以至纠错的余地。

启蒙主义者还会经常遇到鲁迅说的“唤醒了铁屋子里的人，却不能给他们指明出路，反而增加了被唤醒者的痛苦”的尴尬和顾虑，鲁迅甚至怀疑自己是否成了吃人筵席上的“帮凶”。这又是我的一个终生难忘的隐痛：有一年除夕前夜，我突然接到一个年轻人的电话，说他是出自农村的山东青年，他在读中学时，受到我对中学教育的批评的影响，中途退学，依靠自学考上了北大医学院。但他很快就发现了大学教育的许多问题，于是，又开始了反抗：不断写信给校方，提出种种批评，并且一再逃课，自己读书。校方就以他违反学校纪律为名，将他开除。家长赶来求情，学校提出要他承认错误，他拒绝了，最后就真的把他开除了。父亲在一怒之下，打了他，他就打电话找我了。我一听，连忙对他说，要学会保护自己，赶紧回到父亲身边，等等。这孩子只说了一句："这些话，你早为什么不说？"就把电话挂上了。而且以后我也找不到他了。这件事引起了我至今也没有平息的自责与反省。一个启蒙学者，他的任何认识、言说上的片面、偏差（比如我长期只谈独立思考、反抗现实，而不说自我保护、生存策略），都有可能造成相信我的年轻人的灾难。鲁迅早就说过，他生怕自己未必成熟的果实，贻害了青年。他还说，自己无论选择什么，后果都自己承担，决不去引导青年和自己一起冒险；自己不去牺牲，就绝对没有权力鼓励别人，特别是年轻人去牺牲。刚才我提到自己在与台湾青年相处时，特别轻松，原因就在我对台湾青年没有什么影响，我就可以随便说；但在大陆青年面前，我就有点紧张，生怕影响了、贻害了年轻人。因此，我经常说，自己在大陆讲课、演讲时，都是戴了面具，有所保留、遮蔽的，并没有将自己心里想讲的话全部说尽，也包括此刻的讲话，我不会将自己内心最尖锐的思考，公开出来，实在是害怕连累了诸位。这样的欲说还休的言说，其实是很无奈的。很多人都赞扬我说真话，其实，我只是说了"较真的话"，更多的时间和场合，在更多的问题上，是沉默的。

我和青年的交往，最容易受到批评的，是说我有"崇拜青年"的倾向。可能是这样吧。我的心灵最软弱的一面，就是容易被青年人利用。我不想回避这一点。我当然清楚，青年人是多种多样的，有人会利用我。但是我觉得与其被那些成年混蛋利用，还不如被青年利用。

我知道我的弱点，就是轻信。但是我又记得马克思说过，一个人最可原谅的弱点就是轻信。我就是这样，只要是年轻人，对我提出什么要求，我就觉得很难拒绝，看到年轻人受难，我就觉得受不了。这就不免要上当受骗。但又是鲁迅说的，我不能因为上过一次、若干次当，就把一切前来求助的年轻人都看作是骗子。当然，发现自己上当受骗时，是非常痛苦的，有一种美好的感情被玷污的感觉。但独自舔干净受伤的血迹以后，又忘了，遇到什么事，又免不了继续上当受骗，这几乎成了宿命。讲到宿命，我还要谈谈启蒙者的一个基本宿命，就是“播下的是龙种，收获的是跳蚤”。原因是复杂的。青年本来就是多变的。而社会的力量往往比教育的力量更加强大。这个学生在学校跟着你读书，你希望他将来成为“龙种”；可是他到了社会，社会很可能就把他改造成了“跳蚤”。当然，最根本的还在内因。能不能成为龙种，关键在是不是具有真正坚定的理想、信念、信仰。你看中的那些未来的“龙种”，从表面上，他也信誓旦旦地大谈理想、信念、信仰，因此获得了你的信任；但时间一久，就会暴露出他真正追求的是个人的名和利，大谈理想、信念也是获得社会地位与影响的一时之手段，他真正迷恋的是个人的权势和金钱，这就露出了“跳蚤”的本相。这也是“精致的，高智商的利己主义者”：因为“精致，高智商”就很容易被视为“龙种”，但最终还是利己主义的“跳蚤”。据说我谈“高智商的利己主义者”，引起了社会的强烈反响；其实是包含了我自己非常深刻的隐痛与无奈的。

最后，要说的是，最近这一段时间，我发现自己能够为青年做的事情，都已经做得差不多了；再往下，我就无能为力了。这里有两个原因。首先，是我越来越不懂得当代青年了。大体上可以这样说，我和“40后”、“50后”是最接近的；和“60后”、“70后”，有心心相印的一面；和“80后”、“90后”的部分人还有某些共同语言；对“90后”的许多人和“00后”就不大理解了，对他们的思想、心理、情感、行为方式，更是相当隔膜了。这本属正常。就像你们和爷爷一样，尽管彼此相爱，但要作交流，特别是深度交流，就很困难，也没有必要了。面对不理解或不完全理解的新一代青少年，我既不能用我自己的信念和人生哲学、处世哲学对他们指手画脚，那会妨碍他们独立自主地成长；更不能去一味迎合，那会失去我自己的独立自主性。最好的办法，是退居一旁，默默观察，同时给予老人的祝福。老实说，我作为一个七十五岁的“30后”，直到今天，还能在这里和诸位（好像各代人都有）作如此深谈，已经很不容易，我也很满足了。但什么事情都应该适可而止，如果还要没有自知之明地掺和下去，就没有意思，甚至显得可笑了。或许更为重要的，是我越来越认识到，当下与未来的中国与世界，越来越复杂，对于我，也越来越陌生了。所面临的问题，已经远远超出了我们这一代或几代人经验的范围。年轻人自会用自己的方式，去应对他们所面临的新问题，我们的老经验，虽然不能说毫无价值，但作用确实有限了。这样，我和青年的交流，虽然也还有一定空间，但已经不大了，这是至少我自己必须正视的一个现实。

于是，我就利用尚还存在的空间，为青年提供了两次服务，写了两篇文章。一篇是今年写的《和韩国朋友谈我所知道的部分青年的新动向》，听说这篇文章正在网上传，有兴趣的朋友可以去看全文，这里只能说个大概。文章不仅是向外国朋友，更是向国内的知识界，发出一个信息。主要介绍了两个“新动向”：一是人民大学的青年教师与上海大学、北京大学等校的部分博士生开展的“‘80后’怎么办”和“我们是谁”的两次讨论，这表明年轻一代已经开始自己认识、反思自己，自觉寻找自己的发展道路。而且他们已经行动起来，像人民大学乡村建设中心与西南大学中国乡村建设学院发动的“爱乡村，发现乡村之美”的活动，反思中国的工业化、城市化的发展道路，重新认识脚下的土地，发现“乡土中国”。还有些广东、香港、台湾的青年，则联合起来探讨：在高速城市化的当代社会，生活在城市里的青年，如何回应这样的发展，寻找更理想、更可持续的生活方式，一个“新生活运动”正在悄然兴起。我的结论是：中国部分青年正在突破体制的限制和成年人给他们的设计,“以他们自己的方式,在成长着”。我从这里看到了中国未来的希望。同时也为中国知识界对此毫不关心,甚至茫然不知,还在那里一味居高临下地训斥青年,感到不安。我觉得自己有责任提醒社会和学界、教育界的朋友:请俯下身子,看看鲁迅说的“地底下”的中国“筋骨与脊梁”。我愿意为正在“走自己的路:自己选择,自己承担”的青年,竭尽呐喊之力。

我的另一篇文章写于去年,题目是:《青年朋友,你们准备好了吗?》。这里不妨再大略说说,其实就是对在座的二十、三十、四十、五十岁的朋友,提出一个问题:“你们距离我的年龄,还有五十年、四十年、三十年、二十年的时间,这正是你们人生的主要阶段;你们将面临一个什么样的世界,将面临时代所提出的什么问题?”你们想过没有,准备好了吗?我倒是想了,想到了三点。其一,人和自然的关系,将成为人类第一大问题。如果说我们和我们以后几代人都在那里搞征服大自然的蠢事,你们将面临大自然的报复。人与自然之间的不断较量与协调,将成为你们的时代的主要内容,主题词。由此引发的发展模式、政治、伦理等等问题,都需要你们去应对。其二,你们还要面对的是“全世界都病了”的现实,也就是说,现行的所有的社会制度(资本主义制度、社会主义制度),发展模式(美国模式、中国模式、北欧模式等等),文明形态(西方文明、伊斯兰文明、中国文明、印度文明等等)都出现了危机和转机。这就进入了一个全面反省、反思的时代。如果说我们那一代面临的是一个文明冲突的时代,诸位所要面对的,是由文明危机引发的改革、调整,最后达到文明交融的时代。这就意味着,对我们既定的认识世界的观念、方法的全面挑战。我们今天与今后面对的,是前所未有的新的现实,新的社会问题、危机与变革,我们就不能简单地固守于原有的价值立场、知识观念,以不变应万变,将变化了的现实强行纳入我们已有和固有的理论框架(无论是今天盛行的自由主义,还是“新左派”)内,而需要从新的现实出发，进行新的理论创造。其三，你们还要面临的是科学技术的新发展、新变革所带来的层出不穷的新问题、新挑战。即使是你们比我熟悉得多的网络技术，将对我们人类的生活，产生什么影响，恐怕至今还没有完全看清楚。还有基因技术的发展，对人自身产生的影响，由此带来的社会问题、伦理问题，都是难以估计的。这就是我想到的未来三大问题。但我也只能提出问题，如何面对，我完全无能为力，都得靠诸位去准备、去面对了。

这样，我能够贡献给诸位的，都贡献了。我今年完成，明年大概可以出版的，是两本（套）书，一本是将由上海中华书局出版的《和青年朋友一起读鲁迅》，另一套是三联书店出版的《志愿者文化丛书》，共六本，其中一本是我写的《论志愿者文化》，收集了我多年来为青年志愿者写的文章。这两本（套）书大概就是我为青年朋友的集中服务了。以后，当然我还会关心青年，也还会继续写作，主要以书的形式和诸位相会。这些书，你们想看就看，不想看就不看，这样我们之间的关系就更自然，更自由。你们尽管放开步伐，走自己的路。有一点可以相信，无论你们遇到什么，都会有一位老人，在默默注视你们，给你们以老朋友的祝福。

我的讲话完了，谢谢大家。

2014年12月20日讲，21日整理完稿。

一、漫说大学之大*

今天看到同学们，我很自然地想起了四十八年前的事。四十八年前我十七岁，考取了北大中文系，也是非常地兴奋，同时也有点惶惑。我想，这跟诸位上大学的心情是一样的。上大学对人生来说是非常重要的一件大事情，有许多问题需要认真思考。其中一个最重要的问题，是我当年思考的，我想也是今天在座的诸位同学所要思考的，就是“如何度过大学四年——这人生最宝贵的时光”？

大学时代：人生的盛夏

为什么说这是人生最宝贵的时光呢？根据我的经验，十六岁到二十六岁是人生的黄金岁月。十六岁以前什么都懵懵懂懂的，完全依赖于父母和老师，十六岁以后就开始独立了，二十六岁以后就开始考虑结婚啊、生孩子啊这么一大堆乱七八糟的事，真正属于自己的独立的时间就不多了。而这十六岁到二十六岁十年之间，大学四年又是最独立，最自由的。当然如果你想延长的话，你还可以考研究生，将这四年再延长一下。如何不虚度人生中这最自由的、最没有负担的、真正属于自己的四年的时间，是摆在每一个大学生面前

* 2004年9月26日在烟台大学讲，2006年6月10日在江西师范大学讲。

的问题。

大学之不同于中学，最根本的转变在于：中学时你是未成年人，对你的要求很简单，你只要听老师的、听父母的，按照他们的安排去生活就行了；到了大学你就是公民了，可以享受公民的权利，但又不到尽公民义务的时候。中学生和大学生最大的区别是：大学生是一个独立自主的个体，中学生是被动地受教育，而大学生是主动地受教育。当然在大学你还要听从老师的安排、听从课程的安排，那是国家教育对你们的要求。但是更重要的是要发挥自己的主动性，自由地设计和发展自己。有同学给我写信，说我考上大学了，满怀希望进大学，结果一上课就觉得老师的课不怎么样，对老师不满意。我觉得其实每个大学都有一些不太好的老师，北大也一样！不可能所有课都是好的。中学老师不太好的话，会影响你的高考。但是在大学里，关键在你自己，时间是属于你的，空间是属于你的，你自己来掌握自己，自己来学习，不必像中学那样仅仅依赖老师，需要自己独立自主，自我设计。

那么这就产生了一个问题，大学是干什么的？你到大学来是为了完成什么任务？我想起了周作人的一个很基本的观点：一个人的成长一切都顺其自然。他说人的生命就像自然的四季：小学和中学是人生的春天；大学是人生的夏天，即盛夏季节；毕业后到中年是人生的秋天；到了老年就是人生的冬天。人生的季节跟自然的季节是一样的，春天该做春天的事，夏天该做夏天的事。自然季节不能颠倒，人生季节同样不能颠倒。而现在的问题恰好是人生的季节颠倒了。我在北京老看见那些老大妈在那里扭秧歌，扭得非常起劲。按说这时候不应该再扭秧歌，是因为她们在年轻的时候没有好好扭过秧歌，所以到老了就要扭秧歌，而且扭得非常投入、非常狂。我有时候就在想，“老夫聊发少年狂”是可以的，如果“老夫”没完没了地在那里“狂”就不对了，到处都在跳就不大正常了。现在是老年人狂，相反，少年却是少年老成。这就出了大问题。所以我经常对北大的学生讲："你此时不狂更待何时？"这人生的季节是不能颠倒的。按照我的观点，儿童就是玩，没别的事，如果让儿童去救国，那有点荒唐。首先在大人方面是失职，没有把国家治理好，让儿童来救国；而对儿童来说是越权，因为这不是他的权利，不是他的事。但现在的中国经常发生这种人生季节颠倒的事。

作为青年人的大学生主要该干什么？这又让我想起还是四十八年前我刚进北大一年级的时候，中文系给我们开了一个迎新晚会，当时的学生会主席，后来成为著名作家的温小钰师姐说过一句话：祝贺你们进入大学，进入大学就要三样东西——知识、友谊和爱情。爱情这东西可遇不可求，你不要为爱情而爱情，拼命求也不行。现在好多年轻人赶时髦，为时髦而求爱情是不行的。但遇到了千万不要放掉，这是我们过来人的教训。我在大学，其实是在中学就遇到了非常喜欢的女孩子，但是不敢，另外当时我是书呆子，就知道一门心思读书，懵懵懂懂不知道这就是爱情。所以大学里如果遇到了真正纯真的爱情就不要放弃。知识、友谊和爱情这是人生最美好的三样东西，知识是美的！友谊是美的！爱情是美的！大学期间同学的友谊是最可珍贵的，因为这种友谊是超功利的、纯真的友谊，同学之间没有根本的利益冲突。说实在话，进入社会之后，那种朋友关系就多多少少有些变味了，多少有利益的考虑。你们可能体会不到，我们都是过来人，现在我们大学同学喜欢聚会就是可以借此回忆当年那种纯洁的、天真无邪的友谊。一生能够有这样的友谊是非常值得珍惜的。所以我说大学是人生最美好的季节，因为你追求的是人生最美好的三样东西：知识、友谊和爱情。记得作家谌容有篇小说叫《减去十年》，如果我可以减去十年或二十年，如果现在是当时的话，我会和同学们一起全身心地投入，理直气壮地、大张旗鼓地去追求知识、友谊和爱情。因为这是我们年轻人的权利！

如何读书,读什么书

这里侧重谈一谈该怎么求知识,怎么读书的问题。关于读书,周氏兄弟有两个出人意料却意味深长的比喻。鲁迅说:“读书如赌博。”就像今天爱打麻将的人,天天打、夜夜打、连续地打,有时候被公安局捉去了,放出来还继续打。打麻将的妙处在于一张一张的牌摸起来永远变化无穷,而读书也一样,每一页都有深厚的趣味。真正会打牌的人打牌不计输赢,如果为赢钱去打牌在赌徒中被称为“下品”,赌徒中的高手是为打牌而打牌,专去追求打牌中的趣味的。读书也一样,要为读书而读书,要超功利,就是为了好玩,去追求读书的无穷趣味。周作人也有一个比方,他说:“读书就像烟鬼抽烟。”爱抽烟的人是手嘴闲空就觉得无聊,而且真正的烟鬼不在抽,而是在于进入那种烟雾缥缈的境界。读书也是这样,就在那种读书的境界——它是其乐无穷的。我们的教育,特别是中学教育的最大失败就在于,把这如此有趣如此让人神往的读书变得如此功利、如此地累,让学生害怕读书。我想同学们在中学里都是深有体会的:一见到书就头痛。其实要是我,一见到书就高兴,就兴奋。中学教育把最有趣味的读书变成最乏味的读书,这是我们教育的最大失败。现在同学们进入大学后就应从中学那种压抑的、苦不堪言的读书中解放出来,真正为趣味而读书,起码不要再为考试去读书。这里涉及一个很有趣的问题,读书是为什么?读书就是为了好玩!著名的逻辑学家金岳霖先生当年在西南联大上课,有一次正讲得得意扬扬、满头大汗,一位女同学站起来发问——这位女同学也很著名,就是后来的巴金先生的夫人萧珊女士:“金先生,你的逻辑学有什么用呢?你为什么搞逻辑学?”“为了好玩!”金先生答道,在座的同学们都觉得非常新鲜。其实“好玩”二字,是道出了一切读书、一切研究的真谛的。

还有一个问题：读什么书？读书的范围，这对同学们来说可能是更现实的、更具体的问题。鲁迅先生在这方面有非常精辟的见解：年轻人大可看本分以外的书，也就是课外的书。学理科的偏看看文学书，学文学的偏看看科学书，看看别人的研究究竟是怎么一回事。这样对于别人、别的事情可以有更深切的理解。周作人也自称是杂家，他主张大家要开拓自己的阅读范围，要读点专业之外的书。

这里我想着重地谈一谈理工科学生的知识结构问题。恩格斯曾经高度评价文艺复兴时期的那些知识分子说："这是一个产生巨人的时代。"所谓巨人都是多才多艺、学识渊博的人。那时候的巨人像达·芬奇这些人，不仅是会四五种外语，而且在几个专业上都同时发出灿烂的光辉。恩格斯说"他们没有成为分工的奴隶"，这使他们的性格得到完整、全面的发展。在五四时期也是这样，五四开创的新文化的重要传统就是文理交融。我们中国的第一代、第二代甚至到第三代自然科学家，他们都是在两个方面都有很高的造诣。可以随便举几个例子。著名人类学者裴文中写的小说，曾受到鲁迅的赞扬，还选入了他所编的《中国新文学大系》小说卷。植物学家蔡希陶当年就是一边在云南采集植物标本，一面写有浓郁的边地风情的小说。还有一位北大物理系教授丁西林，他的一生，在物理学和戏剧创作两个领域都取得杰出的成就。老一辈的自然科学家、医生、工程师，都有很高的中国古典文学的修养和西方古典音乐的修养，他们有的在业余时间写的诗词、散文，都有很高的文学价值，如竺可桢、梁思成、华罗庚等等，就是他们写的学术论文、报告，文笔都是很优美的。一个真正的大学者，一个健全发展的现代知识分子，一方面，他要受到社会和知识分工的制约，同时也在努力突破分工所造成的限制，尽可能地扩展自己的知识结构，以求得自身学识、思维能力与性格的相对全面的发展。

问题是到了1949年以后，由于这种文、理、工、医、农的合校大学体制的改变，专业划分越来越细，越来越专业化，于是学生知识越来越单一。这就提出了一个专业知识和专业之外的知识的关系问题。作为一个理工科的学生，当然首先要学好专业知识，专业本身就会把你带入一个你所不熟悉的新的世界，也是其乐无穷的。但是，如果眼光完全局限在专业范围内，发展到极端，就会把专业的、技术的世界，看作是世界的全部，唯知专业而不知其他，这就把自我的天地压缩在极小的空间内，知识面越来越狭窄，兴趣越来越单调，生活越来越枯燥，最终导致精神的平庸化与冷漠化。这种情况也容易产生“靠技术吃饭”的观念，把专业知识和技术功利化了，实际上也是将自己工具化了。这就意味着人最终成了科学技术、专业知识的奴隶，这就是我们通常说的“现代科学技术病”。看到了这样的可能出现的危险，同学们在初进大学，设定自己的目标时，就应该给自己提出双重任务：既要进入专业，学好专业知识，打下坚实的专业基础，并且以做本专业的第一流专家作为自己的奋斗目标；另一方面，又要走出来，看到专业之外的广大世界，博览群书，获得人文精神的熏陶，开拓更加广大、自由的精神空间，确立更高层面的目标：做一个健全发展的自由的“人”。这就是我今天要对在座的理工科大学生说的话：要“进入专业”，又要“走出专业”。

在座的还有许多学外语的同学，在这里我还要对你们作一点忠告。我发现这些年外语学习越来越技术化、工具化，学外语就是学语言，缺少了对文化的学习。学英语、学俄语恰好缺少对英国、俄国的文化、文学的必要修养，这成了一个非常严重的问题。我曾经为北大外语系硕士生考试出我们专业的考试题，我就发现最简单的题他们都做不出来，连胡风是什么人都不知道。这其实是一种职业的危机，随着外语教育的发展，以后说外语对年轻一代而言是越来越寻常的事，如果你仅仅是把语言说得流利，而不懂得语言背后的文化，你就失去了优势。特别是到外国去留学，仅仅会外语有什么用处，仅仅是语言好形成不了你的优势,因为别人的语言也会很好。学语言也不是多难的事情,在学校里打好了基础,在外国待几年,语言也会好得很。所以你必须要有文化,你学俄语,就必须对俄国的文化、文学有很高的修养。学语言的同学不要把你的专业变成单纯地学语言,要注意学习语言背后的文化,语言背后的文学,否则你同样成为一个工具。当年周作人就说:“不能只盯着英语文学,我们还有德、法,还有朝鲜、蒙古。”这就是世界眼光,尤其就全球化以后的发展大趋势来看,我们必须要有世界的眼光。学语言的人不仅要精通一种语言,还要旁通几种语言,这需要一种更开阔的视野。

因此所谓如何读书,读什么书实际上是如何设计自我的知识结构的问题。大学期间自我设计的一个非常重要的方面就是知识结构的设计。周作人对知识结构的设计能给我们很大启发,他说:我们的知识要围绕一个中心,就是认识人自己。要围绕着认识人自己来设计自己的知识结构,周作人提出要从五个方面来读书:第一,要了解作为个体的人,因此应学习生理学(首先是性知识)、心理学、医学知识;第二,要认识人类就应该学习生物学、社会学、民俗学和历史;第三,要认识人和自然的关系,就要学习天文、地理、物理、化学等知识;第四,“关于科学基本”,要学习数学与哲学;第五,“关于艺术”,要学习神话学、童话学、文学、艺术及艺术史。他说的这些方面,我们每个人都应该略知一二。既精通一门,同时又是一个杂家,周作人提出的这一点并不是做不到的。

那么在大学期间我们如何朝着这个方向去努力呢?怎样打基础呢?我有这样一个看法,提供给大家参考。我觉得大学期间的学习,应该从三个方面去做。

第一方面,所有的学生,作为一个现代知识分子,都必须学好几门最基础的课程。一个是语言,包括中文和外语,这是所有现代知识分子的基础。顺便说一下,这些年人们越来越重视外语的学习,你们的外语水平都比我强得多了，我非常羡慕。但是却忽略了对中文的学习，包括许多学中文的学生甚至到了博士阶段还有文章写不通的，经常出现文字、标点的错误。有一些学生外文非常好，中文非常差，这样一个偏倚就可能失去母语，造成母语的危机。这是一个令人非常焦虑的问题。越是像北大这样的学校，问题越严重。作为一个健全的现代中国知识分子，首先要精通本民族的语言，同时要通一门或者两门外文，不能偏废。在注意语言的同时，还有两门学科的修养值得注意。一个是哲学，哲学是科学的科学，哲学的思维对人很重要，无论你是学理的还是学文的，都要用哲学的思维考虑问题，有没有哲学思维是很重要的问题。还有一个是数学，数学和哲学都是最基础的学科，也同样关系着人的思维问题。当然，不同的专业对数学和哲学的要求不一样。比如学经济学的人，必须有很高的数学修养。对学中文的人，数学修养虽然不必那么高，但是你也要有一定的修养，数学是训练人的思维能力与想象力的。不同的专业有不同的要求，但所有学科的所有学生都要打好一个语言、哲学与数学的底子。这是关系到你的终身学习与终身发展的基础。

第二方面，必须打好自己专业基础知识的底子。我认为在专业学习上要注意两个要点。一个是要读经典著作。文化讲起来非常玄、非常复杂，其实都是从一些最基本的经典著作生发出来的。就我所知道的中国古典文学而言，中国早期的文史哲是不分的，中国的文史哲、中国的文化其实都是从几本书生发出来的，就是《论语》、《庄子》、《老子》这几本书，看起来很简单，但以后的中国文化就是由这些原典生发开来的。我带研究生，尽管学的是现代文学，我也要求他们好好地读《论语》，读《庄子》，读《老子》，有时间还要读《史记》，学文学的要读《文心雕龙》，就这么几本书，并不多。当然，这属于补课，按说这几本书，在大学期间就要下功夫好好地读，把它读得比较熟。读的时候最好读白本，读原文，千万不要去读别人的解释。必要的时候看一点点注释，主要应该面对白本原文、面对原著，你反复读，读多了自然就通了。有这个以后你的学术发展就有了坚实的基础。就我的专业——现代文学而言，我就要求学生主要要读三个人的著作：鲁迅、周作人、胡适。把这三个人掌握了，整个中国现代文学你就拎起来了，因为他们是领军人物。专业学习要精读几本书，几本经典著作，在这几本经典著作上必须下足功夫，把它读熟、读深、读透。这是专业学习的第一个要点。第二个要点是掌握专业学习的方法。通过具体学科、具体课程的学习，掌握专业学习的方法。这样在专业方面，你既打了基础，有经典著作做底子，同时又掌握了方法，那么以后你就可以去不断深造了。

我刚才说过理科学生也要学文，那么学什么呢？我也主张读几本经典。每个民族都有自己几个原点性的作家、作为这个民族思想源泉的作家，这样的作家在他这个民族是家喻户晓的。人们在现实中遇到问题的时候，常常到这些原点性作家这里来寻找思想资源。比如说所有的英国人都读莎士比亚，所有的俄国人都读托尔斯泰，所有的德国人都读歌德，每个民族都有几个这样的大思想家、大文学家。这些大思想家大文学家，是这个民族无论从事什么职业的人都必须了解的，也是这个民族的知识的基础、精神的基础、精神的依靠。具体到我们民族，如果你对文学有兴趣，大体可以读这样几本书：首先是《论语》、《庄子》，因为这两本书是中国文化的源泉，最早的源头。第二，读《诗经》、《楚辞》，还要读唐诗。唐代是中国文化的高潮时期，唐诗是我们民族文化青春期的文学，它体现了最健全、最丰富的人性与民族精神。第三是《红楼梦》。这是总结式的著作，是百科全书式的著作。第四是鲁迅，他是开现代文学先河的。我觉得理工科学生即使时间不够，也应该在以上所谈的那四五个至少一两个方面认真读一点经典著作。我建议开这样的全校性选修课，你们修这样一两门课。有这样一个底子，对你以后的发展很有益处。

第三方面，要博览群书。要学陶渊明的经验——“好读书不求甚解”，用鲁迅的话说就是“随便翻翻”，开卷有益，不求甚解。在北大有无数的讲座，我鼓励我的学生都去听讲座，听多了你就不一样了。我们北大有个传统，听课的有一半的是旁听的。课堂上老师姑妄讲之，学生姑妄听之。你睡着了也不要紧，懵懵懂懂也听到了几句话，这几句话就能让你受益无穷。我们曾经开玩笑，也是北大人比较自豪的一点，说“我们的学生就是四年睡在寝室里不起床，他听也听够了”。因为那地方信息广泛，什么消息、什么人都有，听够了出去就可以吹牛。你不要看是北大学生就怕他，他虽然什么东西都知道一点，但其实大部分都是听来的。他虽然不求甚解，但他知道一点儿就比你高明。所以你们每个人底子打好了，然后就博览群书，知识有的是读来的，有的是听来的。人才是熏陶出来的，是不经意之间熏出来的，不是故意培养出来的。我做王瑶先生的学生，王先生从来不正儿八经给我们上课，就是把我们带到他客厅沙发上胡吹乱侃，王瑶先生喜欢抽烟斗，我们就是被王先生用烟斗熏出来的。我现在也是这么带学生，我想到什么问题了，就让学生到我家的客厅来，和他们聊天，在聊天中让学生受益。真正的学习就是这样，一边老老实实、认认真真地把基本的经典读熟、读深、读透，一边博览群书，不求甚解，对什么都有兴趣，尽量开拓自己的视野。从这两方面努力，就打下了比较好的基础。如果你还有兴趣，那么就读研究生。硕士研究生就要进行专业的训练，博士生在专的基础上还要博。一个人的知识结构应该是根据不同的人生阶段来设计，这是非常重要的一个问题。

沉潜十年：最诚恳的希望

我还要讲一个问题，读书、学习是要有献身精神的。这些年大家都不谈献身了，但是根据我的体会你真正想读好书，想搞好研究，必须要有献身精神。我至今还记得王瑶先生在我刚刚入学做硕士研究生的时候对我说:“钱理群,一进校你先给我算一个数学题:时间是个恒量,对于任何人,一天只有二十四小时,要牢牢地记住这个常识——你一天只有二十四小时。这二十四小时就看你如何支配,这方面花得多了,另一方面就有所损失。要有所得,必须有所失,不能求全。”讲通俗点,天下好事不能一个人占了。现在的年轻人最大的毛病就是想把好事占全,样样都不肯损失。你要取得学习上的成功、研究上的成功,必须有大量的付出,时间、精力、体力、脑力,必须有所牺牲,少玩点甚至是少睡点觉,更没有时间来打扮自己。你打扮自己的时间多了,读书的时间就少了,这是一个非常简单的道理。怎么安排时间,我没有一个价值判断。你打扮自己、你整天玩,那也是一种人生追求,不能说读书一定就比玩好。不过你要想清楚,这边花得多那边就有损失,你打扮的时间、玩的时间多了,那就会影响读书。想多读书就不要过分想去玩、去打扮自己。这背后有一个如何处理物质和精神的关系问题,既要物质的充分满足又要精神的充分满足,那是一种理论的说法,是一种理想状态的说法,或者是从整个社会发展的合理角度说的,落实到个人是比较难实现的。我认为落实到个人物质首先是第一的,所以鲁迅先生说:“一要生存,二要温饱,三要发展。”他说得很清楚,生存、温饱是物质方面的,发展是精神方面的。在物质生活没有基本保证之前是谈不上精神的发展的。过去我们有一种说法就是要安贫乐道,这是一种骗人的东西,千万不要上当。要你安贫乐道的人自己在那里挥霍,我们不能安贫,我们基本的物质要求要满足,要理直气壮地维护自己的物质利益。

但是你基本的物质权利得到保证了,比如你已经有助学金了,你已经基本吃饱了,你有教室,有宿舍让你住下来了,基本的生活条件已经有了,那各位同学就应该考虑如何设计、安排自己今后的一生,并为此作好准备。如果你一门心思去追求物质也可以,但你就不要想精神方面要怎么样，不要喊“我痛苦啦！我痛苦啦！”有人在全心赚钱，同时又在想“我空虚”——你不要空虚，你就是要追求享乐那就这样做好了，不必要求全。将物质要求作为人生的主要追求，那你精神方面一定有损失，这是肯定的。我对自己也有设计：第一，我的物质生活水平要在中等，最好要在中上水平。比方我需要有宽敞的书房，这不仅是一间书房的问题，这是一个精神空间的问题。我就希望有比较大一点的房子，这就与我的精神自由性联系在一起。但具备了这样一些基本的生存条件以后，就不能有过高的物质要求，因为我要求我的精神生活是第一流的。我不能同时要求精神是一流的，物质也是一流的，我不能跟大款比，那我心理永远不平衡。所以我觉得同学们应该考虑好，如果你决心偏重于精神追求，在物质上就必须有牺牲，当然前提是基本物质要求要有保证。在基本物质得到保证的基础上，你就不能拼命去追求那些东西了，这一方面你得看淡一点。有所得必有所失，这不是阿Q精神。面对大款我并不羡慕他们，但我也不鄙弃他们，他们有他们的价值，有他们的追求。只要你是诚实劳动得到你应该得到的东西，我尊敬你，但是我和你不一样，我追求的是精神。我讲的献身精神不是像过去讲的那样，什么物质也不要只是去献身，我不是这个意思。现在年轻人最大的毛病就是贪得无厌，什么都想得全，恨不得什么都是第一流的，稍有一点不满就牢骚满腹，我见过很多同学都有这种问题，这是不行的。这是你做的选择，有所得就有所失，有所失反过来才又会有所得。

另外在学习上，必须要潜下来，我一再跟学生说：“要沉潜下来。”我有一个对我的研究生的讲话，这个讲话后来整理成一篇文章，题目就叫《沉潜十年》。“沉”就是沉静下来，“潜”就是潜入进去，潜到最深处，潜入生命的最深处，历史的最深处，学术的最深处。要沉潜，而且要十年，就是说要从长远的发展着眼，不要被一时一地的东西诱惑。我觉得很多大学生，包括北大的学生都面临很多诱惑。北大学生最大的问题就是诱惑太多,因为有北大的优势要赚钱非常容易。我想烟台(江西)诱惑少一点,这是你们的优势。还有就是很容易受外界环境的影响,很多北大学生刚入学的时候非常兴奋,充满种种幻想。一年级的时候混混沌沌的,到了二三年级就觉得自己失去目标了,没意思了。看看周围同学不断有人去经商,去赚钱,羡慕得不得了。再看到有人玩得非常痛快,也羡慕得不得了,所以受环境的影响变得越来越懒惰。现在大学生的致命弱点就是懒惰——北大有所谓"九三学社"的说法:早上九点起床,下午三点起床,受周围环境的影响一门心思想赚钱,一门心思想这样那样。有的人非常热心地做社会工作,我不反对做社会工作,但有的人目的性极强,过早地把精力分散了,就无法沉下来,缺少长远的眼光,追求一时一地的成功。同学们要记住你现在是人生的准备阶段,还不是参与现实,还不是赚钱的时候。当然你勤工俭学是必要的,也是应该提倡的,但是你不能在大学期间只忙于赚钱,要不然以后你会后悔的。因为你一生之中只有这四年是独立自由的,只有权利而没有义务的,赚钱以后有的是时间赚,从政以后有的是时间搞。这四年你不抓紧时间,不好好读书,受种种诱惑,图一时之利,放弃了长远的追求,底子打不好,以后是要吃大亏的,会悔之莫及。

我跟我的学生谈得非常坦率,我说:我们讲功利的话,不讲大道理。在我们中国这个社会有三种人混得好。第一种人,家里有背景,他可以不好好读书。但他也有危险,当背景出了问题,就不行了,最后一切还得靠自己。第二种人,就是没有道德原则的人,为达到目的,无论红道、黑道还是黄道,他都干。但对于受过教育的人,毫无道德原则的什么事都干,应该是于心不安的吧。第三种能站住的人就是有真本领的人,社会需要,公司需要,学校也需要。所以既没好爸爸,又有良心有自己道德底线的人,只有一条路——就是有真本事。真本事不是靠一时一地混一混,而是要把自己的基础打扎实。今后的社会是一个竞争极其激烈的社会，是一个发展极其迅速的社会。在这种发展迅速、变化极快、知识更新极快的社会，你要不断地变动自己的工作，这就靠你们的真本事。大家要从自己一生发展的长远考虑，就是讲功利也要讲长远的功利，不能从短时的功利考虑。我们不必回避功利，人活着自然会有功利的问题。大家应该抓好自己的这四年时间，把自己的底子打好。这样，你才会适应这个迅疾万变的社会。“沉潜十年”就是这个意思。现在不要急着去表现自己，急忙去参与各种事。沉下来，十年后你再听我说话，这才是好汉！因此，你必须有定力，不管周围怎么样，不管同寝室的人怎么样，人各有志，不管别人怎么做生意，不管别人在干什么，你自己心里有数——我就是要扎扎实实地把底子打好。要着眼于自己的长远发展，着眼于自己的，也是国家、民族的长远利益，扎扎实实，不为周围环境所动，埋头读书，思考人生、中国以及世界的根本问题，就这样沉潜十年。从整个国家来说，也需要这样一代人。我把希望寄托在十年后发表自己意见的那一批人身上，我关注他们，或许他们才真正决定中国的未来。中国的希望在这一批人身上，而不在现在表演得很起劲的一些人，那是昙花一现！沉潜十年，这是我对大家最大、最诚恳的希望。

在沉潜的过程中，还有一个问题要注意。读书特别是读经典著作的时候，会面临两个难关：第一，面对经典你进不进得去。你读《庄子》、《论语》、《楚辞》、《诗经》，甚至读鲁迅，都有这个问题。所谓进不进得去是讲两个障碍，第一就是文字关。现在中文系许多学生古文都读不通了，标点都不会点了，那你还谈什么进去，这就是文字关。还有更难的，中国的文化是讲感悟、讲缘分的。你读得滚瓜烂熟却不一定悟得到，找不到它的底蕴，体会不到它的神韵，也就无缘。有的人就是把《论语》、《孟子》都背下来了，但你听他讲起来还是隔的，所以很难进去。进去以后更难的就是出来的问题，因为东西方传统文化都可以用四个字来概括——博大精深。在你没读懂的时候你可以对它指指点点，你读得越懂就越佩服它，佩服得五体投地。这样，你就被它俘虏了，跳不出来了；这样，你就失去了自我，还不如不进去的好。

我现在就面临这个问题。有人问我："钱先生，您和鲁迅是什么关系？"我说了三句话：第一，我敢说我进去了，进去很不简单啊，这是很高的自我评价；第二，我部分地跳出来了；第三，没有根本地跳出来。所以有人说"钱理群走在鲁迅的阴影下"。不是我不想跳，我当然想能跳出来超越鲁迅，能成为鲁迅的对手——那是什么境界啊！所有的学者都向往这样一个境界。在这个问题上，如果没有足够的文学力量，没有足够的思想力量，没有足够的创造力和想象力，是跳不出来的。在某种意义上，你失去了自我，所以这是更难的一点。记得当年闻一多先生去世的时候郭沫若对他的一个评价："闻先生终于进去了！但是闻先生刚刚出来的时候就被国民党杀害了。这是'千古文章未尽才'。"

我们讲"沉潜"也面临这个问题：你怎么"进去"又怎么"出来"。这是非常困难的，大家对这样的前景要有充分的认识，不要把它简单化。否则你沉了一年又进不去，觉得很苦就退出来了。更不能"三分钟热度"，受到某种刺激，比如说今天听了我如此这般说了一番，兴奋了，明天就进图书馆了，进了几天，或者几个星期，或者遇到了"拦路虎"，啃不下去了，或者看到别人都玩得很痛快，觉得自己这么苦读，有点划不来，就不干了。这样不行，不能知难而退，要知难而进，不能半途而废，要坚持到底，"沉潜"就要有一种韧性精神。鲁迅曾经谈到天津的"青皮"，也就是一些小无赖，给人搬行李，他要两块钱，你对他说这行李小，他还说要两块，对他说道路近，他还是咬死说要两块，你说不要搬了，他说也仍然要两块。鲁迅说："青皮固然是不足为法的，而那韧性却大可以佩服。"就是你认准一个目标，比如说我要沉下来读书，那就死咬住不放，无论出现什么情况，无论遇到多少挫折、失败，都不动摇，不达目的绝不罢休。这叫认死理，拼死劲。听说山东汉子、江西老表就有这样的传统，你们的父老乡亲中就有这样的人，在我看来，要干成一件事，要干出个模样，就得有这样的精神，有这股劲头。这看起来有点傻，但需要的就是这样的傻劲，而现在的人都太聪明了。但不要忘了我们中国有句老话，叫作“聪明反被聪明误”，我看到某些聪明人，特别是年轻的聪明人，常常会有这样的杞人之忧。当然，我的意思也不是要将沉下来读书、思考这样的选择绝对化、神圣化，好像非得如此不可。我希望大家沉潜十年，不是说不沉潜十年这个学生就不行了，人各有志，是不必也不能强求的。但你如果有志于此，那我就希望你沉潜十年，你实在沉潜不了，那也就罢了，但是你得找到适合你自己的事去做，找到适合你自己的生存方式。

读书之乐：以婴儿的眼睛去发现

话又说回来，读书是不是就只是苦呢？如果只是一件非常苦的事情，那我在这里号召大家吃苦我就不讲道德了。世上真正的学术，特别是具有创造性的学术研究是非常愉快的。现在我讲学术的另外一个方面。这话要从我读中学时说起。我读中学的时候是一个非常好的学生，很受老师宠爱，品学兼优。我高中毕业的时候，语文老师劝我学文学，数学老师劝我学数学，当然后来我学了文学。高考时用今天的话说“非常牛”，所以我报考了取分最高的北京大学中文系新闻专业。我高中毕业的时候学校让我向全校的学生介绍学习经验，讲一讲为什么学习成绩这么好。我是南师大附中的学生，我的经验现在在南师大附中还很有影响，我们学校的同学老师到现在还记得我的经验。我也向大家介绍一下，我说：“学习好的关键原因是要有兴趣，要把每一课当作精神享受，当作精神探险。我每次上课之前都怀着很大的期待感、好奇心：这一堂课老师会带着我们去发现一个什么样的新大陆？我上课之前都作预习，比如上语文课前我会把课文先看一遍，然后带着问题去听课，怀着一种好奇心去学习。”这一点其实说到了学习的本质。学习的动力就是一种对未知世界的好奇，当时只是一个中学生朦胧的直感，后来才体会到这背后有很深的哲理。作为人的我和周围的世界是一种认知的关系。世界是无限丰富的，我已经掌握的知识是有限的，还有无数的未知世界在等着我去了解。而我自己认识世界的能力既是有限的又是无限的。基于这样一种生命个体和你周围世界的认知关系，就产生了对未知世界的期待和好奇，只有这种期待和好奇才能产生学习探险的热忱和冲动。这种好奇心是一切创造性的学习研究的原动力。带着好奇心去读书去探索未知世界，你就会有自己的发现。读一本书、一篇小说，不同的人对它有不同的发现。同样一篇小说十年前读，我有发现，到十年后读我仍然会有发现，这是一个不断发现的过程。为什么你能有这样的发现，别人做不了？显然是你内心所有的东西被激发了以后你才能有所发现。因此你在发现对象的同时也发现自己，这是一种双重发现——既是对未知世界的发现，更是一种对自我的发现。我们用一句形象的话来说，当你读一篇好的小说的时候，你自己内在的美和作品的美都一起被发掘出来了，于是，你发现自己变得更加美好了，这就是学习的最终目的。因为这样，对外在世界和对你内在世界的不断发现便给你带来难以言说的愉悦、满足感和充实感，所以就形成一个概念：“学习和研究是一种快乐的劳动。”金岳霖先生说读书研究是为了好玩，就是说的这个意思。从本质上说，学习和研究是游戏，一种特殊游戏。它所带来的快乐是无穷无尽的。

读书是常读常新的。我读鲁迅的书有无数次了，但是每一次阅读，每一次研究都有新的发现。这是一个永无止境的过程。这就有一个问题，你如何始终如一地保持这种学习、探讨、发现的状态，从而获得永恒的快乐？很多同学是一个时期读书读得很快乐，有发现，但读得多了就没有新鲜感了，好像就这么回事。你得永远保持新鲜感和好奇心才能保持永远的快乐——这是会读书与不会读书，真读书与假读书的一个考验。这里的关键，就是我的老师林庚先生说的，“要像婴儿一样，睁大好奇的眼睛来看世界，发现世界新的美”。所谓婴儿的眼光就是第一次看世界的眼光和心态，这样才能不断产生新奇感。你读鲁迅的作品，打开《狂人日记》，不管你研究多少回了，都要用第一次读《狂人日记》的心态，以婴儿的好奇心去看，这样才能看出新意。我想起美国作家梭罗在他的《瓦尔登湖》里提出的一个很深刻的概念："黎明的感觉。"每天一夜醒来，一切都成为过去，然后有一个新的开始，用黎明的感觉来重新感觉这个世界，重看周围的世界都是新的。黎明的感觉，就是我们中国古代所说的“苟日新，日日新，又日新”。每一天都是新的，这时你就会不断地有新的发现、新的感觉，有新的生命诞生的感觉。我想向同学们提一个建议：你们每天早晨，从宿舍到教室看够了学校的一切。明天早晨起来，你试试用第一次看周围世界的眼光，骑自行车走过学校的林荫大道，再看看周围的人、周围的树，你就会有新的发现。重新观察一切，重新感受一切，重新发现一切，使你自己进入生命的新生状态，一种婴儿状态，长期保持下去，就有一颗赤子之心。人类一切具有创造性的大科学家，其实都是赤子。

今天讲大学之大，大在哪里？就在于它有一批大学者。大学者大在哪里？就在于他们有一颗赤子之心，因而具有无穷的创造力。刚才讲的金岳霖先生他天真无邪，充满了对自己所做事业的情感，而且是真性情，保持小孩子的纯真无邪、好奇和新鲜感。这样才能够有无穷无尽的创造力。这就是沈从文说的“星斗其文，赤子其人”，他们有星斗般的文章，又有赤子之心。

说到真性情，我想稍微作一点点发挥，一个真正的学者，知识分子，他都有真性情，古往今来皆如此。中国古代的知识分子，孔子、庄子、屈原、陶渊明、苏轼哪一个不是有真性情的人，鲁迅也有真性情。而今天保留真性情的人越来越少了。我们必须面对这个现实。鲁迅说过：中国是一个文字的游戏国，中国多是些做戏的虚无党。今天的中国知识分子，今天的中国年轻一代，也可能包括大学生，连我自己在内都在做游戏，游戏人生。而且这戏必须做下去，而且如果谁破坏了游戏规则就会受到谴责，为社会所不容。所以我经常感觉到，现在我们面临全民族的大表演。我进而想起鲁迅的一句格言："世上如果还有真要活下去的人们，就先该敢说、敢笑、敢哭、敢怒、敢骂、敢打。""敢"其实是和"真"联系在一起，在"敢"之外还应真说、真笑、真哭、真怒、真骂、真打。可怕的是"假说"、"假笑"、"假哭"，甚至"骂"和"打"也是"假骂"、"假打"，仅仅是一种骗人喝彩的表演。我们现在缺少的是真实的深刻的痛苦，真实的深刻的欢乐。所有这些归根到底还是怎么做个真性情的人的问题。大学之所以大，就在于它聚集了一些真性情的人。本来年轻的时候就是真性情的时代，人到老了，总要世故的。最真实、真诚的时候就是青年时代，就是在座的各位，如果这时你还没有真性情，那就完了。我现在发现，年轻人比我世故得多，我成了"老天真"了。人家经常说："钱老师，你真天真！"这是季节的颠倒！你们才是该天真，我应该世故！

两层理想：永远活出生命的诗意与尊严

要保持赤子之心很难，怎么能够一辈子保持赤子之心？这是人生最大的难题。在这方面我想谈谈我个人的经验，因为在座的还有一些将要毕业的同学，我想讲点当年我大学毕业后的遭遇以及我是如何面对的，这可能对在座的即将毕业的同学有点意义。大家一步入社会就会发现社会比学校复杂千百万倍，大学期间是一个做梦的季节，而社会非常现实。人生道路绝对是坎坷的，会遇到很多外在的黑暗，更可怕的是这些外在的黑暗都会转化为内在的黑暗、内心的黑暗。外在压力大了以后，你就会觉得绝望，觉得人生无意义，这就是内在的黑暗。所以你要不断面对并战胜这两方面的黑暗，就必须唤醒你内心的光明。我为什么前面强调打好底子？如果你在大学期间没有打好光明的底子，当你遇到外在黑暗和内在黑暗的时候，你心里的光明唤不出来，那你就会被黑暗压垮，或者和它同流合污，很多人都走这个路子。你要做到不被压垮，不同流合污，在大学里要打好光明的底子，无论是知识底子还是精神底子，内心要有一个光明的底子。我自己每当遇到外在压力的时候，总是为自己设计一些富有创造性的工作，全身心地投入进去，在这一过程中抵御外在和内在的黑暗。压力越大，书读得越多，写东西越多，我每一次的精神危机都是这样度过的。

我经常讲，我们对大环境无能为力，但我们是可以自己创造小环境的。我一直相信梭罗的话：人类无疑是有力量来有意识地提高自己的生命的质量的，人是可以使自己生活得诗意而又神圣的。这句话可能听得比较抽象，我讲具体一点。我大学毕业以后由于家庭出身，由于我一贯自觉地走“白专”道路，所以尽管我毕业成绩非常好，但是就不准许我读研究生。他们说：“钱理群，你书读得还不够吗？正是因为书读得多，你越来越愚蠢。再读书，你要变修正主义了。你的任务是到底层去工作。”所以大学毕业以后我被分到贵州安顺，现在看是旅游胜地了，当时是很荒凉的。你想我是在北京、南京这种大城市长大的，我一下子到了一个很边远的底层，又正遇上饥饿的时代，饭都吃不饱。我被分到贵州安顺的一个卫生学校教语文。我印象很深，一进课堂就看到讲台前面放了一个大骷髅头标本。卫生学校的学生对语文课程根本不重视，我讲课没人听。对我来说，这是遇到了生活的困境，是一个挫折、一个坎坷。话说回来，这对当地人来说不是坎坷，他们也那样活下去了，但从我的角度来说，是一个坎坷。我当时想考研究生，想跳出来，人家不让我考。这个时候怎么办？我面临一个如何坚持自己理想的考验。我就想起了中国古代的一个成语：狡兔三窟。我给自己先设了两窟，我把自己的理想分成两个层面：一个层面是现实的理想，就是现实条件已经具备，只要我努力就能实现的目标。当时我分析，自己到这里教书虽然对我来说是一个坎坷，但是毕竟还让我教书，没有禁止我教书，所以我当时给自己定了一个目标：我要成为这个学校最受学生欢迎的老师，而且进一步，我还希望成为这个地区最受学生欢迎的老师。我把这个作为自己的现实目标，因为让我上课，就给了我努力的余地。于是我走到学生中去，搬到学生的宿舍里，和学生同吃同住同劳动，和学生一起踢足球、爬山、读书，一起写东西。这个过程中，我从我的学生身上发现了内心的美。我全身心投入给学生上课，课上得非常好，我就得到一种满足。人总要有一种成功感，如果没有成功感，就很难坚持。我当时一心一意想考研究生，但是不让考，所以我从现实当中，从学生那里得到了回报，我觉得我生命很有价值，很有意义，也很有诗意。我还写了无数的诗，红色的本子写红色的诗，绿色的本子写绿色的诗。我去发现贵州大自然的美，一大早我就跑到学校对面的山上去，去迎接黎明的曙光，一边吟诗，一边画画。为了体验山区月夜的美，我半夜里跑到水库来画。下雨了，我就跑到雨地里，打开画纸，让雨滴下，颜料流泻，我画的画完全像儿童画，是儿童感觉。我坚持用婴儿的眼睛去看贵州大自然，所以还是保持赤子之心，能够发现人类的美、孩子的美、学生的美、自然的美。虽然是非常艰难的，饭也吃不饱，但是有这个东西，我渡过了难关，我仍然生活得诗意而神圣。也许旁边人看见我感觉并不神圣，但是我感觉神圣就行了，在这最困难的时期，饥饿的年代，“文革”的年代，我活得诗意而神圣。我后来果然成为这个学校最好的老师，慢慢地在地区也很有名，我的周围团结了一大批年轻人，一直到今天，我还和他们保持联系，那里成了我的一个精神基地。

但另一方面，仅有这一目标，人很容易满足，还得有一个理想的目标。理想目标就是现实条件还不具备，需要长期的等待和努力准备才能实现的目标。我当时下定决心：我要考研究生，要研究鲁迅，要走到北大的讲台上去向年轻人讲我的鲁迅观。有这样一个努力目标，就使我一边和孩子们在一起，一边用大量的业余时间来读书，鲁迅的著作不知读了多少遍，写了很多很多研究鲁迅的笔记、论文。“文革”结束以后，我拿了近一百万字的文章去报考北大，今天我之所以在鲁迅研究方面有一点成就，跟我在贵州安顺打基础很有关系。但是这个等待是漫长的，我整整等了十八年！我1960年到贵州，二十一岁，一直到1978年恢复高考，三十九岁，才获得考研究生的机会。那一次机会对我来说是最后一次，是最后一班车，而且当我知道可以报考的时候，只剩下一个月的准备时间，准备的时候，连起码的书都没有。当时我并不知道北大中文系只招六个研究生，却有八百人报考；如果知道了，我就不敢考了。在中国，一个人的成功不完全靠努力，更要靠机会，机会是稍纵即逝，能否抓住完全靠你，靠你原来准备得怎样。虽然说我只有一个月的准备时间，但从另一个角度说我准备了十八年，我凭着十八年的准备，在几乎不具备任何条件的情况下，仓促上阵。我考了，而且可以告诉大家，我考了第一名。我终于实现了我的理想，到北大讲我的鲁迅。但是话又说回来，如果我当初没有抓住机会，没有考取北大的研究生，我可能还在贵州安顺或者贵阳教语文，但我仍不会后悔。如果在中学或是大学教语文的话，我可能没有今天这样的发展，我有些方面得不到发挥，但是作为一个普通的教师，我还是能在教学工作中，就像几十年前一样获得我的乐趣，获得我的价值。

我觉得我的经验可能对在座的朋友有一点启示，就是你必须给自己设置两个目标，一个是现实目标，没有现实目标，只是空想，你不可能坚持下来。只有在现实目标的实现过程中，你不断有成功感，觉得你的生活有价值，然后你才能坚持下去；反过来讲，你只有现实目标，没有理想目标，你很可能就会满足现状，等机会来的时候，你就抓不住这个机会。人总是希望不断往上走的，所以我觉得人应该有现实目标和理想目标这样两个目标，而且必须有坚持的精神。你想对于我，十八年是一个什么概念，是我二十一岁到三十九岁这十八年。所以一个人的选择是重要的，更可贵的是有坚持下来的恒心，有定力。这十八年有多少诱惑，多少压力，不管怎样，认定了就要这么做。你可以想见文化大革命那种干扰多大呀，不管这些干扰，你要认定我要这么做，认定了，坚持下来，你总会有一个机会。即使没有机会实现理想目标，你还有一个可以实现的现实目标。大家可以体会到，在中国的现实下，人掌握自己命运的能力很小，但并不是毫无作为的，人是可以掌握自己命运的，至少可以在一定程度上，在小环境里掌握自己的命运，也就是我刚才所说的，人是可以使自己在任何条件下都生活得诗意而神圣的。

我就是把这样的经验带到我进入北大之后的几十年生命历程之中。在这后几十年中，我的生活仍然有高峰，有低谷，有时候是难以想象的压力，身心交瘁，内外交困，但是我始终给自己设置大大小小的目标。一个人的生命、生活必须有目标感，只有大目标、大理想是不行的，要善于把自己的大理想、大目标、大抱负转化为具体的、小的、可以操作的、可以实现的目标。我把读一本书、写一篇文章、编一本书、策划一次旅游或者到这里来演讲这样的一件一件事情作为具体的目标，每一次都带着一种期待、一种想象，怀着一种激情、冲动，全身心地投入其中、陶醉其中，用婴儿的眼光重新发现，把这看作是生命新的开端、新的创造，从中获得诗的感觉。我每一次上课都非常紧张——包括这一次上课。因为我要面对新的对象，虽然我讲的内容有讲稿，但是诸位是陌生的对象，我就很紧张。我这一套东西年轻人能不能接受？烟台大学、江西师范大学的学生能不能接受？我是你们的爷爷辈，爷爷和孙子之间能对话吗？而且还是我所不熟悉的，一个远方城市的孙子辈，能够听懂我的话吗？我在北京就开始准备，昨天晚上还在准备，一直到今天，我看了好几遍讲稿，反复琢磨，有一种新鲜感、一种期待感。现在从现场反应看来大家接受了我，我就有一种满足感。有些内容可能是重复的，但是在我讲来却充满激情，因为我有新鲜感，有一种创造感。尽管这是一次普通的演讲，但它是一次新的创造，是一种新的发现，包括对诸位的发现，也是对我自己内心的发现。而且我追求生命的强度，要全身心地投入。大家看我的演讲的风格就是全身心地投入。我曾经给北大的学生有一个题词："要读书就玩命地读，要玩就拼命地玩。"无论是玩还是读书都要全身心地投入，把整个生命投入进去，这样才能使你的生命达到酣畅淋漓的状态，这是我所向往的。

大学之大，在开创一个大生命境界

在我结束演讲的时候，送给大家八个字：沉潜、创造、酣畅、自由。这也是我对演讲的主题——"大学之大"的理解。我觉得"大学之为大"，就在于首先它有一个广阔的生存空间。顺便说一下，我今天参观了贵校，我看你们的校园很大，宿舍很大，教学楼很大，这基本上就有了一个大的生存空间。然后更主要是提供大的精神空间。所以刚才强调读书要广、要博就是要有一个大的精神空间。所谓大学就是在这样一个大的生存空间和精神空间里面，活跃着这样一批沉潜的生命，创造的生命，酣畅的生命和自由的生命。以这样的生命状态作为底，在将来就可能为自己创造一个大生命，这样的人多了，就有可能为我们的国家，我们的民族，以至为整个世界，开创出一个大的生命境界：这就是"大学之为大"。谢谢大家！

2004年11月整理，2008年3月12日再整理，有删节。

二、寻找失去的“大学精神”

——北大110周年民间纪念会上的讲话*

又一次民间纪念

今天我们是几代的北大人在这儿聚会，我是“30后”的一代，今天到会的老校友蔡恒平他们是“60后”的一代，还有“70后”的一代，“80后”的一代，这么几代人这样聚在这里，来纪念北大的110周年。这是一个民间的纪念。所以我很自然地想起十年前北大的百周年校庆，那是非常热闹、非常轰动的。当时实际上也有两种纪念，一种就是官方的纪念，可谓规模宏大，气势磅礴，另外还有一种民间的纪念，我们当时专门演出了一出话剧叫作《蔡元培》，并围绕演出，开展了很多活动，其中心就是要寻找老校长，寻找失落的北大精神，大学精神，民族的精神。刚才主持人讲到我当时写了一篇文章，题目叫《想起七十六年前的纪念》，说的是在北大二十四周年校庆的时候的纪念，胡适是当时的北大的教务长，他在纪念会上提出，我们应该反省，其实我们北大是徒有其名。我看了很震撼：老一辈人把校庆日当成一个反省的日子，北大的百周年校庆却是一片颂扬之声，而且淹没不同的声音。因此，我写这篇《想起七十六年前的纪念》，就提出要反省北大，寻找北

---

* 2008年4月27日讲。

大的真声音。本来这是一个很平常的命题，但是没有想到掀起了轩然大波。但是我想十年前的这个民间的纪念，它是会留存在北大的校史上的。今天我们又在这里进行十年后的110周年的一个民间的纪念。听说今年有规定，奥运会之前不能有大规模的纪念活动，所以今年北大110周年的校庆，校方准备低调处理，我也同意这样的做法，不一定每一次都搞得那么热闹。那么，我们今天在这里在一个小范围内举行民间纪念，就有一种特殊意义。为准备这次纪念，如主持人所说，我们编辑出版了一本《寻找北大——温习一些故事和一种精神》，大家推我做主编，其实我什么事都没有做，就写了一篇序言。

刚才老汉说这本书是遗老遗少的书，那么我就是属于遗老，所以对于北大历史大概是有一点发言权的，但是北大的现实我确实没有发言权，因为我在2002年8月从北大退休以后，基本上就和北大隔绝了。我记得在一篇文章里，就有这样一段话："在我的感觉中，北大已经变得十分的遥远，更准确地说，现实的北大对于我是越来越陌生了。因此我需要将心中的北大推到远处，成为一个永恒的记忆，一个永远给我带来温馨的梦。尽管明知其虚妄，却如鲁迅之于他的故乡的记忆，愿意被它哄骗一生，并时时反顾。"大概因为有了这点"时时反顾"，就欣然同意担任《寻找北大》的主编，并且今天在这里讲北大。

今天的中国不能没有梦

讲到北大，我想还是从老汉刚才演唱的这首歌说起。以前我看了歌词就很激动，今天听了他自己演唱之后，就更受震撼，我真的想建议，把这首歌作为我们的校歌。这首歌，最能表现北大精神，最让我们感动的，自然是那句反复的吟唱："就在这里，就在这里，/就在这里，就在这里。/我的梦，就在这里。"我在序言里说，北大是每一个北大人，所有的中国人精神的梦乡。顺便在这里做一个广告，我马上要出一本书，把我所有关于北大的文章都汇集起来，我拟的题目就是《精神的梦乡》，副题是《我之北大观》，[1]这本书出来以后，我会送给一些同学的。我就想到这样一个问题，一个人不能没有梦，一个无梦的人生是很难想象的，但是更重要的是一个民族，特别是民族的年轻人，如果没有一个地方可以做梦的精神的净土，精神的圣地，那可能是更加可悲的。前几年，我几乎每年都要收到大量外地的中学生给我写的信，他们都表现出对北大的无限的向往之情，我每次看到这些信，心里的感情都很复杂，因为我在北大，我知道，这些青年梦中的那个北大已经不复存在了，所以我每次写信都给他们泼冷水，我说我欢迎你们来北大，但是你们先别做梦，你们作好准备，来了北大以后你们会大大地失望的。但我老这么回信，就转而一想，这不对，你老向别人泼冷水也不行，年轻人总要做梦，总要找一个地方，作精神的寄托，一个精神的圣地，让他做梦。如果这个地方都没有了，那这个国家就成问题了，这个民族就成问题了，所以哪怕这个梦多少带有点虚幻性，可能也得让它保留着，必须有一个精神的梦乡，一个人是这样，一个国家、一个民族也是这样。我想，这就是所有的北大人感到骄傲的地方：我们生活在一个精神的梦乡里。

我今天要说的是，尤其在当下的中国，不能没有梦。这个话好像说得有点不大对，有点太脱离现实，不合时宜，因为今天的中国实在是一个无梦的国家。但是我还是固执地认为今天的中国尤其需要做梦。什么意思呢？所谓梦就是对现实的超越，梦本质上就是超越于物质之上的一种精神的追求。这种追求为什么对今天的中国特别重要呢？这就需要对中国的这三十年的历史作一个回顾。今年正好是改革开放三十周年，回顾这三十年，我们可以说，我们国家经济获得了快速的发展，人民生活得到很大提高，这大概就是最基本的主要的收获，是来之不易的，中国终于基本上解决了温饱问题，基本上进入

[1] 后来书由广西师范大学出版社出版，改题为《论北大》。

了一个小康社会，这是一个非常巨大的进步。当然，今天的中国还有很多贫困的地区，还有很多贫困的人群，还有很多很严重的问题，但是就大多数人来说，或者就大多数地区来说，我们已经基本上解决了温饱问题。在一个国家一个民族基本上解决温饱问题以后，这个社会应该向哪里走，这个国家应该往哪个方向去发展，就成为一个非常大的问题，或者说今天的中国正走在一个十字路口。

我这几年一直在思考这个问题。我想提出一个我的想法，当然可能是梦，又是一个新的梦，我这人就是不断地做各种各样的梦。我觉得我们现在需要的是四大重建。一个是制度重建，一个是文化重建，而文化重建的核心是价值重建，还有一个是生活重建，就是说我们需要建立一个让中国这块土地上的大多数老百姓能够安居乐业的、比较合理的、比较健全的社会制度、文化、价值和生活。这样四大重建，无论是制度重建、文化重建、价值重建还是生活重建，其实都是一个精神问题，都提出一种超越于物质的精神的追求，而这样的追求它是需要用理想之光（也就是梦之光）来照耀的。我常常想，一个人最合理的生存状态应该是什么样的？我想用两句话来形容，就是应该“脚踏大地，仰望星空”。我们现在就要解决这两个问题，作为人来说，或者作为一个知识分子来说，或者作为一个大学生来说，要使我们获得健全的发展，最重要的就是这两条，一个是如何脚踏大地，如何和我们生存的这块土地，土地上的人民，土地上的文化保持密切联系，另一个就是如何仰望星空，有一种超越于物质现实生活的精神的追求，我想这就是今天的中国特别需要这样的梦的精神的理由。

今天大学的精神危机

那么，在这样一个制度重建、文化重建、价值重建和生活重建中，中国的大学，或者说中国的北京大学，它应该承担什么责任，有什么使命，应该发扬一种什么样的精神，这就是我们今天要讨论的第二个层面的问题。

按我的理解，或者我的大学的理想，我认为大学之为大学，就是它有两大功能，一个是保守性的功能，就是思想、文化、学术精神传统的传递和坚守。因此大学，特别是北京大学这样一所大学，它应该成为民族精神的一个堡垒，一个圣地。另外，大学还有革命性的功能，应该有一种批判和创造的精神，应该对社会发展的既定形态，对已有的文化知识体系，以及人类自身，作不断地反省、质疑和批判，并且进行新的创造，这样，它就能够成为新的思想、新的文化、新的学术的发源地。简单说就是两句话：一个是坚守，坚守民族精神，坚守思想文化传统；一个是批判创造，创造新的思想、新的文化、新的学术。我们现在一直在说要创办一流大学，什么叫一流大学，我觉得一流大学就是要有两个标准，一是应该成为民族的精神堡垒，二应该是民族新思想、新文化、新学术的发源地。

这就要说到北大的历史。我们通常说，北大的历史上有两次辉煌，第一次就是五四新文化运动时期，蔡元培先生所领导的那个北大，成为当时中国的五四新文化、现代新文化的发源地；第二次是西南联大时期，把北大、清华、南开的传统发扬光大，在一个民族危难的时刻，成为民族精神的堡垒，同时它也成为新思想、新文化、新学术的发源地，我们现在看到的很多非常出色的科学家、文学家、思想家、哲学家，都是西南联大所培育出来的。当然，不是所有的大学都能达到这样的高度，即使北大，也不是任何时候都有这样的辉煌。但是，其中的某些基本精神，却是具有普遍性的。

要做到“坚守”和“批判、创造”，大学就必须关怀现实，同时和现实保持一定的距离。今天我在这里主要谈距离。在我看来，大学应该保持两个距离，一是要和时尚，和世风流俗保持距离，大学有时候需要保守，不能那么“时髦”、“摩登”。大学还必须和现状保持距离，包括政治、经济、思想、文化、学术的现状，既成形态，这样才能保持一种批判的态势。

而要保持这两个距离，就应该有一些相应的精神。在我看来，大学特别需要三种精神：沉静、清洁、定力，也就是沉、清、定三个字。当整个社会陷入喧闹的时候，大学里的老师和学生应该沉静；当整个社会的风气被腐败所污染的时候，大学里的老师和学生应该清洁；当整个社会陷入浮躁的时候，大学里的老师和学生应该有定力。也就是应该"洁身自守"，保持自我精神的清洁和纯正，同时要守住一些基本的规范，学术的规范，做人的规范，它是不受外界影响的，不受任何压力和诱惑左右的，也是决不放弃决不让步决不妥协的，要守住一些基本的东西。

当然今天说这些话是有些近于痴人说梦，因为现实的中国、现实的大学，也包括现实的北大完全反其道而行之：社会喧闹，大学更喧闹；社会腐败，大学更腐败；社会浮躁，大学更没有定力。这就是我们现在面对的现实。我觉得我们中国的大学弥漫着两种可怕的思潮，实用主义和虚无主义的思潮。所谓实用主义就是完全被个人利益所驱使，有用就干，无用不干，因此必然是虚无主义，就是除了时尚和利益之外一切都不可信，一切都不足靠，一切都可以放弃抛弃。实用主义和虚无主义就导致了大学的两个结果，一个是知识的实用化，一切与实用无关的知识都被大学所拒绝，既被大学里的老师所拒绝，也被大学里的学生所拒绝。还有精神的无操守，拒绝一切精神的追求和坚守。我觉得这样的实用主义和虚无主义两大思潮所导致的知识的实用化和精神的无操守，是现在大学里的两个基本的弊病。同学们身在其中，必须有所警惕，这样才能真正做到"洁身自守"。

另一方面是大学的批判功能、创造功能的削弱，以至丧失。在我看来，大学里的老师学者，应该是真的知识分子，大学里的学生也应该努力培养自己成为真的知识分子。真的知识分子代表的是公共利益，所坚守的是民族文化和人类文明中的共同性的价值和理想，以及生命个体的思想与学术追求，大学决不能代表权力的意志，决不能代表某一个利益集团的意志，更要防止自己成为一个既得利益集团，这样大学才能真正保持自己精神的独立和思想学术行为特立独行。我觉得大学里的老师和学生一个基本的品格，基本的风格就是独立，精神独立和学术、思想、行为的特立独行，这样才可能有出于公心的批判和创造，才可能真正创造出能够成为社会公器的新思想、新文化、新学术。

而我这样的理想同样是远离现实的。我曾经用鲁迅的话来形容今天对教授，特别是文科教授，可能也包括大学生的要求，也是八个字：赞成，解释，宣传，演戏。相当多的教授学者都被规化，开始有点扭扭捏捏，后来越来越舒服，慢慢地就习惯了，最后就舒舒服服地被规化。当然坦白地，我今天来敢说这个话原因在于我已经退休了，如果我现在还在当教授，可能我还没有勇气说这番话。我们现在面对的问题，是制度造成，不单是个人的品德的问题。是体制使大学缺乏应有的独立自由创造的精神。而且很多的悲剧今天都很难说是悲剧了，因为悲剧还能给你悲壮感，现在都成了滑稽戏了，现在大学里上演的滑稽戏太多了。同学们身在其中，自然有比我更多的体会。我在同学们面前常有羞愧之感，因为大学老师不能为人师表，不能坚守住最基本的东西，是会影响学生的。这些年我们前面所说的实用主义、虚无主义的思潮，在大学生中很有市场，其中一个重要原因，就是大家目睹学校里校长、老师中的这些腐败现象，是很容易产生看透一切，调侃一切，进而自己也“玩世不恭”，放弃一切的情绪的。因此，我们今天在这里讨论大学失精神，提出要寻找失去了的大学精神、北大精神，并不是和大学生无关的问题，而是直接关系着在座的每一个同学的精神成长的。我们必须明辨是非，追求大学所应该有的独立坚守的精神，自由批判创造的精神，这样才能有效地抵制实用主义和虚无主义，把自己培养成独立的现代知识分子，现代公民。我想这就是我们今天在这里纪念北大110周年校庆，寻找北大精神、大学精神的意义所在。

大学的自由言说空间和校园民主

以上所说，是从我的大学理想出发的；下面，我想从更现实的层面，谈谈我的一些忧虑。

2007年，关于大学教育我心中有三大疼痛。尽管这些年我的注意力已经不在大学，我更关注中小学教育，更关注农村教育、边远地区的教育，因为我对大学已经失望了，也许在农村，在边远地区还有说话的某种余地，但我还是很关心大学教育，有三件事让我非常痛心，我称为"我的2007年之痛"。

第一痛是关于我们北大的，北大三角地被取消，这件事引起我很大的震动，我想不只是我，应该说引起了所有的老北大人的心中之痛，因为三角地凝聚了我们最神圣最美好的记忆。我说北大历史上有两个标志性的地方，一个是老北大，解放前的北大，今天沙滩那里的北大民主广场，第二个地方就是今天的北大三角地，这两个地方可以说是北大的圣地，北大最光辉的历史瞬间都发生在这里。我在前面曾经说过，北大历史有两次辉煌，我现在要补充，北大历史有五次辉煌，但是在座的同学可能只知道1919年的五四新文化运动，还有前面说的和清华、南开共有的西南联大的辉煌，其实还有三次辉煌，一次就是1957年北大五一九民主运动，这是一个北大学生发动的自下而上的民主运动，这个运动就发生在当年的大礼堂，即今天的百年讲堂和三角地。第二次辉煌，大家更不知道了，1980年北大有一个选举运动，当时正是中国改革开放初期，要改革什么，怎样进行改革，改革的方向是什么，这都关系着"中国向何处去"，就在这样的历史转折点上，北大学生站出来说话了，提出对中国改革的种种设想。今天改革开放三十年了，再回过头来看，就发现当年提出的许多预警，都不幸而言中，当年提出的许多任务今天还没有完成。我写了一篇《被遗忘的思想》，在网上发表了，同学们有兴趣，可以去看。这些都是北大历史上应该记住的日子，都是和三角地联系在一起的。这样，三角地就成了北大的精神象征。现在这个象征在整顿校园的合理合法的名义下被撤销了。要整顿校园秩序，好像你也没有什么话可讲，但背后却隐含了巨大的问题。问题不在于三角地撤不撤，由此提出了两个问题，一个问题是北大还要不要建立一个师生们自由表达思想、交换思想的精神空间，如何重新建立一个自由的精神空间。第二个问题，就是我们要不要实行校园民主，我们怎样实行校园民主。这就已经不仅是北大的问题，而是关系着大学校园建设的大问题。

我们已经很多年不提校园民主了，我觉得非常奇怪，因为民主已经是当下流行的词语，已经进入十七大报告，我们要建立社会主义民主，但是为什么校园民主就很少提呢？我在退休之后写的唯一的一篇关于北大的长文，没有人注意，那篇文章中谈到了这个问题，题目叫作《中国大学的问题与改革》，我说现在有一个非常重要的问题，是教师在学校中的地位和权利的问题，实际上现在高校里的普通教师没有受到重视，工会的职责被缩小为每年组织一两次联谊活动，所谓职工代表大会最多是一种咨询作用，特别是青年教师，实际上已经成为学校里的弱势群体，当今的中国大学，即使是教授也缺乏独立的利益诉求，以及参与学校各级行政领导的选聘，参与决策过程，制定游戏规则的权利，教授因其学术地位还有一点有效的发言权，而青年教师连学术上的发言权都没有，这种状况严重地影响了教职员工的积极性，成为束缚教学和学术研究生产力的主要原因。

这里有两个问题我百思而不得其解，我觉得中国知识分子也很怪，中国的大学也挺怪，中国的知识分子老想为别人争取权利，却很少想为自己争取权利，不争取自己的民主权利，这是我不理解的。第二个，好像中国的大学是一个特别的地方，中国的教育部门老是例外，现在全国都在谈政府部门转变职能，要分权，要放权，然而教育部门却越来越扩大自己的权力，几乎扩大到难以想象的地步，比如前不久竟然宣布，要规定中小学音乐课都要唱京戏，这种事该教育部来管吗？还提倡在中学跳华尔兹舞，权力扩张到可怕的地步。还有所谓的“教育评估”，更是有计划、有领导的，大规模、长时间的权力扩张，管了许多教育部不应该管的事情，弄得怨声载道，连大学生、研究生都受到牵累，但仍然坚持到底，舆论监督也没有用。全国政府改革的方向是要放权，这都是写在《政府工作报告》里的，作为中央政府职能部门的教育部呢？

现在全国进行政治体制、社会改革，要搞基层民主选举，我想大学能不能进行民主选举呢？我不知道你们现在研究生会、学生会是怎么选的，研究生会、学生会是不是可以直选，是不是可以搞竞选（前面说过，北大本来是有竞选传统的），在农村可以搞，为什么大学不能搞呢？你说农民没有文化，那大学生总有文化吧。还有校长、系主任能不能民主选举，我刚刚说十七大报告已经提出来了，要政治体制改革，要民主，那大学能不能成为民主试验区呢？北京大学是不是可以做试验，民主需要素质，北京大学师生素质最高了，而且成本也不高，都在一个校园里。所以我百思而不得其解，也许我又在做梦，我早就提出建议，认为北大应该成为民主改革的特区，可以做些试验，可以先走一步。

这些事，并非和大学生无关，因为你们也是大学的主人，你们也有自己的民主权利。实际上，今天大学里最缺的，就是“主人”意识，大学教师没有，大学生也没有。没有这样的意识，不仅是观念上不提“谁是中国大学教育的主体”这样的问题，更是因为没有制度的保证。我们现在都在讲“依法治国”，大学也应该“依法治校”。那么，我们究竟有没有“大学法”，如果有，是否应该根据今天大学教育的新问题，进行修订？这些，都是我们应该关心与追问的。同学们是未来社会的主体，中国社会的民主化，要依靠你们，你们在学校期间，至少应该关心自己的民主权利，关心校园民主的发展，这也是你们的一个自我教育、自我成长的过程。我们不能空喊民主，民主是需要学习的，这里不仅有民主理念的问题，而且有履行民主的能力和习惯问题。所以大学民主，是更具有教育意义的：在实行校园民主的过程中培养具有民主意识、民主能力和习惯的未来的民主治国的人才，这关系到每一个同学的长远发展，更直接关系到中国的未来，是不可以掉以轻心的。

大学教育与就业

去年有两条新闻看得我毛骨悚然。先说第一条。这是暑假以后新学年开始的一个报道，说是大学新生一报到，有些学校领导就约见学生家长，提出现在开始就要为学生未来的职业作准备，要对学生进行职业的训练和指导，好像我们北大还有专门的组织，指导学生根据求职的需要来设计自己四年的大学生活，还要让这些学生提前和招工单位的人事部门见面，以便公关。这真的让我大吃一惊，我曾经感慨应试教育之外的教育都进不了中学教育，现在我又看到了新的危机：要求大学生按照就业的需要来设计自己的大学生活，与就业无关的教育是不是也进入不了大学教育呢？

这就使我想起了暑期我在一个全国高校通识教育培训班讲我在大学讲鲁迅的情况。讲完了一位大学老师举手提问题，要我介绍一下在大学里讲鲁迅课，怎样有利于学生求职就业。我当时听了目瞪口呆，不知所措，心里却凉透了。我无意责怪这位青年教师，因为他在上课的时候别人也这么问他：你这个课和就业有没有关系，有关系我来听，没关系我不来了。这就非常可怕。当年蔡元培先生提出警告，说大学不能成为职业培训班。我想北大还不至于，然而北大也有这个趋势，今天的整个的教育是围绕着应试和就业来展开，这是一个非常可怕的现实。

这里涉及一个严重的，我们不能回避的问题：就业和大学教育的关系问题。我曾经多次对“80后”的大学生讲，我非常同情你们这一代，你们中学碰到应试教育，好不容易考上大学，又面临着毕业以后可能没有工作。这在过去没有过，都集中到你们这里了。我1956年中学毕业考大学，当年大学招生人数比中学毕业人数要多，我们那一代人不存在应试问题。再早几年，我想蔡恒平他们那个时候，可能也不存在毕业后的就业问题。你们恰好碰到了，两个东西都给你们遇上了，这是这一代大学生所必须面临的现实的问题。因此我们不能否认就业问题给我们大学教育提出了许多新的问题、新的挑战。正是由于这一严峻的现实，出现了很多似是而非的论调，需要在理论上进行澄清。这里我想谈谈对大学教育和就业关系的四点看法。

首先，我认为大学就业难，确实暴露了大学专业课程设置、教学内容比较陈旧，不能适应社会经济科技发展的新要求，造成了大学生知识结构的缺陷和不足。因此大学应该进行教学内容、课程设置上的更新调整。这是大学教育改革必须有的一个内容。

第二，我们要具体分析一下，大学生不能适应现代社会发展需要的原因在哪里。在我看来，一个重要方面是精神素质的问题。很多就业单位，对大学生的素质有许多批评，我觉得我们大学生应该听一听这样的批评。他们主要认为现在的大学生，一个是独立自主能力比较差，一个是缺少团队精神，不善于和他人合作，还有知识面太狭窄，独立思考和创新能力不足。这些问题，其实都是精神素质问题。而这种精神素质问题，就是独生子女家庭教育和中小学应试教育的后果。正是因为这样，大学教育就应该补这个课。中学的应试教育造成了你们这些毛病，这些弱点应该在大学里弥补，大学不仅仅使你成为一个有知识有技术有技能的人，更重要的是成为一个健全发展的现代公民。如果不着眼于这一点，只是按职业知识、技能的要求来设计自己的大学生活，那么，你们中的许多人就很有可能在中学成了应试机器，到大学又成了就业机器，这样来度过自己的青春时代，且不说会影响自己一生的长远发展，单就个人生命而言，也太委屈自己了。

第三，我们对就业问题的看法，应该有一个长远的眼光。我们常说未来社会是一个知识社会、信息社会，这个社会有什么特点呢？就是职业转换很快，很少有固定一个职业的人，因为随着社会科学技术知识的发展，不断有一些新的专业、新的课题、新的职业出现。这使得每个人必须不断变换自己的职业、自己的社会角色，这是现代知识、信息社会的一个很大的特点。这和我们那时候不一样，我们那个时代分配到哪里，就永远不动了，一辈子做这个事儿。现在不行，它是不断变换的。你们可以问问蔡恒平这些师兄，他们从北大毕业以后换了多少职业。他们现在的职业所需要的知识、技能，都不是在北大学的，但北大训练了他的基本观念、能力，他们就能不断地变换自己，适应社会发展和自我发展的变化着的需要。这就是说，未来的知识社会、信息社会对人才是有自己的要求的，简单地说，它要求两种能力，一方面应变能力要强，一方面创新能力要强，这是新的人才观。如果你过早地只顾及某一个职业，某一方面的训练、过分狭窄的训练，就不能适应未来的竞争。未来社会的竞争，是一个素质的竞争，一个学养的竞争，一个创新能力和应变能力的竞争。因此仅仅从就业的角度来考虑，也应该为自己设计一个全面的发展的规划。在我看来，大学里，除了我刚才说到的一些精神层面的问题，要成为现代公民之外，至少应该具备三大能力。第一是终身学习的能力，这里包括中外语言的听说读写能力，还有利用文献、工具书等能力。第二是研究能力，发现问题、提出问题、解决问题的能力，实验、计算的基本方法和能力。第三是思维能力，具有开阔性、广泛性、创造性、批判性和想象力的思维能力。具备了这三大能力，你的适应能力和创新能力就强了，可以不断变化自己的工作和社会角色，这才是未来社会所需要的人才。如果大家放弃这一点，只一味追求眼下的市场需求，把自己的视野、知识面、能力训练弄得非常狭窄，那么即使取得了一时之效，可能找到了一个工作，但是底气不足，在持久竞争中迟早要被淘汰。所以我要提醒在座的诸位，你们已经吃够了应试教育的苦了，在应试教育之下，你们的学养、素质已经非常地狭窄了，如果在大学里再浪费大好时光，再只关注一些眼前的利益，而忽略对自己长远发展的培养，那你是目光短浅，你要抱恨终生。

第四，当然，我们也不可否认具体技能培养的问题，但我觉得只要在工作之前进行训练就行了，大家必须建立终身学习，终身进行职业技能培训的理念。具体的培训是可以通过训练班来解决的，不是在大学里来解决的。大学适当开一点这种课我也不反对，但大学主要的，我想还是我刚才所提到的两方面的发展，一个是作为人的现代公民的全面发展，一个是基本能力的培养。否则的话，眼光狭窄地把我们的大学办成一个职业培训班，那可能再度耽误大家，而且可能整个地耽误我们国家民族的发展。

大学教育究竟要培养什么人才尖子？

第二条新闻也让我吃了一惊。说新生未入学，家长和学生就忙成一团，通过一切途径，找各种关系以求打点、照应。据说很多大学生，还没上大学，就开始打听，大学英语课，是哪位老师教的？哪个给分数高？团委和学生会哪一个比较有前途？评奖学金是不是不只看成绩还要在学生会混得很好？还没进学校就开始打听这些消息。据说有一个没有正式报到的新生，把学校里主要领导、团委书记、班主任都摸得清清楚楚。这真让我目瞪口呆。公关思维、搞关系思维，已经渗透到大学一年级学生中，这是不能不引起警戒的。

因为背后隐藏着一个更加严重的问题。这个问题和我们北大是有关系的，人们经常说北大是全国的尖子的集中地，北大要培养尖子，要培养精英。我自己并不一般地反对精英，但是就我个人来说，我更重视非精英，更重视普通的学生。正像鲁迅所说，可能有天才，但是没有泥土就没有天才；而且，“天才大半是天赋的；独有这培养天才的泥土，似乎大家都可以做”。但是像北大这样的学校，培养精英是无可厚非的。我们现在需要讨论的是，我们要培养什么样的精英，或者我们每个同学要把自己培养成为什么样的尖子？这个问题是更加重大，也许是更加严峻的。

我现在恰好对这些尖子学生非常担心——当然不是全体——但是相当一部分尖子学生，也包括北大的尖子，让我感到忧虑。在我看来，真正的精英应该有独立自由的创造精神，也是上次我在北大中文系演讲时所提出的，要有自我的承担，要有对自己职业的承担，要有对国家、民族、社会、人类的承担。这是我所理解和期待的精英。但是我觉得我们现在的教育，特别是我刚才说的，实用主义、实利主义、虚无主义的教育，正在培养出一批我所概括的“绝对的、精致的利己主义者”，所谓“绝对”，是指一己利益成为他们言行的唯一的绝对的直接驱动力，为他人做事，全部是一种投资。所谓“精致”指什么呢？他们有很高的智商，很高的教养，所做的一切都合理合法无可挑剔，他们惊人地世故、老到、老成，故意作出忠诚姿态，很懂得配合、表演，很懂得利用体制的力量来达成自己的目的。

坦白地说，我接触了很多这样的学生，甚至觉得这都成了一种新的社会典型，是可以作为一种文学的典型来加以概括的。下面就是我的文学概括，并不具体指某一个人。比如说吧，一天我去上课，看到一个学生坐在第一排，他对我点头微笑很有礼貌，然后我开始讲课。在一个老师讲课的时候，他对教学效果是有一些期待的，讲到哪里学生会有什么样的反应，等等。因此，我很快就注意到，这个学生总能够及时地作出反应，点头、微笑，等等，就是说他听懂我的课了，我很高兴，我就注意到这个学生了。下课后他就迫不及待地跑到我的面前来，说："钱老师，今天的课讲得真好啊！"对这样的话，我是有警惕的，我也遇到很多人对我的课大加赞扬，但我总是有些怀疑，他是否真懂了，还是不过是吹捧而已。但是，这个学生不同，他把我讲得好在哪里，说得头头是道，讲得全在点子上，说明他都听懂了，自然也就放心，不再警惕了。而且老实说，老师讲的东西被学生听懂了，这是多大的快乐！于是我对这个学生有了一个好感。如此一次、两次、三次，我对他的好感与日俱增。到第四次他来了："钱先生，我要到美国去留学，请你给我写推荐书。"你说我怎么办？欣然同意！但是，写完之后，这个学生不见了，再也不出现了。于是我就明白了，他以前那些点头微笑等等等等，全是投资！这就是鲁迅说的"精神的资本家"，投资收获了我的推荐信，然后就"拜拜"了，因为你对他已经没用了。这是一个绝对的利己主义者，他的一切行为，都从利益出发，而且是精心设计，但是他是高智商、高水平，他所做的一切都合理合法，我能批评他吗？我能发脾气吗？我发脾气显得我小气，一个学生请你帮忙有什么不可以？这个学生有这个水平啊！但是，我确实有上当受骗之感，我有苦难言。这就是今天的北大培养出来的一部分尖子学生。问题是，这样的学生，这样的"人才"，是我们的社会所欢迎的，因为他很能迎合社会的需要，而且他是高效率、高智商，可怕就在这里。那些笨拙的、只会吹牛拍马的人其实社会并不需要，对不对？这样的人，正在被我们培养成接班人。我觉得这是最大的、我最担心的问题。我讲这番话的意思，也不是要责备他们，这也不是这些学生本身的问题，是我们的实用主义、实利主义、虚无主义的教育所培养出来的，这是我们弊端重重的中小学教育、大学教育结出的恶果，这是“罂粟花”，美丽而有毒，不能不引起警觉。

我今天讲这番话是希望在座的同学，你们应引以为戒，并且认真思考，自己究竟要追求什么，要把自己塑造成什么样的人才？不要只注意提高自己的智力水平，而忽略了人格的塑造。这样的绝对的、精致的利己主义者，他们的问题的要害，就在于没有信仰。没有超越一己私利的大关怀、大悲悯、责任感和承担意识，就必然将个人的私欲作为唯一的追求、目标。这些人自以为很聪明，却恰恰“聪明反被聪明误”，从个人来说，其实是将自己套在“名缰利锁”之中，是自我的庸俗化。而这样的人，一旦掌握了权力，其对国家、民族的损害，是大大超过那些昏官的。而我们的大学教育，我们北大的教育，培养出这样的“尖子人才”，就不仅是失职，还会对未来国家、民族的发展带来不可预计的危害，从根本上说，是犯罪的。问题是，我们的教育者对此缺乏警戒，而我们的评价、选才机制，又恰恰最容易将这样的“有毒的罂粟花”选作接班人。在我看来，这构成了中国大学教育，特别是北大这样的重点大学至今未引起注意的重大危机。我个人，退休以后，在一旁冷眼观察中国的中小学教育、大学教育、北大的教育，最感忧虑的就是这个问题，但我一直没有机会提出来。因此，我要感谢今天的座谈会能让我说出自己郁结已久的焦虑。

好像我说得实在太长了，这一番又是梦话，又是忧患之词，就此打住吧。谢谢大家！

2008年5月19日在《我们社》同学的录音稿基础上整理，略有发挥。

三、读书，为了健康地、快乐地、有意义地活着*

健康地、快乐地、有意义地活着

为什么提出这个命题？道理很简单：因为我们现在活着，不健康，不快乐，没有意义。在我看来，这正是当下中国人生存中最大的问题，也是中国年轻人，包括在座的各位所遇到的最大的问题，更是当下的中国教育，从幼儿园到大学教育最大的问题。只要生活在中国这块土地上，我们就会感受到当下中国社会各阶层、各年龄段的人，不仅是穷人，而且包括富人，不仅是老年人，而且包括年轻人，甚至小孩子，都在埋怨：活得太累，活得没意思。

最让我感到震惊的，是我在报纸上看到一组数字，中国平均每年有28万人自杀，有200万人自杀未遂。据2009年世界卫生组织统计，每年全球有100万人自杀，有三分之一在中国。中国自杀者80%在农村，农村自杀者是城市自杀者的三倍。其中女性自杀率比男性高25%。在中国的自杀者中，有两个自杀率最高的人群：一个是十五岁到三十四岁的人群，一个是六十五岁到七十五岁的人群。也就是说在座的诸位和我都属于自杀率最高的人群。为什么自杀率会这么

---

* 2014年4月2日在中国人民大学文学院讲，4月12日在中学教师读书会上讲。

高,当然首先是因为经济困境。但是更多的是精神困境和道德困境。有一个研究生,我记得好像就是人大的研究生,他在自杀前曾经列了一个表,内容是活着的理由和死的理由分别是什么,他列表的结果是觉得死的理由比活的理由多,就自杀了。这说明在当下的中国,特别是年轻人当中,活着的理由成了问题。所以我有一本书书名就叫作《活着的理由》。那么我们就要追问:这是为什么?

这就必须对我们所处的时代,以及时代所遇到的问题作一个宏观的考察。对此我要引用一个鲁迅的观点。鲁迅说,人活在世界上,一要生存,二要温饱,三要发展。应该说在很长一段时间内,中国的发展一直围绕着生存和温饱的问题。记得2009年,中华人民共和国成立60周年的时候,我曾经作了一个总结:新中国成立的60年内,以及往上追溯的100年间,中国人民实际的奋斗目标只有三个:建立一个独立的中国、统一的中国、吃饱饭的中国。独立和统一是生存的问题,而吃饱饭就是温饱问题。现在,经过60年乃至100年的努力,我们实现了这三大目标:中国独立了,中国统一了,中国经济发展了,大部分人吃饱肚子了。我们这么多人口,这么大国家,能做到这三点,是非常不简单,很不容易的。

但是我们为之付出了巨大的代价。为了解决吃饭问题,也为了国家的强盛,我们走了一条"经济发展就是一切"的道路。发展经济本身并没有问题,但是如果走向极端,把经济的发展、物质的享受变成唯一的追求,那就有问题。我们同时强调个人权利和利益,这本身也没问题,但是如果发展到把个人利益作为唯一的目标,也出了问题。诸位正是在这么一个时代成长的。这本身是具有合理性的,我们这一代人,对此是深有体会的,因为我们年轻时代是绝对否定物质利益、否认个人利益的,我们都成了清教徒和驯服工具,那也是违背基本人性的。现在有些人竭力美化我们那个时代,以此完全否认今天的历史进步,是没有道理的。问题不在追求个人利益和物质利益本身,而在于把这样的追求发展到极端，就不合理了，而且会产生非常严重的后果：把人变成了纯粹的物质化和个人化的经济动物，这就形成对人的本性和生命存在的扭曲，甚至会引发精神危机和生存危机；当人的欲望不加节制地极度膨胀，对物质的追逐成为人活着的唯一动力，社会对人的评价也是看能不能赚钱，能赚钱就有一切，不能赚钱，就什么都不是。这就是我们今天的现实。当人仅仅为钱为欲望活着，缺少精神支撑的时候，就会产生两个问题，一是生活遇到挫折，物质欲望不能满足，就会觉得生命没有价值，二是即使有了钱，富裕了，也会觉得生活空虚，因为除了物质什么都没有，也会产生生命的虚无感。这就是为什么今天有钱的人和没钱的人都觉得无聊，都失去活着的动力的原因：这是把生活和追求绝对物质化和个人化的后果。

另一方面，当个人的物质利益，成为人与人连接的唯一纽带和尺度的时候，人与人的关系变成金钱关系和利益关系的时候，人际关系就很冷淡，就会产生和他人隔绝的孤独感。人觉得自己的生与死和他人与社会没关系，甚至没有人关心和需要自己活着的时候，也会失去活着的理由与动力。鲁迅在《孤独者》的小说里说，人活着有三个层次，一是为自己活着，为自己的理想和追求活着；理想与追求实现不了，就为爱我者活着，为父母、妻子和孩子活着；再不行，就为敌人活着，鲁迅就说他活着，是为了像黑色的魔鬼一样，站在敌人面前，让他们生活得不那么愉快和圆满。当然这是鲁迅的想法，我们大概都不会为敌人活着，但我们至少也得为自己、为爱我者活着。但在当下中国应试教育下，父母与子女的关系也在变化：父母对子女的唯一要求就是要应试成功，当应试的功利化成为父母与子女之间连接的纽带的时候，亲情之间的关系也会变得冷漠，为爱我者活着的动力也不足了。

还有，我们的应试教育已经完全剥夺了孩子童年的快乐，人从小就不能尽享人生的快乐，不懂得生之乐趣，活着的意义也就淡薄了。

此外，我们的经济发展也造成了环境污染。2013年最让人恐怖的记忆，就是从年初到年末的雾霾天气，还延续到此刻，现在，我们突然发现，北京，以至中国许多地区，都成了不适宜人居住的地方了。这样的生存环境，也会影响我们生命的质量和意义。

这样，能不能健康地、快乐地、有意义地活着，就成为当下中国社会的一个严重问题。

我们再回到鲁迅的命题上来。鲁迅对他所说的“一要生存，二要温饱，三要发展”有一个补充说明：“我所谓生存，并不是苟活；所谓温饱，并不是奢侈；所谓发展，也不是放纵。”“不是苟活”，就是要有意义地活着；“不是奢侈”，“不是放纵”，就是要健康地、快乐地活着。如果说前一个时代，中国还处在以物质欲望和个人利益的满足这样的基本的、必要的，又是低层次的“生存、温饱”阶段；那么，在今天，这些问题基本解决之后，我们应该进入一个“发展”的新阶段，也即是高质量的生存、温饱和发展时期，要求在物质和精神两方面都得到全面发展。这是一个时代的重大转折，这个时代的中心命题就是“健康地、快乐地、有意义地活着”，前一段时间是为了吃饱饭活着，现在就要求活得健康、快乐、有意义。对此鲁迅还有一个说法，就是“幸福地度日，合理地做人”。

同学们一定要认识与把握这样的时代主题（任务、使命、要求）的根本变化。某种程度上我们正在经历一个由“物质主义”的时代向“后物质主义”的时代过渡的历史转折期。也许现在许多人还是延续着物质主义时代的思维与习惯，沉迷于物质与欲望的“小时代”，但有思想、有觉悟的青年，应该看到时代发展的新趋向，及时调整自己的生活目标，更自觉地追求健康、快乐、有意义的新生活。

在我看来，提出这样的一个命题，在当下中国具有三大意义。

第一，它应该成为我们今天全面改革的目的，我们之所以要进行政治体制改革、经济体制改革、社会体制改革以至生态改革，就是要从各个方面对中国人健康地、快乐地、有意义地活着提供制度保证。

第二，它应该成为我们教育的目标。我们的教育，就应该是要让青少年健康地、快乐地、有意义地活着，能够幸福地度日，合理地做人。这是应该和可以作为我们今天的教育纲领的。

第三，它同样应该，也一定可以成为我们每一个人的生活目标。我觉得这个问题的提出，对在座的各位有着特殊的重要的意义。人们通常把你们称为“80后”、“90后”，并且有很多批评，我都不以为然。我认为，每一个时代都有每一个时代的问题，而每一个时代的人最终都能自己解决自己的问题，从而顺利地接班。但我又认为，“80后”、“90后”又确实有一个重大的不可回避的问题，就是你活着有没有目标。应该说你们以前是有目标的，就是考上大学，但是考上之后怎么样呢？我接触过很多学生，刚入学的时候很兴奋，但到了下半年就开始觉得困惑了，失去了目标，可以考研究生、出国，但这也不能成为一个长期的目标。这就是摆在诸位面前的一个最重要的问题：如何确定自己的生活目标，这也是一个信仰问题。我觉得，可以把健康地、快乐地、有意义地活着当作你的目标，这可能是一个比较切实的选择。

这样，我们的讨论，就需要再深入一步：如何理解“健康”、“快乐”、“有意义”？“幸福地度日，合理地做人”，这十个字的内涵是什么？何谓“幸福”，何谓“合理”，何谓“健康”、“快乐”，何谓“有意义”？

“健康地、快乐地活着”的背后，有一个幸福观的问题；“有意义地活着”的背后，存在一个价值观的问题。在幸福观和价值观的问题上，鲁迅有十分精彩的论述。

先说幸福观，其核心是讨论精神和物质的关系。对此，鲁迅说了三句话。第一句话：“钱是要紧的。”也就是说物质是要紧的，穷困不是幸福，物质是基础，我们应该理直气壮地追求物质利益。第二句话:“自由不是钱所能买到的。”金钱并非万能,物质不能穷尽人性之根本。就是说,既要追求物质,又不能把物质当成是绝对的唯一的追求。第三句话:“自由能为钱所卖掉。”过分地追求物质,你就失去了自由;只注意外在的物质而忽略了内在的精神,就会被物欲所遮蔽,而失去人的本性。因此鲁迅呼吁:我们要“致人性于全”。也就是说,要在满足人的物质欲望和精神欲望两者之间达到一个合理的平衡,完全否认物质追求是不行的,只强调物质而忽略精神也是不行的。

我想补充的是,要求物质与精神间的平衡,从总体上说,是没有问题的,也可以说是我们的理想;但是,具体到每个人来说,总是有所偏至:偏于物质,或偏于精神,必须面临一个选择。而在鲁迅看来,人既是动物,在物质欲望满足上就跟所有动物一样;但人更是精神的动物,人之所以区别于牛马猪狗,就是有精神追求。所以鲁迅认为精神生活是“人类生活之极巅”,在精神追求上,应该是无止境的,但在物质追求上,应该是有节制的。鲁迅说“温饱不是奢侈,发展不是放纵”,就是这个意思。所以,我在很多场合,都提倡一种简朴的物质生活,和丰盈的精神生活。其实简朴的生活是更接近人的本性的,而奢侈放纵的生活,却是远离人的本性的。什么叫幸福地度日,什么叫健康地活着,在我看来有两条:第一条,在总体上追求物质欲望的满足和精神自由发展之间的平衡;第二条,在具体执行上,应该追求简朴的物质生活和丰盈充足的精神生活。我给自己定的目标是,物质生活能达到中等或中上水平,就满足了;但我的精神生活却是要第一流的。我按着这个目标去生活,就觉得幸福、健康、快乐。

什么叫“合理地做人”?什么叫“有意义地活着”?这背后关乎如何处理人和社会的关系、个体和群体的关系问题。鲁迅也有两句话,第一句说:“人各有己,而群之大觉近矣。”就是说当每个人都感知到自我的存在与价值,人群就近乎彻底觉悟了,这是强调个体的自由觉醒是社会觉醒的前提。鲁迅还说:"人各有己,而中国亦以立。"每个人都把握了自己,具有独立的意志,中国也就真正站起来了,认为个人独立,是国家独立的基础和前提。在鲁迅先生看来,人的本性,首先表现为他的个人性。

但鲁迅还有第二句话:"无数的人们都和我有关。"也就是说,我不是孤立的存在,而是和无数的人们构成一个休戚相关的"生命共同体"。因此鲁迅说,"真正博大的诗人",是能够体会到人世间的快乐和痛苦的。别人的幸福是他的幸福,别人的痛苦也是他的痛苦。因此人不能够只是"咀嚼身边小小的悲欢,以此为整个世界"。这是鲁迅对当时年轻人最严峻的批评。他提醒人们注意,人的本性不仅具有个人性,更具有社会性:人只有在社会与群体的发展中,才会有真正个体的发展。

正是在对人的个人性与社会性这两大根本属性的认识基础上,鲁迅提出了新的价值观,新的伦理观,叫作"自他两利"。追求自我与他人、个体与社会利益之间的平衡。我常跟志愿者说,志愿者虽然是为他人服务,但首先也是为己,认定只有在利他过程中,才能实现自己的生命价值,是把利他和利己统一起来。我因此常常要说两句话:当强调"我们"的时候,别忘了"我",因为"我们"的发展是以"我"的发展为基础与前提的;当强调"我"的时候,又别忘了"我们",因为"我"必须在"我们"的共同发展中取得发展,这是一个辩证的关系。

这里有一个平衡的概念:如何"幸福地度日","健康、快乐地活着"?就是要在物质与精神关系上取得相对平衡;什么是"合理地做人"、"有意义地活着"?就是要在个人与社会、群体关系中取得平衡。而我们中国最大的毛病就是"钟摆现象",老是偏向一方,一强调物质就没有精神,一强调他人就没了自己。现在我们就要回到"中道"来。当然,我们讲的是动态平衡,完全平衡是没有的,是在不断矛盾、不断偏至的过程中达到某种相对平衡。

从刚才的讨论可以看出,健康、快乐、有意义地活着,讲起来很容易,但实际内涵很丰富,这就需要我们去研究、琢磨,更重要的是需要我们去实践。

紧接着的问题就是,如何实践?这是我讲的第二个题目。

静悄悄的存在变革,从读书开始

前面讲到,要真正使得每个中国公民快乐、健康、有意义地活着,是需要制度保证的,这也是我们要进行经济、政治等领域的全面改革的原因。但这样的全面改革,普通人不容易参与。于是就有了一个问题:普通人怎么办?我们注意到这样一种现象:很多人对自己的生存状态感到不满,感到累、没意思的时候,又无力改变,就陷于焦躁、牢骚、怨愤之中。问题是,如何走出这样的困境?

我的建议是,第一不要发牢骚,第二不要等待,要自己行动起来,从改变自己和改变周围的人的存在开始。这里要引用鲁迅的话:“青年何须寻那些挂着金字招牌的导师,不如寻朋友,联合起来,同向着似乎可以生存的方向走。因为你们所多的是生力,遇见深林,可以劈成平地的,遇见旷野,可以栽种树木的,遇见沙漠,可以开掘井泉的。”鲁迅号召青年人自己解救自己,自己联合起来,联合起来干什么呢?我建议,就联合起来,按我们的价值观、按我们的理想去健康、快乐、有意义地活着,创造一种新生活:在这个追逐物质享乐的消费社会里,我们这一群人尝试着物质简单、精神丰富的生活方式;当许多人奉行极端利己主义,拒绝承担任何社会责任和社会道义的时候,我们这一群人,尝试着利己利他;当许多人奉行将他人视为敌人,坚持丛林法则,进行残酷的你死我活的斗争的时候,我们这一群人,不把别人当敌人,而当成兄弟姐妹,大家一起合作;当这个社会充满谎言的时候，我们这一群人努力部分地生活在真实里，等等。别人我们管不了，但是我们自己可以管自己，或者我们这一群朋友可以互相理解，共同行动。我们联合起来，自己去尝试过一种快乐的、健康的、有意义的生活，幸福地度日，合理地做人。这是可以做得到的。这就是存在变革，从改变自己和周围人的存在开始。这是每个人都可以做的，只要你愿意。但我强调“静悄悄”地做，不对抗，不张扬，低调说话、做事。别大声嚷嚷“哎呀你们不合理呀”，你就静悄悄地该做什么做什么，这样可以最大限度减少阻力，而且也的确没有什么可以大声张扬的地方。你不要摆出一副愤青的姿态。我们要相信一点：我们的追求，刚开始不被理解，很孤独；但我们追求的“快乐、健康、有意义地活着”，这是最符合人性的，就像我们刚才所说的，第一，人根本上是一个精神的动物；第二，人既是个人性的更是社会性的，不管今天人们如何热衷于物质的、个人的欲望的满足，但迟早是要回到人的精神性追求和社会性追求上来的，这就是人性的力量。我们对于根本的人性，要充满信任和自信。你要相信，符合人性的事情总是会得到别人的理解。只要你成功了，就会有更多的人跟着你一起做。这是一种人性的内在吸引力和竞争力。我们做得好，就会对周围产生影响，像滚雪球一样地逐渐扩大。我记得我参加过北京最早的志愿者组织，当时没几个人参加，但现在发展得相当可观。

除了要有对人性的信心之外，还要有“对青春的信心”，要相信青春的力量。人到生命的青春时节，就会充满理想，充满对美好未来的向往，充满幻想，充满活力，这都是几乎出于本能的精神追求。我们说，应试教育压抑了人的青春力量，但却不可能根本摧毁，那潜在的青春精神的萌芽依然存在，等待浇灌，开发。教师的职责就是发现与培育，前提是要有信心。要满怀信心地去开掘学生内在的青春精神，以此作为改变学生生命存在的开始，并在这一过程中，使教师自己的生命也永葆青春。

我们再追问一句:这样的存在变革从哪里开始?我的建议是:从读书开始,从组织读书会开始。

我最早接触的,是福建的一群老师,在网上建立1+1读书俱乐部,每月集体读同一本书,在网上交流、讨论。住在同一个城市里的还可以定期聚会讨论,采取AA制,成本很低。那年我到福建去了,他们就在网上发布消息说钱理群教授来了,马上就有各县的人聚集到福州来听我讲,听完再一起讨论,他们就走了。这样一个简便易行的方式,就把志同道合的人都聚集起来,就改变了每个人的孤立无助的状态,在共同阅读过程中会形成某种共同理念。

这里又要追问一个问题:为什么从读书开始?读书的重要性到底在哪里?

我想我有两个理由:第一,快乐、健康、有意义地活着,关乎幸福观、价值观、人生观,关乎我们的信仰问题,这问题的解决不能凭空想,需要建立在深厚的知识和精神资源的基础上,这就需要读书。在我看来,某种程度上,全世界的文明历史就是各地区、各民族、各时代人,在不断寻找合理价值观和幸福观的过程。这样一些寻找过程中积累的经验全部集中在书本里,特别是经典著作里。所以我们首先要读经典,广泛吸取人类文明精华,作为解决价值观、幸福观、人生观问题的基础。第二,读书本身就是一种最理想的生活方式,本身就是健康的生活方式,同时也非常快乐,极有意义。中国古话说"书中自有黄金屋,书中自有颜如玉",这可能有假;但是"书中自有意义在"这句话无假,而且是人类文明积淀的那种意义。读书可以延伸我们的精神空间,生命空间。而且我常说,人只有在读书的时候,才最平等,每个人都可以读书,而且完全独立自主:任何人,从孔夫子到普希金,你招之即来,挥之即去。你想见孔子,打开《论语》就见到了;你不想见,合上书他就走了,这多自由啊,以你为主,而且完全超越时空的界限。这何等快乐!何等幸福!此时不读,更待何时!

这是从普遍意义上说读书的价值与作用；从在座的诸位的角度说，大学是人生最好的读书的时光。我经常和大学生们讨论一个问题：你们自命为大学生，但是，你们知道大学是干什么的吗？你想过大学在你人生阶段中占据什么样的位置吗？我看很多人没想过，糊糊涂涂地当大学生，还自以为豪，我是大学生！我有两句话，第一，大学不同于中学，他有相当的独立自主性。中学时期你是“未成年人”，你不独立，要听家长老师支配；到了大学，你就是公民了，你享受了公民权利，可以独立自主地支配自己的生活。第二，大学又不同于工作以后，你们的任务是准备为社会服务，不要求你直接为社会服务。你享有公民权，却不需要承担过多的公民义务。有权利而少义务，这是何等快乐的事！你的任务就是最大限度地充实自己，而充实自己的最重要的手段，就是读书。从表面上看，大学生活是极其简单，甚至是有些单调的；但你只要读书，进入书籍的世界，你就有了丰富的文明人生。而且一生中只有这四年（如果再读研究生就是七年或八年）：中小学你为应试而读书，那是机械的狭窄的被动的读书；大学毕业后你要成家立业，为人生奔波，没有时间，至少是没有集中的时间系统地读书。我看有些同学一上大学就忙着公关、搞关系、赚钱。我总忍不住要对他们说：钱以后能赚，书以后不一定会读。你公关、赚钱上的时间长得很，何必浪费大学时光做这些以后可以做的事。一定要记住一个常识：上大学就是来读书的，不是来搞关系、赚钱的！

接着就有一个问题：怎么读书？这也是我要讲的第三个问题。

关于读书的几点建议

我还是先介绍鲁迅在《读书杂谈》（见《而已集》）和《随便翻翻》（见《且介亭杂文》）等文中提出的读书观，大概有四个要点。

第一,鲁迅劝告年轻人:“大可以看看本分以外的书,即课外的书,不要只将课内的书抱住”,“学理科的可看看文学的书,学文学的,偏看看科学书。看看别个在那里研究的,究竟是怎么一回事,这样子,对于别人,别事,可以有更深的了解。”鲁迅说:“现在中国有个大毛病,那就是人们大概都以为自己所学的一门是最好,最妙,最要紧的学问,而别人的都无用,都不足道的。弄这些不足道的东西的人,将来该当饿死。其实是,世界还没有如此简单,学问都各有用处,要定什么是头等,还很难。”

鲁迅提醒我们,要有更开阔的视野。大家要看清楚未来学术发展的前景。未来学术发展是要走向综合的,不仅是理、工、文的通,还有文、史、哲的通,现在讲“通识教育”强调的就是“通”。还有,我们现在是知识社会,人的职业会不断变换。特别是中文系的学生,尤其如此。所以最重要的是你的学习能力。在工作中真正用到的东西,都是靠自学得来的。你的知识结构越合理,你就越能适应职业、知识不断更新的时代。你们的视野、能力现在被中学应试教育搞得非常狭窄,这是短视的,我们需要全面的、长远的发展眼光和知识储备。

第二,要为趣味而读书。鲁迅说,读书大体可以分为两种,一种是职业的读书,一种是兴趣的读书。应试教育的读书,基本是职业的读书,就业教育的读书也一样,都是出于功利目的的读书。鲁迅倡导的是“出于自愿,全不勉强,离开了利害关系”的“嗜好的读书”。读书应该是非功利的,只求阅读中的趣味、快感。我们讲“快乐地活着”,读书就是最快乐的生活方式。应试教育的最大罪恶就是把最快乐的读书变成最不快乐的事情。同学们上了大学,就应该从这样的有明确功利目的的,让人痛苦不堪的读书中解放出来,为趣味自由读书!如果仍按中学生应试教育那一套去读书,就是作茧自缚了。

第三,鲁迅提倡一种“随便翻翻”的读书方式。读书可以正襟危坐地读,也可以随便翻翻地任意地读。随便翻翻也是一种“比较式”

的读书。读各种不同意见的书，不只读主流的正史，还要读点异端的野史，这就有了比较，“比较是医治受骗的好方子”，如此才能更好地了解历史的原貌。只读一种意见的书，很容易被俘虏，拘于成见，失去独立思考的能力。

随便翻翻还有一层意思，就是陶渊明《五柳先生传》中说的“好读书而不求甚解”。读书有两类。一类是原典、经典，要一字一句地认真读。这样的书并不多，如学文学，就要读《论语》、《孟子》、老庄的书，这是中国文化的源头，还有唐诗，中国青春期时代的诗歌，还有《红楼梦》、鲁迅，还有《楚辞》、《史记》、苏东坡等等。这些都是基本的经典，就要逐字逐句，尽可能读懂。其余的书，就不必如此认真，泛泛而读就可以了。毕竟人的精力有限。要把精读和泛读结合起来。泛读，就是知其大意，不求甚解。说不定反而得其神韵，不必过于拘泥。有的书初读不懂，只能囫囵吞枣，读多了，自会融会贯通。鲁迅还提倡一种读书方法：“先行泛览”，读多了，你就会发现，有那么几个作家，特别有价值，又特别合你的口味，你非常喜欢，经过这样的筛选，你就会找到你最能与之神交的作家，“然后抉择而入手，自己所爱的较专的一门或几门，一人或数人”，然后大量地读，反复不断地读，甚至读一辈子。我的经验，这样的终身阅读的对象，最好是一个或数个大家，这是能够成为你的精神依靠的。我的学术研究的功底，以至生命的底子，就靠鲁迅。

第四，鲁迅提醒说：“倘只看书，便变成书橱。”自己的脑子被别人的“马”践踏个遍，就没有自己了。补救的办法有二，一是读书要“自己思索”，把读书和思考结合起来；二是读完书还要“自己观察”，“用自己的眼睛去读世间这一本活书”，“和社会接触，使所读的书活起来”。我因此曾经建议中学语文教师应该做到“读书，思考，写作，实践”的四结合，这也是青年的成长之路。

在这里，我还要建议诸位：第一步，联合起来，举办读书会。第二，在读书中共同思考，形成共识，把读书和实践结合起来，做一些改变自己和改变周围存在的好事。有一位教育家提了一个口号："好人要联合起来做好事"，我很赞成。据我观察，读书与志愿者活动结合起来，是一个很好的选择。"做好事"也有两个方面：一是为社会服务，一是为自己寻找、创造更为合理的生活方式，生命存在方式。在这方面，许多志愿者组织作了新的尝试，我在许多演讲里多有阐述，这里就不多说了。

我也由此想起了中国传统的"书院教育"。直到上一世纪30年代，梁漱溟先生还在做这样的试验：他先在北京什刹海，后来又在山东农村，租一套房子，和他的学生、年轻朋友住在一起，朝夕相处，讲学，读书，思考，讨论，同时游走于大自然中间。每日天将明未明之时，举行"朝会"，并且有这样的描述："疏星残月，悠悬空际，山河大地，皆在静默"，大家默然反省着自己，"心不旁骛，讲话声音低微而沉着，能达人人心里的深"。梁漱溟有言，人活在世界上，就是要处理三大关系：人与自然的关系，人与人的关系，人与自己内心的关系。因此，最理想的读书方式与境界，应该是志同道合者聚集在大自然环境里，共同劳动、做饭、过简朴生活，一起读书、讨论。真正静下心来，既与大自然交流，又彼此交流，更逼向内心：读书不仅是交流，还要内省。这样，生命就真正沉潜下来：沉到历史的最深处，社会的最深处，大自然的最深处，思想的最深处，内心的最深处，生命的最深处。这样的沉潜读书，才是真正的读书。这样的读书，能达到人与自然、人与人之间的和谐，让心静默，这就自自然然地建立起了真正的心灵家园、精神家园。坦白地说，这是我多年的梦想，我的隐藏在内心深处的读书理想、教育理想，这其实是最理想的研究生教育，也可以部分地实现在大学生教育，以至中学生教育里。今天，我把它说出来了，是因为我觉得，看起来，这似乎是一个梦话，但并非完全不能做到。至少在假期，就可以做这样的短期试验：今天有这样的经济条件，社会环境也允许，更何况志同道合者已经聚集起来，我们就不妨浪漫一点，真的做一回梦。我们不满现在的心理状态和生活状态，那就应该行动起来，去做新的尝试，按我们的理想去生活，在不健康中求健康，在不快乐中求快乐，在无意义中求意义，在不幸福中求幸福，在不合理中求合理，哪怕只有短短的一两个星期、一个月，仅仅是生命的一个瞬间，但很可能这一瞬间，会永远温暖你和你的朋友的心，会照亮你和朋友们的人生之路。就看你愿不愿意，还有你的能力能不能达到。

我的话讲完了，谢谢大家。

据中国人民大学学生张亮、张逸文、李泓阅、刘书颉录音整理稿最后修订，2014年4月20日。

四、我们为何读书，如何读书？

——在一耽学堂的讲话*

看到诸位，我就想起自己的年轻时代，自然有说不出的亲切感。我同时感到陌生，因为据说诸位都是“80后”的一代人，我已经很不熟悉了。但我仍然关心着你们的成长，今天想和你们讨论的问题是，到大学来读书，不仅是为了求知识，还得思考“我为什么活着？我要追求什么？我的社会理想、人生目标是什么？”这样一些根本性的问题。这些问题不想清楚，不能确立自己的人生观、世界观，会影响你一生的发展。

当然，这些问题，是要靠自己来解决的，理想、信念、信仰，都是要出自内心，成为自己的血肉的。而且，其形成也是要有一个过程的，甚至要经历长期的、痛苦的探索。一般说来，在大学期间，甚至在研究生阶段，都只能打一个基础，需要在离开学校以后，在社会实践中逐渐建立起来。

这正是问题所在：作为一个在读的大学生、研究生，如何为自己的世界观的形成打基础？

我想从学生生活的特点说起。人其实有两种生活的，首先是现实的物质生活，它是受到时间和空间的限制的，同学们有时会觉得每

---

* 2006年11月18日讲。

天过着“从宿舍到教室、图书馆到食堂”的三点一线的生活非常枯燥，就是感受到这样的时、空的限制。但你们还有另一种生活，即当你坐在教室里听老师讲课，坐在图书馆里，翻读一本又一本的书，你就打破了时间、空间的界限，和千年之远、万里之遥的古人、外国人，进行精神的交流：这就是你的精神生活。学生生活的最大特点，就是他生活的现实空间是相对狭窄的，而他的精神生活的空间却是无限广阔的。其主要途径就是读书。而读书，如我们这里所说，就是和古今中外的没有见过面的朋友进行心灵的对话，精神的交流。而最神妙之处，就在于这些书上的朋友，是你可以自由挑选的，而且可以“招之即来，挥之即去”。那么，这里就有一个如何“择友”，即读什么书的问题。我们提倡阅读经典，就是因为这样你就可以和真正的思想、文化、科学、文学的大师对话，从他们那里直接吸取人类文明的精华，使自己在人生起点就站在“巨人”的肩膀上，占据了精神的制高点。这样，你就为自己的理想、信仰的建立，吸收广泛的精神资源，打下了最坚实的基础。理想、信念、信仰，不能产生于个人的苦思冥想中，而必须建立在深厚的知识学养和人类文明的精神继承的基础上。

这里，还要说到大学生的另一个特点。我在很多场合，都谈到“大学是最美好的人生阶段”，因为你既享有公民的权利，又基本上没有公民的义务。这是什么意思呢？在中学阶段，你还不是公民，是“未成年人”，你基本上没有独立自主权，你的一切基本上都是家长、老师决定的，你的读书更是受到高考的制约；而现在，你成了公民，又没有高考的压力，你就可以独立地设计自己未来的发展道路，自主地选择自己的人生道路。但另一方面，你又还处在人生的准备阶段，社会并不要求你服务，基本上没有什么义务，这样你就处在一个相对的可以自由、自主地支配自己的时间、集中自己精力的人生阶段。这是十分难得的，因而必须珍惜。

在我看来，这是一个自由读书的大好时机，大学、研究生期间，应该把精力集中在读书上，特别在阅读经典原著上好好下功夫。而阅读又应该是广泛的：不仅读古代经典，也读现代经典；不仅读中国经典，也读外国经典；不仅读自己专业的经典，也读专业以外的经典；不仅读经典，也读其他著作，这就是所谓"开卷有益"。为什么要强调广泛，不主张过早地把读书的范围集中在一两个经典作家、经典著作上？那会限制了你的视野，缺乏必要的比较、选择，是不利于自己的独立世界观的形成与发展的。我们要有这样的气魄与胸襟：将人类创造的一切文明尽收眼底，将尽可能广泛的精神资源吸纳于心，有了丰厚深广的精神底气，你才可能有真正独立的选择和创造，从而形成自己的世界观、人生理想，建立起自己的信仰。

这就是说，我们提倡与强调在大学、研究生阶段要自由、自主地广泛读书，不仅是为了增长知识，获得谋生的手段（当然我们也不必回避这方面的目的），更是为了自身的精神成长，是为了解决自己的人生观问题，建立自己的终生信仰打基础而读书，是为了"立人"而读书。我们读书、学习、作研究，都要问一个问题：和自己的生命成长，有什么关系？和自己的生命无关的读书，那是死读书；和自己生命无关的研究，那是毫无活力的研究。

这里，我想讲一点个人的，也是我们这一代的一段经历和经验。那是在"文革"后期，客观现实的种种，都使我们感到绝对的失望，我们自己也陷入了极度的迷茫：这种情况颇有些接近今天的某些敏感的大学生。怎么办呢？于是，一群朋友悄悄集合起来组织读书小组。我们读书的目的是十分明确的，就是要通过读书，解决"自己向何处去"的问题。但我们又都是"身无半文，心忧天下"的理想主义者，因此，在我们看来，"自己向何处去"是和"中国向何处去，世界向何处去"这样一些更广阔的、更根本的问题连接在一起的。也就是说，我们是把自我生命的成长和祖国、世界的命运联系在一起的。这就形成了一个强大的读书动力：为寻求国家、民族，以至世界发展道路而读书,为寻求自己精神发展之路而读书,一句话,为寻求真理而读书。

但另一方面,我们当时的读书环境、条件又是极其恶劣的,是今天你们所难以想象的。首先是没有书可读。文化大革命中许多书都被烧毁了,或者封存了,而我们又地处贵州这样的边远地区,就更找不到书读。我们就只有偷书,这里不妨向大家坦白,我也和学生一起将学校图书馆封存的书偷出来读,当时我们都拿鲁迅小说里的孔乙己的话自嘲:"读书人的事,能算偷么?"但即使这样,能够读到的书也很有限,我们当时读的主要就是鲁迅的书,马列主义经典作家的书。我们读得很认真,一字一句地读原著,一起讨论,热烈地争辩。而这些讨论、争辩,都只能秘密地进行。因为在"文革"中,古今中外的著作,都被称为"封(封建的)、资(资本主义的)、修(修正主义的)",阅读、讨论这些著作就会被横加"放毒,散毒"的罪名。即使是读鲁迅著作、马列主义经典作家的著作,也会被看作是对毛泽东思想著作的不尊,更何况我们读鲁迅、马列,是以此作为批判现实的理论武器,那就更是大逆不道。在当时,全国各地都有这样的形式不同的读书小组,后来被称为"民间思想村落",据我所知,就有不少读书小组被当作"反革命小集团"而遭到残酷的镇压。而这样的危险性,我们都是意识到的,也就是说,当时我们是冒着风险,顶着巨大的压力来读书的。我们那个读书小组,大部分成员都是小学毕业生、中学生,只有我一个人是大学毕业生,都称我为"钱师"。这些年轻朋友都向我提出一个要求:希望我给他们讲讲西方文学经典,因为他们很少接触过。一个偶然的机缘,得到一本法国喜剧作家莫里哀的《悭吝人》。但又不敢公开地讲,只能选择一处偏僻的深院,大家一个一个地溜进去,然后拉上窗帘,在昏暗的灯光下,轻轻地讲:这可以说是我一生中最难忘的一次讲课。

但也正因为如此,这样的读书就真正是刻骨铭心的:都读到心里去,融入自己生命中了。我经常讲,我是在生命处于绝望时,通过读书,和鲁迅相遇的。在相遇中,自己的生命得到了升华,走出了困境,我的世界观、学术观,以至鲁迅观,都是在那样的非常时期的非常读书中奠定基础的,深刻地影响了我以后的人生道路、学术道路。而且已经形成了习惯:每当我的人生处于低谷,陷于苦闷中时,我就关起门来读书、写作。一书打开,就一切皆忘,在和自己心仪的大师巨匠的心灵交流中,眼前的困惑也都迎刃而解,仿佛从污泥中拔出,进入了一个更高的生命境界:我就是仰赖读书与写作度过自己一次又一次的精神危机的。这样,读书、写作,就成了我内在生命发展的需要,成了自己安身立命的依托。

今天你们读书的环境已经和我们那个时代完全不同了,至少你们不必偷着读书,读书也不会有罪了。但你们也会有新的问题。有人说,过去是“不准读书”,现在是“自己不读书”,认真读书的人,会被看作是“书呆子”,也有压力。或许正因为这样,我们当年读书的经验,比如为追求真理而读书,以读书为内在生命发展的需要、安身立命的依托,或许对你们也有启示的作用。

当然,为了重建信仰,不能单靠读书。因为书本上的东西,再好也是前人的、他人的,只能借鉴,而且要真正化为自己的生命的血肉,都得靠自己的实践。因此,我赞成你们一耽学堂的说法:“走出书斋,走出小我。”去读“生活”那本大书,到普通老百姓那里去吸取更加广阔、丰厚的精神资源,到社会底层去,了解中国的国情,认识脚下的土地。在大学期间,研究生阶段,应该以读书为主,但也要抽出一定时间,参加社会实践活动,这也是年轻一代重建信仰的必由之路。正因为如此,这些年,我一直非常关注大学生中的“青年志愿者运动”。在这方面,我写了不少文章,也作了多次演讲,这里就不多说了。

我今天所要讲的,概括起来,就是两句话:一要读书,二要参与社会底层变革的实践。读书,可以开拓你的精神世界;实践,则使你和中国的社会实际密切接触。既“仰望天空”,又“脚踏大地”,你这个“人”，就“立”起来了。我知道，在当下中国，同学们要这么做，是非常困难的，有的时候就不免有孤独之感。这就需要联合起来，组织起来，大家一起读书，一起参与社会实践，用我经常引用的庄子的话来说，就是“相濡以沫”，共同面对我们的问题。我今天在你们一耽学堂里，就感受到了这种“相濡以沫”的力量。希望你们坚持下去，自己走出一条路来！

2007年6月11日、12日、27日整理、补充。

五、“我们”中的“我”，“我”中的“我们”

——在北京大学“我们”文学社十周年社庆上的讲话*

“我们”社成立十年了！这是很让人兴奋的，一个大学里的学生社团，能够这样坚持下来，而且队伍越来越壮大，很不容易。这是我首先应该向大家表示祝贺的。另一方面，作为一个顾问，我也有很多的感慨。因为在座的同学，我都不认识了。我是2002年8月退休的，而同学们大部分都是在此之后入学的。见到你们，我真觉得自己已经老了。不过我们之间好像还能够进行对话，这又是我感到欣慰的。

今天，我主要想和同学们讨论一个问题。十年前，“我们”社刚成立时，我有一个题词，讲的是我对“我们”社命名的理解，一共十个字：“我们中的我，我中的我们。”当时，我没有作任何解释，这十年来，也没有机会讲，今天，就来作一个迟到的说明吧。

我之所以十年不变地关注，今天又要来特意谈这个问题，是因为“我”和“我们”的关系，是一个现当代文学史、思想史里的大问题，也是一个人生的大问题。这个问题在当下的中国，或许还有一种现实的意义和迫切性。

这也是最近我一直在思考的问题。随着经济的发展，大多数人已经

---

* 2007年5月9日讲。

基本上解决了温饱问题；在座的同学，大部分已经做到了“衣食无虞”，不愁吃，不愁穿，也有地方住——其实，都是你们的家长、国家给包了。这时候，你就应该考虑，如何有尊严、有意义地活着，追求怎样一种合理的、更健康的生活方式、生命存在方式，这就是“价值重建”、“生活重建”的问题。具体地说，你就必须思考，要追求怎样的更健全的人性发展，如何更新、建立更健全的物质和精神的关系，如何更新、建立更健全的人与人之间的关系，个人与群体的关系，个人与国家、社会、世界的关系，个人与自然、宇宙的关系，等等，以此重新确立自己的生命个体在群体、社会、世界的位置，建立属于自己的健全的人性秩序，为自己的生命给出一个意义。

在这样的视野下，同学们大概已经明白我今天要和大家讨论的问题的意义了。“我”和“我们”的关系，也就是“个体”和“群体”的关系，应该是我所说的“价值重建”、“生活重建”的核心问题之一。它所涉及的问题也很多，今天无法全面展开。我想从一个历史的角度来讨论，看看20世纪里我们中国人、中国知识分子在这个问题上曾经有过怎样的思考，曾经走过怎样的路，这也是我经常提到的“20世纪中国经验”的一个组成部分。

我们中国的文化传统是比较强调“我们”的，它对人的理解和想象是：人是家庭中的人、社会中的人、国家中的人，而比较少地考虑个体的人。鲁迅他们那一代，以后五四那一代，所面临的就是这个问题。鲁迅在五四时期所写的杂文里，就十分感慨：中国人只有“父亲的儿子”、“母亲的媳妇”的概念，而没有“人之子”的概念，不承认子女是“独立的人”，有“与成人截然不同”的独立的“孩子的世界”。这样，就不可避免地会产生子女对父母的依附关系，“以为父对于子，有绝对的权力和威严”；因此，鲁迅这一代先驱者就提出了要“解放自己的子女”的呼吁，其关键就是承认他们的生命个体的独立地位、权利和价值。[1]于

[1] 参看《我们现在怎样做父亲》等文。

是,就有了鲁迅的《伤逝》中女主人公子君的那一声呐喊:“我是我自己的,他们谁也没有干涉我的权利!”这里的中心词,显然是“我”,这在中国历史上是破天荒的,几乎可以看作是五四那个时代的最强音。这样,“个性解放”就成为五四思想与文学的基本主题。五四文学之所以那样风靡一时,就是因为塑造了有着鲜明的个性、独立的意志、努力掌握自己命运的男女主人公的形象,这是中国历史上从未有过的“新人”,传达了那个时代的年轻一代的心声。这些,都是中文系的同学所熟悉的,这里就不必多说了。

值得注意的是,早在五四时期之前,在20世纪初期,鲁迅在《文化偏至论》里,还对“类”的观念,即仅把人归为某一“类”,而不是某一“个”,提出质疑。比如把人仅仅看作是“国民”,而忽视其“个人”的存在,这是一种民族主义的人的观念,发展到极端,就成了国家主义,即强调为了国家的利益,应无条件地牺牲个人利益、个人权利和自由。当时孙中山就宣扬这样的国家主义,以后的几乎所有的中国政治家、政治领袖也都宣扬“国家至上”,成了现代中国的主流意识形态。这也引起了启蒙主义的先驱者的极大警惕。在五四新文化运动中,陈独秀就专门写文章,批判国家主义,提醒要提防掌握国家权力的利益集团,以“国家代表”的身份,打着“国家利益”的旗号,要求人民无条件地牺牲,放弃对个人幸福、权利、自由的追求。他并且指出,片面强调“国家至上”的“爱国主义”,容易陷入非理性,容易被利用。这样的提醒,在今天仍不失其意义。

鲁迅则针锋相对地提出了“个”的概念。我在《与鲁迅相遇》的讲课里,有过这样的解释和发挥:“鲁迅讲的‘个’有两个意思:一个是真实的、具体的人,而不是普遍的、观念的人;一个是个别的、个体的人,而不是群体的人。我们常讲‘人民’、‘群众’、‘为人民服务’、‘为群众服务’。‘群众’、‘人民’这是一个观念的人,不是具体的人,是群体的人,不是个体的人。这是很容易被‘调包’的:口头上讲的是抽象的、群体的‘人民’、‘群众’，真正一落实下来，就变成为‘人民’、‘群众’的‘代表’（那倒是具体的、个体的某某官员）服务了。而鲁迅他要强调的是‘每一个’具体生命、‘个体’的意义和价值，他把人还原到人的个体生命之中，真正的人道主义是要关怀具体的、真实的人，是强调每一个具体的人的生命价值和意义。”因此，鲁迅强调，人的思想行为必须“以己为中枢，亦以己为终极”，以己为“造物主”。也就是说，他赋予“个”、“己”的概念以终极性的价值，人自己就是自己存在的根据和原因，不需要到别处去寻找根据和原因。此话非同小可，也就是说不要“上帝”，也不要上帝的“代言人”，不要“众意”，而要自己做主，自己裁判，自立标准，自己执行，同时自己负责。所以鲁迅讲的个性、个体意义不是放纵的，是很有责任感的，自己选择的同时是自己负责，自身到自己那里寻找存在的意义和价值。这样，鲁迅就把“我”的意义，提高到了一个存在论的高度。鲁迅讲“立人”，追求的就是“人的个体精神自由”，这几乎是鲁迅思想的出发点与归宿。

鲁迅的另一个提醒，也很值得注意。他指出，不能将“个人”、“个”、“己”、“我”的概念，混同于“害人利己之义”。这里提出的要划清“己”和“害人利己主义”的界限，是非常重要的。也就是说，在强调“个人”（“己”、“我”）的独立价值和权利，强调发展人的个性的同时，也还存在另一个层面的问题：这是怎样的“个人”、“个性”，怎样的“我”和“己”？是具有广阔的现实的、历史的、人类的、生命的关怀的博大的“我”和“己”，还是自我中心的狭窄的“我”和“己”？于是，就有了30年代鲁迅所提出的警告：如果“所感觉的范围颇为狭窄，不免咀嚼着身边的小小的悲欢，而且就看这小悲欢为全世界”，“过于珍惜有限的‘哀愁’”，就会变成“顾影自恋”[1]：这是另一种形式的个体生命的萎缩和扭曲。

---

[1] 参看《〈中国新文学大系〉小说二集序》。

鲁迅在20世纪30年代提出这样的警告，也不是偶然的。因为当时的中国，正面临着严重的社会危机和民族危机，而处在国民党一党专政统治下的知识分子，在陷入了苦闷与孤独中时，就感到了“自我”的渺小与无力，而渴望融入一个大的“群体”中，在集体的反抗里，获得个体生命的力量和意义。于是，在相当一部分知识分子，特别是左翼知识分子中，就出现了由知识分子自我走向工、农大众的转变。后来成为“左联”五烈士之一的诗人殷夫在《1929年5月1日》这首诗里，对自己在参与革命群众运动时的内心感受，有过这样的描述——

我突入人群，高呼
“我们……我们……我们”
呵，响应，响应，
满街上是我们的呼声！

我融入一个声音的洪流，
我们是伟大的一个心灵。
满街都是工人，同志，我们
满街都是粗暴的呼声。

一个巡捕拿住我的衣领，但我还狂叫，狂叫，狂叫，
我已不是我，
我的心合着大群燃烧！

同学们自然会注意到，这里的中心词已经是“我们”了：这大概就是20世纪30年代的时代最强音，而且几乎延续到20世纪70年代末。殷夫当时还有一首诗，题目就叫《我们》：“我们的意志如烟囱

般高挺，/我们的团结如皮带般坚韧，/我们转动着地球，/我们抚育着人类的运命！/我们是谁？/我们是十二万五千的工人农民！”应该说，诗人所表达的知识分子个体在工人、农民为主体的革命集体中找到自己归宿时，所感到的生命的充实、喜悦和自豪，是真实与真诚的：这样的“我们”可以称得上是30年代的“新人”形象。这也就说明，“我们”意识、情感的出现，它对人的群体性的强调，依靠组织起来的集体的力量来解决自己的问题的人生道路、社会变革道路的选择，是具有合理性和历史意义的；但这也预伏着危险：“我已不是我”，可能导致“我们”中的“我”的感情和个性的淹没，以至消失。而以后的历史发展，正是这样一个合理性逐渐失去，负面作用逐渐显现的过程。

彻底否认“个体生命”的意义和价值，完全把“我”消融于“我们”的伦理观，在一段时期内，成了国家意识形态，体现为一种权力意志，“我们”开始上升为一种和权力结合在一起的秩序、体制。在所谓“个人主义是万恶之源”、“兴无灭资”的口号下，一切个人情感、欲望，以至兴趣、爱好，一切对个人利益和权利的追求、维护，都被视为“资产阶级思想”，罪恶的渊薮，而加以彻底扫荡。其目的就是要求每一个人都以自称代表“我们”的意志的组织的意志为自己的意志，组织的利益为自己的利益，无条件服从和奉献。这就推到了极端：不仅完全否定了“我”，人的个体性存在，“我们”，人的群体性的意义也被扭曲和“换包”了，人变成了一个纯精神化与集体化的政治动物。

因此，在“文革”结束以后的80年代，“回归五四”成为一个时代要求，就是可以理解的。于是，“我是我自己的，谁也没有干涉我的权利”的“个性解放”的呼声，再度成为80年代的时代最强音，“我”再度成为一个中心词。应该说，对个体生命价值、权利的重新确认，对个人欲望与利益的重新肯定与保护，在80年代的思想解放，八九十年代市场经济的发展中，都起到了积极的作用。

但历史的发展很快就转向了另一个极端：在中国现行体制下，所发展的市场经济很快就出现一些问题，“弱肉强食”的“丛林法则”，“他人即敌人”的“害人利己主义”的伦理，很快地就事实上成为不少人处理个人与他人、群体的关系的原则，并且严重地腐蚀着年轻一代的心灵。这真是历史的大嘲讽：当年，我们天天大喊“狼来了”，把一切对个人利益和权利的维护，都看作是“资产阶级思想”；现在，人们竟然对损人利己、自我中心主义趋之如鹜。个人欲望不加节制的极度膨胀，对个人利益的追逐，成了人活着的唯一动力，成为人与人关系的唯一联结与尺度：人就这样变成了一个纯粹物质化和个人化的经济动物。这不仅是对“我们”，即人的群体性的根本消解，而且是对于“我”，人的个体生命的另一种形式的扭曲。

于是，这些年，又开始了对“我们”的呼吁，对“集体主义”的重新提倡。但人们却又不免担心：会不会又回到那个要求人们为打着“国家的利益”、“集体的利益”旗号的“我们的代表的利益”而无条件牺牲“个人利益”的过去的年代呢？

这正是我今天要来和同学们讨论，在“我”和“我们”关系问题上，曾经有过的历史经验、教训的原因。可以看出，“我”和“我们”本来分别表现了人的个体性与群体性的存在，应该是统一的。但在中国传统与现代思维中，却总是把“我”和“我们”对立起来，把人的“个体性”与“群体性”分割开来。而在一百多年的社会实践中，就更是从一个极端跳到另一个极端：忽而强调“我”，就全盘否定“我们”，变成无“我们”之“我”；忽而强调“我们”，就全盘否定“我”，变成无“我”之“我们”。应该说，每一次重心的转移（如20世纪前二十年突出“我”，30年代至70年代强调“我们”，80年代再度突出“我”，新世纪又提倡“我们”），都不是没有道理的。但每一次都要矫枉过正，将其发展到极端，从而丧失了合理性，又要开始新一轮的矫枉过正，如此循环不已，每一次都从不同方面造成了对中国人的人性与国民性的扭曲。我把这叫作中国人性发展、伦理发展的“钟摆现象”。

今天，这样的在两个极端的摆动不能再继续下去了，我们要回到“中点”上来，即是回到人的个体性与群体性、“我”与“我们”的辩证统一上来，即在二者的“张力”——既矛盾、冲突、相互制约，又相互补充、妥协、调整中，获得人性的健全发展。

于是，就有了“我们中的我，我中的我们”这样的新的思维。

所谓“我们中的我”，就是强调“我们”（群体）的发展，必须以“我”（每一个具体的个体生命）的自由和发展为基础、出发点和指归。社会（“我们”）发展的成果必须为社会的每一个成员享用，必须落实为每一个“我”的发展。这其实就是马克思、恩格斯在《共产党宣言》里，早已确立的理想与原则：我们要建设的是“这样一个联合体，在那里，每个人的自由发展是一切人的自由发展的条件”。

所谓“我中的我们”，则是强调，“我”的“个体生命”是一种“大生命”，是包容“我们”的，这就是我经常提到的鲁迅的生命体验：“无穷的远方，无数的人们，都和我有关。”所谓“心事浩茫连广宇”，整个国家、民族、世界、人类、宇宙的生命都和“我”有关，“我”的生命的独立、自由，是和“我们”所有的生命的独立、自由息息相关的，只要有一个生命不独立、不自由，“我”就是不独立、不自由的。也就是说，只有在“我们”（群体）的共同发展中才会有“我”的真正的个人发展。这样的“我”，不但对自我的生命有一种承担，而且对整个国家、民族、社会、人类（“我们”）的生命也都有自觉的承担，正是在这样的对“我”和“我们”的双重承担中，获得个体生命的意义和价值。

这里，贯穿着两个基本理念：一是提倡“个体生命本位”，以社会所有的人，每一个具体的人的个体生命的发展为目标；二是倡导具有自我和社会“责任感”、“承担意识”的个体生命的健全发展。这正是我们所要建设的"我"与"我们","个人"与"群体"的新关系的两个关键词:"个体生命本位"与"责任(承担)"。

我想,我的意思已经讲清楚了,就以此作为对"我们"社十周年社庆的祝词。

2008年3月14日、15日整理、补充。

六、沉潜十年*

今天和诸位见面，我又想起了与在座的好几位同学的初次见面，当时大家都还在准备报考研究生，是到我这里来摸底的。记得我对所有的来访者都说这么一句话：如果你有别的出路，就不要来报考。这并非抵挡之辞，而是我的心里话。因为现在实在不是人文学科大发展的时代——其中的原因我们不说也罢，但必须面对这一事实。这就决定了这支队伍只能是少而精的，不仅人员的研究素质要求要高，而且还要付出很多代价，作出许多牺牲，实际淘汰率也很高。因此没有必要让许多人都挤到这里：它不能提供年轻人都向往的广阔的天地，只是一条狭窄的通道。现在，诸位不顾我的阻拦，实际是丑话在先，还是闯进来了，这说明大家是下定了决心，有备而来。而且既然已经来了，吃上，或者准备吃上这碗“饭”，那么，就可以说另一番话，提出作为新一代的研究生，未来的，也就是我们所说的21世纪的人文学者，应该怎样要求自己，应作怎样的准备这样一些问题。我今天只宏观地谈一谈，具体的专业要求容以后再说。而且是采取闲谈的方式，想到哪里说到哪里吧。

---

* 1998年10月对北京大学中文系现代文学研究生讲，2004年9月24日对徐州师范大学文学院研究生讲。

鲁迅的经验

最近我在想着我们今天的某些处境的时候，突然想起了20世纪初辛亥革命以后的鲁迅。鲁迅说他原来是充满着希望的，但后来“看来看去就看得怀疑起来，于是失望，颓废得很了”。这其实也是能概括很多人的精神历程的。我曾经说过，本世纪东西方都曾制造了关于自己的社会制度与意识形态的“神话”，以为是拯救人类的灵丹妙药。那时候人们是满怀希望、充满信心的。但到了世纪后期，所有的“神话”都出问题了，“东方世界革命中心论”与“西方中心论”都破灭了。于是几乎所有的人，东西方的知识分子都陷入了深刻怀疑与失望中。于是产生了寻求新的出路的要求。因此，这是一个全球性的呼唤新的思想、新的想象力与创造力的时代。这也是你们这一代新的研究者在下一个世纪所要完成的历史使命。我在很多场合都反复谈过这个问题，这里就不多谈了。

今天我要和诸位着重讨论的是，处在旧的理想沉沦，新的理想还未建立这样一个思想的苦闷时期，消极地说，怎样走出苦闷？积极方面，如何为新思想的创造作准备？要作哪些方面的准备？如何去作准备？这些，都是一些现实的问题，说不定大家会更感兴趣。不过我所能谈的，仍然是鲁迅的经验，或者说是我对鲁迅经验的理解与发挥。大家姑妄听之吧。

鲁迅在辛亥革命以后，到1918年写出《狂人日记》，成为五四新文化运动的一员大将，这期间有十年的沉默，我把它称为“沉潜十年”。这“沉潜”两个字极为重要。在自我、时代的苦闷时期，人们最容易陷入浮躁，像无头的苍蝇四处乱撞，习惯于追逐时髦，急于出成果，热衷于炒作、包装等短期行为，因为缺乏定心力而摇摆多变，等等，这几乎已经成为近二十年中国学术的积弊了。现在所需要的，正是其反面：一定要沉静下来，即所谓“板凳甘坐十年冷”，着眼于长远的发展，打好做人的根基、学术的根基，而且要潜入下去，潜到自我生命的最深处、历史的最深处、学术的最深处。作为具体的操作，鲁迅在这十年中，主要做了两件事：一是“回到古代去”，一是“沉入于国民中”。在我看来，正是在这两方面，能够给我们以很大的启示。

“回到古代去”：“进得去”还要“出得来”

先说“回到古代”。按我的理解，这也就是“回到传统”。对于今天的年轻学者，这传统就不仅是指古代传统，恐怕也要包括近百年已经形成的现代传统（鲁迅本人就是这一现代传统的最主要的代表），而且“回到传统”与继续向东西方其他民族吸取思想资源，也是相辅相成的，等等，这些意见，是近年我反复论说的，这里也不再多说。要着重讨论的是“回到古代”。

不妨先把话题拉开，说说在你们之前的几代学者的知识结构。像我们这些五六十年代的知识分子，是在“批判封（封建主义）、资（资本主义）、修（修正主义）”的文化背景下成长起来的，不仅因为不懂外文，对于西方文化了解甚少，对西方现代文化甚至处于无知状态，而且古文的根底也很差，于古代传统实际是不熟悉的。这些年虽有所弥补，但却不可能根本改变这样的知识结构上的先天不足。比我们年轻的，成长于七八十年代的，也是目前学术界最活跃的这一代学者，他们中除少数人古代文化的基础较好，大多数也是在80年代先打下了“西学”的基础，到80年代末以后，才来补“中学”的课的。尽管他们以西学的背景（观念、方法，等等）去考察中国的传统文化，比较容易地就作出了种种分析与概括，有的甚至形成了某种体系，但就大多数而言，与中国传统文化总有某些“隔”：他们也未能根本改变古代文化传统修养不够深厚的先天的弱点。我们不是进化论的信徒，不能说你们这一代的古代文化造诣就注定了要超过前两代，如果不加注意，弄不好，很可能是“一代不如一代”。但你们毕竟还有时间，有可能来重打基础。如果下定决心，从现在开始（尽管也是晚了一些），“沉”下十年、二十年，从头读起，或许（至少说还有希望）会有一个根本性的改变。

我这里说的“从头读起”，就是从老老实实地、一本一本地读中国的原典开始，要抛开各种各样的分析、讲解，不要让别人的意见塞满你的头脑，而要尽可能地处于“真空”的状态，像婴儿第一次面对与发现世界一样，直接面对古代原典的白文，自己去感悟其内在的意义与神韵，发现其魅力。请注意，我这里强调的是感悟，而不是分析。这是因为在我看来，中国的传统文化根本上是一种感悟的文化，而不同于偏于分析的西方文化。要真正进入中国古代传统文化，就必须以感悟为基础。我们中国传统的启蒙教育，发蒙时，老师不作任何讲解，就让学生大声朗读经文，在抑扬顿挫之中，就自然感悟了经文中的某种无法，也无须言说的神韵，然后再一遍一遍地背诵，把传统文化中的一些基本的观念像钉子一样地锲入学童几乎空白的脑子里，实际上就已经潜移默化地融入了读书人的心灵深处，然后老师再稍作解释，就自然懂了，即使暂时不懂，已经牢记在心，随着年龄的增长，有了一定的阅历，是会不解自通的。这样的教育法，看似不科学，其实是真正从中国传统文化自身的特点出发的。我今天如此地强调学习古代文化中的感悟，也是受到了上述传统教育方式的启发。也许我说得有些神秘，文字上读懂了（尽管这是个前提），如果不能感悟，仍然进入不了传统文化：能不能进入，是要有缘分的。

而且进入了也还有危险。这是因为中国的传统文化确实是博大精深，进入以后，很容易看得眼花缭乱，迷恋忘返，被其收摄，而失去了自我，成了古人的奴隶。这确实是地狱的门口：要么进不去，进去了却可能出不来。记得当年闻一多去世以后，郭沫若曾撰文高度赞扬闻先生的古典文学研究既“有目的地钻了进去，没有忘失目的地又钻了出来”；但他同时又十分惋惜地指出，闻先生刚刚钻了出来，正有资格“创造将来”的时候，就牺牲了，这是一个学者“千古文章未尽才”的悲剧。

在这方面，鲁迅或许也是一个榜样：他在十年沉潜以后，投入新文化运动时，人们不难看出，他确实已经“吃”透了中国的传统文化，同时又完整地保留了一个独立自主的自我，因此他在批判传统文化的弊端时，能够准确地抓住其要害——有的人虽然不赞同鲁迅对传统文化的激烈批判态度，但却不能不承认鲁迅的具体批评还是有道理的。同时鲁迅又是将中国传统文化的精华完全融入了自己的内在精神之中，成为有机的组成部分，如盐之溶于水而不显痕迹。更重要的是，传统文化对于鲁迅仅是一个基础，一个起点，他更着重的是从传统出发，进行新的创造。尽管他并没有充分地展开这样的创造，这或许也是“千古文章未尽才”，但这新文化的创造之路确实是鲁迅所开创的。

今天我们在新的历史条件下重又“回到古代”时，是不能忘记“创造”这个更为根本的目的的，这里的关键仍然是既要进得去，又要出得来，这就需要有更强大的自我的独立、自由的精神力量，更活跃的思想创造力。我已经说过，我们这一代，甚至两代学人，是在中国的传统文化面前止了步，现在就看你们这些更年轻的学人，是否能跨过这关键的一步：进去而又出来，深知、真知中国的传统文化，而又能做驾驭它的主人，进行更加自由的创造。这正是我首先期待于诸位的。

问题产生于现实，研究超越于现实

现在再说“沉入于国民中”。这个问题近年来似乎很少有人提，但我认为是极端重要的。不要忘了，我们是现代中国人，是现代中国的知识分子、学者，无论我们具体的研究领域，是古代，还是现代，都不能离开中国的现实。我们当然不能像过去那样，对现实采取亦步亦趋的态度，更不能走以学术为现实具体政治、政策服务的老路，在这些方面，我们这一代有极其沉重的教训，现在也有人在竭力地鼓吹、鼓励，年轻一代应当警惕与拒绝这样的诱惑。但这并不等于我们不应该关怀现实，保持与中国国民、普通老百姓的日常生活的有机联系。人们经常说，学术研究应该有问题意识，但这“问题”从哪里来，它只能来自或立足于中国的本土的现实，对“现实”的理解应是宽泛的，不应狭隘地仅仅限于现实政治。对问题的学术性的解决，则有待于不带现实功利性与操作性的、有距离的，更带专业性的、学理性的，更为宏观、更加超越，也更带根本性的思考与研究。也就是说，问题是从现实出发的，而思考、研究的心态与视角，则是超越的。真正学术研究正实现于二者的矛盾的张力之中，并随时都有可能落入陷阱：或过于贴近现实而缺少距离感，或脱离现实，失去了学术生命的活力。

“沉入于国民中”，了解中国基本国情

强调“沉入于国民中”，还因为在这历史的转折时期，在中国国民、普通老百姓的日常生活中，在中国人口密集的广大农村，也就是历史地平线的下面，一方面正在发生深刻的变化；另一面，也保持着某种不受外在时势变动的影响的永恒的常态，如当年沈从文即已注意到的那样，中国普通国民中的“变”与“常”是最终决定中国未来的发展与命运的。我们已经说过，新一代的学者担负着为中国的发展提出新的思想、新的理想的历史使命；但新思想、新理想的提出，是不能脱离，甚至是要仰仗于对由上述“变”与“常”所决定的中国基本国情的深刻了解的。否则我们的“创造”就会成为“无根之木”。

学院思想、学术与民间思想、学术的互动

"沉入于国民中" 还有一层意思是，学院里的学术要不断从民间学术、民间思想中去吸取养料。这些年很强调学院派的学术，强调学术的规范化，这是很有必要的；事实上我们这些人（包括在座的诸位）也都是学院里的学人，学院是我们的基本生存环境，这是回避不了，也改变不了的现实。但也因此提出了一个如何认识学院的生存环境的问题，既要看到它的正面，也要正视其必有的负面。学院在学术研究中的优势，这大概是无须论证的，它理所当然地要成为国家学术研究的重镇。它的相对封闭的学术环境，一方面使学院的生活与外部世界保持一定的距离，处于相对宁静与稳定的状态，这都是正常的学术研究所必备的条件，过去随意打破这样的教学、学术秩序，几乎毁灭了学术，这个教训是不能忘记的。但另一面，长期的封闭，也会使学院失去了与现实生活的联系，而丧失，或至少是削弱了学术的活力。而学院的体制化，一方面是学术发展的必要，另一方面也有可能形成对学术创造力的一种压抑。在这些方面，具有某种 "野性"，即不规范，也因此不受约束的民间思想、民间学术就能够对学院的学术起到补充的作用。学院学术、学院思想应该以民间学术、民间思想作为自己的基础与后盾，互相渗透、影响、矛盾与制约，这是有利于学术整体的健康发展的。而作为学院里的学者，诸位一方面固然要遵守学术的规范，但在我看来，也要多少保留一些不受约束的 "野性"，在二者之间保持必要的张力。

学者的精神世界是极为开阔的

最后，还要说一点，"沉入于国民中" 也可以作更广泛的理解，即

一个学者他的精神世界是极为开阔的。鲁迅说，“无穷的远方，无数的人们，都和我有关”；又说，真正的诗人是能够感受天堂的快乐与地狱的苦恼的，因此他的“无边心事”是“连广宇”，联结着无限广大的世界、宇宙的。我想，诗人、作家如此，学者更应是如此。如果学者的胸襟、视野像他所生活于其中的书斋那样狭窄，那就太可悲了。真正的学者是最热爱生活、热爱生命的，他对人与人的世界，对宇宙的生命，以至非生命，都会保持浓厚的兴趣，甚至是孩童般的好奇心。他对人，特别是普通人的日常生活有着最通达的理解，正因为书斋生活相对的枯燥，也因为学者因思想的超越而时常咀嚼寂寞与孤独，他对平凡人生中浓浓的人情味，就有着本能的向往与挚爱，以至于依恋。

“生命的沉潜”与“学术的沉潜”

汪曾祺曾送给沈从文八个大字：“星斗其文，赤子其人。”真正有成就的作家、学者总是保留着一颗“赤子之心”。学者的“人”与“学术”之间是有着一种深刻的内在联系的。所以，我们一开始说到“沉潜”时，首先强调的是人（学者自身）生命的沉潜，然后才是学术的沉潜。我们在前面讲“回到古代去”，讲“沉入于国民中”，最终都要落实到你们自身精神世界的扩展与自由、人格的自塑上。我常说，对研究生的培养，最重要的是，通过几年的学习、熏陶，使每个人都进入一个新的精神境界。至于以后学术成就的高低，取决于主客观的，自己能把握、不能把握的各种条件，是无法强求的。——现在，你们大概已经明白，作为一个导师，我对新一代的研究者的主要期待是什么了吧。那么，我的这篇东拉西扯的谈话，也可以结束了。

1998年10月11日整理，2008年3月13日再整理。

七、学术的承担*

去年我也是在中文系做了个演讲，讲《民国那些人》那本书，讲了“承担，独立，自由，创造”八个字。现在我把其中的一些讨论再作一点发挥，集中讲一讲“学术研究的承担”问题，副题是“我所理解的学院派研究”。

我所理解的学院派，应该有三承担。

首先是自我承担。费孝通先生曾将他和他的老师潘光旦先生作了一个比较，并说了一句很好的话：“我们（费孝通）这一代，比较看重别人怎么评价自己，而老师看重的是对不对得起自己。”搞学术首先要考虑的，就是自己要对得起自己，你的自我生命能不能在学术研究中得到创造、更新，是否有意义、有价值。不要太在乎别人怎么评价自己，更应该不断追问的，是学术研究跟我的生命有什么关系：它是外在于我的生命的还是内在于我的生命的？能不能在学术中得到生命的价值与意义，这是更重要的问题。

这个问题，在今天提出来，是有着它的特殊意义的。我们不必回避，学术也可以是一种谋生手段，毕竟像鲁迅所说，第一是生存，第二是温饱，第三才是发展。在我们的现行体制下，在你成为副教授之前，谋生是主要的。我要提的问题，是在生存、温饱基本解决“以

* 2008年4月1日在北京大学中文系研究生班上的讲话。

后”，用我们通常的说法，就是达到小康，做到了衣食无虞“以后”，我们应该作怎样的选择？

这是当下中国大学里大多数教师、学者都面临的选择，因为经过这些年的改革开放，大学教师、学者的生活状态，也包括研究生的生活，已经有了极大的改善，已经不是我们读研究生时的80年代初中期那样，“搞导弹的不如卖鸡蛋的”，而是完全倒过来，而且二者的距离越来越大了。也就是说，我们都是改革开放的受益者。现在，我们已经具备了基本的，甚至是高于国民平均水平的生活和研究条件。在这样的情况下，你进一步追求什么？你的学术研究对于你意味着什么？

应该说，现在依然有许多大学教师、学者将学术研究作为谋生的手段，不过，现在的“谋生”要求就更高了，已经不是“一间屋、一本书、一杯茶”（这是我们80年代的奋斗目标），而是几套房子，豪华享受了。在为数不少的人那里，学术是一个谋取更大更高更多的名和利的工具。这就是我经常所说的，这些人开始的时候，下了一点苦功夫作学术研究，因此也获得了一些学术成绩与相应的学术地位，于是就利用这些学术“老本”，最大限度地获取利益：政治、经济、学术的利益。这样的学术研究的最大利益化，学者自身也利益化、功利化了，整天混迹于官场、商场、娱乐场与名利场，不仅成了鲁迅说的“无文的文人”，更成了“无学的学者”。

问题的严重性，还在于这些“学者”这样的选择，是得到支持，甚至是鼓励的：只要你听话，一切都向你开放，要名有名，要利有利，而且已经制度化了。这就是我在好多场合下，都谈到的“新的科举制度”。本来，名利之心，人皆有之，只要是以诚实的劳动（包括学术劳动）去获取名和利，追求生活的享受，这都无可厚非。问题是，当你将获取名和利，作为自己学术研究的唯一动力、最高目标，而且这样的追逐名、利的欲望不加节制，最后，成为“学官”、“学商”、“学霸”（学术权力的垄断者)，而不是“学者”了。这时候，你什么都有了——名有了(数不清的头衔)，钱有了(数不清的灰色收入)，更有了势力(数不清的门徒、哥儿们)，但就是没有自己了：完全走到自己当初追求的反面了。这时候，你看重的，就是“别人(官员、学术界)怎么看你”，因为这直接关系到你的地位、利益，而不再考虑是不是“对得起自己”了。前不久曾引起轰动的那位人大教授，因为别人对自己的学术提出批评而失态，其潜在心理，就是太看重“别人怎么看自己”，于是就作出了“对不起自己”的蠢事。这其实是当下大学教育界、学术界追名逐利的一个变态表现。

我们正是在这样的背景下，提出“学术研究对我们自身生命的意义”的问题。这是另一种选择，当我们的温饱问题已经解决，就应该淡泊名利，追求简单的物质生活、丰盈的精神生活，回到人的本性上来——人在本质上还是精神的动物。作为学者，就要回到学术本来的意义上来。学术研究，本质上是一种精神劳动，它的意义与价值——无论是社会意义和价值，还是对学者自身的意义和价值，都是精神层面的。关于社会意义和价值，我在下面还要谈，这里要说的，是我们自己能不能从学术研究中得到生命的快乐、意义和价值？马克思主义有一个关于劳动的说法：这个劳动是外在于你的，还是内在于你的？是否定你自己，还是肯定你自己？是使你感到不幸，还是幸福？你的精神力量是不能发挥的，还是自由自在的？马克思把前一种劳动称为“异化劳动”，后一种是“自由劳动”。在我看来，在我们具有了基本的生存和学术研究的条件以后，就应该从“名缰利锁”中解脱出来，使我们的学术劳动成为一种“自由劳动”，成为我们内在生命、精神发展的需要。

以上所说，都是讨论学院里的老师、学者的选择。诸位还是研究生，充其量还是“未来的学者”。因此，我讲的这些，你们可能觉得有些远。但我不认为与你们无关，这关系着你们为什么要读研究生，要选择学术研究作为你们的职业和事业。以前每有学生想考我的研究生，我总是对他们说，你们如果是为了找一个饭碗，最好不要来考研究生，因为如果仅仅是为了物质生活的需求，路子很多。研究生是最苦的工作，很多工作比这好赚钱得多。所以我说，只要你有碗饭吃，就别来考研。说实话，做任何工作，都是有所失，也有所得的。学术研究——当然，我讲的是真正的学术研究，要付出的代价，就是生活总是相对清贫的，或者说，和你付出的劳动，不相匹配，一天到晚爬格子，耗尽了脑汁，所得到的稿费，是有限的，根本不能和普通的白领相比。这就是学术研究的“失”。它的所“得”，就在能够从中得到精神的愉悦与满足。也就是说，选择学术的主要动机在吃饭之外的问题。如果你当了三年研究生后，你觉得很苦恼，不能从学术中感到快乐，你无法迷恋于学术，这就说明学术研究工作不适合你，那我建议你放弃学术，赶紧改行。这是很自然的选择，也不要不好意思。我们自有自己的学术尊严，但也不必把学术研究神圣化、道德化，不能认为，放弃学术研究，就背叛了学术，就是精神的庸俗化。学术研究，不过是一批痴迷于学术的人，进行的一种精神劳动。有志于此，就坚守在这里；无志于此，就另作选择，在另外的领域实现自己。坚守学术，因为我感到快乐；享受不到快乐，就走人：事情就是这么简单。

这样说，同学们听起来可能有些抽象，那么，我就谈谈自己的经验。我在这里要向大家坦言：我是痴迷于学术的，我一直能从学术中感到快乐，而且是巨大的、无穷无尽的快乐。可以说学术研究，特别是文学研究，对我有几大诱惑。

一是历史的诱惑。我非常迷恋旧报刊的灰尘。通过旧报刊的灰尘进入历史的情境，从而感到兴奋不已。我最难忘的研究生活就是在图书馆里面，翻旧期刊，实际就是和历史的古人进行精神对话，这使我得到快乐。我写过《周作人传》，周作人就曾说过，读书和研究其实就是一个“风雨故人来”的过程，开始“寒雨荒鸡，无聊甚矣”，遂盼故人之来；既而“暴雨如注，群鸡乱鸣”，仍不见故人，以致“积忧成病”；“雨甚而晦，鸡鸣而长，苦寂甚矣”，正当绝望之时，故人忽来，则“喜当何如”。

二是语言文字的诱惑。文学研究，涉及语言文字的美。真正的语言，是有生命的，是有声、有色、有灵、有情感、有厚度、有力度、有质感的。我是主张朗读的，我一读到好文章，必要朗读，摇头晃脑，沉浸在语言的乐趣中。另外，文学形式本身对我也有逼人的诱惑。我的研究不大谈形式问题，但在内心深处，我对文学形式有一种迷恋。可能是受到知识结构的限制，我无法把我对文学形式的感悟转化为学术的论述和表达，所以我干脆不写它，我更愿意把它藏在我的内心里。

三是创造性与想象力的诱惑。学术研究的最大乐趣就是这条。吴组缃先生给我们上的第一堂课让我终生难忘。他一上来就跟我们说，现在我给你们两个判断，你们看哪个判断更有意义。一个判断是“吴组缃是人”，一个判断是“吴组缃是狗”。毫无疑问，第一个判断是正确的，但是不能给人们对吴组缃的认识提供任何新的东西，因而是毫无意义、毫无价值的，这是“正确的废话”。“吴组缃是狗”是错的，但是它逼你去想：吴组缃是狗吗？这一想可能就会产生很多可能性。学术研究的根本，就是要提供新的认识、新的可能性、新的思考；学术上的失误也是有意义的，因为它能启发思考。所以吴组缃先生写的东西非常少，说得也少，但是每有一文、一说，就必有只属于吴组缃的东西。学术研究就是这样一个最富有创造性的劳动。创造性，是学术研究的生命，也是一个衡量标准和标志。我的导师王瑶先生就这样要求我们：你的每一项重要研究课题、重要文章，必须达到这样一种水平：你的文章因为推动了这个领域研究，就成为绕不过去的存在。后人肯定要超过你，但是要先看你的文章，在你的研究基础上继续推进。这当然是一个很高的学术标准。但也就是这样的高的目标，在你作出了高度的努力以后，就能够将你的生命带入一个更高的境界，使你获得真正的创造的快乐。

我喜欢的是富有想象力的研究、意想不到的课题、意想不到的方法，是无法规范也无法归类的。这是一种神来之笔、奇思异想，会弄得你兴奋不已。我因此说，学术研究必须有想象力，它在本质上有一种浪漫主义的精神，需要内在的生命激情。我的这个说法遭到很多质疑，但我还是不想放弃自己从事学术研究的浪漫心态。我常常提到林庚先生的一句话：要像婴儿一样，睁大好奇的眼睛，第一次去观察这个世界，发现这个世界。我今天还保持这个状态。我退休这几年比平常要早醒半小时，躺在床上想各种问题，很多新的问题、新的思路、新的点子就在那时候产生，一到这个时候就跳起来，赶紧进入写作的状态。每天都有新的东西，就像鲁迅说的，有个声音在前面召唤着你一直往前走，往前走。这就是一种生命的诱惑，我觉得，这样的诱惑是学术研究、文学研究所特有的，至少对我就是如此。学术对我最大的作用，就是使我的生命每天都处在一个更新的状态之中。我现在真的不觉得我老，每写一本书，甚至每写一篇文章，都对我的生命进行一种更新。这是其他劳动很难具有的。

这样的生命，是一种精神性的存在。王元化先生就说过，他是一个“精神性的人”，不愿意“像生物学上的人那样活着”。[1]有人这样描述王元化那样的学人：“沉思的心灵生活其实才是他们最为珍视的。他们是那种为思想、为观念而生的人，而不是靠观念谋生的人。”[2]——在我看来，这是一种真正的学院精神，这样的境界我们虽不能至，也要心向往之。（以上这一段，是王元化先生远行以后，心有所感而补写的。）这样的有着巨大的自我承担的学术生命，是令人羡

[1] 陈丹燕：《王元化先生在病中》，载2008年5月14日《新民晚报》。
[2] 胡晓明：《一生探索自由的义谛》，载2008年5月13日《文汇报》。

慕的。

当然,这同时也是对学术的承担。

有一个我经常讲的故事,西南联大躲警报的故事:专攻庄子研究的刘文典教授看到新文学作家沈从文也在往防空洞跑,他勃然大怒,问沈从文:你躲什么警报?我不躲警报,庄子怎么办?你呢,你有什么理由躲警报?这段故事可能有演绎的成分,但这种狂妄态度的背后有两个东西,一是把自己的学科看得很重要,以至偏激到完全否认庄子研究之外的新文学创作。二是把自己在学科中的地位看得非常重要,有一种舍我其谁的感觉,这种感觉其实包含了很强的责任感、使命感,也就是自觉承担。天生我材必有用,我对这个学科肯定有用;天将降大任于斯人也,我就是为这个学科生的。刘文典为庄子而生,林庚为唐诗而生,我钱理群为鲁迅而生。这个学科是不能没有我的,这不是狂妄,而是一种责任、承担。

季羡林先生在评价北大历史系教授邓广铭的时候,提出一个非常重要的概念,说研究者是"后死者"。研究者和研究对象的关系其实是一个"后死者"和"先行者"的关系,尤其当研究对象是一个大家时。什么意思呢?"先行者"对"后死者"是有托付的,就像是"托孤","后死者"对"先行者"就有了大责任、大承担。

因此,我认为学术研究有几个境界:首先是你研究他,你讲他;其次是你接着讲,结合今天的现实,把他没讲完的话,继续讲下去,同时也是对先行者的思考深入一步;第三个境界是接着往下做。以前我不敢说这句话,因为怕别人说我太狂妄,其实,这不是个人的狂妄,这是真正有价值的学术研究的一个必然要求。今天我也要在这里坦言:我对鲁迅的研究就是自觉这么做的,我不仅讲鲁迅,还要接着往下讲,接着往下做。达不到他的那个高度、深度是自不待言的,但是你要有那份自觉。鲁迅写过一篇文章《在现代中国的孔夫子》,我最近就写了一篇《孔夫子在当代中国的命运》,就是接着鲁迅往下讲。

这好像和鲁迅研究没有关系，但其实是有很密切的关系的，它从鲁迅的基本思想出发，探讨孔夫子在当下的状态。鲁迅有个很著名的判断，说孔子是被权势者或想做权势者捧起来的。我要考察的，就是孔夫子怎样被再度捧起来，有什么新的特点，有什么鲁迅当年没有遇到的新问题，我们因此需要有什么新的思考。鲁迅为我打开了一个思路，我这就是接着鲁迅往下讲。还要接着往下做。我们是研究五四新文化运动的，有许多五四提出的命题，今天还有意义，就需要继续往下做。比如我现在关注中小学语文教育，我这么做是很自觉的，就是对鲁迅那一代启蒙传统的继承。他们那一代的教授是经常到中学去上课的，因此我也要到中学去上课。为什么？因为我是“后死者”，因此我有责任，把“先行者”没有做完的事情接着往下做。至于我能否达到他们的水平，那是另外一个问题。这就是学术的承担。而且是自然发生的，也可以说是研究者和他的研究对象产生心灵的对话以后，必然产生的内在的生命冲动：你研究得愈深，就愈会感到它的深远意义，它的现实存在性，于是，你就忍不住要往下说，往下做，这就是创造性的阐释、发挥和实践。这样，你才“对得起”你的研究对象、那些先行者，同时也才“对得起”自己，因为你在你研究对象的精神创造中加入了自己的创造。其实，我们今天讲的“鲁迅”、“庄子”、“孔子”，都不只是“周树人”、“庄周”、“孔丘”个人的创造，而是包括了后来的无数研究者的创造成果，这是一个不断累积、添加，不断丰富的“文本”。一切创造性的学术研究是必然要追求这样的自己的“添加”的。这样的有学术承担的研究，才是真正有意义、有价值，并值得你去痴迷的。

于是，就有了许多“学术动物”。金岳霖先生就把搞哲学研究的叫作“哲学动物”，说即使把他关到监狱里做苦工，他满脑子想的还是哲学问题。因为他觉得有无数的哲学研究的先行者在背后催促着他，他必须接着往下思考。所谓“哲学动物”就是有“哲学使命感”

的一群“哲学呆子”，而且全世界每个国家都有，没有他们，哲学的生命就完结了。这就是真正的学院派。

还有一个例子，古希腊研究者罗念生，每天早晨都要读古希腊作品，他的脑子里充满了古希腊，用古希腊精神来对待世界。所以他儿子小时候听的故事全是古希腊的。他和朋友讲的也全是古希腊的故事。他的一个朋友要自杀，他就去劝他，你去看看《俄狄浦斯王》吧，看了这个书你就知道该怎么活着。罗念生整个生命就和古希腊联系在一起了。罗念生因为全身心投入古希腊研究，很多该拿的奖没有拿，该有的地位没有得到。他的儿子就有点担心，曾经劝他说，为什么不去争取一下呢？罗念生给了他的儿子一个让他终生难忘的回答——他凑过头来看他儿子，用一种夹杂着玩笑、满足与欣喜的神情，跟他说：“我不要那个，那个是虚的。”罗念生的生命有古希腊就满足了，其余都是“身外之物”。罗念生去世以后，人们很自然地想起一位艺术史家的话：“古希腊艺术是高贵的单纯、静穆的伟大。”而罗念生一生的生命浸淫其间，他的生命也因此获得高贵的单纯和静穆的伟大。

什么是为学术而学术？就是以学术为生命，学术本身就构成生命中自足的存在，不需要加其他什么东西。学术本身就是生命的意义和价值。

这样的以学术为生命的学者，“读书，思考，研究，写作”就是他的生命存在方式，学术已经渗透到他的日常生活中，可以说时时刻刻都沉浸在学术状态中。王瑶先生曾对我们讲，你不要以为你在做论文的时候才是在作研究，你应该是随时都处在学术的状态之中，满脑子都是学术问题，甚至成为你的近乎本能的反应。我就有两个习惯。因为我当过中学语文老师，所以有一种本能反应，我走到哪里，看到错别字和病句就浑身不舒服，恨不得去改它。还有，就是满脑子都是学术，任何时候，随便什么事，都会引起学术的联想。有些人觉得我写文章很快，其实我每一个研究课题都酝酿了很久，经常是几年时间，经常同时酝酿几个题目。这很自然地成为一种本能。学术是无所不在的，整个渗透在你的生命之中，它需要你倾注整个身心。我现在虽然自觉地退出了学术界，但我还是经常想着现代文学这门学科应该如何发展的问题。我有很多很多的设想，但是没精力做了。我很注重新人，有什么新文章、新创造，发现了就很兴奋，而且有机会就要为之鼓吹，我觉得这都是我的责任，我对现代文学这门学科应尽的责任。我现在还保持一个习惯，就是不光每天看报，还剪报。我觉得有价值，就剪下来，这里就有许多学术新人的创造，它会引起你许多的联想，不仅是个人的研究，也还有整个学科发展的设想。这样的"自作多情"可能就是一种"职业病"；说好听一点，就是对学术、对学科发展的自觉承担；说句大话，就是舍我其谁，要么不搞，搞就要有这个气概。

再次，就是对社会对历史的承担，说更大点，就是对人类的承担。

说具体点就是：我们为谁写作？谈到我自己的写作，我可以很明确地说，我是为中国读者写作。现在很多人是为了在国际学术会议上发表论文而写作，还有一种就是为评职称而写作。我并不否认这两种写作的动机，因为作为一个学者，我自己也很重视跟国际的交流，尤其是在这样一个全球化的时代。别人，特别是学术界对你的评价，你也不能完全忽略。但是不能仅仅为了国际学术会议而写作，不能仅仅为了评职称而写作，不能仅仅为了别人的评价而写作。对我来说，我更愿意为中国的普通读者而写作。我的著作不仅仅是给学术界看的，我更希望有普通读者来看。我有一个最基本的追求，就是学术性和普及性的统一。我不在乎别人说"钱理群你专搞这种普及性读物，这是浪费精力，自降身份"，我十分重视"小册子"的写作，并且引以为豪。为什么？我有三条理由。

我是研究现代文学的。现代文学本身就有一个传统，启蒙主义的传统。有一个比方，专写学术著作是小乘；还有一种是大乘，写普及性读物普度众生。我觉得应该把小乘和大乘结合起来。写这种普度众生的文章也不容易，如何把学术的东西转化成启蒙资源是不容易的。对我来说，追求学术性与普及性的统一，这本身就是前面说的“接着往下做”。

还有一个重要的原因，就是我是从社会的底层出来的，我在贵州这样的中国边缘地区、底层社会经历过文化大革命。这段历史过去我很少谈，后来在《我的精神自传》里谈得比较多，虽然还没有完全谈完。我的学术研究跟我“文革”后期的经历有直接的关系。所以我一直把我的研究称为“幸存者的写作”。我经历过很多事情，我在进入学界之前，参加了社会的各种运动，包括“文革”后期的民间思考。我看过很多很多的牺牲者，看过流血，甚至可以说我是从血泊里爬出来的。1957年反右，当时北大最优秀的人差不多全部成右派。我很深刻地知道很多很多比我优秀的人，他们都牺牲了，我是幸存者。也有的没有牺牲，或者也平反了，但他们是沉默的大多数，没有发言权。我现在有了发言权，我很珍视我的发言权。我的发言不仅仅是为我个人，我对这些牺牲者和沉默的大多数是有责任的。另外，前面说过，包括我自己在内的许多大学教授都是改革开放的受益者，但不是所有的人都是受益者，因此，我们对那些依然生活在贫困状态的底层老百姓，也是有责任的。我这些年的研究、写作越来越转向农村建设、教育和文化，就含有给予“回报”的意思，即所谓“报春晖”。

促使我为普通读者写作，还有一个因素是中国国情。这是一个奇怪的国家，没有多少人读书，但是中国人太多，所以虽然读书人比例小，最后还是有很多人读书。其实很多学界的人不读书的，因为都太忙，我并不是只说别人，我自己也很忙，别人送我的书我一般只是翻一翻，我甚至很少能把一本书从头到尾读完。所以我现在是不太喜欢把我的书送给学界的朋友的，因为送给他他不看，这不能怪他，因为我自己也不看。但是在中小城镇里，就有一批人，是我们的忠实读者。我们的文章他们是一个字一个字地读的，读完之后还讨论。现在中国的这批所谓中小城镇文化人，比如一个记者、一个编辑，或者一个书店里的老板，或者一个教师，这些人起了文化中介的作用，他们读我们的书，同时把我们的书介绍给更广大的读者。我非常珍惜这一部分人。这种现象在全世界比较少，是中国独有的。和外国学者交谈时，他们很羡慕我，说："钱，你的书怎么能成为畅销书？我们的书顶多是圈子里的人看。"他们很羡慕，也很惊讶。我的著作连一些最偏远的山区都会有人看，还有一些你意想不到的效果。比如说你什么时候说过一句话，就像一颗种子，说不定什么时候就结出了果子。比如我刚来之前，就收到一封信。我几年前做过一个演讲，一个人就记住了，并且现在还在读我的书。我的书他都看，但是有几本找不到，叫我寄给他。就是有这样的学术圈外的忠实读者，所以我写作时不敢乱写，原因之一就是害怕他们失望。那些读者见你的书就买，当然这样的读者不会太多，当然也不会太少。这样的读者对我的压力最大，我怕对不起他们，我写作时脑子里时时想的是这样一些普通读者。所以我是为中国这块土地上的老百姓，为那些愿意读书、想问题的人而写作。我的写作风格与写作方式受这个影响很大。我的学术著作里尽量避免用学术术语，有比较强烈的感情色彩。这不仅是我个人生命的表达的需要，也是因为考虑到这些对象。

说到这一步，就谈到了一个问题，那就是学院派跟现实的关系问题。

学院派当然不能脱离现实，但学院派和现实的关系，是有自己的特点的。它关注现实的方式，不是社会活动家、宣传家那种方式，而是有自己独特的方式，它要将社会现实问题转化为学术问题。学院派学者必须具备这种能力。

我想以你们所熟悉的高远东老师为例。前不久我对他的研究作过一点考察。我发现，他的研究很有特点：具有高度的学术自觉，对当下中国的社会问题和学术界的前沿问题都有敏锐的把握，能够把社会思想问题转化为具体的学术问题，进行有距离的学术思考、精细的学理辨析和深度的理论探讨。比如说，关于鲁迅和传统文化关系的问题，学界对此有很多争论，是前沿性问题。但他没有直接去回应这种争论，而是把这个问题转化为具体的学术课题，就是《故事新编》研究。这个选题就显示了他的学术眼光。过去我们讨论鲁迅和传统文化关系问题，注意力大多集中在鲁迅早期和五四时期，而他则是把选题放在30年代。一般学者是从鲁迅的学术著作、杂文来研究鲁迅和传统文化关系，而他则是从小说中来发现。他认为小说比杂文更能显露作者真实的世界观，因为小说创作是感性的，有许多非理性的东西，更能显示鲁迅和传统文化之间复杂的关系。他这样做就把尖锐的现实问题转化成一个具体的学术课题，非常有新意。这就是学院派研究的方式。再比如说鲁迅和革命、共产主义关系的问题，这是一个很敏感的问题。高远东也没有正面去讨论回应这个问题，而是把这个问题转化为鲁迅和墨子的关系。他背后的关怀是很重大的现实问题，但却能转化成为学术课题。所以我说，高远东的现实关怀是内化在自己的学术研究里面，是一张皮而不是两张皮。他的现实关怀不是外在于学术研究的，而是一而二、二而一的关系。这种有机融合是学院派研究的特点和长处。

我也举一个自己的例子，就是我的《丰富的痛苦》这本书。它面对的是现实最尖锐的问题，上一世纪80年代末，苏联解体、东欧剧变之后，就提出了一个问题：历史是不是终结了，社会主义这条道路是不是走不通了？我当时非常关心这个问题，但作为一个学者，我怎么把这个尖锐的政治思想问题转换为学术问题，进行学术研究？这里我作了几个转换。首先我把这个政治问题转化成为一个思想性的命题，我这样提出问题：在世界和中国的近现代历史上，从海涅开始一直到鲁迅，为什么那么多优秀知识分子都被社会主义、共产主义运动所吸引？于是，就产生了“知识分子和共产主义运动的关系”这样一个思想史的命题。但还要一个转换，就是转换成我所感兴趣的精神史的问题，就是说，我不是一般地讨论知识分子和共产主义运动的关系，而是这样提出问题：知识分子对社会主义的向往，和共产主义运动的接近，是不是跟“知识分子的精神气质”有关系，二者之间是否有某种契合？我首先想到的是我自己和我的同辈人——这里就显示了我的学术研究的特点，我的学术思维习惯：我总是喜欢，或者说善于把研究的课题和自己联系起来，把自己摆进去。自我审视的结果，我发现，我和我的同代人（当时，我想得很具体，就是我在贵州时的一位已经远行的好友）年轻的时候，之所以被社会主义所吸引，除了与所受的教育有关，更是因为我们身上具有很强的堂吉诃德气质。也就是说，从自己的经验出发，我发现这种气质和社会主义、共产主义运动有内在的联系。于是我的注意力转移到堂吉诃德气质上来。这个转换非常重要，这是个文学的转换。文学是关心人的心灵的，而堂吉诃德正是一个文学典型。进一步深入考察，在屠格涅夫的一篇著名的演讲的启发下，我又发现，在知识分子那里，堂吉诃德气质其实是和哈姆雷特气质联系在一起的，形成了非常复杂的关系。而且，不同时代，不同国家，不同知识分子个体，对这两个典型形象的接受、认识与评价有很大的不同，构成了一部复杂的流动的接受史。也就是说，我要把问题弄清楚，就不能只研究堂吉诃德这一个文学典型，而且还要同时研究哈姆雷特，更要研究这两个具有原型性的世界文学史上的不朽典型的接受史。

这又是一个重要的，可以说是决定性的转换：由“文学”的课题转换成我自己的专业“文学史研究”的课题。同时又要打破专业，由中国现代文学扩展到世界文学，在某种程度上成了比较文学的研究，并且涉及思想史、学术史，是一个跨国度、跨学科的研究。到这时候,就可以开始研究了。深入研究之后,我又发现了一个极有意思的现象:哈姆雷特和堂吉诃德创始于英国和西班牙,它传播到中国是通过德国和俄国这两个中介;而马克思传播到中国也是从德国到俄国再到中国的。这当然不是一个偶合。这样,最后就形成了这样一个研究课题:“堂吉诃德和哈姆雷特的东移。”这当然是一个专业性很强的学术课题,其实,它还隐含着“马克思主义、社会主义思潮的东移,知识分子和共产主义运动的关系”这样一个潜在主题。后者是我由现实出发的问题意识,但是潜在的;而前者则是经过由“政治问题——思想问题——精神问题——文学问题——文学史问题”的四次转换而最终形成的学术课题,它是显在的,和最初的现实政治问题已经很远了,这是有距离、有深度的研究。正因为有了距离,才会有深度。也就是说,它摆脱了一开始由于现实问题所引发的强烈的情感反应——这样的反应构成了研究的内在动力,从而产生了一种内在的生命激情,而如前所述,我是非常重视,而且追求这样的研究激情的;但在具体研究中又必须加以遏制,以至排除,以保持学术研究所必需的冷静、客观的态度。摆脱了以后,才能进行深度的追问与学理的探讨。于是,就有了对堂吉诃德、哈姆雷特气质的同情的理解与严峻的反省,对知识分子和共产主义运动关系中的历史经验教训的科学总结,因此而探讨了一系列的重大的理论与实践问题,这就是最近我在《我的精神自传》里所概括的“知识分子自我独立性与主体性”、“知识分子和民众的关系”、“启蒙主义”、“理想主义”、“思想与行动的关系”,等等:这些问题的讨论,也都是隐含在历史的叙述里的,读者未必明察,我现在在《我的精神自传》里,把它作了集中的梳理。其实,这样的思想探讨,才是我真正追求的,大概就是人们所说的“学术里的思想”吧。而在文学研究中,这样的思想又是和心灵、情感紧密联系,融合为一体的。因此,这一研究最后成书时,我加了一个主题词,作为书名,即《丰富的痛苦》。——一项学术研究到这时候，才最后结束。

今天回过头来看，我的这一研究显然是有许多缺憾的——我多次说过，我自己的所有的研究，只是具有“有缺憾的价值”；其实，从根本上说，任何学术研究，都是有缺憾，因而有遗憾的研究。但不管有多大缺憾与遗憾，我仍然珍视这次研究试验的经验，这是影响了我以后的研究的，今天愿意在这里和同学们分享：学术研究必须和现实生活保持联系，必须有问题意识；问题意识常常产生于现实——当然，这个“现实”是宽泛的，不仅是政治、社会现实，更包括思想、文化、学术、经济、科学发展的现实，等等；而学者在进入研究时又必须和现实拉开距离，进行深度的观照、学理的探讨、理论的概括。这就是说，学院派的研究也是和现实有联系的，背后是有学者的现实关怀的，用我们今天所讨论的话题来说，是对社会现实有承担的；只是有的学术著作中，这样的关怀、联系、承担，表现得比较明显，容易被读者所瞩目；有的著作，就比较隐蔽，经过了许多的转换，读者不易察觉。特别是一些抽象程度比较高的理论著作，看似和现实无关，其实是更有一种大关怀，是承担着为时代提供价值理想、思维模式和新的想象力的大使命的，坦白地说，这样的研究是我更为看重的，这样的思想家的理论创造，只能心向往之了。这里，就提出了对学院派学者的一个很高的要求，既要对现实有程度不同的关注和敏感，又要具有将现实问题转换为学术问题、学术课题的眼光、方法、能力与习惯。学院派研究的乐趣，也就在这样的努力中。

这里，还想对文学研究的特点，再说几句。我写过一篇文章，讨论日本鲁迅研究界的前辈丸山升先生的学术研究。其中谈到一点：丸山先生关注的焦点，始终放在“有血有肉有情感的当事人的内心”。这里有三个层面的关注：关注在大的历史环境中的，有血有肉有感情的“人”；关注同时有着具体小环境，有着独特个性的“个人”；关注他的“内心”——情感、心理、思想、思维方式，等等。在我看来，这样的对人、对生命个体独特的内心世界的关注，是真正的“文学的方式”——文学和文学史的研究的另一大特点与优势是对“审美”的研究与关注。

这也形成我的一个研究思路：对任何一个社会重大问题的关注，不执着于事件本身，而关注事件当中的人，关心生命个体的命运，关心他们的精神世界。同学们可能知道，我在退休以后，把研究的重点转向了当代思想史，特别是民间思想史的研究。从表面上看，已经远离了文学研究，其实，我的思想史研究，还是用了“文学的方式”。比如最近我写了《“1957年学”研究笔记》，对反右运动研究就和历史学家不一样。我研究的是几个具有典型性的右派个案，某种程度上就是我在现代文学领域对鲁迅、周作人、曹禺这些作家典型的研究的一个延续，探寻当代中国年轻知识分子、民间思想者，他们个人的命运，他们的情感、心灵、个性，从这个角度来切入，是一种心灵史、精神史、生命史的研究，可以说是一种文学研究者的思想史研究吧。这也说明，一个人在研究生阶段所受的专业训练，是他一生学术活动的基础，无论以后学术的研究路向、领域有什么转移、变动——这样的自由移动，在我看来，也是现代学术研究的一个特点和魅力所在——都离不开最初打下的“底子”。同学们现在正在“打底子”，正在接受专业训练，在这样的时候，考虑一下“学术研究的动力、价值，学院研究的特点”这类问题，或许是必要的。我今天所谈，完全是我个人的选择和经验，就像我经常讲的那样，我姑妄讲之，诸位就姑妄听之吧。谢谢大家耐心听完了我的讲话。

2008年5月16—18日在学生录音记录稿上修订，有补充。

八、跟北师大古文字学研究生聊天*

我今天在这里和诸位见面，有一种既陌生又熟悉的感觉。说起来，有些奇怪：我2002年退休以后，聘请我担任客座教授的，不是我的本专业，而是章培恒先生主持的复旦大学古代文学研究中心，章先生提倡“古今融通”，就希望我去给学习古代文学的学生讲现代文学，这是很有眼光的。今天王宁先生请我来，大概是看中我的非专业的身份，希望我帮助诸位跳出专业看专业。这个意图我是理解并且赞同的。但我还是有点紧张，更准确地说，我既不自信，又有点自信。不自信，是因为我实在不懂你们的专业，在古文字学的知识和修养上，我是远远不如在座的每一个同学的。我在很多场合都说过，古代文化修养不足，是我自己，甚至是我们这一代人的一个基本的，也是致命的弱点。如果有同学读过我的著作，就会发现，我在自己的书里，基本上不谈古代，也不谈外国，只说现代，而且集中说鲁迅。这是自觉地“扬长避短”，但短处却是显而易见的。对古代文化知之甚少，却要来向研究生谈古代文化研究，就成了“班门弄斧”。但我也有点自信，就是一个人完全沉浸在专业里，也容易一叶蔽目，这时候，听听非专业的外行胡说八道，或许会歪打正着，得到某些启发。诸位都是做实在学问的人，偶尔听听梦话，也有好处。我今天就是专门来

---

* 2010年8月9日讲。

说外行话，讲梦话的。而且是小范围的聊天，不是大场面的表演，这是我最喜欢的。为此，应该感谢王宁先生的精心安排。

我想讲两个问题。一谈我对传统文化学习与研究的看法，二说我对诸位的几点期待和建议。

先说“看法”，又先要澄清、界说一个概念：什么叫“传统文化”？有人把“传统文化”等同于“古代文化”，其实并不全面，现代文化从五四算起，也有了九十多年的历史，已经有了自己的传统，将其排斥在传统文化之外，既不符合事实，而且会形成遮蔽，发展到极端，崇古而忘今，是不利于我们的精神的健全发展的，不知今，也不能真正地知古。而且古代传统也是多元的，有的人以为“古代传统就是儒家传统”，这也是一种片面性。许多人都说五四否定中国传统文化，其实五四所批判的，是“独尊儒家”，而对儒家之外的古代文化的其他派别，例如墨家文化，倒是相当推崇，以至有“墨家复兴”之说。我现在对墨家就特别有兴趣，经常对中国的青年志愿者说，墨家就是你们的老祖宗，是中国最早的民间草根组织，墨家的一些理念、精神在今天对建设“志愿者文化”也有借鉴意义。

儒家思想、墨家思想，都属于典籍文化；此外，还有存在于民间习俗、礼仪、节日、传说、戏剧中，以及口耳相传、世代相承的民间伦理、民间文化，也不可忽视。这里不妨介绍一下鲁迅的经验：我们知道，鲁迅在辛亥革命失败以后，曾经有一个思想苦闷时期，为了寻求精神出路，积累精神资源，他有一个“十年沉默”期，鲁迅说他只做两件事，一是“回到古代去”，一是“沉入于国民中”。具体地说，就是回到魏晋传统、浙东传统，以及故乡民间文化传统。十年之后，鲁迅就是带着这样的传统，参与五四新文化运动，产生巨大影响的。我们可以说，没有这十年沉默中对古代文化、民间文化的潜心研究，就不会有五四时期的文化战士鲁迅：变革传统，必须首先要理解传统。

我认为，鲁迅的这一经验，在今天是有特别的启示意义的。因为我们许多人也同样面临着思想的苦闷。尽管苦闷的内涵、表现形态，社会、思想、文化背景与鲁迅时代已经有了巨大的差别，但也有相通之处：都是发生在时代的转折时期，社会大变革前夕。我因此对许多充满焦虑的年轻人，都提出这样的建议："回到古代去"，以深切地理解中国的文化传统；"沉入于国民中"，以真切地了解中国的国情、民意。有了这两个基本理解和了解，你的生命就有了充沛的底气，你的人生就有了充足的准备；在以后中国社会变革中，你的生命就会得到充分的发挥，你的人生之路，尽管依然会有曲折，但你总能正确把握，从容应对。在这个意义上，诸位在人生的起步点上，能有机会，跟随王宁老师潜心研究中国古代文化，实在是人生之大幸。在我看来，这也是古代文化研究的最基本的意义和价值所在：它是我们自身精神发展的内在需要——这其实也是中国读书人的传统：读经，就是为了修身养性。鲁迅在五四时期曾提倡"为人生的文学"；我们也可以说，从事古代文化的学习与研究，其第一要义就是"为人生"。如果古代文化的学习与研究成了"死学问"，和自己的生命毫无关联，离人生越来越远，那就真正的南辕北辙，走岔道了。

当然，还要为社会。在我看来，学习和研究古代文化和现代文化传统，也是当今中国社会发展的需要。我在很多场合都谈到，中国在基本解决了民族的独立、国家的统一和人民的温饱问题，经济获得了发展以后，就面临着制度重建、文化重建、价值重建和生活重建的历史性任务。这四大重建的核心，就是要使中国这块土地真正能够让中国老百姓安身立命，安居乐业；因此，所重建的制度、文化、价值和生活方式，都必须扎根于民族生活的深处，民族精神的深处。这就要求对中国文化（古代文化和现代文化）传统有真正深切的理解与把握，这是我们的根，是一切重建、民族再出发的基础和前提，是时代提出的新课题、新使命。在这个意义上，可以说，诸位在这里学习与研究中国古代文化传统，是在担负时代赋予的使命，实在是任重而道远。

以上算是我对学习与研究古代文化的意义的两点理解和认识，诸位作为专业研究者自然比我认识得更深刻、更到位，我也就不再展开来说了。我要着重讲的，是问题的另一面。当下中国，正在出现一个“国学热”，很多人都在强调“中国古代文化传统的复兴”。如前所说，这是反映了时代发展的要求的：国家经济实力的增强，必然要求民族文化的复兴；这也是越来越多的人对个人精神发展的需要，是克服当下普遍存在的精神危机的需要，因此显然具有历史的合理性。但根据我的经验和观察，当一种主张成为潮流，形成“××热”的时候，就同时可能存在一些陷阱，需要保持清醒。这也是今天我要和诸位讨论的问题：在当代古代文化研究中，可能存在着什么值得警惕的陷阱？在我看来，这样的陷阱大体有内、外两方面。

首先是来自研究自身的陷阱，大概有二。

一是“进不进得去，出不出得来”的问题。同学们大概都深有体会，中国的古代文化称得上博大精深，要读进去是很不容易的：文字上读懂就很难；即使是过了文字关，还有个能不能感悟的问题。而中国文化的最大特点，就是强调感悟，没有悟性，也依然进入不了古代文化的殿堂，那就是没有缘分。而我觉得，这还不是在座的诸位最难以面对的问题：你们既然已经读到了博士研究生，“进得去”，应该不是太难的。问题是“进去”以后，“出不出得来”。实际情况常常是，你越是读进去了，理解得越深入，就越会为中国古代文化的博大精深所折服，这本也正常；问题是，由折服再往前跨一步，这是极容易跨出的一步，变成顶礼膜拜，被其俘虏，失去了独立思考的愿望，批判性、逆向性思维能力，新的突破与创造的自觉，那就成了“书奴”、“文奴”、“传统之奴”，出不来了，这就走到了最初的出发点的反面：一切有出息的学习与研究，都应该推陈出新，创造与发展才是我们的目的。这里不妨谈谈同学们都熟悉的闻一多先生的古代文学研究之路。和所有的研究者一样，闻先生最初遇到的是“进不进得去”的问题，他本来是一位诗人，最初在山东大学任教时，大概就是因为学术功底不够厚实而遭到了学生的反对。这反过来刺激了他，他从此闭门读书，并因此获得了“何妨一下楼先生”的绰号。几年苦读，他终于升堂入室，成了名副其实的古代文学的研究专家。更难能可贵的是，后来他在西南联大开设的有关神话、诗经、楚辞、唐诗研究的课程，都表明他自觉地尝试运用新的方法、新的思路去研究中国古代文学，因此新意迭出，极富创造性，尽管也会引起争议，但他“走出来”的意图是十分明确的。但他很快就因政治信仰的原因而被国民党枪杀。郭沫若在写悼念文章时，就说闻一多在学术上开始走出来，并酝酿着更大的突破时离去，正是“千古文章未尽才”。这样的评价是中肯而富有启发性的：研究者的才华，最终的体现，就在他能深入研究对象的生命的最深处，又能走出来，实现对研究对象的超越。这一点，在古代文化、文学的研究中是尤其重要，又是极难做到的。弄不好就陷进去出不来。

其二，专业化的研究，往往存在技术化与知识化的危险。中国古代文化是文、史、哲不分的，相关的知识是被人文精神所笼罩、渗透的，注重的是人文知识与人文精神的统一，做人与读书、行文的统一，而且中国之文，特别讲“气”，你读中国传统的文史著作，总会感到有一股沛然之气融汇贯彻其中。直到近代，我们才有了知识分类、学科分类，那是受到西方科学的影响的结果。应该承认，学科的分工，导致了学术研究的专门化、精细化，对学术研究是具有正面的积极意义与作用的。但发展到极端，就会出现人文知识与人文精神的分离，学与人、文与人的分离。学术研究失去了人文关怀，那就失去了精气神儿，失去了人的灵性。其结果，就是学问成了无魂的学术，人成了书虫、工具，这就发生了异化，没有意思了。

自身的陷阱之外，还有外部的危机，大概也有三。

其一，学术研究的政治化、道德化、宗教化。这在当下突出地表现在对儒学的研究上，这背后，都有一个共同的情结：总想拿孔夫子来“治国平天下”。这恰恰是我们最应该质疑的一个传统观念。我因此完全认同李零先生的看法：我们现在需要打破两个长期迷惑中国和中国知识分子的梦魇，即所谓“半部《论语》治天下”，“东方道德将大行于天下”；进而确认两条常识、常理——“孔夫子不能救中国，也不能救世界”。应该说，这样的传统观念的形成，孔夫子也是有责任的，就是他的“国师情结”。其影响所及，几乎所有的儒家信徒，即所谓“儒生”，都有把自己满肚子学问直接转化为政治行动，治国平天下的冲动。这本身似乎并无问题，甚至可以说是反映了知识分子的政治责任感、社会承担意识；问题在于，知识分子自身没有力量实现这样的转化，而必须仰赖于“圣主，明君”，自己名为“国师”，实际不过一个幕僚而已，是没有独立性的，“国师”和“明君”的关系，是一种“君臣”关系。我们今天要反思这样的国师情结，就是因为它在根底上是一种奴性；而我们如果不摆脱这样的国师情结，就永远也摆脱不了学术对政治的依附。我们不是反对学者对政治问题的关注与思考，这是我们也在强调的人文关怀的不可或缺的重要方面。问题是学者对政治的关注与思考，应该是独立的；同时，它又应该是有距离的，更富有超越性的。在我看来，这也正是孔夫子的真实价值所在。孔夫子虽然有国师情结，他奔走于各国，就是要寻找能够赏识他的思想、学问，给他以实践机会的明君；结果他失败了，成了一只“丧家犬”。如李零先生所说，正是这样的“欲求明君而不得”的失败，这样的“丧家犬”的实际的客观地位，成全了孔夫子：他终于成为一位独立的知识分子，并且开创了中国独立知识分子的传统——始终坚持乌托邦理想，“有学问道德，却无权无势，敢于批评当世权贵”，“不满现实”，宣称“不义而富且贵，于我如浮云”，高扬“三军可夺帅，匹夫不可夺志”的精神。这样的独立知识分子的传统，才是我们真正应该继承与发扬的。

其二，是学术商业化的危险。现在大家都在搞"文化产业"，于是就出现了"国学产业研究院"，其任务就是将孔夫子转化为商品。还有人想垄断"儒家产业"，不仅要把孔夫子当政治上的敲门砖，还要"吃"孔夫子，靠孔夫子赚钱，这就真的不知如何说是好了。

其三，是大众化的陷阱。这就不能不谈到这些年风行一时的"于丹热"。我曾经说过，有一件事我百思而不得其解：《论语》字数不多，文字也不太难懂，为什么大家都不去读，只是一个劲儿地追逐于丹这样的讲《论语》的学术明星？这大概是因为读《论语》原著总要费点劲，哪像听明星讲，就跟吃冰激凌一样舒服。还有的人，是把听讲《论语》当作一种时尚，只要作出"欣赏状"就够了。这正是大众文化的特点：功利化，实用化，游戏化，表演化。这也是一个警诫：我们需要普及经典，但绝不能把经典变成大众文化。儒家经典"大众文化化"的危害，不仅在于抽空了经典的文化内涵，而且使真正严肃、认真的研究者，陷入"热闹中的寂寞"的尴尬。这就是周作人所说的，这是"在人群中感到的不可堪的寂寞，有如在庙会时挤在潮水般的人丛里，特别像是一片树叶，与一切绝缘而孤立着"。坦白地说，我在观察当下中国古代文化研究者的处境时，就有这样的感觉：从表面上看，"国学热"已经热得发昏，普天之下，从各级官员、商业大款、文人学者，到普通市民、时髦青年，到处、人人都在谈《论语》，说孔子，但炒作者多，认真读原著者少，坐下来深入研究者更是寥寥无几。这样的孤立感、无力感，是真正刻骨铭心的。本来，真正的学术研究就应该是寂寞的，但这种置身于"庙会"里的热闹中的寂寞，却能消解真正的研究的意义和价值，其伤害是更内在、更为致命的。对此，在座的诸位，当会比我有更深切的体会，我也不多说了。

这就是我们所面临的三大困境：古代文化研究，以至整个学术研究的意识形态化、商业化和大众化的危险；而在这背后则是研究者自身的异化，也就是鲁迅一再警示的，成为官的帮忙、帮闲，商的帮忙、帮闲，以及大众的帮忙、帮闲。如果再加上我们前面所讨论的学术研究自身所存在的因为“走不出”而成为“传统之奴”，因为陷入学术的技术化而成为“知识之奴”的危险，那么，我们所要走的古代文化研究之路，就是荆棘丛丛了。

这就是我对当下中国传统文化（古代文化和现代文化）研究的基本观察与看法：这是一个学习、研究和发展传统文化的前所未有的大好时机；同时，又充满了前所未有的危机。时机与危机同在，就看我们能不能及时抓住时机，同时对可能存在或已经存在的危机，保持清醒的认识和警惕。这里的关键，是无论如何要坚守学习与研究的主体性、独立性，把主导权掌握在自己手里；同时坚持学习与研究的创造性，掌握驾驭传统的主动权。一句话，就是要把“独立，自由，批判，创造”的知识分子精神贯穿于自己的学术研究之中。

我不知道如此严峻地把古代文化研究可能存在的五大陷阱，如实地揭示给大家，会不会吓住了诸位。在我看来，唯有敢于面对研究的困境，把问题看清了，想透了，才会有真正自觉的学术研究。

这就讲到了我对诸位的期待和建议。也有两点。

第一，沉潜十年。这是十多年前我对自己的研究生说过的话；现在，我要说的，也还是这句话。前面已经说到，这是一个自我和时代的苦闷时期，人们最容易陷入浮躁，像无头苍蝇四处乱闯，习惯于追逐时髦，急于出成果，热衷于炒作、包装等短期行为，因为缺乏定力而摇摆多变。“沉潜”正是对症下药。

首先是“沉静”。我曾经概括为三个字——静、清、定，并有这样的发挥：当社会陷于喧闹，我们，至少自己的这个小环境，应该静下来；当整个社会空气被腐败所污染，我们应该保持清洁；当时代风气趋于浮躁，我们应该有定力。所谓“定力”，也可以叫“洁身自守”。“洁身”就是前面说过的“修身养性”，培育自己人性的根本，做人的根本，处世的根本，保持生命应有的清洁与纯正；“自守”就是守住基本规范，求学、治学的规范，做人的规范，一切都有不受外界压力和诱惑左右的决不让步、决不妥协的一定之规，这就是“定力”。这都是在学习阶段，在校期间必须练好的“内功”。内功练好，就有沛然之气，做学问的底气，做人的底气。底气足了，实在了，厚重了，再到社会上去，就可以源源不断地发功，充分发挥自己的生命力量，并且为社会有效地服务。

“沉静”之外还要“潜入”，要做到四大潜入：一是潜入社会生活的最深处，二是潜入民族精神、文化、国民心灵的最深处，三是潜入学术的最深处，四是潜入自我生命的最深处。这和我们前面所讲的鲁迅的“回到古代去”与“沉入于国民中”的基本精神是一致的。

总之，要着眼于自己一生的长远发展，着眼于自己的，也是国家、民族的长远利益，不为周围的环境、眼前利益所动，埋头读书，思考人生、中国，以及世界的根本问题，就这样沉潜十年，扎扎实实地打好治学和做人的底子。真正的好汉、大侠，绝不是当下表演得十分起劲的那些人，那是昙花一现的人物，迟早要被历史所淘汰。我关注现在默默作准备，十年后发出声音的那批人，或许他们才是中国学术、中国未来社会的真正脊梁、希望所在。我期待在座的诸位都做这样的人，至少要立志做这样的人。

第二，我要提醒和建议大家注意调整、完善自己的知识结构。这既是时代所提出的新问题，也是我自己，以及我们这一代的历史教训。这些年，一些大师级的人物相继离世，也标志着一个学贯古今中外的学人的时代的结束。在此之后，就是我这样的成长于上一世纪50年代的学人了。我们的学习环境和学术环境跟你们今天完全不同，那是一个将民族和人类文明的所有成果都视为“封建的、资产阶级的、修正主义的”毒物，宣布要彻底批判的时代，是一个扬言“书读得越多越蠢”的时代。尽管我们这些人在那样的年代依然坚持读书、研究，打下了一定基础，但无可否认，我们的知识结构与相应的精神结构，都存在着先天的不足，我们今天的某些学术成就，大都是后天补的。而在我们之后的知青那一代人，因为比我们年轻，补课就比我们补得好，无论对中学，还是对西学的了解，都比我们强，他们今天成为学术界的主力，是很自然的。但总体而言，他们对中学或西学的把握，还是“补课”的结果，也依然存在许多问题和缺陷。到了80年代、90年代培养出来的，也包括在座的诸位的新一代学人，都经过了专业化的严格训练，在专业知识和学术规范方面，显然具有一定优势。但在我看来，也存在着三个根本性的问题。一是人文关怀、现实关怀的不足，二是技术化、知识化的倾向，三是过分专业化形成知识结构的另一方面的缺陷。如懂西学，不懂中学，懂今不懂古；或者反过来懂中学，不懂西学，懂古不懂今。这同样是不适应时代和学术发展的要求的。

这也是我在很多场合都提到的，今天我们正生活在一个全球化的时代。这个时代的最大特点，就是所有的国内问题也都是国际的问题，所有世界的问题，都会变成中国的问题。而全球化的时代的学术，也就更加要求古今中外的贯通。今天研究中国传统文化，就不能只局限于中国，而必须有全球的眼光。按我的理解，所谓“全球眼光”，应该有两个含义。一是要把中国文明置于全球文明发展的大背景下来进行考察。你研究《论语》，就不能只看中国春秋战国的背景，还要看同时期的世界，比如西方文明发展的状况，也就是“从世界看中国”，这样的研究眼光和方法，是过去传统研究中所没有的。其二，在全球化的时代，每一个国家、民族的文明成果都应该为全人类所享有，并为全人类的文明发展作贡献。我们讲普遍价值，就应该包括中国文明中的普遍价值；我们前面所说的制度、文化、价值、生活的重建，重新发现人性，重建人性秩序，都不只是我们一个国家、民族的任务，而是全球共同的历史使命。这就要求我们即使是在研究中国古代文化时，也必须有一个世界公民、全球学者的意识、眼光和承担，要有“为人类研究与写作”的自觉。要做到这一点，就必须学贯古今中外。你们作为一个中国古代文化研究者，就不能满足于仅仅知中知古，还必须知外知今。在这里，我还特别要提出语言的问题：不仅要精通古文、现代白话文，还要精通一门或几门外语。我说过，这是全球化时代的学者、知识分子的基本条件。所以，我建议你们，在完成本专业的学业以外，一定要补外语和西学、东方学的课。至于补到什么范围、程度，又可以因人而异。这不仅是知识结构的调整与完善，更是精神境界的开拓与升华，切不可掉以轻心。

以上所说，都是我的胡思乱想，我姑妄说之，诸位也就姑妄听之吧。

2011年11月10日、11日整理。

九、和即将去农村的师范生谈心*

我们是第二次见面了：第一次是你们刚入学时，现在是你们即将毕业，走向农村教育岗位时。这是你们人生道路上的两个关键时刻，我很乐意在这个时候和你们谈心。

我不是一个人来的，同时请来了你们中文系的两位老师：刘勇老师和杨联芬老师。我们先请杨老师给大家放映关于当下农村教育实际情况的图片，并请她先讲。

（放映志愿者在农村支教时拍摄的留守儿童的图片；在杨联芬老师讲话以后，我接着讲——）

我想，看了这些图片，关于为什么要到农村去教书，以及你们到了农村将遇到什么问题，已经有了回答，无须多讲什么了。

但我还是想讲一点自己在看了这些图片以后内心所受到的震动。我的思维习惯是无论遇到什么问题，都会立刻想起鲁迅。这一回，我也由这些图片，想起了鲁迅的四段话。

第一段，鲁迅在《小杂感》里说——

> 楼下一个男人病得要死，那间壁的一家唱着留声机；对面是弄孩子。楼上有两人狂笑；还有打牌声。河中的船上有女人

---

* 2010年9月25日在北京师范大学讲。

哭着她死去的母亲。

人类的悲欢并不相通，我只觉得他们吵闹。

真的是“不相通”！当我们在中秋节全家团聚，沉醉在欢歌笑语之中时，有谁想过家徒四壁的农村小屋里，这些留守儿童的痛苦和期盼？

在鲁迅看来，这不仅是一个人性的问题，其背后更有体制的问题。鲁迅说，我们实际生活在一个等级社会里，不同等级之间是相互隔离的，并不能感受别人的痛苦。有时候还会给自己带来虚幻的希望，即所谓“比上不足，比下有余”，“比上”你会感到不平，但一想到还可以“比下”，你又满足了。但是，我们为什么不能反过来，去感受一下处在你之下的人们的痛苦呢？

这就涉及鲁迅的第二段话——

(人们)所感觉的范围都颇为狭窄，不免咀嚼着身边的小小的悲欢，而且就看这小悲欢为全世界。

我们经常听到一些人，包括年轻人在那里呻吟：啊呀，我痛苦呀，我寂寞呀，我无聊呀，甚至——我活不下去了！一切都围绕着一个“我”，而且他们所谓“活不下去了”的痛苦，不过是“身边小小的悲欢”，却把它无限放大，仿佛全世界都如此，就真的活不下去了。这叫什么？鲁迅有一个概括：“顾影自怜。”我还想加一句：“顾影自恋。”既自怜，又自恋，不正是当下许多知识分子、一些年轻人的最好写照吗？

我们能不能有另外一种精神状态，另外一种世界观？这就是鲁迅的第三段话要讨论的问题。

鲁迅1936年患了一场大病，昏睡四五天以后，半夜里醒来，突然有了一个感悟——

> 外面的进行着的夜，无穷的远方，无数的人们，都和我有关。我存在着，我在生活，我将生活下去。我开始觉得自己更切实了，我有动作的欲望。

这段话非常值得琢磨。

“无穷的远方，无数的人们，都和我有关。”——这个世界，不只有我一个人，一个天地，而且还有“无穷的远方，无数的人们”，这样，心中就不能仅仅有“我”，还必须有“他人”。更重要的是，“他人”和“我”是“有关”的。这是因为人不仅是个体性动物，还是群体性动物。“社会性”是人的本质特征；就是说，人只有在群体的发展中才能得到自己个人的发展。这就形成了一个概念：自我和他人是一个“生命共同体”，是休戚与共的。

鲁迅由此而引申说，最伟大的诗人是最能感受他人的痛苦和欢乐的，他看见别人被捉去杀掉，比自己被杀更苦恼。这里，有一个理念：他人的不幸，就是自己的不幸；世界上只要还有一个人不幸福，不自由，自己就是不幸福不自由的。这就是一种博爱的精神，大悲悯的情怀。同时又隐含着一个理念：为别人谋幸福，也就是为自己谋幸福。所以鲁迅说，他只有在感受到无数的人们和“我”有关时，才感到“切实”，感到“我存在着”，感到自我存在的意义和价值。这是确实的：当一个人陷入自怜自恋时，往往感到空虚；当进入生命共同体，自我生命和他人生命连接在一起的时候，就会感到切实。

回到我们刚才看到的图片这里来：当你看到那些留守儿童无奈而期待的眼神时，你是无动于衷，还是心有所动，甚至心有所痛？或许你会像鲁迅那样，产生行动的欲望，想尽一己之力去帮助他们，并在这一过程中，实现你的生命的意义和价值。这就是“助人即助己，救人即救己”的意思。因此，诸位到农村去教书，不仅是要给迫切需要我们的农村孩子以切实的帮助，同时也是为了自我生命的健全发展，治疗我们自己的“城市空虚病”。

这就是我今天对诸位提出的第一个希望：要以鲁迅说的“无穷的远方，无数的人们，都和我有关”的大生命观，以博爱精神、悲悯情怀，到农村去，在那里找到自己生命的意义与价值，实现利他与利己、助人与助己的结合和统一。

我要和诸位讨论的第二个问题，也是鲁迅所说的第四段话。在上一个世纪的五卅运动以后，也就是八十多年以前，许多当时的青年，为了挽救民族的危亡，发动了一个“到民间去”的运动。鲁迅写了一篇文章，对这一运动发表了他的看法。他对年轻人说，你们到民间去，可以看到一个真实的民间，然后，再和你们在北京高喊“到民间去”口号时的民间想象对照一下，你们的思想就会发生变化——

> 或许有若干人要沉默，沉默而苦痛。然而新的生命就会在这苦痛的沉默里萌芽。

这是什么意思呢？

鲁迅是在提醒年轻人：你们在北京这样的城市里的“民间想象”——包括我们今天在这里看有关农村图像而产生的“农村想象”——无论设想得多么困难、严重；一旦你真的到了民间，接触到了农村的真实，你就会发现，你还是太天真了，实际情况比你的想象要严重、严酷得多。在鲁迅看来，青年人和知识分子在城市里的“民间想象”，必然要被真实存在的“民间现实”击得粉碎；也唯有如此，才会有真实的，而非虚幻的，现实的，而非浪漫的民间变革。鲁迅的这一分析，是深刻的，对于在座的诸位也是一个及时的提醒。你们到农村去，切切不可抱着浪漫主义的幻想，一定要作好精神准备，你们将要遇到的农村教育的问题比你们想象的要严重得多：不仅是外在的农村教育的物质环境，更是农村教育的软件，包括学校教育在社会、家庭教育面前的无奈，你作为一个普通的教师，在强大的教育体制和复杂的人际关系面前的无力，都是你今天坐在城市大学的教室里，所难以想象的。这就是说，所有的年轻人，从学校到社会，从城市到农村，都会遇到理想与现实的巨大反差和矛盾，必然经历鲁迅所说的“沉默而苦痛”的人生阶段。

如果说，你当年决心从事农村教育，是一个艰难的选择；那么，你在面对理想与现实的矛盾时，就面临着更为艰难，也是更具实质性的选择。根据我的经验和观察，这时候，大概可能有四种选择。一是闭眼不看现实，仍然按照自己的主观想象和理想，不顾主客观条件盲目硬干，这样的“堂吉诃德精神”固然可嘉，却很容易碰得头破血流，难以坚持。而且极容易转向第二种选择：放弃理想，和现实妥协，开始时有点勉强，不自然，但一旦从中获利，尝到甜头，就越来越自觉，终于和现实中的既得利益者同流合污，完全走到自己的理想的反面，发生异化了。如果既不愿为坚持理想付出代价，又不甘于或没有机会被体制收编，就消极颓废，无所作为，得过且过，混日子了：这样的第三种选择也是对自己的原初理想的放弃以至背离。第四种选择，也是最艰难的选择，就是既坚持理想，又面对现实，对理想作适当调整，在现实的缝隙里寻找局部实现理想的恰当途径。这当然是一个极其痛苦而艰难的过程，但如鲁迅所说，“新的生命就会在这苦痛的沉默里萌芽”。

看到了诸位，我总要想起五十年前的同样处于大学毕业人生阶段的自己，并引起了许多的回忆。我现在就来具体地谈谈我在诸位这个年龄，大学毕业以后，面临理想与现实的巨大反差时，是怎样作出自己的选择的，或许可以作为前面的讨论的一个补充。

我是1960年从中国人民大学新闻系毕业，因为家庭出身的原因，被分配在贵州的山城安顺一所中等专业学校——卫生学校里教语文。这样的分配，当然带有强迫的性质，但我也依然怀抱着“到最边远、最艰苦的地方去发挥自己的聪明才智”的理想，可以说我和我们这批上一个世纪50年代的大学毕业生，是最早参与西部开发，到边远地区支教的，我们应该算是诸位的先行者。然而，我一到安顺卫校教书，就遇到了四大困境。一是环境不能适应：我从小就在大城市（重庆、南京、北京）里生活，第一次来到这样一个仅有一条马路的小山城；我学的是新闻，满脑子的作家梦、学者梦，却被安排在中专教语文，这是一门副科，学校领导和学生都不重视，记得第一次上课，讲台上赫然放着一个骷髅头的标本，把我吓了一跳；再加上远离家庭，孤身一人来到这大山里，而且第一天报到，人事部门就严正宣布：贵州的大山进来了就休想出去，听到这话，心都凉了。其二，我1960年来到贵州，正赶上大饥荒，原来在大学读书时，我一个月吃四十斤粮食，是个“大肚汉”，现在口粮一下子降到二十三斤，几乎少了一半，刚吃完饭就饿了，饿得整夜睡不着觉。其三，我还受到政治上的歧视，连当班主任的资格都没有，还因为得罪了领导，学校就派老师来监视我。其四，在这种情况下，我只有寄希望于考研究生，一走了之。但也是因为家庭出身的原因，又不准我考，想走也走不了。这就真正似乎到了绝境了。如此巨大的理想与现实的矛盾，是我怎么也没有料到的。在最初的惶惑不安过去以后，我开始冷静下来，重新设计自己的人生之路。我突然想起了“狡兔三窟”的成语：我是不是可以为自己安排“两个窟”呢？即把自己的理想分解为两个层面，制定两个生活目标。一是“理想的目标”，也就是自己心向往之，但不具备现实实现的条件，需要长期的准备和等待的目标——对当时的我来说，这个目标，就是我读大学时就开始作的“学者梦”，这时候我正醉心于研究鲁迅，于是又有了回到北大的课堂“讲鲁迅”的梦，这在当时自然是十分遥远而渺茫的。但我又实在不愿意放弃，就成了一个“不知何时能够实现，却要为之持续奋斗”的目标。这样又有了第二个“现实的目标”，即现实的客观条件已经具备，只要努力就可以实现的目标。我仔细分析了自己的实际处境：尽管学校领导对我有看法，有防范，但并没有禁止我上课。这就意味着，不管外在条件多么恶劣，我依然拥有“三尺讲台”作为发挥才能，局部实现自己的理想的阵地：我从小就有“教师梦”，而且自信自己是一块当教师的料。于是，我就定下了一个目标：“要成为卫校最受学生欢迎的教师。”想清楚了这一切以后，我就全身心地投入教学活动中：不仅精心备课，力争每一堂课都上得有声有色，而且还为每一个学生建立学习档案，针对其特点，进行个别指导；后来我又干脆搬到学生宿舍，和学生同吃同住同劳动；以后，又成了学生足球队、田径队的教练，学生文艺演出、学生壁报的指导教师，和学生在一起学习、生活、锻炼、表演、游玩，自然成了学生最喜欢的老师，我的周围总是有一大群学生，有的后来就成了终生不渝的好朋友。在“文革”期间，我又把自己的活动范围扩到更大的空间，团结了更多的青年朋友，成了当地最有影响的老师。与此同时，我一天也没有放弃自己的学者梦，即使在“文革”的大动荡中也依然坚持我的鲁迅研究，写了几十万字的笔记。现在回过头来看，我的“狡兔二窟”，理想与现实两个目标的设置，对我的人生发展，是起了决定性的作用的：如果我当初不作任何调整，只有一个理想目标，我是无法坚持下去的，因为人总是需要不断有成功感来支撑自己的，正是现实的目标的实现，使我能够不断从周围学生的成长中感受到自己生命的现实意义和价值，从而有力量去争取更高的目标。但是，反过来，如果我仅有现实的目标，没有更高的理想照亮，人就容易满足，久而久之，就会失去不断奋斗的动力，而且一旦实现理想的机会到来，也会因为没有准备而失之交臂。我直到1978年“文革”结束，恢复招考研究生，才获得实现学者梦的机会，为了这一天，我足足等待了十八年。当时我已经三十九岁，因为我准备了十八年，就抓住了这最后的机会，实现了人生道路的新的飞跃。——当然，如果由于种种原因，那年没有考上研究生，我也可能现在还在贵州当教师；但我也不会后悔，还是安于、乐于当一名山区里的教师，因为我已经从自己的经验里，感受、体会到了农村教师的特殊价值和魅力。

这也是今天我最后要和诸位交流的人生经验。我曾经谈到，我在贵州山城教了十八年的书，贵州那块土地，土地上的文化、人民，以及我的学生、朋友对我一生的发展的影响。我把它概括为四句话。因为时间关系，不能多作发挥，只能略作说明。

其一，“贵州的真山真水养育了我的赤子之心”。——许多人都羡慕我到老年还保持着赤子之心，我总是说，其中的奥秘就是我受到了贵州的真山真水的养育。我还由此形成了一个教育观：“人在自然中，这是最理想的生存状态，教育状态。”我还发挥说：“脚踏大地，仰望星空”，才是人的生命的最佳状态，这只有在农村才能真正做到。这也是农村教育的独特优势所在。诸位到了农村，一定要尽情享受那里的真山真水，自觉养育自己；同时也要善于把大自然的美转换为教育资源。

其二，“和贵州的真人的交往，培养了我的‘堂吉诃德气’”。——这是我经常说到，念念不忘的，我之所以能够在贵州坚持十八年，完全仰赖我的贵州友人，也包括我的学生，他们都是“真人”，即保持着人的善良、质朴、纯正的本性，人的真性情，我和他们所建立的关系，更简单、更本色、更真率，也更温暖。我由此而形成一个信念：民间有真人。我的堂吉诃德式的带有几分天真的理想主义，也是建立在这样的信念基础上的。诸位到农村去，一定要和你的学生，和那里的父老乡亲建立起纯真的友情和血肉般的精神联系。

其三，“‘文革’中的摸爬滚打，练就了我的现实关怀，民间情怀，底层眼光”。——这里不是对“文革”作全面评价，那是一个十分复杂的问题；要说的是“文革”期间，我走出了学校的大门，走向更广阔的天地，经历了底层社会的大动荡，也就更深切地了解了中国的国情、民意，这对我以后的学术研究几乎是具有决定性意义的。这或许也能对诸位有所启发：到了农村，不要只局限于学校教育，要适当参与当地的新农村建设，特别是乡村文化的重建，并要适当地作一些农村社会调查，以尽可能地了解地方民情民心，这对你们世界观的确立，也是至关重要的。

其四，“十八年的沉潜读书，更是奠定了我的治学根基和底气”。——我们也不必回避农村、底层生活的局限与不足：一是视野相对狭窄，二是琐细的日常生活有时也会令人产生惰性，消磨志气，以至淹没生命的活力。这就需要通过读书来扩大自己的精神空间，不断获取精神活力。而我要强调的，是在农村边远地区读书，也自有其优势。我曾经谈到，许多事情都需要从两个方面看，一些看似劣势的地方，其中也蕴含着另一方面的优势。比如，落后地区发展机会比较少，但从另一面看，则是诱惑也比较少，认准一个目标，就可以心无旁骛地去做。农村比较空闲，生活节奏慢，正可以悠悠闲闲、从从容容、洒洒脱脱地读书，作研究。边远地区外在信息少，就可以把自己逼向内心，开发内在的想象力和创造力，对悟性好的人，正好把自己的思考引向深入。这里说的“心无旁骛”、“悠闲从容”、“逼向内心”，还有“山高皇帝远”的自由，都是“练内功”的重要条件。我就是在贵州练了十八年的内功，“治学根基和底气”就是这样练出来的。这也是我对诸位的一个期待：一定要利用农村的相对沉静的环境，认真地读书、思考，练好内功。

你们中的有些人可能就此以农村教师作为终身职业，但或许更多的人，在农村工作一段又要离开，这都是正常的。人的生命总是流动的，我自己后来就通过读研究生“流”到了北京。问题是如何看待和对待这段农村生活的经历，我是一直把我的贵州任教十八年的经验视为自己最宝贵的精神财富的，而且我离开贵州三十多年始终和贵州安顺，和当年的朋友、学生保持密切的联系，在我退休以后更是相互合作，为贵州乡村建设、地方文化研究、地方教育做了许多事。我多次说过，我有两个精神基地：一个是北大，一个是贵州，我的生命就流动于城市与农村、中心与边远、上层与底层、精英与草根之间，形成一种张力，相互吸取、补充，又相互制约。这是我最重要的人生经验，当然有它的个人性；但我想，其中有一点，或许可以作为诸位的参考：你们即将开始的农村教育生活，对你一生的健全发展，是极其宝贵的经验，一定要珍惜它；即使以后离开了农村，也要和你曾经生活过的那块土地，土地上的文化和人民，保持精神的联系——那是你的“根”之所在。

最后，还是引用鲁迅在《与幼者》一文中引述日本作家有岛武郎的一段话，作为对诸位到农村去临行前的祝福——

> (走)上人生的旅途罢。前途很远，也很暗。然而不要怕。不怕的人的面前才有路。

这里，并没有许诺光明的前景，相反，却要告诉你：“前途很远，也很暗。”如我们一开头所说，还有许多意想不到的困难、曲折在等着你。但是，关键是“不要怕”，要勇于面对一切，承担一切，“不怕的人的面前才有路”。鲁迅还有一句话，这是大家所熟悉的：“地上本没有路，走的人多了，也便成了路。”

2011年11月12日、13日整理。

十、承担，独立，自由，创造

——漫谈《民国那些人》*

今天，我是来和大家一起读一本书的。

这是中央编译出版社最近出版的《民国那些人》。作者徐百柯原来是北大中文系的研究生，毕业以后在《中国青年报》"冰点"副刊当编辑，他应该是大家的同代人。据说他写这本书，是因为感觉到自己，以及周围年轻人的生活中，好像缺少了什么东西，主要是一种精神的缺失。于是，就想去看看"民国那些人"，当年那些大学里的老师、学生，那些知识分子，他们是怎么生活，怎么求学、教书、治学，怎么工作，怎么为人、处世，他们追求什么，有什么理想，有着怎样的精神、风范，对我们今天重建自己的生活、理想，有什么启示？……我想，这些问题，也是在座的诸位想过，并且感兴趣的。

而"我"今天来领着"大家"一起读这本书，和"民国那些人"相会，这本身就有一个时空的交错，是很有意思的。"民国那些人"是上一世纪初，即"1900后"的一代人；我出生在1939年，是"1930后"一代人；而诸位则大多数是"1980后"一代人。这三代人相遇会出现什么情况呢？

---

* 2007年9月13日在北京大学中文系讲，2007年10月30日在北京师范大学讲，2007年11月18日在苏州大学文学院讲，2007年11月20日在常熟理工学院讲。

为什么"并不遥远"又"相距甚远"?

我们先来读书的封底的这段话,它是引起了我的强烈共鸣的:"曾经有那样一个时代,曾经有那样一批人物。他们那样地想着,那样地活着。他们离我们今天并不遥远,但他们守护、在意、体现的精神、传统、风骨,已与我们相距甚远。读着他们,我们感到恍然隔世;抚摸历史,我们常常浩叹不已。"

我的问题是,为什么"时间上他们其实离我们很近",而我们又觉得他们"与我们相去甚远"呢?——然而,真的很远吗?我们能不能拉近这样的距离,由"远"而"近"?

我们面对的,正是现实生活中的当代大学老师、学生、知识分子和历史上的大学老师、学生、知识分子的关系。讲到这里,我突然想到,假设"民国那些人",今天真的来这里参加聚会,在座的大学生、研究生们,和这些前辈有共同的话题吗?这共同话题又是什么呢?

这就是今天我要和诸位讨论的问题。

"我们"的问题在哪里?

于是,我注意到书中提到的一位当代大学生的反应,他说:"我们这些自由而无用的灵魂,不会感应那些老先生的。"

这话说得很坦率,也很令人深思。我在很多场合,都谈到我对当代大学生,也即所谓"80后"一代人的看法。我总是强调每一代人都会有自己的问题,这些问题要靠自己解决。但也总有学生对我说,我们也很想听听你作为一个年长者对这一代人存在的问题的看法,至少可以提供我们来思考吧。那么,我就姑妄说之,诸位也就姑妄听之吧。

这一代人是在应试教育下成长起来的，从小就以“考大学，特别是名牌大学”作为自己人生的全部目的；现在如愿以偿，进入了大学，在最初的兴奋过去以后，就突然失去了目标与方向。这背后其实是一个信仰的缺失的问题。这个问题，不仅你们这一代有，我们也有，“上帝死了”，是一个全球性的问题。我们这一代曾经以“革命”为自己的信仰，现在我们却发现“革命”有许多问题，需要反思、反省，也就有一种失落感。不过，我们年纪已经老了，可以按原先的惯性生活；而诸位不行，一切都还没有开始，不能这样糊糊涂涂地过下去，于是，就有了许多苦闷与烦恼。我读过一位大学生的自述：“岁月让我们变得对一切麻木，变得对一切冷漠，变得对一切无所谓，失去了许多作为人的最纯洁的感动”，“我现在对自己的将来却毫无所知，而且不愿意去知道。就这样，让我们年轻的生命消逝在每天每时的平庸里，整天就这样飘来飘去，没有方向，漫无目标……”或许这里说得有些夸张，但没有信仰，没有目标，什么都不在意，都无所谓，这确实是个大问题，生活中没有了依赖，人就失去了主心骨，脊梁也就挺不起来了。

这一代人的人生道路上，所面临的，就是这样一个“如何建立信仰，确立生活目标与方向”的问题。或许我们正可以带着这个问题，去请教我们的前辈，和他们进行心的交流。

“生活里边有个东西，比其他东西都重要”

我们一起来读这一篇：《曾昭抡：不修边幅的名教授》。从表面上看，这都是“名教授”、“名士”的怪癖传闻：他曾经站在沙滩红楼前，和电线杆子又说又笑地谈论化学上的新发现，让过往行人不胜骇然；一次他带着雨伞外出，天降暴雨，他衣服全湿透了，却仍然提着伞走路；在家里吃晚饭，他心不在焉，居然拿着煤铲到锅里去添饭，直到他夫人发现他饭碗里有煤渣;他忙于工作,很少回家,有一次回到家里,保姆甚至不知道他是主人,把他当客人招待,见他到了晚上都不走,觉得奇怪极了;而他所穿的鞋,联大学生几乎都知道,是前后见天的;他平日里走路,总是低着头,不是不理人,而是根本就看不见。

且莫把这些都看成逸闻趣事仅作谈资——我知道,做学生的,最大的乐趣,莫过于晚上熄灯以后,躺在床上,回味、谈论某位教授的逸闻趣事。我们当年做学生的时候就是这样,我深信诸位现在也是如此,这也是学生的"传统"。但我们又不能仅止于此,还要想一想隐藏在其背后的东西。

费孝通先生有一个十分精到的分析。他说:"在他心里想不到有边幅可修。他的生活里边有个东西,比其他东西都重要,那就是'匹夫不可夺志'的'志'。知识分子心里总要有个着落,有个寄托。曾昭抡把一生的精力放在化学里边,没有这样的人在那里拼命,一个学科是不可能出来的。现在的学者,当个教授好像很容易,他已经不是为了一个学科在那里拼命了,他并不一定清楚这个学科追求的是什么,不一定会觉得这个学科比自己穿的鞋还重要。"——"生活里边"有没有"比其他东西都重要的东西",有没有"不可夺"之"志",这是一个关键、要害:有了,你的心就有了"着落",你的精神就有了"寄托",人就有了"安身立命"之处,于是,就总要有所"在意",有所"守护";没有,心无所系,精神无所寄托,你就没着没落,既无法"安身",也无以"立命",也就不"在意"什么,一切都"无所谓",也就自然谈不上要"守护"什么了。

可以看得很清楚,对曾昭抡这样的学者,学术,就是他的"比什么都重要的东西",就是他的"不可夺"之"志"。他对化学学科,有一种使命感,有一种生命的承担,因此他愿意为之拼命、献身。前面说到的他的那些逸闻趣事,正是这样的拼命、献身,以至达到忘我境地的一个外在的表现。学术、学科，对于他，就不仅是一种谋生的职业、谋取名利的手段，而是他的情感、精神，生命的寄托、依靠，是安身立命的东西。这就是这一代学者和费孝通先生所说的“现在的学者”根本不同之处。

我最近写了一篇文章，也是讲这一代学者、知识分子，题目是《有承担的一代学人，有承担的学术》。也就是说，这一代人，做人做事，都是有承担的。我还谈到这样的承担，是有三个层面的：对国家、民族、人类，对历史、时代、社会、人民的承担；对自我生命的承担；对学术的承担。

我读这本《民国那些人》，感触最深的，也就是这“三承担”。——让我们一一道来。

“铁肩担道义”：对社会、历史、民族的承担

这本书写到了几位以身殉道、殉职的学人、报人，其中就有因拒收张作霖三十万元“封口费”而惨遭杀害的民国名记者邵飘萍。他有一句座右铭：“铁肩担道义，辣手著文章。”我想，“铁肩担道义”是可以概括这一代人共同的“不可夺”之“志”的，也是他们对国家、民族、人类，对历史、时代、社会、人民的承担意识的集中体现。这也是对自我在社会、历史中的角色、立场的一个选择、认定，他们代表的，不是某个利益集团的利益，更不是一己的私利，而是社会公共利益，是时代的正义和良知的代表，即所谓“铁肩担道义”。

知识分子、学者，对社会、国家、民族、人类的承担，我觉得在两个时刻，特别显得重要。一个是民族危难的时刻。本书写到曾任辅仁大学校长、北京师范大学校长和故宫博物院图书馆馆长的史学大师陈垣老先生，在北平沦陷时期就这样对启功先生说：“一个民族的消亡，从民族文化开始。我们要做的是，在这个关键时刻，保住我们的

民族文化,把这个继承下去。”另一位先生,复旦大学的老校长马相伯在抗战时期逝世,弟子于右任的挽联中赞誉他“生死护中华”,说的就是他在民族危亡中对民族文化的承担。

在社会道德失范的时候,在某种意义上,也是一种民族危难的时刻,所以我们的国歌“中华民族到了最危险的时候”,是时刻有着警醒的意义和作用的。危难中显本色,越是社会道德失范,知识分子就越应该承担“精神坚守”的历史责任,大学,也包括北京大学,就越应该发挥“转移社会一时之风气”的“精神堡垒、圣地”的作用。但现实却恰恰相反,许多令人痛心的丑闻都发生在大学校园里。因此,那些有节操,甚至有洁癖的老一代学者,就特别令人怀想。在林庚先生九五华诞时,我写过一篇文章,题目就叫《那里有一方心灵的净土》。我这样写道:“无论如何,老人们仍然和我们生活在这个世界上,这个事实确实能够给人以温暖”,“因为这个越来越险恶,越来越令人难以把握的世界,太缺少他这样的人了——这样的好人,这样的可爱的人,这样的有信仰的、真诚的、单纯的人了”,因为“经不起各种磨难,我们心中的‘上帝’已经死了,我们不再有信仰,也不再真诚和单纯,我们的心早就被油腻和灰尘蒙蔽了”。这就是北大校园里的林庚和他那一代人的意义:“幸而还有他,不然,我们就太可怜,太可悲了。当我陷入浮躁,陷入沮丧、颓废、绝望时,想起燕南园那间小屋里那盏灯,我的心就平静起来,有了温馨与安宁,有了奋进的力量。是的,那里有一方心灵的净土。”

“把心思用在自己怎么看待自己”:
对自我生命的承担

这本书给我印象最深刻的,是作者所描述的三位教授的三堂课,我想把它称之为“最迷人的课”。

第一堂课，是西南联大的刘文典教授开设的《文选》课。刘老先生讲课不拘常规，常常乘兴随意，别开生面。有一天，他讲了半小时课，就突然宣布要提前下课，改在下星期三晚七点半继续上课。原来那天是阴历五月十五，他要在月光下讲《月赋》。——同学们不妨想象一下：校园草地上，学生们围成一圈，他老人家端坐其间，当着一轮皓月，大讲其《月赋》，俨如《世说新语》里的魏晋人物。这将是怎样的一番情景！

第二堂绝妙的课是四川大学教授蒙文通的考试课：不是先生出题考学生，而是学生出题问先生，往往考生的题目一出口，先生就能知道学生的学识程度。如学生的题目出得好，蒙先生总是大笑不已，然后点燃叶子烟猛吸一口，开始详加评论。考场不在教室，而在川大旁边望江楼公园竹丛中的茶铺里，学生按指定分组去品茗应试，由蒙先生招待吃茶。

这样的课，绝就绝在它的不拘一格，它的随心所欲，显示的是教师的真性情，一种自由不拘的生命存在方式、生命形态。因此，它给予学生的，就不只是知识，更是生命的浸染、熏陶。在这样的课堂里，充满了活的生命气息，老师与学生之间，学生与学生之间，生命相互交流、沟通、撞击，最后达到了彼此生命的融合与升华。这样的生命化的教育的背后，是一种生命承担意识。

而将这样的意识提升到理论高度的，是我亲自聆听的林庚先生的“最后一课”。当时我刚留校当助教，系主任严家炎老师要我协助组织退休的老教授给全系同学开讲座。林先生欣然同意，并作了认真的准备，花了一个多月的时间，反复琢磨，讲课的题目都换了好几次。最后那天上课了，先生穿着整洁而大方，一站在那里，就把大家震住了。然后，他缓缓地朗声说道：“什么是诗？诗的本质就是发现；诗人要永远像婴儿一样，睁大了好奇的眼睛，去看周围的世界，去发现世界的新的美。”顿时，全场肃然，大家都陷入了沉思。先生又旁征博引,任意发挥,足足讲了两个小时,还意犹未尽,学生们也听得如痴如醉,全然忘记了时间。但我扶着先生回到家里,先生就病倒了。先生是拼着生命的全力上完这最后一课的,这真是“天鹅的绝唱”。

我们现在再来仔细体会林庚先生的这段话:这是他一生做人、治学、写诗经验的凝结,是道出了文学艺术、学术研究、科学、教育、学习,以至人生的秘密与真谛的。这里的关键词是“好奇”和“发现”:首先要保持婴儿那样第一次看世界的好奇心,用初次的眼光和心态,去观察、倾听、阅读、思考,去上你已经上了无数次的课,去写已经成为你的职业任务的文章,你就会不断产生发现的渴望与冲动,而且你果真会不断有新的发现、新的创造。这样,你就会有古人说的“苟日新,日日新,又日新”的感觉,也就是每日每时每刻都在进入生命的新生状态。长期保持下去,也就有了一颗“赤子之心”。你们看,我们前面说到的老人,无论是曾昭抡,还是刘文典,蒙文通,以及所有的“民国那些人”,哪一个不是终生都完整地保持着生命的“赤子”状态?我曾经说过:北大“大”在哪里?就“大”在有一批大学者。大学者“大”在哪里?就“大”在他们始终葆有赤子般的纯真、无邪,对世界、社会、学术永远有好奇心与新鲜感,因而具有无穷无尽的创造力。这就是沈从文说的“星斗其文,赤子其心”!

这是能够给我们以启示的:那一代人,无论做学问、讲课、做事情,都是把自己的生命投入进去的,学问、工作,都不是外在于他的,而是和自我生命融为一体的。这样,他们所做的每一件事情,都会使他自身的生命不断获得新生和升华,从中体会、体验到自我生命的意义、价值和欢乐。大语言学家赵元任就对他的女儿说,自己研究语言学是为了“好玩儿”。诚如作者所说:“在今人看来,淡淡一句‘好玩儿’背后藏着颇多深意。世界上许多大学者研究某种现象或理论时,他们自己常常是为了好玩。‘好玩者,不是功利主义,不是沽名钓誉，更不是哗众取宠，不是一本万利。'"还可以补充一句：不是职业式的技术操作，不是仅仅为了谋生，而是为了自我生命的欢乐与自由。

"舍我其谁"：对学术的承担

关于学术的承担，前面在讲曾昭抡先生时，已有论及；这里再作一点发挥。

又是刘文典先生在西南联大的故事：一日，日本飞机空袭昆明，教授与学生都四处躲避。刘文典跑到中途，突然想起他"十二万分"佩服的陈寅恪目力衰竭行走不便，就连忙率几个学生折回来搀扶着陈先生往城外跑去，一边高喊："保存国粹要紧，保存国粹要紧！"这时只见他平素最瞧不起的新文学作家沈从文也在人流中，便转身怒斥："你跑什么跑？我刘某人是在替庄子跑，我要死了，就没人讲庄子了！你替谁跑？"

这大概有演义的成分，但刘文典的"狂"却是真的；所谓"狂"无非是把自己这门学科看成"天下第一"，自己在学科中的地位看得很重：我不在，这门学科就没了！这种"舍我其谁"的狂傲、气概，其实是显示了学术的使命感、责任感、自觉的学术承担意识的。所谓"天生我材必有用"，天生下我来就是做学问的；所谓"天将降大任于斯人也"，这些学者就是为某个学科而生的，如曾昭抡为化学而生，刘文典为《庄子》而生，林庚为唐诗而生，等等。

对这样的把握了学术真谛的学者，学术是无所不在的，他们无时无刻不处在学术状态中。这里又有一个"建筑史上应该记录的有趣的饭局"：上世纪50年代初，中国最负盛名的两位建筑师杨廷宝和梁思成，以及他们的学生辈，在北京东安市场一家饭馆就餐。谈话间，杨廷宝突然从座位上站起来，又坐下，又站起来，打量着面前的桌椅，然后从怀中掏出卷尺，量好尺寸，一一记录在小本上。——原来他发现，这套桌椅只占了极小的空间，而坐着甚为舒服，这在餐厅建筑设计上是有参考价值的，而他总是随身带着量尺与小本子，以便随时记录的。

我们在前面谈到过的著名记者邵飘萍也有这样的经验：记者要时刻生活在角色中、闲谈中，众人皆醉，唯我独醒，“新闻脑”始终紧张活动；一旦提笔行文，则又“状若木鸡，静穆如处子”，倾注整个身心。

这时时刻刻“倾注整个身心”，其实就是一种对学术，对自己的工作的痴迷。痴迷到了极点，就有了一股呆劲、傻气。人们通常把这样的学者称为“书呆子”，在我看来，在善意的调侃中，是怀有一种敬意的：没有这样的“书呆子”气，是不可能进入学术，升堂入室的。——望在座的研究生，切切记住这一点。

这篇讲话实在太长了，但我还有话要说。那就再简要地讲一点吧。

我要讲的是，这样的有承担的学者、教授、知识分子，就自有一种精神。在我看来，主要是独立精神、自由精神与创造精神。

独立精神:“匹夫不可夺志”

还是先讲几个小故事吧。

1944年，著名的历史学家傅斯年在参政会上向行政院长孔祥熙发难，揭发其在发行美金公债中贪污舞弊，会后，蒋介石亲自请他吃饭，为孔说情。席间，蒋介石问：“你信任我吗？”傅斯年答曰：“我绝对信任。”蒋介石于是说：“你既然信任我，那么就应该信任我所任用的人。”傅斯年立刻说：“委员长我是信任的，至于说因为信任你也就该信任你所任用的人，那么，砍掉我的脑袋我也不能这样说。”——

有人说,这样的对话,“当今之士,且不说有过,又可曾梦想过?”

还是那位刘文典教授。1928年蒋介石掌握大权不久,想提高自己的声望,曾多次表示要到刘文典主持校务的安徽大学去视察,但刘拒绝其到校“训话”。后来,蒋虽如愿以偿,可是他在视察时,校园到处冷冷清清,并没有领袖希望的那样隆重而热烈的欢迎场面。一切皆因刘文典冷冷掷出的一句话:“大学不是衙门!”后来安徽发生学潮,蒋介石召见刘文典。见面时,刘称蒋为“先生”而不称“主席”,蒋很是不满,进而两人冲突升级,刘文典指着蒋介石说:“你就是军阀!”蒋介石则以“治学不严”为由,将刘当场羁押,说要枪毙。后来多亏蔡元培等人说情,关了一个月才获释。——后人叹曰:“今天,这样的知识分子已无处寻觅,所谓‘风流总被雨打风吹去’。”

名士习惯于“见大人,则藐之”:不仅“笑傲王侯”,对“洋大人”也如此。研究现代英美诗的叶公超曾对朋友说:“见了艾森豪威尔(美国总统),心理上把他看成大兵,与肯尼迪(美国总统)晤谈时,心想他不过是一个花花公子,一个有钱的小弁而已。”

小故事里有精神。什么精神?孔夫子说的“三军可夺帅,匹夫不可夺志”的独立人格、气节和风骨也。

我还要向诸位郑重介绍一篇北大校史上不可忽视、却长期被淹没的雄文,我也是在读本书时才知道的。1939年前后,国民政府教育部三度训令西南联大必须遵守教育部核定的应设课程,全国统一教材,举行统一考试等等。——这样的行政干预,却遭到了联大教务会议的拒绝,并公推冯友兰教授起草《抗辩书》。其文写得不卑不亢:对教育部的训令,“同人所未喻”,不明白者有四。“夫大学为最高学府,包罗万象,要当同归而殊途,一致而百虑,岂可刻板文章,勒令从同”:此“未喻者一也”。“大学为最高教育学术机构”,“如何研究教学,则宜予大学以回旋之自由”,岂可由“教育行政机关”随意指令:此“未喻者二也”。“教育部为政府机关,当局时有进退;大学百年树人,政策设施宜常不宜变。若大学内部甚至一课程之兴废亦须听命教部,则必将受部中当局进退之影响,朝令夕改,其何以策研究之进行,肃学生之视听,而坚其心智":此"未喻者三也"。"今教授所授之课程,必经教部指定,其课程之内容亦须经教部之核准,使教授在学生心目中为教育部一科员之不若":此"未喻者四也"。最后又归结为一点:"盖本校承北大、清华、南开三校之旧",自有其传统,"似不必轻易更张"。

作者说:"今人读之,拍案称绝,继而叹息良久。知识分子的尊严应该是这样的,政府、官员尽可以发号施令,但请注意,我们不敢苟同更拒绝执行——此之谓'同人不敏,窃有未喻'。知识分子的矜持也应该是这样,不滥说成绩,但内心怀有对学术的自信和对传统的期许——故'不必轻易更张'。"

我们已经有了陈寅恪纪念王国维的雄文,为学人立出"独立之精神,自由之思想"的境界,让我们永远怀想;而现在,面对冯友兰这篇"抗辩"雄文,所立起的"力争学术自由,反抗思想统制"的标杆,不禁发出感叹:魂兮胡不归,大学之独立精神!

"还是文人最自由"

这是叶公超教授的一句醒悟之言:他先当教授,后又去从政;但终因"放不下他那知识分子的身段,丢不掉那股知识分子的傲气"而弃官,回来当教授,于是,就有了"还是文人最自由"的感叹。——然而,"毕竟文人最天真",不久,有关方面便来干预,向校方施压。叶教授的课匆匆上了一个学期,便被迫收场。

但说"还是文人最自由",仍有部分的道理,我们在包括叶公超先生在内的这一代学人身上,还是可以看到一种自由精神:所谓身子被捆着,心灵是自由的。

这样的自由精神，在我看来，不仅表现在这一代人大都具有的传统“名士”的真性情、真风流，更是一种“大生命”的“大自由”。

我们谈到了这一代的“大承担”；其实，“大承担”的背后，是一个“大生命”的观念。如鲁迅所说：“无穷的远方，无数的人们，都和我有关。”所谓“心事浩茫连广宇”，在他们的心目中，整个民族、整个人类、整个宇宙的生命都和自己的生命息息相关。只要国家、民族、人类、宇宙有一个生命是不自由的，他们自己也是不自由的。有人说，真正的诗人是能感受到天堂的欢乐和地狱的痛苦的；看到别人被杀，是比自己被杀更苦恼的。因此，他们追求的个体精神自由是包含着博爱精神，佛教所说的大慈悲情怀的。这是一种“天马行空”的境界，独立不依他的，不受拘束的，同时又可以自由出入于人我之间、物我之间的，大境界中的大自由状态：这是令人神往的，也是这一代人的魅力所在。相形之下，我们一些人所追求的一己之“自由”，就显得太委琐了。

人的创造力究竟有多大

读这本书，最强烈的感受，就是“民国那些人”的创造力，实在惊人。

请看这位语言学大师赵元任教授：他一生最大的快乐，就是到世界任何地方，当地人都认他做“老乡”。二战后，他到巴黎车站，他对行李员讲巴黎土语，对方听了，以为他是土生土长的巴黎人，于是感叹：“你回来了啊，现在可不如从前，巴黎穷了。”后来他又去德国柏林，用带柏林口音的德语和当地人聊天。邻居一位老人对他说：“上帝保佑，你躲过了这场灾难，平平安安地回来了。”赵元任的绝活，是表演口技“全国旅行”：从北京沿京汉路南下，经河北到山西、陕西，出潼关，由河南入两湖、四川、云贵，再从两广绕江西、福建到江苏、浙江、安徽，由山东过渤海湾入东三省，最后入山海关返京。这趟“旅行”，他一口气说了近一个小时，“走”遍大半个中国，每“到”一地，便用当地方言土语，介绍名胜古迹和土货特产。这位被称为“中国语言学之父”的奇才，会说三十三种汉语方言，并精通多国语言。人们说他是一个“文艺复兴式的智者”。——恩格斯早就说过，文艺复兴是一个出“巨人”的时代，而思想文化学术上的巨人，是不受学科分工的限制的，是多方面发展的通才：而未来学术的发展，将越来越趋向综合，所呼唤的正是新一代的通才。

还可以举一个例子：北大西语系的吴兴华教授也是这样的多才多艺的通才、全才。别的不说，他打桥牌的做派就是朋友圈里的美谈，十足“谈笑风生，睥睨一切”：他一边出牌，一边讲笑话，手里还拿着一本清代文人的诗集，乘别人苦思对策的间隙，扭过头去看他的书。——你可以说这是“逞才”，但却不能不叹服其过人的才气，而才气的背后，是充沛的创造活力。逼人的才情，逼人的创造力，人活到这个分儿上，就够了。

面对这一代思想学术上的创造，我常想：人的创造力究竟有多大，真的是无穷无尽，无穷无尽！在前辈面前，我们也不必自惭形秽，因为就人的本来的资质而言，我们并不缺乏创造力。前人做得到的，我们也能做到：年轻人应该有这样的志气。

把“承担，独立，自由，创造”的精神化为日常生活伦理

这就是“民国这些人”：这是有承担的一代学人，这是有独立、自由、创造精神的一代知识分子，他们因此而成为民族的脊梁，中国现代思想文化学术的顶天大柱，并且如鲁迅说的那样，为我们“肩住了黑暗的闸门”。作为后人，能得到这一代人精神的守护与滋养，是人

生之大幸。但斯人远去，暗影依在，只有我们自己来肩住闸门，自己来承担，自己来坚守前辈留下的独立、自由、创造的精神：这是你们这一代，“80后”的这一代的历史使命，也是你们“建立信仰，确立生活目标与方向”的一个关键。

我最后要说的是，体现在这一代身上的“承担，独立，自由，创造”的精神，也就是我们所要追寻的大学精神，所要倾听的知识分子的真声音。追随这样的精神，倾听这样的真声音，将把我们带入人生的大视野、大境界、大气概——如果我们只是咀嚼一己的悲欢，并且视其为整个世界，我们就太卑琐，太可怜了。但我们还要自觉于、善于把这样的“承担，独立，自由，创造”的北大精神化为日常生活伦理，落实到具体而微的生活实践中，这就是我经常说的“想大问题，做小事情”。今天的中国大学生，应该继承这样的大学精神、知识分子精神，将之发扬光大，使自己成为既目光远大，又脚踏实地的更为健全的新一代大学生：这都是“后死者”应有的历史承担。

我的讲话完了，谢谢大家。

2007年9月16—20日整理，略有补充，2008年3月20日再整理，有删改。

十一、和当代大学生谈巴金和他们那代人

——在北京师范大学春秋学社主持的“巴金先生逝世五十日学术追思会”上的讲话*

刚才听到同学们朗读巴金的作品，我非常地感动，仿佛这位世纪老人又回到了我们中间。这使我想起正在看的一本书，叫《西部的家园》，里面收集了北京大学生志愿者到西部农村支教支农写的日记，其中有一篇谈到自己“用双脚去丈量现实”以后，亲身“品味社会的苦难”，感受“乡亲的热情，孩子的质朴”，就不由自主地想起了巴金老人的理想：“我愿意每一张嘴都有面包，每个家都有住宅，每个小孩都受教育，每个人的智慧都有机会发展。”并引起了强烈的共鸣。我想，这是有一种象征意义的：它不仅说明当代大学生的心是和巴金相通的；而且更意味着，当中国的年轻一代走向养育自己的大地和人民，直面真实的人生，就必然和巴金这一代前辈相遇。这一种相遇，是自有其历史意义的。

这里提出了一个“巴金这一代”的命题。坦白地说，我内心是有矛盾的。同学们可能已经读到了会议组织者发给大家的我写的一篇文章，其中谈到了我的一个忧虑：当我们把巴金看作一个时代的代表，“把巴金瘦小的身体放在这样一个大而空的历史框架里”，我们就有可能“把一个活生生的巴金历史化了，也抽象化、空洞化了”，这就会遮蔽

* 2005年12月4日讲。

了“作为个体的人的巴金”。我这篇文章写于去年巴金百周年诞辰，而现在，当巴老带着百年历史沧桑远离我们而去，联想着这些年一位又一位曾经给我们带来温暖、带来力量的前辈纷纷远行，我们又不能不强烈地感受到：一个时代已经结束，我们将独立面对一个新的时代。我想，正是这刻骨铭心的时代感，召唤我们聚集在这里，怀念这位百岁老人，这时候，我们的心目中，巴金又不能不是一个时代的代表和象征。

我今天要讲的，就是“巴金那一代人”有什么追求和价值，他们遇到了什么问题，又如何自己来解决的。至于对我们这些后人有什么启示，这个问题就留给诸位去思考了。

这是有理想、有信念、有信仰，并将其化为日常生活的一代人

我还是想从那位青年志愿者所引述的巴金那一段话说起，因为那是集中了巴金的理想、信念，以至信仰的。

我们来细心体味这句话：“我愿意每一张嘴都有面包，每个家都有住宅，每个小孩都受教育，每个人的智慧都有机会发展。”

这里没有通常人们讲到理想必有的豪言壮语，也没有通常人们讲到信念、信仰必有的玄妙、深奥以至神秘，它是如此的普通、朴实、简单、具体，但也许这才是真正的理想、信念与信仰所应有的品质。

而且它是有着丰富的内涵的。

首先，它关注的不仅是“面包”、“住宅”，而且还有“教育”与“发展”。这使我想起了鲁迅的话：人活在世上，一要生存，二要温饱，三要发展。从社会发展的角度，这几乎可以概括我们通常所说的“现代化”的发展目标。从人的发展的角度，它是直接指向人的从物质到精神的全面的健康、健全发展的。由此形成的是这一代人的精神特征：一方面，国家、人民的贫穷、落后，成为他们的“心之痛”，迅

速改变“一穷二白”的面貌，成为最让他们动心的奋斗目标；同时，就个人而言，他们是更注重精神的满足和发展的，对精神的丰富、崇高、自由的追求，对他们而言，是具有生命终极性的意义的。他们身上那样一种强烈的理想主义色彩、乌托邦情结、堂吉诃德气质就是这么产生的。

同时，它强调要落实到具体的个人，而且是“每一张嘴”、“每个家”、“每个人”。这不仅包含了社会民主、平等的观念，更是对人的生命个体的关爱，对所有的生命的敬畏。它蕴含着一种与生命息息相关的体验，如鲁迅所说：“无穷的远方，无数的人们，都和我有关。”只要有一个生命在贫穷中挣扎，我就是不幸福的，只要有一个生命不自由，我就是不自由的。这是一种博爱，一种悲悯，自有一种博大的情怀。因此，这一代人是决不会把个人的悲欢看作整个世界的，你读他们的作品，接触他们个人，都会感到一个阔大宽广的气象。这可能是最具魅力的。

其二，强调“每个小孩”的受教育权，也很值得注意。这里不仅包含有把希望寄托在未来的历史进化论，更表示了对弱小生命的关爱和同情。我们说过，五四新文化运动有三大发现，即对儿童、妇女，以及以农民为主体的下层人民的独立价值的发现与肯定。因此，被五四精神培育起来的巴金这一代人，对儿童、妇女、农民、下层人民都有着几乎是天然的亲和力，他们是天生地站在社会弱势群体这一边的。人道主义和平民意识已经渗入血肉里，成了这一代人最鲜明的精神特征。

我们说“渗入血肉”，就是说，所有这些理想、信念、信仰，都已经化为他们的生命的内在需求，并且具有自我生长力，自然地化作了他们的日常生活伦理，变成一种生活方式，一种生命存在方式。这或许是更加难能可贵的。巴金一再说他不是一个文学家，人们总不能理解。其实这正是进入巴金的人与文学世界的一个关键。巴金是这么说的："我不是一个文学家，也不想把小说当作名山盛业"，"当初我献身写作时，我充满了信仰和希望"，"我只是把写小说当作我生活的一部分。我在写作中所走的路与我在生活中所走的路是相同的"。[1]因此，写作就是他的生活，他的生命存在方式，而又根源于他的信仰，是他的信仰的实践。在他这里，"写作—生活—信仰"是合为一体的，他是将自己的整个生命完全投掷于其中的。这样，他的生命就进入了一个极其单纯的状态。我在发给大家的那篇文章里，说巴金是一个"有信仰的、真诚的、单纯的人"，是我对"作为个体的人的巴金"的一种理解和把握，现在，我也可以说，这大概也是一代人的特征。

但这样的"信仰，真诚，单纯"是最容易被遮蔽的。这可以说是巴金一生的痛苦。就在我们引述的《灵魂的呼号》这篇文章里，当时(1932年)巴金才二十八岁，但他已经感受到了这样的痛苦："我的名字成了一个招牌，一个箭垛，一面盾。我的名字掩盖了我的思想，我的信仰，我的为人。"而晚年的巴金依然没有逃脱这样的痛苦，或许还愈见深重：人们只知其"名"可用，而完全忽视了他的思想、信仰和为人，以致巴金不得不说，他是为利用者活着的。现在他终于解脱了。今天，我们如果真想纪念这位老人，就请记着他的信仰，恢复他的真诚和单纯吧，不要让那些复杂而虚假，与他无关，甚至背道而驰的东西继续遮蔽他。

而且，我们自己也要做一个有理想、有信念、有信仰的人。

革命精神，青春激情

这几乎难以置信：巴金那个时代的许多青年人都是读了他的书而参加革命的。但这确是事实。有的读者到晚年还回忆道："巴金先

[1]《灵魂的呼号——〈电椅集〉代序》、《我的呼号》。

生初期作品《灭亡》和《新生》给予我极大的启发和鼓舞，推动我努力争取投向革命的洪流中去。”[1]

人们之所以觉得很难把巴金和革命联在一起，是因为我们长期以来，都将革命理解为中国共产党所领导的暴力革命。如果我们把视野扩大，就可以看到一个更为阔大的革命景观，巴金是活跃于其间的。最近我看到了一篇很有意思的文章，题目是《巴金的革命叙事与泉州30年代的民众运动》(作者辜也平)。文章详尽介绍了巴金的无政府主义的朋友，于上一世纪的30年代在福建泉州发动工人、农民、学生、市民的反抗运动的大量史实，而巴金的《爱情三部曲》就是以这些民众运动为背景的“革命叙事”，其中贯穿着一个“反专制，争自由”的主题：这其实也是巴金的人生主题。巴金在一篇文章里谈到了他置身于这些信仰无政府主义的革命者中间时的感受：“在那个阴暗的旧式房间里，围着一盏发出微光的煤油灯，大家怀着献身的热情，准备找一个机会牺牲自己”，“在这里每个人都不会为他个人的事情烦心，每个人都没有一点顾虑。我们的目标是‘群’，是‘事业’；我们的口号是‘坦白’。在那些时候，我简直忘掉了寂寞，忘掉了一切的阴影”(《黑土》)。作家王安忆曾谈到巴金那一代人有一种“急迫地要将自己献出去”的献身精神；现在，我们终于明白，这样的献身精神是和他们的革命情怀联系在一起的。

而且我们不能把“革命”的含义理解得过于狭窄：不仅是直接的革命行动，也包括了一切变革现实的实践。鲁迅就说过，“革命”也可以称作“革新”(《无声的中国》)。革命是和批判、反抗、变革、创造联系在一起的；我曾多次说过，革命的精神就是“独立的、自由的、批判的、创造的精神”。这就说到了巴金的无政府主义信仰。其实，无政府主义者就是天生的革命者。因为他们怀着“消灭一切人

[1] 吴罗蕙：《回忆巴金先生》。

压迫人，人奴役人的现象”的乌托邦理想，为了维护社会正义，因此，对现实中一切有可能导致对人的压迫、奴役的现象，都保持着高度的警惕，进行着永远的批判、永远的反抗。他们之所以反对一切权威、一切权力，就因为在他们看来，权威与权力本身，就有可能带来新的压迫与奴役。他们这样的反对一切权威和一切权力的立场，使得他们的理想带有很大的空想性，在实际生活中不但行不通，还可能产生消极的影响，这都是自不待言的。但其内在的“永远不满足现状，永远的批判”精神，却是蕴含着一种“为了社会正义而永远革命”的精神的。

鲁迅就多次提倡这样的永远的革命精神。他赞扬孙中山先生“是一个全体，永远的革命者。无论所做的哪一件，全都是革命”，他“一生历史具在，站出世间来就是革命，失败了还是革命；中华民国成立以后，也没有满足过，没有安逸过，仍然继续着进向近于完全的革命的工作。直到临终之际，他说道：革命尚未成功，同志仍需努力”(《中山先生逝世后一周年》)。鲁迅也是直到晚年还在召唤“真的知识阶级”，其最基本的特征，就是“他们对于社会永不会满意”，他们是永远的批判者，因此“所感受的永远是痛苦”；同时他们“同样的感受到平民的痛苦，当然能痛痛快快写出来为平民说话”(《关于知识阶级》)。后来鲁迅赞扬巴金“是一个有热情有进步思想的作家，在屈指可数的好作家之列的作家”(《答徐懋庸并关于抗日统一战线问题》)，应该说不是偶然的。

值得注意的是，鲁迅在谈到大学生活时，特意强调在“探求学术”的“平静的空气”里，“必须为革命的精神所弥漫”。他提醒说，“否则”，大学就成了“懒人享福的地方”，“也还是无意义”，“不过使国内多添了许多好看的头衔”(《中山大学开学致语》)。——该怎样理解鲁迅的这一大学观，鲁迅的提醒，对今天的大学还有没有意义？这些问题都应该好好想想，这里就不多说了吧。

还要讨论的，是巴金和他那一代人的“青春激情”。这是一个标志性的特征，以至我们一提到巴金，就要想到他那句名言：“青春是美丽的。”我曾经说过，巴金的文学从根底上说就是青春的文学：他的文学的基本主题，是“青春的美丽与死亡”；他的文学的主要贡献，是为现代文学画廊提供了各种类型的青年形象；他的那样一种激情奔放的写作方式也是青年人特有的；他的明朗、流畅、率真、热情、活力四溢的文学风格更充满了青春的气息；更重要的是，他终身都在为青年写作，他“把心掏出来”，主要是向青年读者敞开胸怀，进行心的交流。巴金是一天也不能离开青年的；这就是我听到同学们朗读巴金作品特别感动的原因：只要有年轻人在读他的书，巴金就是永生的。

令人惊叹的，是巴金和他那代人，终其一生，都保持着旺盛的生命激情和活力，真正做到了“永葆青春”。这是一个很高的人生境界，生命境界。这期间的“秘诀”是很值得探讨的。我想，这是和我们前面所说的这一代人对理想、信念、信仰的坚守，胸襟的开阔，生命的纯净状态，直接相关的：这是一代永远的“赤子”。用“星斗其文，赤子其人”八个字来形容巴金，恐怕是再确切不过的了。我们也因此在这一代人面前常怀羞愧之心：许多人早就“未老先衰”了。

“肯做苦工的人”

人们很容易就注意到，巴金是鲁迅扶灵人之一，他是鲁迅晚年比较亲近的年轻人。鲁迅说：“我和他们[1]，是新近才认识的，都由于文学工作上的关系，虽然还不能称为至交，但已可以说是朋友。”(《答徐懋庸并关于抗日统一战线问题》)——这个事实是颇值得琢磨的。

[1] 指胡风、巴金、黄源等人。

鲁迅在1936年生命最后一段历程中，有一个话题是他经常谈到，念念不忘的。3月，在写给友人的信中，他说："中国要做的事情很多，而我做得有限，真是不值得说的。不过中国正需要肯做苦工的人，而这种工人很少，我又年纪渐老，体力不济起来，却是件憾事。"(《致欧阳山、草明》)失望之情溢于言表。5月，在给一位老友的信中，他又迫不及待地报告："近来有一些青年，很有实实在在的译作，不求虚名的倾向了，比先前的好用手段，进步得多；而读者的眼睛，也明亮起来，这是一个较好的现象。"(《致曹靖华》)到了这年6月，鲁迅又公开发表文章，表示"那切切实实，足踏在地上，为着现在中国人的生存而流血奋斗者，我得引为同志，是自以为光荣的"(《答托洛斯基派的信》)。到了9月，病重时写下的遗嘱里，他更是谆谆告诫："孩子长大，倘无才能，可寻点小事情过活，万不可去做空头文学家或美术家。"(《死》)

这是鲁迅一贯的思想：主张"足踏在地上"，为"现在中国人的生存"和发展，做"实实在在"的事情，"小事情"，"不求虚名"。早在五四以后，他就号召年轻一代做"泥土"，"要不怕做小事业"(《未有天才之前》)。他的身边，团结着一批以未名社为中心的年轻人，鲁迅说他们"实在并没有什么雄心和大志，但是，愿意切切实实的，点点滴滴的做下去的意志，却是大家一致的"(《忆韦素园君》)。而鲁迅自己就是这样的实实在在地为中国的思想文化事业"做事情"的人，他自称"苦工"，常对许广平说："我是一头牛，吃的是草，挤出来的是奶和血。"现在，他体力不济了，不能再做"苦工"了；只能把目光转向青年，拼着最后的气力，高喊："中国正需要做苦工的人。"这是非常感人，具有震撼力的。

于是，就像当年的未名社一样，晚年鲁迅的身边，又集聚了一批年轻人，而巴金就是其中的重要成员。鲁迅说到的"近年"出现的"很有实实在在的译作"的青年，巴金应在其列。在我看来，这样的

“实实在在”地做事情的实践精神，是巴金和他那一代人的精神素质非常重要的一个方面。如我们这里所强调的，这是鲁迅这一代人所期待并精心培育的：正是在这里，显示了巴金这样的“五四之子”和五四传统的开创者的内在精神联系。

而就他们自身而言，这样的做实事的精神是和前面我们所说的高远的理想、信念、信仰，相辅相成的：理想必须和实践结合，信仰必须落实到日常生活实践中；而小事情也只要为理想、信仰之光所照耀，才显示出背后的大关怀。

巴金就是这么做的，他自称是为信仰而写作的，他又和老舍一样自命为“写家”。他一辈子都在写：写书，翻译书，编书，他认为这是自己的本分，本职。他对别人，特别是年轻人的期待，也只有两个字：“多写。”晚年他对老朋友曹禺的忠告是感动、震动了许多人的：“丢开那些杂事，多写几个戏”，“少开会，少写表态文章，多给后人留下一点东西，把你心灵中的宝贝全交出来”。在我们这个时代，诱惑太多，社会风气太浮躁，要沉下心来实实在在做事情，很不容易。但巴金做到了，他们那一代的许多人都做到了，我们为什么做不到呢？

“想走进一个房间，却走进另一个房间”

当然，这一代人也有自己的弱点和困惑。

我曾经写过一篇文章，讲巴金的“青春是美丽的”的命题，还应该有一个反题作为补充：“青春是可怕的。”因为和“青春”相联系的理想、激情，有可能被利用，并且造成非常严重的后果。文化大革命中的红卫兵在这方面，就有惨痛的教训。而巴金这一代也不能避免这样的被利用的命运：他们由于自己的轻信而走上了迷信而自轻自残之路。这正是晚年巴金痛心疾首而一再反省的。

这是一个复杂的过程，不是今天在这里所能说清楚的，坦白地说，有些问题我自己也没有想清楚，是需要我们大家一起来探讨的。“想走进一个房间，却走进另一个房间。”——这是历史的大悲剧。这一切，是怎么发生的？如何从这样的“奴在心”的可怕泥淖中挣扎出来？——这就是巴金和他那一代人所要面对的问题。

不难看出，这是一个多么令人痛心、使人难堪，又复杂、纠缠的问题。正是在这里，巴金那一代人表现出空前的勇气和智慧，他们没有怨天尤人，没有逃避，也没有乞求于别人，而是自己来解决自己的问题，而且如王安忆所说，“不留情地指向了自己”，显示出难得的自我怀疑、自我反省、自我承担的精神。——在我看来，这正是这一代最可贵的精神。而今天我们要在这里重读的巴金的《随想录》，就是这样的自我反省、承担，自我拯救的集中代表和体现。巴金以他特有的坦诚、真率，表达了他的悔恨、自剖与反思，总结那一代的历史经验教训，强调任何时候都要坚持说“真话”，坚持思想和创作的“自由”，坚持独立“探索”的权利：“真话”、“自由”、“探索”正是《随想录》的三个关键词。这样，他就最终将这一代人的苦难转化成了精神资源，既作为自我新生的精神支撑，又作为精神遗产留给了后代。我理解，他之所以力主建立“文革”博物馆，不仅是为了不忘历史，而且是要将这样的血铸的精神代代相传。

要特别提出的是，巴金这一代在反思“想走进一个房间，却走进另一个房间”的惨痛历史时，并没有否定、改变自己的初衷，而是将历史的经验教训丰富、发展，因而更加坚定了自己的理想、信念和信仰。这里我要向大家介绍一篇文章，它在《随想录》里并不显眼，但今天重读可能会别有意味。这是1985年巴金和一群小学生的通信。——我注意到这是1975年左右出生的孩子，大概是在座的诸位的哥哥姐姐辈。他们在信中谈到了自己的困惑：在当今中国社会，“为金钱工作，为金钱学习，已经成为理所当然的事。这难道就是我们80年代的少年应该追求的理想吗？”“在理想问题上我们成了迷途的羔羊”，因此决心开展一个“寻求理想”的活动，他们想听听巴金爷爷的意见。巴金在回信中说：“你们并没有‘迷途’，迷途的倒是你们周围的一些人。”他强调这是“一场金钱与理想的斗争”，“我们绝不是旁观者，斗争的胜败关系到我们每个人的命运”。他并且谈到自己在30年代就树立了要把“更多的同情，更多的爱，更多的欢乐”，“分给别人”的理想，“不这样做，我们就会感到内部干枯”；而“几十年来我走过很多的弯路”，“我经常感到‘内部干枯’的折磨”，“但是理想从未在我的眼前隐去，它有时离我很远，有时仿佛近在身边；有时我以为自己抓住了它，有时又觉得两手空空。有时我竭尽全力，向它奔去；有时我停止追求，失去一切。但任何时候，在我的面前，或远或近，或明或暗，总有一道亮光。不管它是一团火，一盏灯，只要我一心向前，它会永远给我指路。”他最后对这些小朋友说：“理想不抛弃苦心追求的人，只要不停止追求，你们会沐浴在理想的光辉之中。不用害怕，不要看轻自己，你们决不是孤立的。”巴金说，这是“一个八十一岁的老人”的“回答”：他是永远和追求理想的年轻人心连心的。——二十年后的今天，巴金爷爷已经远去，但我们在今天的会场上依然可以感到这样的心连心的温暖。

巴金曾把他的《随想录》比作“一只飞鸟”。他说：“鸟生双翼，就是为了展翅高飞。我还记得高尔基早期小说中的‘鹰’，它‘胸口受伤，羽毛带血’，不能再上天空，就走到悬崖边缘，‘展开翅膀’，滚下海去。高尔基称赞这种飞鸟说：‘在勇敢、坚强的人的歌声中你永远是一个活的榜样。’我常常听见‘鹰的歌’。我想，到了不能高飞的时候，我也会‘滚下海去’吧。”

今天到会的有冰心老人的女儿吴青女士，这使我想起了冰心仙逝时，我也写过一篇短文。我说：“世纪之交的这个黄昏，翠鸟远飞了。但我仍在遥望，倾听。天际间，仿佛还闪烁着‘那不可逼视的翠绿的光’，仿佛还飘散着‘那动人的吟唱’……我的心格外的柔和，又有几分惆怅。”

老鹰滚下海了，翠鸟飞了，我们仍然坚守在大地上。怎样面对我们的人生、我们的内心，我们将怎样生活，怎样做人？这是新一代人必须追问自己的问题。我很欣赏我们今天这个追思会的主题——“重读巴金，从《随想录》出发”。那么，就让我们从巴金所达到的高度出发吧，这位老人正在注视着我们。

2006年4月29日—5月1日整理、补充。

十二、和当代大学生谈王瑶和我们这代人受的教育

——在北京师范大学的演讲*

我跟北师大大概是比较有缘的，退休以后到北师大来讲话现在已经是第七次了。这次是春秋学社和农民之子学会的朋友给我出的题目，让我讲讲我自己的老师和当年所受的教育。我原来以为这是一个当代大学生不感兴趣的问题，有点怀旧的味道，但是没想到大家愿意听，而且来了这么多人，这使我很受感动。另一方面，我自己也确实很想和当代大学生讲讲我们的老师对我们的教育。这是因为最近连续发生了大学生与研究生自杀的悲剧，我非常震惊。在接受记者采访时，我谈了一个看法：血的事实逼使我们必须正视我们的教育，大学生教育、研究生教育，出了问题，而且是出了大问题。因此，谈谈我们曾经拥有，却正在失去的教育传统，实在有一种现实的迫切性。但这样的题目毕竟太大，同学们听起来会觉得有些空，所以，我今天主要是来回忆我的导师王瑶先生，讲一些具体的、感性的材料，而把背后的东西，需要思考的问题，留给大家，或许以后有机会再来作专门的讨论。

我从五个方面来讲。

* 2005年9月28日讲。

首先讲的第一个问题是：王瑶是谁？

如果查名人辞典的话，会找到这样的记载：王瑶，山西平遥人。1934年到1937年在清华大学学习，以后又到西南联大学习，是朱自清先生的研究生。毕业之后就留在清华任教，50年代初院系调整，到了北大。他在学术上的主要贡献有两个方面：一方面是他对中古文学史的研究，他最著名的著作是《中古文学史论》，据有关专家说，可能到现在中古文学史的有关研究还很少有超越他的著作；他另外一个最大的贡献是在建国以后，第一个写《新文学史稿》，是我们现代文学学科的奠基人之一，所以有非常巨大的影响。——这可以说是一个在辞典里看到的，存在于学术史、教育史上的王瑶。

但这样的王瑶未免有些概念化与抽象化，让大家看不到他的精神，更看不到作为一个人的王瑶，他的个性，他的人格魅力。因此，我要在这里向大家介绍王瑶先生自己写的《自我介绍》。1987年，他们1934到1938届的同学，办一个纪念刊，王瑶先生就写了这样一篇短文。我先念一下，然后再作一点解释——

> 在校时诸多平平，鲜为人知。惟斯时曾两系囹圄，又一度主编《清华周刊》，或能为睽违已久之学友所忆及。多年来皆以教书为业，乏善可述，今乃忝任北京大学教席。迩来垂垂老矣，华发满颠，齿转黄黑，颇符"颠倒黑白"之讥；而浓茗时啜，烟斗常衔，亦谙"水深火热"之味。惟乡音未改，出语多谐，时乘单车横冲直撞，似犹未失故态耳。

这里既介绍了他的历史，同时也把个人的精神和性格写出来了。所谓"两陷囹圄"，是指他当时是中共地下党员，积极参与一二·九运动，先后两次被国民党逮捕入狱。当时他任《清华周刊》主编，这是一个很有影响力的学生刊物，王瑶先生很早就显示了他的思想的敏锐、判断力与文学的才华与功力。特别有意思的是他的自我描述，既是形象的描述，也是精神的描述。所谓“华发满颠，齿转黄黑”，表面上是说自己头发本来是黑的，现在人老了，就变成白发了——见过王瑶先生的人都会对他的“一头银发”留下非常深刻的印象。人的牙齿一般都是白的，而王瑶先生因为烟抽得太多，所以他牙齿是黄黑的，这就叫作“齿转黄黑”。这是对自我形象的描述：一个牙齿黄黑、满头白发的老人。但他接下来说“颇符‘颠倒黑白’之讥”，这就有言外之意了，让人猛然警醒：这一代人是生活在“颠倒黑白”的时代的。那么“浓茗时啜，烟斗常衔”讲的是什么呢？王先生极喜欢喝茶，一天到晚都在那里喝茶，他晚上睡得很晚，大概早上三四点钟才睡觉，睡觉前还得喝茶，同时又喜欢抽烟，老是含着一个烟斗——现在，王先生手拿烟斗的相片，已经构成了他的“经典形象”。但接着又冷不丁说了一句“亦谙‘水深火热’之味”，天天喝水，自然“水深”，天天抽烟，自然“火热”——但这背后，又隐含着多少个人的，以及几代知识分子的辛酸！

更重要的是，这里表达了一个精神。这是一种什么样的精神呢？王瑶先生去世以后，我们这些弟子献了一副挽联：“魏晋风度，为人但有真性情；五四精神，传世岂无好文章。”这是我们对王瑶先生精神的一个理解与概括：我们把王瑶先生看作是“魏晋风度”和“五四精神”的一个传人。那么，什么是“魏晋风度”，什么是“五四精神”呢？鲁迅对魏晋风度有个概括，我想很多同学都很熟悉，就是“清峻、通脱”四个字。鲁迅自己也说：“我有时候很峻急，有时候很随便。”因此可以说魏晋风度与鲁迅所代表的五四精神都有两方面。一方面是“峻急”，王瑶先生讲“颠倒黑白”，讲“水深火热”，就是对他所生活的时代，对知识分子的境遇的一个很严峻的判断，这个地方就足以表现了王瑶先生鲁迅式的清醒、冷峻，敢于直面现实的那一面。另一面是“通脱”，王瑶先生说他“出语多谐”，如此严酷的事实却用这样幽默的语言表达出来，这其实是表现了一种心态：看穿、看透了一切以后的坦然自如。

王瑶先生这种危难中的坦然，给人留下的印象是永远难忘的。在他去世以后，老友林庚先生曾撰文回忆他在“文革”时的表现：“文革”时他们都被打成“反动学术权威”，并且被勒令在公共场合扫地，以示“斯文扫地”。林庚先生说他们都觉得非常地窘迫、难堪，但是王瑶却泰然处之。他“游刃有余，如入无人之地，穿过无数杂乱的脚下，就这么不急不慢地一路扫去……”

现在王瑶先生又在他的《自我介绍》里，为自己留下了最后一幅图像：“时乘单车横冲直撞，似犹未失故态耳。”——直到今天，我一提起先生，首先想起的就是这个在未名湖畔衔着烟斗，骑着单车，横冲直撞的王瑶。这样一个形象是永远铭刻在我们每个弟子的心灵深处的。这是一个瞬间永恒。

关于王瑶先生的“出语多谐”，也就是他的语言表达方式，我还想多说几句。所有他的弟子回想起先生，常常要想起他的目光，那是非常锐利的，被他看一眼，你就会感到一种威压；另一个就是王瑶的乡音和他的笑声。先生一口山西话，而且还很有特点，讲着讲着自己就哈哈哈地笑起来了。陈平原曾回忆他第一次见到王瑶时，是在中山大学当学生时听先生演讲，平原是广东人，自然听不懂先生浓重的山西口音，他那突然而发的笑声更让人听得莫名其妙。但就是这莫名其妙的笑声，深深地吸引了陈平原，这或许就是他最终成为王瑶先生的弟子的最早的因缘。

最难忘的，自然还是他的语言，就是我所说的王瑶式的表达方式，那是非常特别的。先生著作里的语言，和他日常生活中谈话的语言是不一样的，有很大的差异。先生著作的语言是标准的学术语言，严谨而简洁；但在日常谈话中，他确实“出语多谐”。鲁迅先生喜欢给人起绰号，入木三分，到了刻毒的地步，王瑶先生也是这样，假如私下讨论一个人，或一类人，他会用一句话概括，概括得也是入木三分，让人终生难忘。我举个例子：他说我们学者中有一类，与其说是学者，不如说是社会活动家，是“社会活动家型的学者”。我们今天就到处遇到这样的社会活动家型的学者，他或者根本没有学问，但极善公关，或者也有点学问，开始阶段还下了点功夫，取得一定成绩，然后就通过社会公关极力推销自己的产品，以取得最大报酬，得到最大限度的好处，包括政治和物质的好处，通常情况下，还要超值。而这样的人却常常被培养为接班人，而他们一旦掌握权力那就很可怕，他会充分利用现有的体制，为自己谋取更大利益，拉帮结派，“武大郎开店”，压制才华高于自己的同辈或年轻人，有的就成了学霸。——可以说，王瑶先生的概括是击中了某类人，以及我们的教育体制的要害的。

王先生还把一些学者称为“二道贩子”，即向外国人贩卖中国货，又向中国人贩卖外国货。他们并没有真学问，无论对中国文化，还是外国文化都并无真知、深知，一知半解，抓住一些皮毛，就到处炫耀、糊弄，他们的学问全在一个“贩”字。——这话说得非常刻毒，却也击中要害。王瑶先生在80年代就看出了贩卖学术，即学术商业化的倾向，这样的眼光不能不让人折服。我现在在观察当下中国学术界与教育界时，常常要想起王瑶先生取的这样两个绰号，我觉得这都可以称得上某些学者类型的经典性概括。

王瑶先生还有一段话也让我不能忘怀，在很多场合我都谈过。有一天王瑶先生找到我，他说，我现在面临两难选择：我现在年纪已经大了，要是继续努力，发挥余热，不过是“垂死挣扎”；要是什么也不做，那就是“坐以待毙”，你说我该怎么办？他最后的选择是：“与其坐以待毙，不如垂死挣扎。”——我当时听了以后受到了极大的震撼，也反过来问自己：我是不是也面临着这样的两难，虽然我年纪比王先生轻。其实在座的诸位也都一样，这是一个人类共同的生命命题：所有的人，都有同一个“死亡”在等待你，这是毫无例外、不可选择的；但由生到死的路途，却有“有为”（“垂死挣扎”）与“无为”（“坐以待毙”）两种选择。这背后是有一个人生哲理的，即人生意义和价值不在于结局，而在于过程。在“挣扎”的过程中，“有”所“为”，爆发出生命的火花，哪怕是只有一个瞬间，也会带来美感，就有了某种价值；如果选择“无为”，什么也不干，这样的生命就没有一点光彩，就真的“坐以待毙”了。这里有很深的哲理，但王瑶先生用一种玩笑式的幽默的语言表达出来，就具有很大的冲击力。

还有一句话在全国到处流传，但许多人不知道这是王瑶先生说的，发明权属于他，这话就是“说了等于白说，白说还得要说”。这是高度概括了中国知识分子的言说困境，以及在困境中挣扎的情况的。许多人的感受，被王瑶先生用如此简明、如此准确，又充满调侃意味的语言表达出来，因此，此语一出，就传遍全国，并且经久不衰。我有时想，我们这些人都是吃文字饭的，你说了一辈子的话，写了一辈子的文章，能够有一句话让许多的人永远不忘，就是很大的成功了。而王瑶先生却说了很多这样的话，这是非常让人羡慕的。这不只是语言的智慧，更是人生的智慧，同时也是一种生命境界。这才是真正让人心向往之的。

我要讲的第二个问题，是“我”与“王瑶”是怎样相遇的。

先谈我自己。我1960年大学毕业，就分到了贵州的安顺，当时就有一个想法，要考研究生，想继续到北大来读书。但是我这个愿望却一直不能实现，一直到1978年“文革”结束，恢复研究生考试，才有实现的机会，也就是为了实现这个愿望，整整等了十八年。在等待中我在贵州也作了点鲁迅研究，并且产生了一个梦：要到北大的讲坛上来讲鲁迅。这个梦一直吸引着我，“文革”最困难的时候，我还是相信知识总有用，所以一直在读书作准备。但真正得到报考研究生机会的时候，我已经是三十九岁，而且只有一个月的准备时间，而当时“文革”刚刚结束，什么资料也没有，《现代文学史》教材只找到半本。所以那个时候尽管心里非常想考北大，又实在不敢考，因为我在贵州看北大，觉得真有点高不可攀。但又非考不可，因为在“文革”中我的外语已经荒废了，当时所有的学校都要考外语，独有北大中文系现代文学等几个专业不考外语。后来我才知道，这也是王瑶先生出的主意。据说他找到北大中文系的党委书记，问：“你想不想要人才？”党委书记说：“当然要人才了。”他说：“你想要人才就别考外语，你想想这些有才华的人，在“文革”当中他的外语肯定是不行的，你考外语就把最有才华的人挡在外面了。”结果这位党委书记听了王瑶先生的话，也就给了我这样的外语不好的考生一个机会。对我来说，更是唯一的最后的机会，即所谓“最后一班车”。

这确实是人生中的一个决定性的关键时刻，可以想见，我是以什么样的心情走上考场的。后来我才知道当时北大现代文学专业准备招六名研究生，报考的却有八百多人，是一百多人取一个。如果当时我知道这个消息，就根本不敢考了。据说中文系的领导也很着急，就找到王瑶先生，要求他出一个“绝题”，能够把考分拉开，不然怎么判分，怎么录取呀？于是王瑶先生就拿出了一个“文革”前研究生毕业考试的题目：“鲁迅先生说，五四时期的散文的成就高于诗歌、小说、戏剧，你同不同意这个论断？如果同意，请用文学史的事实加以说明。”这个题确实相当难，今天的学生也未必能答得上来。当时我看到这个题目就蒙了：对五四散文，我只熟悉鲁迅的作品，读过一两篇冰心、朱自清的散文，周作人也只知其名，作品读都没读过，其余的就什么都不知道了。我心想这回要“考砸”了，因为我意识到这是一个关键题，答出来就可能考上，答不出来就完了。可能是急中生智吧，我冷静下来，作了一个分析：这个题目看起来对我不利，但是我也有一个优势，就是我对鲁迅极其熟悉。于是我仔细回想鲁迅提出这个论断的背景，突然产生了一个逆向思维：既然说散文成就比小说、戏剧、诗歌高，那么也就是说，五四时期小说、诗歌、戏剧的弱点，大概也就是散文的优点；我进而想，五四时期的小说是外国来的，鲁迅说他写小说的准备就是读了几十篇外国小说，诗歌形式也是外来的，话剧更是从外国移植而来，以此反推，散文应该是从传统继承得比较多，因而成就也大，鲁迅也是强调五四散文“写法也有漂亮和缜密的”，以“表示旧文学之自以为特长者，白话文也并非做不到”。我就这么答，结果没想到真是答对了。然后要讲历史事实，我就发挥优势，大谈鲁迅的《朝花夕拾》如何如何，《野草》如何如何，然后“顺便”说一句：鲁迅之外，还有朱自清、冰心、周作人等等。就这样，连蒙带猜，就把这个王瑶先生的绝题对付过去了。后来我到了北大，有的参与改卷的老师告诉我，果然如他们的预料，无数的考生在这个题目上交白卷，得了零分。等来等去，等到一份考卷答上了一点，后来知道这是凌宇的，老师们很高兴，给了一个高分。王瑶先生说，再等等看，或许还有更好的，结果我的卷子出来了，就得了最高分，所以那年北大中文系现代文学专业研究生考试我考了第一名。只有我自己心里明白：这是蒙上的，当然也仰赖我十八年来在鲁迅作品阅读上下的功夫。

但当时我并不知道这一切，心里仍然惴惴不安，生怕蒙错了。后来就接到了参加复试的通知，从贵州跑到北京，我非常地紧张，进北大就像刘姥姥进大观园一样。虽然我在北大读过两年书，但是几十年后再回来，见了图书馆（复试试场就设在图书馆）突然胆怯起来，不敢进去，只在门外徘徊。听见几个北大的老学生在那里高谈阔论，心想这回我大概又要砸了。——或许因为有过这样的体验，后来我自己当了导师和考官，对边远地区来的考生，就有一种特别的理解的同情：我知道，他们走到北大，是多么地不易，要承受多大的心理的压力。

这也是当时的我所不知道的：这时候王瑶先生也在找我。因为我的考分最高，又看到了我辗转托人送来的在“文革”期间写的几十万字的关于鲁迅的读书笔记与论文，王瑶先生和另一位导师严家炎老师都觉得这可能是一个可造之才，又听说我原来在北大读过书，就到处打听我的情况。但谁也不知道我是谁，因为我1956年在北大中文系新闻专业读书时，年龄很小，整天埋头读书，从不抛头露面，是个丑小鸭，自然不为人所知。后来一次偶然的机会，王先生遇到了我们班级当年的团支部书记，恰好这位老同学和我关系不错，对我挺欣赏的，说了我的许多好话，给王瑶先生留下了很深的印象，就对我更有兴趣了，口试时把我排在第一个。

但这时我仍然处在什么都不知道的状况，一听说排在第一个，就紧张得不得了。而且王瑶先生一见到我，就用他锐利的眼睛看了我一眼，这一眼就把我吓坏了，其实他就是好奇，好不容易发现一个人才，就想看看长得什么样。而我本来就是战战兢兢的，被他这么一看，就更是手足无措了。在口试时，先生仍以他固有的严厉，抓住一个问题，穷追不舍，弄得我狼狈不堪。记得在回答一个关于鲁迅的问题时，我不知说了什么，王瑶先生突然打断我的话，问道：“钱理群你说说看，鲁迅可不可以一分为二？”那个时候“文革”刚结束，思想解放运动刚开始，讲鲁迅能不能一分为二，是一个非常尖锐的问题，我只得含糊其辞，企图蒙混过关，但先生不依不饶：“你不要王顾左右而言他，明确地回答，可以还是不可以，理由是什么？”其实这个问题我是思考过的，在先生的逼视下，就作了肯定性的回答，并谈了我的理解。但没想到先生仍不放过，紧接着又提了一个更尖锐的问题：“毛泽东可不可以一分为二？”面对这样一个当时最重大的政治问题，我只得硬着头皮，胡乱说了一些，这回王先生并没有深问，大概他的本意也只是借此来考察一下学生的胆识。但我却出了一身冷汗，糊里糊涂地不知道怎么就退出了考场。

考完后，我非常沮丧，心里想这回肯定完了，大概我就得回家去了。临走之前我在北大的未名湖旁边转来转去，可以说是感慨万千。因为我是1958年北大中文系新闻专业与人大新闻系合并以后离开北大的，1978年回来参加考试，也就是二十年后回到北大，现在估计考不上又要走了，而且此后是再也回不来了。但我这人性格有点怪，什么事情一到绝望的境地，反而就沉静下来了：反正不行了，一走也罢！就在北大商店买了一个大西瓜，先吃一顿再说，吃完就回我的贵州，当一辈子老师算了。于是我就到我的在北京工作的姐姐家去告别。我刚要开口，报纸送来了，姐姐一看：哎哟，报纸上有你的名字！我吃了一惊，赶紧去看，果真是新华社发了一条消息，说“文革”后首届研究生考试，涌现出一批人才，举了几个例子，其中也提到了我。这太出乎意外了！我当时几乎乐晕了。这样的结果是我绝对没有想到的，可以说是“绝处逢生”。

我终于成了王瑶先生的学生。我和王瑶先生，经过这样一个充满曲折的悲喜交加的戏剧性的过程，就这样相遇了。

回过头来看，这个相遇，其实是具有象征性的，因此，在王瑶的名字和我的名字上都可以打上引号，应该说这是两代人的相遇，而且是历史性的相遇。我们在前面提到了王瑶先生对五四精神传统的继承，在学术传统上，王瑶先生除了深受鲁迅学术的影响外，还师从朱自清先生，因而继承了30年代的清华学术传统与40年代西南联大的传统。但在1949年以后，特别是在文化大革命时期，王瑶先生和他的前代与同代学人都成了被批判与改造的对象，这些精神传统与学术传统在很大程度上都被迫中断了。直到“文革”结束，王瑶先生这样的老一代学者，他们的学术地位，以及他们所代表的精神与学术传统，才得到历史性的承认。而他们这时年事已高，就迫切地寻找与着意培养接班人。而我们这批五六十年代成长起来的大学生，在经受了文化断裂的极度痛苦与困惑以后，正处于精神与知识的极度饥渴状态，也在迫切地寻找自己的导师，两代人就是这样地相遇了。后来我在一篇文章里说：“（这是）曾经被迫中断的精神与学术谱系的重新续结：渴望接班人的老一辈知识分子，与在‘文革’中中断了学业，因而渴望学习的年轻一代，在校园里终于相遇。于是，就有了80年代中国校园最响亮的口号：‘回到五四’（与之相应的还有‘回到鲁迅’），由此展开的是恢复五四时期北京大学所代表的启蒙主义传统的努力。”

这是我讲的第二个问题：我们师生是怎样相遇的。接着的第三个问题，就是“王瑶先生怎么教我们？”

提到王瑶先生的教学，大家就会想到他那个著名的烟斗。王瑶先生从来不给我们上课，第一次见面就打招呼说，你们平时没事不要来找我。一个星期只准我们去他家一次。他的生活习惯是晚上三四点睡觉，因此每天上午谁都不能上他家去，大概下午三四点钟，才开始接待来人。所以我们一般都是四点以后去的，坐在那里海阔天空地闲聊，想到什么就谈什么。其实很少谈学术，更多是谈政治，谈思想，谈文化，谈人生。先生一边抽烟，一边悠悠地说，谈到兴处，就哈哈地发出王瑶式的笑声。有时会突然沉默，烟雾缭绕之中隐现出先生沉思的面容。我们只静静地听，偶尔插几句话，更多的时间里是随着先生沉思。所以我们几个弟子，都说我们是被王瑶先生的烟斗熏出来的。

他的指导方法也很特别，我把它概括为“平时放任不管，关键时刻点醒你”。一入学开一个书单，以后就不管了，你怎么读怎么弄他通通不问，而且关照你平常少到他那儿去。其实这个放任不管，我倒觉得这正是抓住了学术研究的特点。学术研究是个人的独立的自由的精神劳动，因此它从根底上就应该是散漫的。散漫，并不是无所事事，一个真正的学者，一个有志于学术的学生，学术研究是他内在生命的需要，根本不需要督促，看起来他在闲荡，读闲书，其实总在思考。看起来漫不经心，其实是一种生命的沉潜状态，在淡泊名利、不急不躁的沉稳心态下，潜入生命与学术的深处，进行自由无羁的探讨与创造，慢悠悠地做学问。这是不能管的，更不能乱管。搞学术就是得无为而治，王瑶先生就是深懂无为而治的奥妙。

但是在关键时候他点醒你。他平常不轻易点，一点就让你终生难忘；他只点到即是，醒不醒，要看你的悟性。

王瑶先生的“点醒”包括两方面。先说学术指导。他只抓毕业论文，而且先要求学生提出两个论文选题，向他汇报你的设想，然后他给定一个题目，并点醒你做这个题目应该注意什么。比如我当初毕业论文的设想，就有两个题目，一个写鲁迅的思维方式、心理结构、艺术世界，类似我后来写《心灵探寻》的那种写法，另一个是鲁迅和周作人的发展道路的比较。王瑶先生听了以后就说，你的第一个题目很有新意，但你自己还没有想清楚，短时间内也不容易想清楚，在不成熟、没有把握的情况下，急于写成论文，会有很多漏洞，答辩时很可能通不过，反而糟蹋了这个题目，不如存放起来，多酝酿几年以后再做，一做就把它做好。于是就定了做“鲁迅和周作人发展道路的比较”这个题目。然后就告诉我做这个题目可能会遇到的困难。他当时说了这么几点，大概有四点吧。第一是学术论证上的困难。王瑶先生打了一个比方，他说做这个题目你得有两个包裹，一个包裹是鲁迅，一个包裹是周作人，两个人你都得搞清楚，但光分别搞清楚还不行，你得把他们两人连起来，因为你是比较研究，难点就在这里，就看你连的本事大不大。第二点，你得注意，讲周作人是有很大风险的，一定会有很多人提出种种责难，你要作好准备在答辩时舌战群儒。因此，你所讲的有关周作人的每一句话都必须有根据，有大量材料来支撑你的每一个论断。——这就给我定下了一个高标准。大家看我那篇论文就知道，注释的篇幅几乎与正文相等，差不多每一句话背后都有一条注释，越是敏感的问题就越要讲究有理有据。第三，王瑶先生又提醒我，完全脱离政治的所谓“纯学术”是不存在的，在周作人是汉奸这个问题上，你必须态度鲜明，要有民族立场，不能回避民族感情问题，在大是大非问题上一含糊其词，整个论文就站不住了。第四，王瑶先生说，在材料、观点都准备好了以后，还有一个关键环节，就是要为整篇论文找到一个“纲”，才能“纲举目张”，以什么为“纲”，实际是以什么为文章的“魂”，这是最能显示论者的水平，特别是思想、理论水准的。他打了一个形象的比喻，说文章有两种写法，一种是“编织毛衣”式的，只是平列的铺排：一点，两点，三点，一方面，又一方面，再一方面，很有条理，很全面，但看不出观点之间的内在联系，整篇文章是散的；另一种是“留声机”式的，有一根针，一个核心，一个“纲”，所有的观点都围绕它转，这就是所谓“纲举目张”，所谓“提纲挈领”。写论文最难，也是最要下功夫的，就是一定要找到能够把整篇文章拎起来的东西。——这又是一个很高的标准：记得我在写毕业论文时，最费力之处就在怎么找这个“纲”，甚至有一度因此而想放弃这个题目。有这么好几天晚上睡不着觉，都急死了。一天早晨，睡在床上，左思右想，突然想起列宁所提出的“亚洲的觉醒”这一命题，才醒悟到可以用“20世纪中国知识分子和人民的觉醒”作为全文的一个纲，这才豁然开朗，用两个星期就把论文写出来了。后来，我和黄子平、陈平原一起提出“20世纪中国文学”的概念，就我而言，就是沿着这样的思路发展开来的。

以上四个指点，从学术与政治的关系，治学的基本态度、方法，研究的难点、重点，到具体的材料的收集、论证，论文的组织、结构，都谈到了，学术氛围、社会环境、答辩中可能遇到什么问题，也都考虑到了，而且全点在要害上。但就这一次谈话，以后就不管、不问了。你回去自己研究、写作，到时候你必须交论文。交了之后他又细细地给你改，连标点符号、错别字都给你改，就下这一次功夫。王瑶先生是一个很会使劲的人，平常不用力，关键时候该用力他就用力，而且用在刀刃上。最后还把一个关：答辩前夕开始找你谈话，给你“锦囊妙计”，教你如何应付答辩。以后我当了导师，就将王瑶先生的锦囊妙计传给我的学生。现在我退休了，不再做导师了，现在就不妨告诉诸位吧。王先生说，答辩的时候要掌握好两条原则。一条原则就是答辩老师提的问题，如果跟你论文要害的部分没关系，无关紧要，不会影响你的论文的通过，你最好不要详细地回答，说几句带过去就行了，别说多了，因为言多必失，会把你的知识漏洞都暴露出来，你说漏了一句被答辩老师抓住，他穷追不舍，你就非常狼狈。最好想办法一句话堵住不再追问，实在不行就干脆说：老师，这个问题我没想好，我再下去想一想，他总不能不准你想啊。或者老老实实承认：你说得很对，这是我的错误，也就到此为止了。但是，还得有另一条：如果提出的质问，涉及你的基本观点，你就不能让步，必须据理力争，即使面红耳赤你也得争。因为你要是承认错了，或者考虑不周，你的论文就完了。而且你心里要有数：在表面看起来你是学生，而且处在被质疑的被动地位，但从另一个角度看，你又是主动的，因为在具体被质问的这个问题上，你是专家，对这个题目你比这些考官都熟悉，你思考得也最多，最充分，你是最强、最有发言权的，所以你必须而且能够据理力争。你最好的方法是抛材料，用你所熟知而老师未必知道的事实材料来证明你的观点，变被动为主动。——可以看出，王先生对我们的考试制度看得很透，对老师与学生、主动与被动的关系看得很辩证，是显示了一种学术智慧与人生智慧的。

或许更重要的，也使我们终身受益的是思想上的点醒，治学态度、人生道路上的启迪。我印象最深的就是先生的两次教诲，两个师训。

第一次找我谈话，第一个师训就是“不要急于发表文章”。这和今天不一样，今天的体制下不发表文章就麻烦了。他说：“钱理群，我知道，你已经三十九岁了，年纪很大了，你急于想在学术界出来，我很能理解你的心情。但是，我劝你要沉住气，我们北大有个传统叫作'后发制人'。有的学者很年轻，很快就写出文章来，一举成名，但缺乏后劲，起点也就是终点，这是不足效法的。北大的传统是强调厚积薄发，你别着急，沉沉稳稳地做学问，好好地下功夫，慢慢地出来，但一旦出来就一发不可收，有源源不断的后劲，这才是真本事。"

在我研究生毕业留校以后，王先生又找我谈了一次话，就谈这一次，再也不说了，谈这一次话，就使你终生难忘、终身受益。他说："钱理群，你现在留校了，处于一个非常有利的地位，因为你在北大（他当时没有说另一句话：你是王瑶的学生），这样，你的机会就非常多，但另一方面诱惑也非常多，这个时候，你的头脑要清醒，要能抵挡住诱惑。很多人会约你写稿，要你做这样那样的有种种好处的事，你自己得想清楚，哪些文章你可以写，哪些文章你不可以写，哪些事可以做，那些事不可以做。你要心里有数，你主要追求什么东西，之后牢牢把握住，利用你的有利条件尽量做好，发挥充分，其他事情要抵挡住，不做或少做。要学会拒绝，不然的话，在各种诱惑面前，你会晕头转向，看起来什么都做了，什么都得了，名声也很大，但最后算总账，你把最主要的，你真正追求的东西丢了，你会发现你实际上是一事无成，那时候就晚了，那才是真正的悲剧。"

现在仔细想想，王瑶先生的两次师训其实都是一个意思。后来我跟自己的学生有个讲话，也是我经常讲的，我不知道我在北师大讲过没有，讲的就是我对王瑶先生的师训的一个理解，概括地说就是"沉潜"两个字。要沉得住，潜下来，沉潜于历史的深处，学术的深处，生活的深处，生命的深处：这是做学问与做人的大境界。切切不可急功近利，切切不可浮躁虚华：这都是做学问、做人的大敌。我现在回顾自己的学术生涯，唯一可取之处，也是可以告慰王瑶先生的，就是我一直牢记先生的师训，并且身体力行。我从1960年大学毕业就雄心勃勃想做一个学者，但从1960年到1978年，等了十八年，准备了十八年，才有机会考上研究生；按照王先生的教导，又准备了七年，直到1985年，才开始发出自己的独立的声音。在这七年里，我发表的文章非常之少，质量也不怎么样，压力非常大，有的时候连自己都失去信心了，但还是硬撑过来了。如果从1960年算起，到1985年，我可以说做了二十五年的准备，练了二十五年的内功，然后从1985年开始独立发功，一直发到现在，也只是发了二十年。准备二十五年，发挥二十年，我的治学之路、人生之路就是这么走过来的，很艰苦，但也很充实，没有虚度。现在来回味王瑶先生当年的教诲，才懂得了先生要我着眼于自己的长远发展，这确实是极有远见的。这是我讲的第三个问题："先生是怎么教我们的。"

第四个问题，讲"出师以后"。

我1981年研究生毕业，留校当王瑶先生的助手，一直到1989年先生去世，前后又追随了十多年。但我毕竟出师了，这就会有许多新的问题。

先谈谈王瑶先生怎样以他的特殊方式来保护我，又提醒我。前面说到我一直到1985年才"出来"，即以独立的姿态出现在学术界。但我一"出来"就闯了两个祸。我的"出来"的标志，是1986年出了一本书，叫作《心灵的探寻》，这是在北大开的鲁迅课的讲稿。这个课非常受学生欢迎，王瑶先生也很高兴。后来在武汉开了一个全国鲁迅教学的经验交流会，王瑶先生就指定要我去参加这个会，并且在会上发言，他自己又亲自出席，这对我压力非常大。但老师下了令，只有硬着头皮上去讲，没想到我的发言竟引起轩然大波。因为我谈到了"我们应该以什么态度对待鲁迅，研究者与鲁迅的关系"这样一个当时的敏感问题，我说，我们既不能仰视鲁迅，也不能俯视鲁迅，而应该和鲁迅平视，我们和鲁迅是平等的。这个观点今天来看是一个很普通的常识，但是在那个时候却是闯了一个大祸。有人勃然大怒：钱理群这么狂妄！居然敢跟鲁迅平视！一时议论纷纷，像炸了锅一样，整个形势对我非常不利，大家就等着王瑶先生表态。王瑶先生怎么办呢？他用他王瑶式的智慧来处理这个问题，他首先板起面孔把我狠狠地训了一顿，他从我的发言里挑出几个毛病，一二三四五，老师要挑学生毛病是太容易了，他挑的确实是我发言中的一些不周全的地方，一些毛病。他这么一讲，在座的很多人就很高兴：你看，王先生骂他学生了。他骂完之后，又轻描淡写地说了一句话："不过据我看，钱理群在北大讲鲁迅，比我讲得好。"这可是一个不得了的评价啊，有了这样的充分肯定，实际上就把我保护了，别人也无话可说。同时也提醒自己的学生，你还是有毛病的，你别得意忘形：一场不大不小的风波，就这样被王瑶先生不动声色地轻轻化解掉了。

第二件事情就更复杂了，说起来又是一个比较有趣的故事。我是王瑶的学生，当然主要受王瑶的影响，但80年代的北大中文系，有一批出色的教授，对我们都有影响。比如我们文学专业，就有三巨头：吴组缃先生、林庚先生、王瑶先生。三位先生在为人处世、治学各方面都各有特点，又都很强大，非常权威，你很难说谁比谁强，他们私人关系非常好，总体是一致的，但又明显地表现出很大的差异。这样一个格局，对学生的发展是极为有利的。学生可以同时接触不同的治学风格、做人风格，最大限度地吸取不同的老师的长处，不至于被某一个老师完全笼罩住。有的学校就有这个问题，要么都很差，都很平庸，要么有一位先生特别强，就很容易形成一个氛围，大家就都听他的，把他的东西绝对化，这就妨碍了另外的东西的发展。而北大的好处就在于兼容并包，使学生有多样的选择。根据我的观察，最初的时候，一年级的学生，一定都会同时被几位教授迷住，到二、三年级就会有变化，因为每个学生的经历、知识结构、性情、趣味、志向不同，就会对不同的教授作出倾向性的选择，于是每一位教授周围都会有一群学生围着他，不是因为他地位高，而是因为这个教授的治学方法、人生态度、性格为学生所倾慕，师生之间有一种精神的契合。而这位教授又总是要告诫他的学生：你不仅要听我的，要向我学习，同时要向别的老师学习。这样，学生在主要受某个教授的影响的同时，又吸收其他教授的长处，甚至是和自己的教授不一样、相矛盾的方面，相互补充与制约，就会有一个更为健全的发展格局。

我当时在北大就是主要追随王瑶先生，同时林庚先生和吴组缃先生对我的影响也非常大。特别是林庚先生，他的治学道路与方法，与王瑶先生有相通之处，更有不同，甚至是很大的区别，他们之间因此而有过争论。而我的性情和王瑶先生有接近的一面，但在某些方面和林庚先生更接近，所以我在治学方面，受到王瑶先生强大的影响，同时也十分倾慕林庚先生。到我出师之后，当我更加独立之后，我就有可能把自己内在的东西更突出地表现出来，这个时候我就作了一个发言，讲我对治学道路与方法的理解与追求。我提出了一个问题：自然科学的研究中有假说，那么人文科学、文学研究，允不允许有假说？在我看来，治学过程有三个阶段：第一步，就是大量地掌握材料，尽可能大量掌握材料，这是治学的基础，但材料是不可能完全穷尽的，而且史料本身就是残缺不全的，因为历史是不可能完全复原的，这个材料与那个材料之间，必然有许多缝隙，在这种情况下，就需要通过逻辑的推理或者通过想象，提出一个假设，在掌握了大量材料以后，必须有这样的飞跃，这是学术研究的必经阶段。然后又有第三步，在提出假设之后再去看材料，新材料和假设之间可能出现三种情况，一是新的材料证明你的假设是错误的，这就必须抛弃假设，另一个是材料证明你的假设是正确的，假设就大体成立，但更多的情况却是新的材料既部分地证明你的观点，同时又修正你的假设。根据对学术研究过程这样的理解，我提出了一个看法，说有两种研究路子，一种是现实主义的，每一句话必须有材料依据，强调客观的、冷静的观照，这自然是有道理的；但如果发展到极端，不允许有一个推理、想象、假设的过程，完全排斥研究中的直觉、灵感，甚至排斥理论分析，没有飞跃，完全依附于材料，就变成了爬行现实主义。还有一种研究路子，就是重视在现实材料基础上的推论、想象、假设、直觉、灵感，强调飞跃，强调研究者主体精神的注入，可以说是研究中的浪漫主义。理想的状态是现实主义与浪漫主义的结合；但不同的学者会有不同的倾向。在某种意义上，可以说，林庚先生是浪漫主义研究的典范，而王瑶先生是偏向于现实主义，而又绝不是爬行现实主义：他是有极强的理论观照，重视逻辑推理的。我自己，如前面所说，既受到了王瑶先生严格的训练，重视材料与理论，同时又在内在精神气质上接近与向往林庚先生的浪漫想象、直觉思维与主体投入的研究方法，你们看我的研究就知道了。但当时我讲的“爬行现实主义”就得罪了无数的人，很多人都说，你看钱理群多狂妄，说我们是爬行现实主义，还说什么研究中的浪漫主义，完全是胡说八道。一时间又是议论纷纷，压力非常大。

这时王瑶先生找我谈了一次话。他先问：“你跟我说说，什么叫作研究中的浪漫主义？什么叫作爬行现实主义？你为什么要说这样的话？”我就跟他解释，说明我的想法。讲完之后，他沉默了一下，然后讲了两句话。第一句话是：“你讲得有道理。”我一听就松了一口气：王先生理解我，支持我！这对我来说，当然极其重要，也很关键；对王瑶先生来说，也很不容易：他当然看出我的治学方法的选择和他不完全一样，这里显然有林庚先生的影响，而他们之间是存在着分歧的。后来我在为先生编全集时，读到了他的一篇《论考据学》，文章中也有类似的说法，肯定了“推论”在研究中的作用，并且以陈寅恪为例，说明即使是“最严谨的学者”也“不能不超越”材料：这就表明，王瑶先生也是反对爬行现实主义的。但他又说了一句话：“但是，你何必要这么说呢？”也就是说，你不该在这个时候说。这是有道理的。实际上王瑶先生在告诫我，做学问一方面要坚持你的学术观点，另一方面，也要清楚你是在什么条件、什么情况下进行研究的，也就是一要真诚，二要学会保护自己，特别是一个初出茅庐的学者，一个年轻学者，你首先得保护自己，不要赤膊上阵，这也是鲁迅所强调的。在我看来，王瑶先生的这个想法，是有来源的。朱自清有篇文章《论气节》，“气”就是讲要有所为，“节”就是讲要有所不为，这既是讲做人，同时也是讲治学，有的时候要说（有所为），有的时候要不说（有所不为）。王先生对我说：你是对的，但同时你不必这么说。就是婉转地提醒：你在这个时候说这样的话是不利于你的发展的，但不等于说你要改变你自己的观点。你可以感觉到王先生他这个人非常真又非常实，他对我们中国学术界是非常了解的。——这就是他在两个关键时候对我的保护和提醒。

这里还涉及另外一个重要问题：学生在自己的独立发展过程中在有些方面会和老师发生冲突。我后来总结一下，我觉得学生和老师的关系应该是三部曲，初做学生的时候是个描红阶段，就是全面地向老师学，甚至某种程度的模仿。我们现在有点把创新绝对化，什么都是创新，其实创新的前提是模仿，要经过一个模仿的阶段，就像我们写字一样，启功先生是著名的书法家，向他学写字就得先描红，最大限度地学这个老师的特点。最初阶段你得像王瑶，像林庚，有时就称这个学生叫小王瑶，小林庚。但是模仿到一定阶段，你就必须得走出来，否则的话，你就会永远在老师的阴影底下。你的导师越强，他对你的影响越大，你就越要有反抗他的力量，走出他的阴影，否则永远是老师的影子，这样的学生是没有出息的，我想真正的老师也会期待自己的学生不要永远像自己，永远像自己的学生绝对是比自己更差的学生，这是个绝对规律。学生要走出老师的阴影，师生之间就要发生撞击。这也是一个必然过程，我经历过，我们王瑶师门的学生都经过这个过程。我们提出“20世纪中国文学”这个概念，在某种程度上就是一个“走出”的努力。所以，在最初的酝酿过程中，我们都没有去听取王瑶先生的意见。当时我的处境有点尴尬，我很清楚，这个提法王瑶先生不会完全同意，但是我又是他的助手，我有这个想法，要不要跟他谈，我考虑了很久，想来想去，还是不和他谈，我一谈他不同意怎么办，他不同意我又要发表，岂不是故意和老师对抗，那是不行的，只好瞒着他，先发表再说。这是我第一次这样做，心里是忐忑不安的。因此，王瑶先生不是从我的口里听到“20世纪中国文学”这个概念，而是从乐黛云老师那里听说的。乐老师当时是我们的副导师，是具体辅导我们的老师，乐老师很能和学生打成一片，很多话跟王先生不敢说就跟她说，我就把我们关于“20世纪中国文学”的想法告诉了她。但是乐老师嘴很快，她就在一次我也在场的会议上，对王先生说，有几个年轻人提出“20世纪中国文学”的概念。王先生很注意，立刻问:“这是谁提出的?”在先生的再三追问下，乐老师才说“是钱理群他们提出的”，王先生用他那锐利的眼光看了我一眼，我吓了一大跳，也狼狈极了。

王瑶先生显然很不高兴，因为我在他的身边，天天在一起，这么大的事都不和他谈，但是他处理得非常好。“20世纪中国文学”概念提出之后，引起轰动，影响很大，我们学会的会刊《现代文学研究丛刊》也准备发表评论。王瑶先生说，应该冷一冷，不要做锦上添花的事情。然后专门把我找去谈他的看法。我听出来，他总体上能够理解我们为什么提出这个概念，我们最直接的目的是想冲破把文学史作为政治史的一部分的格局，这一点王瑶先生完全理解并且是支持的，但他又用其特有的敏锐与眼光指出:“你们这个概念有两大弱点。第一，你们讲‘20世纪中国文学是走向世界的文学’，但你们的‘世界’这个概念有问题，你们讲的世界实际上是西方的世界，讲20世纪的世界文学的时候，你们为什么不讲社会主义文学？第二，你们把20世纪中国文学的起点放在19世纪末，一定程度上是对五四的意义估计不足。”也就是说，在这两个重大问题上他有不同的意见，在涉及自己基本的学术观念的问题上，王瑶先生是从不含糊的，同时，对我们也是一个提醒：他对学生从来是严格的。他担心，在一片叫好声中，我们会冲昏头脑，因此要敲打敲打我们：他这番良苦用心，我是懂得的，并且深受感动。更重要的是，他的提醒是非常及时的，特别是第一点，是很有远见的，并且是击中要害的，正是被他点醒以后，我才觉悟到这个问题，并且开始了反省与新的思考。在这方面，我后来写了文章，这里就不多说了。

我要说的是更让我感动的一件事。王先生不仅当我面提出他的不同意见，而且亲自写文章进行学术争鸣。可能是考虑到第一方面的意见涉及政治，不便讨论（这里显然有保护我们的意思），他主要是就现代文学起点的问题，发表意见，强调现代文学还是应该以五四为起点，显然是针对我们的晚清起点论的。但在他写文章的时候，学术界的形势发生了一点变化：有人出来写文章说我们这个“20世纪中国文学”的概念是资产阶级自由化的表现，这样我们在政治上就受到了巨大的压力。王先生清醒地看到，如果他在这个时候点名批评我们，就会和这样的政治批判划不清界限，更会加重我们的精神压力，这是他绝对不愿意的。后来，他还多次对我说，学术讨论只能就学术谈学术，而绝不能借助政治权力来压倒对方，那是学术上无能的表现，同时也关乎学术道德：在这些原则问题上王瑶先生也决不含糊。于是，他就采取了一个策略：另外找了一个“靶子”，一个字不提我们，而点到了一位年轻人写的一篇和我们观点一样，却并没有影响的文章，和他进行争鸣。这样既表达了他的不同意见，又保护了我们，对那位年轻朋友也不会有伤害，这就巧妙地摆脱了政治权力的干扰，将讨论严格限制在学术的范围内，而且彼此是完全平等的。这都表现出一个学者的品格，一个老师的风范：他不因为你是我的学生就让你，要坚持自己的学术原则，同时又决不以老师的身份，更不借助政治权力来压制学生，而且还要保护你，这都让我非常地感动。

我顺便说一下，师生间的冲突有时甚至会达到非常尖锐的地步，你想不到的尖锐地步。其实我们同学中和先生发生最大冲突的，不是我，而是湖南师大的教授凌宇。他现在是学术界公认的沈从文研究权威，在读研究生时就非常推崇沈从文，他认为沈从文是现代文学的第一人，而王瑶先生则认为沈从文是一个有特点的作家，是名家，而不是大家，这样，师生之间的学术观点就有了很大的分歧。而凌宇的论沈从文的毕业论文又不是王先生指导的，先生在答辩的头一天才看了凌宇的论文，当然很不满意，认为问题很多，应该推迟答辩。但是已经来不及了，就只能在答辩现场见了。所以那一天的答辩就非同寻常了。作为学生，我们当然并不知道这一切，而且当时还不准去旁听，我们只能在寝室里等，凌宇上午去了以后，中午吃饭时也不回来，不知道出了什么事，我们都急死了。后来才听凌宇说，那个场面真是紧张极了。答辩一开始，王先生就说：我不同意你这个论文，然后劈头盖脸地说了一大堆论文的问题，大家都呆住了。这时候凌宇就要考虑，他该怎么办。他要是同意王瑶先生的观点，他的论文就完了，其实王瑶的锦囊妙计也跟我们讲了："涉及你的根本问题你得据理力争。"凌宇是湖南人，关键时刻湖南人脾气上来了，他就面红耳赤和王先生争，王先生火气也很足，两个人就拼命地吵。后来凌宇跟我说：我豁出去了。我对凌宇说：我佩服你，我就不敢豁出去，碰到这种场合就说不出话了，那我就完了。豁出去的结果却出乎意外，王先生吵了半天也冷静下来了，想了想，还是同意他吧，最后是全票通过。毕业临走之前，凌宇主动看了王瑶先生，王先生后来给凌宇写了一封信，说你很聪明但是不要太骄傲，以后他们关系一直处得很好。去年纪念王瑶先生诞辰九十周年的追思会上，凌宇专门讲了这段往事，大家听了都非常感动。

这件事最让人感动的地方，是师生之间因学术见解的不同而发生冲突时，都能坚持各自的立场，又坚持“在学术面前人人平等”的原则，学生敢于和老师争，老师也毫不留情地与学生争，同时又能够容忍学生“冒犯”自己。这使我想起了王瑶先生和我说过的一句话，这很能说明他是怎么看待师生关系的。有一次，在聊天的时候，记不得谈到什么问题，王先生突然说：“钱理群啊，我跟你说，将来在学术史上，我和你是站在同等地位上的。后人评价我和你，不会因为我是你的老师，就说我一定比你强，但也不会因为你比我年轻，就一定说你比我好，后人评价我们俩，会完全根据我们的学术著作所达到的实际的学术水平，作出科学的、公正的学术评价。”这就可以看出，王瑶先生已经打破了两个观念，一个是传统的“老的比年轻的好”的资格论、辈分论，还有一个就是“年轻总比老的好”的进化论。既不是长者本位，也不是幼者本位，而是坚持真正的现代民主观念、平等观念，而其背后，则贯穿着追求真理的精神。彼此都坚持自己的观点是出于对真理的追求，平等的争论也是为了追求真理，但又不把自己视为绝对真理的拥有者、垄断者。探索与追求真理，这是每一个人，无论老师还是学生的绝对的不可侵犯的神圣权利，这就是“在真理面前人人平等”的原则，我觉得这里头有一些非常值得深思的东西，是蕴含着学术研究的真谛的。

可以说，到了这样的境界，我们与王瑶先生的关系，学生与老师的关系，就进入了我前面所说的第三个阶段：我们经历了“描红”与“走出”、撞击，又在更高层面上走近老师，将老师的精神与学术内化为自己的血肉，由“形似”达到“神似”，最后连痕迹也不显，是一个完全独立的自我，又是经过老师熏陶的新的自我。

最后我想讲的，是王瑶先生对我的最后的教导。

这就要涉及王瑶先生晚年的表现。这是王瑶先生最后的辉煌，在我们所有弟子心灵深处留下了刻骨铭心的记忆。一个人的生命，是有一个爆发点的，王瑶先生在生命最后时刻，将他自己的，以及中国知识分子的精神、骨气、正气，全都爆发出来，那是惊天动地的，以至我今天在这里说，都还感觉到那样一种震撼力。

但同样让我永远难忘的是，他突然变得非常之苍老，而且流露出内心深处最柔和的一面。王瑶先生的外表是很严峻的，从不轻易地在学生面前流露出内心最软弱的一面，他曾经很明确地和我说，老师和学生之间，应该有个距离，他批评我你怎么和学生老是拉拉扯扯，这是指我和年轻人之间的关系太密切了。他不只对学生有界限，对他人也有界限，他这一代人经过的人世沧桑太多，所以他不会毫无保留地把自己暴露在别人面前。这也是鲁迅的特点，大家恐怕还记得，殷夫第一次见到鲁迅的时候，就觉得鲁迅有点冷。王瑶先生给人的第一印象也是有点冷，有点距离，他把自己内心柔弱的方面深藏起来了。但他在晚年最后的时候，却一反常态地经常落泪。不过我没有亲见，我觉得这是我的幸运，我如果看到他哭，我会受不了的。我看到的，也是我愿意看到的王瑶，永远是一个用严峻的眼睛看着你，哈哈大笑的长者、老师。但是我想哭泣的王瑶先生肯定是最动人的。我只有一次，下午四点去看他，推门进去，看到他躺在沙发上睡着了，一头白发，很苍老。我看得非常震惊，我的第一感觉就是他快要离我们而去了。我怎么也摆脱不了这样的念头，我为之感到恐惧。我实在忍不住，想为先生写些什么，正好有人向我约稿，我就用一天的时间写一篇长篇论文，论王瑶先生对鲁迅研究的贡献，我意识到这可能是对我的老师作最后的学术评价，因此我写得充满激情，一气呵成，一天写了八千字，我觉得这是和先生作最后的告别。果然我的预感变成了现实。

但我还记得他最后一次的讲话，在苏州现代文学理事会上他有个讲话，也算是给我们留下的遗言吧。王瑶先生说："你们不要瞻前顾后，受风吹草动的影响，要沉下来做自己的学问。"当时很多年轻人都问："我们下一步应该怎么办？"王瑶先生就说："不要问别人你该怎么办，一切自己决定，一切自己选择。”这些话说完没有多久，王先生就真的走了。先生的去世，对学术界，对我们这些学生都是一个不可弥补的损失。一直到今天，国际国内发生各种大事的时候，无论是政治的，或者思想文化的，我总要想，如果王瑶先生在，他会怎样反应。有他在，遇到这些事，就有一个人可以问，而且他总能用其特有的智慧和方式来点醒你。但是他去世了之后，就没有人来指点、提醒你了。所以王瑶先生刚去世，我有一句话，在我们师门中流传很广，我说:“一棵大树倒了，以前我们可以在大树的保护之下，做自己的事情，现在大树倒了，一切就得靠我们自己了。”实际也是如此，王瑶先生去世了之后，我们这群学生都是各自走自己的路，好在我们都走得不错，做到了王先生嘱咐、期待我们的:走自己的路，自己选择，也自己负责。我们大概也可以以此来告慰王瑶先生的在天之灵吧。

我想今天就讲到这里，谢谢大家!

2005年12月3日、5日、6日、14—16日整理。

十三、“我们”是谁

——在“公益2007”志愿者论坛上的讲话*

主题发言

我们是第二次举办这样的志愿者论坛了。这说明了志愿者队伍的扩大，而且看来还有继续扩大的趋势。这是一件大好事，而且来之不易。有人告诉我，据民政部门统计，现在全国各种类型的公益性组织，已达三十余万——我估计还要多，因为有许多是没有注册登记的。我算了一下，如果每个组织的参与者有三十人，就有近一千万人；如果每个组织的活动受益者也是三十人（当然这是大大保守的估算），那么，也有一千万。朋友们可以想一想：这两个“一千万”究竟意味着什么，这就是说，在全国将有两千万人在这里尝试着、感受着一种新的生活，尝试着、感受着一种新的人与人的关系，尝试着、感受着一种新的人生价值理想。而且持续下去，坚持三年、五年、十年、十数年，那又意味着什么呢？这样的精神效应的不断扩大，是会对中国社会的发展产生积极影响的。面对这样的发展与前景，我们是应该受到鼓舞的。

但在欢欣鼓舞之后，我们还要冷静下来。我在很多场合都说过，在一项事业草创时期，提出自己的目标本身就会受到巨大的压力；

---

* 2007年5月26日讲。

而当事业得到承认与发展，这时候要坚持自己的目标也不容易，因为会有许多的因素介入，模糊甚至歪曲你的目标。因此，从事这样的事业的人，就必须有明确、自觉、强烈的目标感，在任何时候、任何情况下，都坚守自己的目标，不断地思考、诘问自己："我们是谁？我们要干什么？我们追求什么？我们的意义和价值在哪里？我们能干什么？我们的限度又在哪里？"——这就是我今天要和朋友们讨论的问题。

我想从五个方面来展开我的思考。

（一）我们是志愿者

我们是自愿地选择了志愿者公益事业的。所谓"自愿"，它有两个特点：一是"内发性"，它是出自自我生命的内在需要，而不是出于外在的功利的诱惑；二是"自发性"，是自己的主动、自主的选择，而非外在的强制所致。

于是，又有这样的追问：我们为什么要自愿选择公益事业？是出于什么样的自我生命的内动力？

我首先注意到的，是今天的青年志愿者，其主力是在校的大学生、研究生和大学毕业不久的各行各业的青年，他们大都是"80后"这一代。这一代人是自有其特点，以及我所说的"特殊的魅力"的；但他们也有自己的问题。我和许多当代大学生作过讨论，发现"生活缺乏目标，缺乏责任感"是一个最根本的、让许多年轻人最感困惑的问题。在讨论中，我反复强调一点：问题要靠这一代人自己来解决，而且相信这一代人一定能够自己解决。而解决的途径，主要有两个，一个是通过自由读书，最广泛地吸收民族和人类文明的精神资源；另一个就是适当参加社会实践，主要是到社会的底层，到西部农村去，给那里的弱势群体以力所能及的帮助，更重要的是，在志愿服务的过程中，了解中国的国情，和中国这块土地，土地上的文化和乡亲，建立血肉联系：这就会为确立自己的世界观、人生目标，打下一个坚实的基础。我曾在一篇文章里，提到一位最早参加西部阳光行动的大学生的日记，说自己在城市里长大，“心中的西部是一种田园诗般的印象”，但真的踏上了这块土地，“用双脚去丈量现实”，看到了“恶劣的自然环境，以及在此条件下挣扎努力的农民”，面对“因为辍学而哭泣的孩子”，“那一张张温暖稚嫩的笑脸，渴求知识的眼神”，就觉得一切都变了，一切都需要重新思考——而新的人生也许就开始在这重新思考中。

因此，我们可以说，青年志愿者运动，实际上是一个当代大学生自己联合起来，在参与社会变革的实践中，寻求新的价值理想、确立新的人生目标的自我教育运动。

这首先是出于我们自己生命成长的需要。

（二）我们是民间参与者

“民间性”，这是志愿者运动的第一个本质特征。

这是出于这样一个信念：中国改革和建设事业必须是自上而下的政府主导和自下而上的民间参与、监督的相互促进与制约。这是改革和建设事业能否健康持续发展的关键。

我们，普通的中国公民，中国的年轻一代，是中国改革和建设的主人。“参与”既是我们的责任，更是我们的权利。

我们既是“非政府性”的组织，同时，又是“非营利性”的组织，是人们所说的“第三部门”。它对政府机制和市场机制形成必要补充和制约，是所谓“第三种力量”。如论者所说，有效的民主政治和市场经济是离不开社会领域里的发达的第三部门的支持的，而且它将在“社会改革与建设”中发挥越来越大的作用，[1]这是可以肯定和

[1] 参看徐永光：《中国第三部门的现实处境及我们的任务》。

期待的。

（三）我们的主要任务是为社会弱势群体服务

如前所说，我们联合起来，首先是“自助”，但我们更要“助人”，在“助人”中“自助”；而我们“助人”的主要对象，是社会弱势群体，为他们谋利益。

这同样是出于我们的信念。我们追求社会的公正、平等，社会正义。我们认同这样的生命观：全社会的每一个具体的生命的价值与幸福，是最重要的；只要还有一个生命不自由、不幸福，我们就是不自由、不幸福的。因此，我们是永远站在社会弱势群体这一边的，为他们呼吁，为他们服务，是我们自觉的使命。

我们因此特别关注“西部”，关注“乡村建设”，关注“农村教育”，这是中国社会发展的基础，却又是最为薄弱的环节。我们为当今中国西部、中国农民、中国农村教育的恶劣的生存状态而焦虑，也就是为中国的未来焦虑。作为中国未来的建设者，我们中国的年轻一代从现在起，就要开始担负起我们的责任。

（四）我们的“先锋”和“桥梁”作用

和政府部门相比，我们没有权力；和企业相比，我们没有经济实力；和知识界相比，我们的知识力量显然不足。这三点，构成了我们的限度。一位青年志愿者在下乡以后这样写道：“我们在没有来这里以前，可能满腔热情，踌躇满志，一心想为村民干些什么。而真正到了这里之后，我们才发现我们的力量原来是如此的微不足道，我们对这一切是那样的无能为力”，“我们究竟来干什么的？我们究竟能做些什么？”在丢弃了不切实际的自我期待以后，反而有了一种生命的实在感：“踏在这片西部热土上，起初的激情，年轻的冲动，都化作愈加沉重的脚步和更为踏实的工作”，“我们知道自己能力有限，唯有全心尽力地工作，才能或多或少弥补自己内心的沉重”，“在生活中，还没有这样的时刻，让我觉得如此重要，又如此渺小”。

应该说，这样的感受，非常真切，这样的自我认识，非常真实：我们是“渺小”的，因此，在中国的农村建设、社会改造中，我们不是主力军，我们的作用是有限的；但我们更是“重要”的，我们有自己的特殊优势，我们有自己的不可替代的作用。

我们有年轻人的敏感与热情，因此，我们是首先觉醒者，我们意识到中国西部农村问题的重要与迫切，首先行动起来，就能够在学校和社会营造“关心农村教育和建设”的氛围，起到“先锋”的作用。

我们更充满生命的活力，我们可以通过我们的活动，促进“政府”（他们是乡村建设主导者）、“农民”（他们是乡村建设的主体）和各种“社会力量”（他们拥有丰富的社会资源，又具有支持乡村建设的巨大热情，却处于分散的状态）之间的结合与互动，我们的任务是为他们搭建平台，建立关系网络，用尚立富先生的话说，就是起一个“绳子”的串联与“双面胶”的胶合作用，也就是发挥“桥梁”作用。

（五）创建在我们脚下

我们的讨论，最后还要回到“自愿”上来。我接触的许多青年志愿者，他们都告诉我，他们的自愿参与，是出于对自己现有的生活方式、生命存在方式的不满，而希望尝试一种新的生活、新的生命存在方式。在我看来，这样的不满和尝试欲求，正是青年志愿者运动最重要的存在理由和价值，是它的强大内在驱动力。

因为我们正生活在一个一方面经济发展，开始进入小康社会，另一方面却又是物欲横流，价值混乱，充满着精神和道德的危机的时代。后者引起我们不满，前者也给我们带来了希望：在物质生活基本达到小康以后，我们需要建立新的价值、新的生活。我在演讲一开始提到，人们在志愿者的公益组织里“尝试和感受着新的生活，新的人与人的关系，新的价值理想”，指的就是这个意思。

当许多人奉行个人中心主义和极端利己主义，拒绝任何社会责任和承担，我们却尝试“利我利他，自助助人”的新的伦理，我们参加以帮助弱势群体为主要宗旨的社会公益活动，是因为我们深信，自我的潜能，将在公共领域里得以发挥；自我的价值，将在公共事业的参与中得到实现：我们正在尝试着建立一种新的价值观。

当许多人沉湎于个人的无止境的物质享受、感官刺激、奢侈消费，我们却相信人不仅有物质的欲望，更有精神的追求，我们尝试着一种“物质简单，精神丰裕”的新的生活方式。我们更关注大多数人的生存状态，以及我们生活的生态环境，希望在共同富裕，共同发展，公正、平等的社会和谐中，在人和自然的和谐中，获得自己生命的愉悦和意义：我们正在尝试着建立一种新的幸福观。

当许多人奉行将他人视为敌人的丛林规则，进行残酷的你死我活的生存竞争时，我们尝试着视他人为兄弟，在志愿者和服务对象之间，在志愿者之间，建立起人与人相互信任、尊重、支持、合作、互助的新关系。

当许多人陷于所想与所说、所做的分离，将真实的自我掩盖、保护起来，被迫或主动生活在谎言之中，我们却尝试着通过志愿者活动将“想，说，行”统一起来，努力生活在真实之中。

正是对这些新价值、新生活的自觉的尝试，使得我们这些青年志愿者，注定了是一群理想主义者。我们的追求和尝试显然是对现实中国社会实际起支配作用的生活逻辑，对当下相当多的人的选择的一个挑战，因此，我们暂时还是中国人和中国年轻人中的少数，我们的孤独是必然的。或许正因为如此，我们才需要联合起来，相互支持，相互鼓励，用我最喜欢说的话，就是“相濡以沫”。用杨东平先生的话来说，这是好人联合起来做好事；我还要补充一句：就是理想主义者联合起来过新生活。但我们又深信，我们所追求的新价值、新生活其实都是人人心中都有的生命欲求，只是由于种种原因，暂时被遮蔽了。只要有人开始尝试了，就有可能逐渐被越来越多的人所接受，这也是我们开始所说的，志愿者队伍越来越扩大的内在原因和依据。

我们是理想主义者，我们知道，理想的完全实现，需要许多条件，包括体制的改革，等等。但是，我们确实又不能等待社会的根本变革，把一切希望寄托在遥远的未来。我们选择从现在做起。也就是说，我们要在现行体制下，开始我们的尝试。我们既清醒于这种尝试的有限性，又绝不因此放弃我们的努力。

许多人都在谈论，中国的未来社会将是一个新型社会，我们前面所说的关于人的生命的健全发展，关于人与人之间的新关系，都需要在新型社会里得到全面实现。这必然要经历长期的奋斗。我们现在可以做的，是首先把我们的志愿者组织建设成一个小的新型社会，或者说，把它办成一所公民大学堂。我们将在这个自主、自由、多元、开放的群体中，学会参与和独立创造，学会对话、合作和互动，学会信任和尊重，学会平等、公平和互惠，学会宽容、妥协，自我约束和相互监督。

我们要在实践中培育未来的新型文化，我们就可以把它命名为“志愿者文化”。志愿者就是未来新型社会的新公民，新型社会就创建在我们脚下。

我们要在参与现实的变革的同时，也改变和完善自己，赋予我们的生命以意义。这既是对国家、社会、民族、世界的承担，也是一种自我承担。

会议总结

我们这次论坛，有一个主题：“社会工作专业携手志愿组织”，也就是说，这是专业的社会工作者，大学里的社会工作专业的老师、学生和业余的青年志愿者的一次聚会和交流。这真要感谢会议的组织者给我们提供了这样的机会；至少对于我，这是第一次：坦白地说，在此之前，我还不知道中国已经有了如此规模的社会工作教育，有了这样一支社会工作专业队伍。参加这次会，我获得了许多新的知识、新的信息，并且有了新的思考。我想，这也是我们大家共同的收获。可以说，参加会议的双方——社会工作者和青年志愿者都从对方那里学到了许多，获得了新的启示。

（一）志愿者的培育：精神、文化、素养、能力与习惯

从志愿者的角度看，我们或许可以通过这次会议的交流和讨论，更全面地来思考和策划志愿者自身的培养和成长问题。当然，首先是“志愿者精神”和“志愿者文化”的理念，这一点，我在会议的“主题发言”中已经有所论及，希望以后还有机会来作更深入的研究和讨论。其次，还有一个“志愿者素养”和“志愿者的管理与能力”的问题：这正是社会工作者的教育对我们的最大启示。在一定意义上可以说，志愿者也是社会工作者，因此，他也需要专业的知识与能力。也就是说，我们最初都是身怀一种理想，一腔热情，参与志愿者的公益活动，但这只是一个起点，我们并不能满足于此，因为一个真正好的志愿者必须追求服务的质量，你要真正地为弱势群体谋利益，除了发挥你自身的专业特长，如学农的在农业技术上帮助农民，学医的给农民治病，等等，你还必须具备社会工作所必需的专业知识，如法律、社会学、心理学、教育学、经营管理学等方面的知识，而且还要有相应的能力，掌握一定的工作方法和技巧。也就是说，当志愿者组织发展到一定的程度和水平，就必须明确地提出“志愿者工作的专业化”的问题。当然，志愿者毕竟不同于社会工作者，除了少数骨干力量，会以此为自己的事业，以至职业，成为专业的社会工作者，大多数志愿者都是业余的参与者，具有较大的流动性，但当你从事社会公益工作

时，也必须尽可能达到一定的专业服务水平，也就是使自己一定程度的专业化。——我想，通过这次会议，我们应该把专业化的问题，提到志愿者组织的工作日程上来。在这方面，是可以从社会工作者那里，学到很多东西的。

还有一个方面，人们很少谈到，我也是参加了这次讨论才开始意识到的，就是我们讲志愿者精神、志愿者文化，最后，都要转化为一种“习惯”。这就好像这些年，我们讨论语文教育，许多有经验的老师都提出，最重要的是“养成习惯”，把读书、写作的能力的训练，最后变成读书、写作的习惯。志愿者的培育也一样，最后要把关爱他人，特别是弱者，为他们服务，变成一种习惯。所谓“习惯”，就是要使这种关爱、服务精神真正成为自我生命的内在需要，以至变成近于本能的反应：看见有人需要帮助，就不加考虑，自然而然伸手相助。于是，这样的志愿服务，就会渗透到日常生活中：不仅积极参与志愿者的有组织的活动，而且一人独处时也会随时随地为需要帮助的人服务。这就意味着，志愿者精神、志愿者文化已经成为志愿者的精神素质的有机组成部分，和他的生命水乳交融地融为一体了。应该说，这是一个志愿者的更高境界，就是说，他通过参与志愿者活动，实现了我在主题发言中最后所说的自我生命的改造和完善，在一定的意义上，长成了一个“新人”。这同时也就意味着，开展志愿者活动的过程，其实就是“立人”的过程：在我看来，“立人”才是志愿者运动的根本，其宗旨、意义和价值都在这里。

（二）社会工作者教育的本土化：本土资源与本土实践

这次会议谈得比较多的，还有中国社会工作者及其教育的“本土化”的问题。这大概也是社会工作教育和志愿者运动的一个联结点。讨论主要集中在两个方面。

首先是发掘、吸取本土资源的问题。无可否认，社会工作教育的概念，以至志愿者的概念，都是“舶来品”。因此，我们在讨论志愿者文化，进行社会工作教育时，更多地借鉴西方的资源，这是可以理解的，也是必要和有益的；但却又是不够的，因为不仅这些外来思想、理念本身有一个和中国国情相适应的问题，而且中国本土，虽然没有这样的概念，但它也存在着志愿精神、志愿文化，社会服务精神，这样的本土资源需要发掘与研究，同样可以成为我们今天所提倡的社会工作和志愿者运动的精神滋养。

这样的本土资源，我以为主要包括三个方面。首先是中国古代传统的资源，过去我们谈得比较多的是儒家思想资源，比如儒家的“知其不可为而为之”的精神就很值得发扬。最近我还想到墨家的思想和它的组织形式，它的兼爱、尚同理念，它的苦干实干精神，它的草根性，它的行动性、实践性，甚至是可以视为中国古代的“志愿者组织”的。——当然，这都还需要进一步的研究与讨论，这里只是出个题目，打开一个思路，说明中国古代这方面的资源还是相当丰厚的。

其次，是现代中国的资源，这也是一个传统。事实上这些年的志愿者在参与新农村建设的实践中，就直接从20世纪三四十年代乡村建设的先驱陶行知、晏阳初、梁漱溟、卢作孚先生的理论与实践中，吸取了许多滋养。我曾经写过《和青年志愿者谈鲁迅》这样的文章，也是试图将鲁迅的思想资源，如他对“泥土精神”的提倡，他的韧性战斗精神，提供给年轻朋友。我最近想，胡适的一些思想、观念、精神，同样有它的启示性。另外，革命文化里也包含着宝贵的精神财富，那些为革命理想而献身的先烈，也都是那个时代的“志愿者”。也就是说，现代文化资源也是多元而丰厚的。

最后，我还要强调民间文化的资源。这就是蕴含在老百姓日常生活中的民间伦理。这是最基本的，却是最容易被忽略的。它是学者所说的“比较稳定的价值系统”，它的一些口口相传的道德信念、行为准则，例如“不许杀人”、“不做伤天害理之事”、“要善待落难之人”之类，构成了社会生活的道德底线。同学们如果真正深入农村，特别是在农村老人那里，可以发现这样的民间道德、民间生活准则、智慧：这也是一种精神的力量。

一方面，继续吸取外来资源，一方面，注意吸取古代传统、现代传统、民间传统中的本土资源，将其融会贯通：在我看来，这就是我们创建中国自己的社会工作伦理、志愿者文化的一个根本途径。

当然，还有一个重要方面，就是要关注“中国问题”，如新农村建设问题、农民工问题等，这都是具有中国特色的社会问题，中国社会工作教育应该引导学生关注这些问题。组织学习社会工作专业的学生适当参与青年志愿者行动，培育他们的志愿者精神，在实践中总结经验，这是有助于年轻一代社会工作者的成长的。

因此，我们完全可以期待，在这次“志愿者论坛”之后，社会工作者、社会工作教育者和青年志愿者之间能够有更密切的合作。

2008年3月17—19日整理、补充。

十四、我们需要农村，农村需要我们

——中国知识分子“到农村去”运动的历史回顾与现实思考*

应该说我们是第二次见面了。9月20日那天参加你们的暑期下乡实践活动总结会，听了你们许多精彩的发言，心里很激动，有很多感想，那天的会上，也只能简单说几句，于是，就想写一篇文章，但事情一多，又搁下了。感谢北师大的同学的邀请，今天有了一个机会，和大家一起聊天，就把那天没说完的话，继续往下说。

也许是因为我是研究现代文学史、现代中国知识分子精神史的，有一种职业性的历史感。一看到诸位，我就觉得似曾相识，在我研究的历史中曾经见过，你们的言谈，说话的姿势，眼睛里流露出的热情、困惑，你们的快乐与苦恼，初到农村时的惊喜，第一次走进农民的小屋不知如何交谈的窘态，工作深入不下去时的焦虑，以及无休止的争论，平静下来以后的思考与自我质疑，等等，在20世纪的中国历史、中国知识分子精神史上都曾经出现过，而且，这其中也有我自己的身影。这里存在着一个代代相传的精神谱系，存在一个持续了一个世

---

* “西部阳光行动”是北京一部分大学生青年志愿者的联合组织，其总部设于北京师范大学。这些年我一直和他们有比较密切的联系。这是我2004年11月14日在“西部阳光行动”沙龙的讲话。以后，我以同题在北京大学、北京财经大学、北京师范大学、梁漱溟乡村建设中心多次讲过。

纪的“知识分子、青年学生到农村去,到民间去”的运动;也许你们并没有意识到,你们的“西部阳光行动”实际上正是这样的一个历史运动中的一个环节,一个新的篇章,你们是沿着前辈所开辟的道路往前走,你们正在继续书写与创造新的历史。

一个世纪五代人连续不断的“下乡运动”

(一)五四时期:李大钊的《青年与农村》和新村运动

那么,我们就来作一点历史的回顾。还是从五四说起,那是现代知识分子精神的一个源头。大家都知道,作为五四新文化运动的核心是“人的觉醒与解放”;我要补充的是,这样的人的觉醒与解放,其中一个重要方面,就是妇女、儿童与农民的独立价值的发现与充分肯定;而这三种人都是处于社会结构的最底层的,在中国的传统社会与文化中是被忽略的存在,因此,这三大发现就充分地显示了五四新文化运动的民主主义与人道主义的特质,具有特殊的意义。关于妇女的发现与儿童的发现,这都是极富魅力的话题,以后我们或许有机会再来详细讨论。今天要说的是“农民的发现”。鲁迅后来有一个追述,他说:“我生长于都市的大家庭里,从小就受着古书和师傅的教训,所以也看得劳苦大众和花鸟一样。有时感到上流社会的虚伪和腐败时,我还羡慕他们的安乐。但我母亲的母家是在农村,使我能够间或和许多农民相亲近,逐渐知道他们是毕生受着压迫,很多痛苦,和花鸟并不一样了。”这至少说明,五四的先驱者已经认识到,农民,底层的人民,他们不是供人观赏、践踏的“花草”,而是有自己的价值,有自己的要求的独立的“人”,他们应该享有自己的幸福,有权利发出自己的声音,维护自己的独立利益。

而另一些思想家则把农民的解放与整个民族的解放、发展联系起来,李大钊当时就写了一篇《青年与农村》,指出:“我们中国是一个农国,大多数劳工阶级就是那些农民,他们若是不解放,就是我们国民全体不解放；他们的苦痛，就是我们国民全体的苦痛；他们的愚暗就是我们国民全体的愚暗；他们生活的利病，就是我们政治全体的利病。"他进而提出，"要想把现代的新文明，从根底输入到社会里面，非把知识阶级与劳工阶级打成一气不可"。于是，他发出了"我们青年应该到农村去"的号召。而特别有意思的是，他讲了三条理由。一是"中国农村的黑暗，算是达于极点"。他具体地列了许多方面，可见他是作了一些调查的，而我们今天读起来觉得似乎还有点现实针对性，这是很可悲的；不过今天不谈这个，我们注意的是他由此得出的结论。他说："一般知识阶级的青年，跑在都市上，求得一知半解，就专想在都市上活动，都不愿回到田园；专想在官僚中讨生活，却不愿再去工作。久而久之，青年常在都市中混的，都成了鬼蜮。农村中绝不见知识阶级的足迹，也就成了地狱。把那清新雅洁的田园生活，都埋没在黑暗的地狱里面，这不是我们这些怠惰青年的责任，那个的责任？"李大钊讲的第二个理由，就更值得注意。他说，现在大家都在讲推行"民主政治"的关键，是要"立宪"；但是不要忘了，中国的选民，"大多数都在农村"，如果农村没有开发，农民没有觉悟，没有自由的判断力，如果真的实行普选，那些"练习了许多的诡诈的手段"的城市流氓，那些"积下了许多的罪孽金钱"的城市强盗，就会来骗"他乡里的父老"，如果把这些人选上了，"立宪政治、民主政治，那有丝毫的希望？"李大钊因此而大声疾呼："立宪的青年呵！你们若想得个立宪的政治，你们先要有个立宪的民间；你们若想有个立宪的民间，你们先要把黑暗的农村变成光明的农村，把那专制的农村，变成立宪的农村"，"这样的民主主义，才算有了根底，有了泉源。这样的农村，才算是培养民主主义的沃土，在这方面活动的青年才算是栽植民主主义的工人"。

你们看，李大钊说得多好，在我的感觉里，他简直就在和我们面对面地谈话，讲着那些极其重要、必须处理的问题。不知道在座的同学们感觉如何？我们再来看他的第三条理由。他说，现在许多青年,天天在城市里漂泊,找不到出路,“农村中很有青年活动的余地,并且有青年活动的需要,却不见有青年的踪影”,在他看来,这是一种“自误”。因此,他号召:“在都市里漂泊的青年朋友们呵！你们要晓得,都市上有许多罪恶,乡村里有许多幸福;……都市上的生活,几乎是鬼的生活,乡村中的活动,全是人的活动;都市的空气污浊,乡村的空气清洁。你们为何不赶紧收拾行装,清结旅债,还归你们的乡土?”——李大钊这番话可能与大家的感受不大一样,因为在许多年轻人看来,城市还有很大的发展余地,还是令人向往的;但城市的人满为患,大概也会是迟早发生的事。更重要的是,李大钊在这里显然将农村理想化了。其实,他在前面已经谈到了“农村的黑暗”,他对农村的着意美化,是出于对现代都市文明的反感,同时也受到了俄国民粹派的影响。李大钊这篇《青年与农村》一开头就谈到了俄国的“青年志士”“把自己家庭的幸福全抛弃了,不惮跋涉艰难的辛苦,都跑到乡下的农村里去,宣传人道主义、社会主义的道理”的民粹派的“到民间去”的运动。俄国民粹派对中国的“到民间去”运动有积极的影响,但也有消极的一面,就是对农村与农民的理想化,下面我们还要谈到。

李大钊对农村与农民的理想化,还反映了五四时期另一个重要思潮,即所谓“新村运动”。新村运动是一个建立乌托邦理想社会、理想生活的试验,一群理想主义者聚集在一起,通常是在农村建造一所“新村”,实行财产公有,“各尽所能,各取所需”,共同过着一种一边读书、讨论,一边从事农业、手工业劳动的新生活。大概在1918年,日本著名作家、思想家武者小路实笃在日本九州日向就建立了这样的新村;1919年周作人去参观后,就在国内大力鼓吹,得到了包括李大钊在内的五四新文化运动的先驱者和许多青年学生的响应,在北京组织了类似新村的工读互助团。毛泽东也是新村运动的热心者,他曾为此专门访问过周作人,还亲自起草了建设新村的计划书。

而新村运动的理想的核心，用周作人的话来说，就是要实现健全的“人的生活”；而所谓健全的“人的生活”，就是个体的人与人类、社会的人的统一，物质生活与精神生活的统一，脑力劳动与体力劳动的统一，人与人之间的协调，人与自然之间的和谐。正是在这样的理想之光的照耀下，农民的沐浴在大自然的阳光中的“日出而作，日入而息，耕田而食，凿井而饮”的生活，就对当时沉湎于空想社会主义理想中的李大钊这一代人以及青年人产生了特殊的吸引力。

（二）30年代："分田分地真忙"和"乡村建设运动"

但应该说，在五四时期，知识分子“到农村去，到民间去”，基本上还停留在理论的倡导与小规模的试验上，并没有形成实际运动。真正的“到农村、民间去”运动的大力发展，是在20世纪的30年代。如果说，五四还限于思想、文化运动的范围，到30年代就发展为一种社会运动。在大革命失败以后，随着对中国社会认识的深化，越来越多的知识分子把目光转向农村，认识到中国的根本改造必须从农村开始。但却在如何实现中国农村的改造问题上，出现了重大的分歧，形成两种不同的思路。也就是说，都是“到农村去，到民间去”，却有两种不同的路向。

一种是以毛泽东为代表的中国共产党人，他们认为，中国问题从根本上说，是一个社会制度问题，必须通过革命，先夺取政权，从根本上改变半封建、半殖民地的社会制度，才有可能进行新的建设；而农村问题的根本也是土地制度问题，农村的变革必须从土地改革入手，改变少数地主占有大量土地，而大多数农民则无地或少地的状况；而中国的革命又必须以广大农村为根据地，以农村的变革为全国变革的基础。正是在这样的思想指导下，中国共产党在南方江西、福建、湖南、湖北等地发动了“苏维埃运动”，大批的革命知识分子到农村去发动革命，建立根据地，出现了毛泽东诗词里所描写的“收拾金瓯一片，分田分地真忙”的革命景象。

与此同时，一部分以晏阳初、梁漱溟为代表的知识分子则在大力推行“乡村建设运动”。晏阳初认为，中国农村的基本问题是“愚、贫、弱、私”四个字，因此，需要进行四大教育。一是“文艺教育”，设立实验性的平民学校、艺术学校，扫除青年文盲，并进一步将平民学校的学生组织起来，成立同学会，使这些优秀的农村青年成为农村建设的中心分子。二是“生计教育”，进行农业科学的普及，发展农业生产；在农村经济方面，则帮助农民组织合作社、自助社；同时注意农村工业的发展。三是“卫生教育”，重点是建立乡村保健制度，“使农民在他们的经济状况之下，有得到科学治疗的机会，能保持他们最低限度的健康”。四是“公民教育”，“用家庭方式的教育，在家庭每个分子里，施以公民道德的训练”，“使他们有公共心、团结力，有最低限度的公民常识、政治道德，以建立地方自治的基础”。他强调，这四大教育的核心，是对农民的“知识力、生产力、保健力和团结力”的培养，说到底，是对人的教育与改造，而“从事‘人的改造’的教育工作”，这才是“解决中国整个社会问题的根本关键”。为了实现这样的理念，他提出了“博士下乡”的口号，带领一批年轻人在河北定县等地进行了将近十年的农村改革实验。

梁漱溟也是乡村建设运动的大力推动者，但他认为，中国的农村问题并不在于愚、贫、弱、私这些具体问题，而是要抓住根本性的环节，着眼于整个中国问题的解决。而中国问题的关键在以中国固有文化为基础，吸收西方先进技术，建立民族新文化。具体到乡村建设，他主张以中国传统的乡约形式建立中国新的礼俗，并在农村大办村学和乡学，使之不仅成为地方教育机构，而且从中分化出乡村基层政权组织与民间团体，把农民组织起来；同时，建立生产、销售、运输合作社、农民银行等生产、金融组织，推动农村技术进步，走一条以农业引发工业的道路。梁漱溟也带领了一批知识分子和青年，建立了山东乡村建设研究院，并开辟了邹平、菏泽、济宁等实验区。在上一世纪的30年代，乡村建设运动得到了蓬勃的发展，据国民政府实业部统计，1934年全国从事乡村建设运动的团体达六百多个，建立的实验点、实验区有一千余处。后来，这些实验都因抗日战争爆发，实验区为日本侵略军占领而告终。

（三）40年代：知识分子与工农相结合的“下乡运动”

在20世纪40年代，在全民族的大流亡中，大批知识分子从城市走向中国的穷乡僻壤，在实际接触中加深了对中国农村问题重要性的认识。而抗日战争，某种程度上就是以农民为主体的民族解放战争，如毛泽东所说，“农民——这是中国军队的来源。士兵就是穿起军服的农民”，从这一事实出发，毛泽东引申出一系列的非常重要的论断：“农民——这是现阶段中国民主政治的主要力量。中国的民主主义者如不依靠三亿六千万农民群众的援助，他们就将一事无成”，“农民——这是中国现阶段中国文化运动的主要对象。所谓扫除文盲，所谓普及教育，所谓大众文艺，所谓国民卫生，离开三亿六千万农民，岂非大半成了空话？”值得注意的是，当毛泽东进一步呼吁“中国广大的知识分子应该觉悟到将自己和农民结合起来的必要”，以至提出“知识分子如果不和工农民众相结合，则将一事无成”的论断时，他是得到了知识分子的强烈认同的。人们感到，这几乎是一个无法抗拒的时代的命令，同时也是通过自身的痛苦经验而发自内心的要求——在残酷的战争中，人会产生一种孤独感，知识分子尤其容易产生软弱无力感，这时候就迫切地要求寻找归宿，中国的这块土地，以及土地上的普通农民，就自然成为战争中处于生活与精神双重流亡状态的知识分子的皈依之乡。于是，大批的知识分子涌向以延安为中心的根据地，走向农村，出现了更大规模的知识分子下乡运动。

这一运动与二三十年代的“到民间去”运动自然有深刻的联系，

但也有不同之处；除了这是由中国共产党所领导、发动的，是一个政府（当时延安边区政府可以看作是未来的中华人民共和国的一个雏形）行为之外，最主要的是，在知识分子与农民的关系上，发生了微妙的移动：由"启蒙—被启蒙"逐渐转换为"受教育—教育"，"到民间去"的"启蒙"主题逐渐变成了"改造"主题。

但在40年代的根据地，尽管存在着指导思想上的某些偏差，但当时的"下乡运动"所产生的主导作用，还是积极的。知识分子在下乡过程中加深了对中国农民、农村，以及整个中国国情的了解，思想感情也发生了变化；同时也大大推动了农村的建设事业的发展。在1942年至1945年边区所开展的大众教育运动，与同时开展的减租运动，互助、合作运动，大生产运动，民主选举运动互相配合，引发了边区农村政治、经济、文化、教育、卫生的全面变革，在40年代后期，更是发动了大规模的土地改革运动，事实上为以后的夺取政权与新中国的建立奠定了基础。甚至可以说，如果没有40年代共产党所领导的农村变革、建设的成功，获得了广大农民的支持，就不可能有新中国。

（四）五六十年代："到农村去，到祖国最需要的地方去"

1949年以后建立起来的新中国，其国家体制是以工人阶级为领导，以工农联盟为基础的；因此，国家的教育、文化、卫生等政策都是倾向农村的，这就导致了五六十年代中国农村建设的全面发展，这都是有目共睹的事实。当然，在同时期所发动的"大跃进"运动与"人民公社"运动也极大地损害了农民的利益，这是需要另作讨论的。

我在这里要和同学们讲述的是我自己这样的成长于五六十年代的知识分子的选择。我们这一代人都是满怀激情的理想主义者，一个是建设祖国的巨大热情，一个是自我改造的高度自觉性，正是这两大激情使得我们年轻时候的最大志向，就是要到祖国最需要的地方去，到最艰苦的地方去，贡献自己的青春。因此，农村一直是我们认为可以大显身手、同时改造思想的广阔天地。当然，无可否认，这背后还存在着另一个理念，即“党指向哪里，我们就到哪里”。因此，在大学毕业时，当组织上分配我到边远山区贵州去时，尽管这多少有点惩罚的意味（因为我的“家庭出身”不好，自己又走“白专道路”），但我仍是欣然前往的，因为这是党的安排，同时想的是“好男儿应当志在四方”。后来，我并没有被分到农村最底层，而是在专区所在地的安顺教书，但一教就教了十八年，正是我从二十一岁到三十九岁的人生最美好的时光。但我并不后悔，因为我在中国的社会底层经历了大灾荒的年代与文化大革命的浩劫，说句夸张的话，我是与底层老百姓一起经受磨难的，并在这一过程中，对中国社会有了真正深切的了解，这几乎决定了我以后一生思想与学术的发展。老实说，我今天之所以如此关注一个世纪的知识分子“到民间去”的运动，要和同学们一起讨论，其最基本的原因就是在这十八年里，我与中国的底层社会建立了血肉的联系。尽管我在70年代末恢复高考以后，离开了贵州，来到北大这样的“最高学府”，但我始终以贵州作为北大之外的另一个精神基地，一直与之保持着密切的交往与精神联系。——顺便说一下，听说你们许多同学现在还与你们暑期去过的农村点保持着联系，我以为这是非常重要的，不管今后你们要做什么事，到哪里去，都不要放弃这样的精神根据地。

（五）“文革”时期：知识青年上山下乡运动

现在，就说到了文化大革命中知识青年那一代，大概就是你们的父母的那一代。他们是响应毛泽东的号召，半自愿、半被迫地到农村去的。这是上一世纪规模最大、影响最为深远的知识分子上山下乡运动。毛泽东说得很明确：“农村是一个广阔的天地，在那里是大有作为的”，“知识青年到农村去，接受贫下中农再教育，很有必要”。

毛泽东为什么要发动如此规模的上山下乡运动，是一个需要专门研究的问题；我想，其动因也是复杂的，除了解决文化大革命所积累起来的政治危机与就业问题这样一些现实的考虑外，也许还有毛泽东本人的类似新村运动那样的乌托邦理想（在文化大革命一开始，毛泽东就提出要把全国办成一所“大学校”，全民学工、学农、习武，批判资产阶级）。但我并不主张将这场运动过于美化、理想化。

有一个事实也是不能忽视的，就是当知识青年离开城市，来到农村，他们的思想感情的变化。记得我曾在一篇文章中引述过一位当年的知青说的一句话：我来到农村，“才知道了什么叫中国，才知道了我们的老百姓是多么地苦又是多么地好”；我说，这两个“才知道”，是非同小可的，无论对知青本人，还是对未来中国的发展，都是意义重大的。因此，到了“文革”后期，知青中出现了许多后来学者们所说的“民间思想村落”，决不是偶然的：一方面是林彪事件发生后，所产生的对长期被灌输的思想、文化观念的怀疑，另一方面也是在深入农村以后对“中国问题”的正视，就逼得这一代人“重新思考与估价一切”，包括重新思考“中国向何处去”这样一些根本问题。应该说，正是这些思考，为“文革”结束以后的“思想解放运动”与改革开放，奠定了思想基础，并作了人才的准备：今天活跃在中国政治、经济、思想、文化、学术各界的许多骨干，都有知青背景或到农村去接受再教育的经历，这是一个很值得重视的现象，他们在农村中所获得的各不相同的经验教训，对他们今天的观念与行动都有重要的影响，自然也会不同程度地影响中国的现实，以至未来。大批知青深入中国的穷乡僻壤，同时也引起了农村的变化，在不同程度上促进了农村的建设，也为以后农村的变革作了一定的准备，据我知道，“文革”结束后从农村开始的中国变革的推动者中就有当年的知青。因此，在一定意义上，可以说，当年大批知青深入农村，是对中国20世纪最后二十年至今的变革，产生了直接与深远的影响的。

（六）值得深思的两个“为什么”

我们的历史回顾，到这里就暂告一个段落。我们不难注意到两个重要的现象。一个是中国知识分子、中国青年“到农村、民间去”的运动是伴随着整个20世纪的中国历史的，这就是我上次在你们的总结会上，用多少有些文学化的语言说的，整整一个世纪，中国知识分子、中国青年可以说是“前仆后继”地奔赴农村，走向民间。这是为什么？另一个重要现象是，尽管知识分子每一次到农村去，都产生了不同程度的影响，但是，这样的影响大都是“雨过地皮湿”，于是，几乎知识分子每一代人的下乡，都要面对前一代人所面临的几乎相同的问题，即中国农村的政治、经济、文化的全面落后与贫穷状况没有发生根本的改变。这又是为什么？思考这两个“为什么”，我想，对我们今天重新走向农村，是有着重要的意义的。但今天也只能出这么一个题目，或许以后我们再来找一个机会，作更深入的探讨。

作为第六代人的“青年志愿者”
为什么要到农村去？

（一）我们需要农村

这就说到了今天我想和诸位重点讨论的问题：到了21世纪初，我们为什么要到农村，到民间去？这其实是你们开展“西部阳光行动”首先要想清楚的问题。和我们当年半被迫、半自觉地走向农村不同，你们有一个名称，叫作“青年志愿者”，但你们仍然属于“到民间、农村去”的谱系中的第六代：五四的先驱者是一代，30年代的共产党人与乡村建设派是第二代，延安的青年知识分子是第三代，我们这些五六十年代的知识分子是第四代，“文革”中的知识青年是第五代。那么，作为第六代人的“青年志愿者”，是在什么样的背景下，在什么样的历史驱动下,重新走向西部,走向中国广大的农村的?

我想了两句话——“我们需要农村”,“农村需要我们”,作为回答。——在准备这个讲话时,我对这两句话的次序作了点斟酌:应该把哪一句放在前面?最后决定,“我们需要农村”是首要的,第一位的。为什么今天的中国的大学生,中国的年轻一代中的一部分人,会觉悟到自己需要农村?在上次你们的总结汇报会上,有一个同学说了一句话,引起了我的长久思考。他说:参加这次“西部阳光行动”,“我们的生命多了一层底色”。我想,今天就从这“底色”说起。

在我前面的历史回顾中,大家可能会注意到,中国知识分子的“到民间、农村去”的运动,在上一世纪的八九十年代曾经中断了将近二十年。尽管如前所说,中国的改革开放,也依然是从农村开始的;但八九十年代,中国社会的主要流动方向是从农村走向城市,这其中就有大批的农民工。这时候,很少有知识分子,更不用说大学生关注到农村。

80年代大学里的主流思潮是“个性解放”,人们更关注的是自己个人的发展。这是可以理解的。我们那一代人经历了一个禁欲主义的时代,因此,当人们作历史的反思时,必然要着意地强调个人的价值、利益与权利,强调人的欲望的合理性、合道德性与审美价值。我当时在北大讲周作人的“自然人性论”,受到学生的狂热的欢迎,都是这种思潮的反映。而且我认为,在当时是起到了从禁锢下解放出来的作用的。而且在今天个人价值、利益和权利仍然在很多地方被漠视的情况下,个性解放的命题并没有完全失去其意义。也就是说,80年代思想解放运动的成果,今天不能因为出现了另一方面的问题而轻易否定。

所谓“另一方面的问题”,是指到了90年代,随着商业化与消费主义的盛行,出现了极端利己主义、实利主义、追求瞬间快乐的纵欲主义倾向,出现了所谓“自我中心”的一代人。这是许多人都感到忧虑的。但任何事情发展到极端，都会引起反思。在我看来，正是在这样的背景下，当代大学生中的某些人，大概也包括在座的参加“西部阳光行动”的年轻朋友，开始重新思考：我们需要什么样的“个人”，怎样的“个性解放”？怎样才能真正实现“个人的价值”？更进一步还要进行“人活着究竟是为了什么”这样的根本性的追问。

人们于是开始重新去考察，先驱者们所鼓吹的“个性解放”，它的真实含义是什么？这里，我想向大家介绍我所熟悉的鲁迅的思想。鲁迅有一个很重要的概念，就是“个”、“己”的概念；他认为中国传统中强调的是“类”的概念，即把人看作是家庭的人、社会的人、国家的人，却恰恰忽略了“作为‘个’(个体)的人”。但鲁迅同时指出，他所说的“个”、“己”，并非“利己主义的‘己’”；他批评那种把“个人的悲欢看作是整个世界”的狭隘的个人观。他所强调的“己”，是一个博大的概念，是与世间万物、与他人相通的大生命。他有一句名言：“无穷的远方，无数的人们，都和我有关。”就是说，整个人类，整个宇宙的生命，不仅是人的生命，而且包括大自然的生命，都与我有关。由此而形成一个观念：世界上还有一个人不幸福，我就是不幸福的；还有一个人不自由，我就是不自由的；还有一个人没有从被奴役的状态下解放出来，也就谈不上我个人的解放，至少说我的个性解放是不完整的。也就是说，先驱者所追求的个性解放，是包含着一种博爱精神，一种大悲悯、大慈悲的情怀的。

其实，这样的追求，也并不神妙，同学们这次暑假到农村去，就应该有这样的体会；当你看到农村广大的农民有病不能治，有的还挣扎在饥饿线上，看到许多农民的孩子渴望知识的眼光，你能说你是真正幸福的吗？你能仅仅为自己有饭吃、有书读就心安理得吗？当然，这决不是说，我们不应该谋求个人的发展与利益，鲁迅说，“一要生存，二要温饱，三要发展”，我们当然应该理直气壮地追求个人的生存权、温饱权与发展权；但同时，我们目中还要有他人，己之外还要有他者，而这个他者与自己是密切相关的，人既是个体的存在，还是群体的存在，因此，不仅要追求个人的生存、温饱与发展，还要追求群体的生存、温饱与发展，并在此基础上，建立起自己的人生理想、人生观。

这里，我想向大家介绍巴金老人的人生观。巴老今年已经一百岁了，那么，支撑他如此顽强地活着的人生目标是什么？他说了极其朴素的一句话："我愿意每张嘴都有面包，每个家都有住宅，每个小孩都受教育，每个人的智慧都有机会发展。"一颗炽热的心就为着这样的理想燃烧了整整一百年。这令人感动，更能给我们以启示。其实，在某种程度上，你们的"西部阳光行动"背后，也正是蕴含了这样的理想与价值观的。你们到农村去，自然是要寻求个人发展的更广阔的空间，是为了个体生命的更健全的发展，同时，也是为了对农民，特别是农村的孩子的生存、温饱与发展提供力所能及的帮助，在谋求"每个人、每个小孩、每个家"的健全发展中实现自我的价值。你们至少是用自己的行动向世人表明，中国的年轻一代，并不是只为自己活着的，你们有着更为健全的人生观、道德观、价值观，像巴金这样的老一代人的理想，正在你们的手中，得到继承与发展。而从你们自身来说，通过参加"西部阳光行动"，至少可以建立一个"心中有他人"的人生理念与人生理想，以此作为生命的底色，这对自己一生的健全发展也是意义重大的。

在我看来，新一代的志愿者到农村去，还有一个全球化的背景。我去年曾到贵州去，和当地的大学生谈到，在全球化的中国与世界，人的生命存在，有两种方式。一是"固守者"，即坚守在本土：从世界的范围，就是坚守在中国本土；从国内的范围，则是坚守在自己的家乡。另一是"漂泊者"，从农村到城市，从小城市到大城市，从国内到国外，总之是远离故土，到"远方"去寻求自己的发展。——当然，"固守"与"漂泊"是从来就有的；但在全球化的时代，全球性的流动成为越来越普遍的事实，“固守”与“漂泊”也就成为更为瞩目的生存现象。这两者之间，具体到个人，是可以变动与转换的；也不能作价值高低的判断：“固守”与“漂泊”都有自己的价值，同时存在着各自的危机。而两者的共同问题之一就是有没有“根”的问题。“漂泊者”离开本土，其实是很难融入你的新的栖居地的，我和很多到国外留学的学生都谈过，你即使取得了外国国籍，由于你的出生与成长背景是在中国，文化的差异是无法消弭的，在一些最深层次的生命与文化的底蕴方面，你是进不去的；你的生命的“根”还在你的本土。这就是为什么在国外生活了几辈子的华裔、华侨，都摆脱不了“寻根”情结的原因。但现在的问题是，在全球化的背景下，许多的年轻人，不仅其身体远离本土，而且在精神上对本土（本土上的文化，以及生活于本土的父老乡亲）产生了认知上的陌生感，情感、心理上的疏离感。这样，一边不能真正进入，另一边又主动疏离，这就成了悬浮的人，无根的人，这就构成了自我存在的危机。说严重点，也会造成民族文化的危机。固守者从表面上看，似乎不存在失根的问题；其实事情并没有这样简单，你天天生活在这块土地上，并不自然就认识这块土地，甚至也会产生认知上的陌生感，情感与心理上的疏离感。我就这样问过贵州的大学生：你认识你脚下的土地吗？

这就说到了我们所要讨论的问题，这是一个最简单、最基本的，却是最容易被人们所忽视的事实：生活在中国这块土地上的绝大多数人是农民，他们世世代代生养于此，并且辛苦耕耘于这块土地，正是中国的农村——土地上的房屋、河流与森林，等等，构成了一个永恒的存在；因此，不认识中国的农民和农村，不了解他们真实的生存状态，不懂得他们的思想、感情，不知道他们的要求、愿望，陌生于他们的文化，就很难说真正认识中国这块土地。在我看来，在过去的一个世纪，一代又一代的现代知识分子之所以这样“前仆后继”地走向农村，其内在的动因，就是要去寻求自己的生命之根。在这个意义上可以说,在新世纪初,你们的“西部阳光行动”,青年志愿者运动,实质上也是一个“寻根”运动,是在补你们生命历程中不可或缺的一课:重新认识你脚下的土地。当你和这块土地和土地上的人民建立起了某种精神上的联系,成为你生命记忆中的永恒,以此作为你的生命的底色,今后,你无论走向哪里,哪怕是远离故国、家乡,走到天涯海角,无论从事什么职业,你都是有根的,你都有一个精神的家园。

这里所提出的“你认识脚下的土地吗?”这个问题,不只是中国的年轻一代的问题,更是我自己的问题,是中国知识分子的问题。中国这块土地,中国普通人民的生存状态,正在发生书斋里很难想象的深刻的变化,也面临着空前复杂而尖锐的问题,而我自己,以及我们许多知识分子,对这些却知之甚少,了解一些,也是失之笼统,更缺乏深切的体验,我们事实上是越来越陌生于脚下的这块土地了。现在许多人都在谈论中国的学术危机、思想危机,在我看来,这或许是一个更根本性的危机。当然,这些年已经有越来越多的知识分子关注中国的农村问题,而且有一些学者也自觉地继承30年代乡村建设运动,开始了新的实验,对这些学者我是充满敬意的。你们的“西部阳光行动”也得到了杨东平先生这样的教育专家的支持,当我听说他在今年暑期与你们一起奔走于各个实验点时,我也是非常感动的。我由于年龄以及其他一些原因,不能直接参与你们的行动,但我愿意做你们的一个鼓吹者、支持者,因为我深切地感受到了年轻一代的行动对知识界、学术界、教育界的挑战意义。

这里,我要就对教育界的挑战,再说几句。为准备这次讲话,我在重读《晏阳初文集》时,注意到他所提到的一个事实:在30年代的乡村建设运动中,南开大学、清华大学、燕京大学、协和医学院四所全国最著名的大学成立了一个“华北农村建设协进会”。晏阳初先生对此作出了这样的评价:“现在有几个大学,他们也有决心打破传统的大学教育,走到乡村建设这条路上来……(这)可以说是中国大学教育史的新记录，大学教育的一大革命。农村建设运动是伟大的事业，必须以大学为基础，方能巩固。大学教育能走到乡村建设的路上来，比办几次识字运动、几个民众教育馆，其意义重要不知多少倍。有了大学源源不绝地培养农建人才，这运动才会发扬光大。”他并且表示了这样的信心与希望：“我深信有了华北农村建设协进会，也会引起全国大学教育改革的大运动。”

坦白地说，我看到晏阳初先生的这番讲话，思想上受到了极大的震动。我立刻想到当前中国的大学教育改革，包括我所在北大的改革，甚至也想到了我自己所写过关于大学教育改革的文章，在所有的大学教育改革的设想与实践中，乡村建设问题都没有进入我们的视野，我们从来没有想过中国的大学应该担负“培养乡村建设人才”的重任，我们的大学教育——恐怕还不只是大学，而且还包括中小学教育，我们的整个教育都严重地脱离了中国农村的实际，也就是脱离了中国最基本的国情，这难道不应该引起我们深刻的自省吗？

从这一角度看，我以为同学们所组织的“农民之子”、“乡土中国研究会”、“教育知行社”等社团，以及你们所开展的“西部阳光行动”，对当下正在进行的大学教育改革是具有启示意义的，可以说你们已经开了一个很好的头，希望有更多的响应者，引起更大的关注，而且不限于学生，能吸引更多的老师，特别是年轻教师的参与。或许有一天，中国的大学能够成为培养乡村建设人才的基地，这无论对乡村建设，还是对大学教育本身，都是具有重大而深远的意义的。

（二）农村需要我们

下面，我再来谈“农村需要我们”。先要谈在当下的中国，农村问题——人们通称为“三农（农民、农村、农业）问题”——的特殊重要性与迫切性。这个问题人们已经谈得很多，不过，我仍想再简要地谈三点看法。

在我看来，这是一个在中国的改革开放的关键时刻所提出的关系全局的问题。对从“文革”结束开始，已经进行了二十多年的中国的改革开放，可以总结为两句话：一方面是以经济为中心的各方面的建设事业，都有了一个大发展，这是有目共睹，并且举世瞩目的；另一方面则是出现了严重的两极分化，以及城市与农村、东部与西部发展的极度的不平衡，这就导致了中国社会结构中出现大批的“弱势群体”——这也是一个无可回避的事实。问题的严重性在于，弱势群体的贫困，不仅是物质的贫困，更是思想、精神的贫困，权利的贫困；而构成弱势群体的主体的又是农民与下岗工人，而他们正是社会主义国家的基础与主体：宪法明确规定，我们这个国家是“工人阶级领导的，以工农联盟为基础的”。国家的领导阶级与基础阶级陷入了物质与精神、权利上的相对贫困，这就意味着，国家的立国之基、立国之本出了问题。

而农民与工人又是为中国的改革开放、社会发展作出了最大的贡献（别的不说，单就农民工对城市建设的贡献，就是谁也不能否认的），付出了最大的代价（中国的企业改革就是以大批工人下岗为代价的，这也是有目共睹的事实）的，而他们所得到的社会分配额却最少，不能充分地享受改革开放与社会发展的成果，这就出现了严重的社会的不公，社会不平等的现象，这也就关系到了改革开放的道义性的问题。

以上两个方面，立国之基的问题，改革开放的道义性问题，都是根本性的问题。我们说中国的改革开放到了关键的时刻，到了发展的十字路口，就是说，我们现在面临着两种发展的方向与可能，一是继续听任两极分化的发展，扩大富人与穷人的差别，城市与农村、东部与西部之间发展的不平衡，其结果自然是灾难性的，是谁都不愿意看到的；另一个努力方向，就是认真地实实在在地而不是口头地形式地，彻底地而不是表面地，来解决两极分化的问题，发展不平衡的问题,这样,改革开放就有可能走向健康发展的道路。

而如何解决两极分化的问题,也有两种思路,一是重走“杀富济贫”的路,那就会形成历史的循环,这恐怕也是谁都不愿意看到的。——当然,对用非法手段暴发致富,应依法追究,这并不是“杀富济贫”。另一条思路就是国家从制度、政策上向弱势群体倾斜,扶植弱势群体、农村与西部地区的发展。农村建设问题就是在这样的背景下提出来的;记得30年代的农村建设运动的发动者曾提出过这样的命题:“农村改造就是国家重建,国家重建就是农村改造。”在我看来,我们现在也面临着“国家重建”、“文化重建”的根本任务,而农村改造与建设就是其中的一个关键环节。

在这样的背景下,李大钊在五四时期所提出的理念,就具有了特殊的现实的意义:“(农民)他们若是不解放,就是我们国民全体不解放;他们的苦痛,就是我们国民全体的苦痛。”我以为,我们今天尤其应该明确地提出:农民不富裕,就谈不上国家的富裕;农民没有充分享有民主、自由的权利,就谈不上国家的民主、自由;农民没有根本改变愚昧、落后的状态,就谈不上国家的文明;农民没有从种种束缚下解放出来,就谈不上国家的解放。应该以这样的观念与追求,作为我们建设现代国家的基本理念与目标。

人们所关注的当下中国的另一个重要而迫切的问题,是推动政治民主的问题。许多朋友都在鼓吹政治民主改革;我所关心并要追问的是,中国的政治民主改革的基础在哪里?在这个方面,我觉得李大钊当年所提出的问题,也有着特殊的现实意义。坦白地说,我一直有一个远忧:如果中国的社会底层的状况,农村的状况,没有一个根本的改变,中国真的有一天实行了许多朋友渴望的普遍的选举,将是一个什么局面?说不定会走向我们追求的反面。我的忧虑,是基于我对中国当下社会基层状态、农村状况的一个观察:中国的一些基层、农村(当然不是全部)已被“红、黑、黄”三种势力所控制:所谓

"红"是指滥用权力的腐败分子,所谓"黑"是指黑社会,"黄"是指农村高利贷者,这三者的勾结形成了盘根错节的关系网,有的地方已经达到了"针插不进,水泼不进"的地步。

而另一方面,广大的底层老百姓,特别是农民,尽管所处的地位决定了他们有着内在的民主诉求,但是他们没有受过现代科学文化与现代民主政治教育,缺乏公民意识与公民训练,远没有根本摆脱不觉悟的状态。我这里有一份北师大农民之子学会提供的青年志愿者的农村调查报告,里面提到了"农村贫困中,更为根本的是精神贫困":"农村的基础设施已经破坏殆尽,各项公益事业如明日黄花,科技进步成为空中楼阁,医疗卫生也是纸上谈兵,青壮年和有些知识文化的劳动者绝大部分流失,农村已经没有可以推进自身进步的人才",这种情况下,"农民已经变得越来越懦弱、颓丧,失去了最起码的战胜困难的勇气、决心和意识,完全没有了自信力","目前的农村已经如同一盘散沙,缺少必要的凝聚力;与此同时,基层政府除了要粮要款、刮宫流产之外,什么事情都做不了。基层的整合能力基本丧失,靠基层政府和现有农村组织的力量根本无法再把农民凝聚起来"。农民精神的贫困化与农村组织力、凝聚力的丧失,这两个方面的问题,如果得不到根本的改变,中国一旦实行普遍选举,就会出现李大钊所说的那种状况:城里乡下的"积下了许多罪孽金钱"的流氓与强盗,就会纷纷打着"民主"的旗号,"欺骗乡里的父老",这些人凭着选举进入各级权力机构,民主政治就会从根本上变质。这并非危言耸听,中国这样的事情发生得实在太多了,呼唤多年的改革真的到来时,会很快就变质。这就是鲁迅所说的,"每一新制度,新学术,新名词,传入中国,便如落在黑色染缸,立刻乌黑一团,化为济私助焰之具"。因此,如果我们不认认真真、实实在在地去做打破"染缸"、改变社会基础的工作,"深知民众的心,设法利导,改进",我们的改革,包括政治民主改革,就会像鲁迅说的那样,成为“沙上建塔”。

在我看来，乡村改造与建设就是这样的改变社会基础的工作，它包括前面已经介绍过的四大教育，文（化）艺（术）教育、生计教育、卫生教育之外，还有公民教育，同时也要大力推行乡村民主建设，建立乡村民间组织，推动村民自治，以至县政改革等等。当然，这些基础建设是社会根底的改造，会触及既得利益集团的利益，也会与千百年来形成的习惯势力发生冲突，因此它的艰难性是空前的；而且这也必然是一个漫长的历史过程，是需要几代人才能完成的，绝非一日之功，也不能一蹴而就。但我们又不能坐而等待，只能从眼前所能做的事做起，从一点一滴做起，最重要的是要迈出第一步，而且尽可能迈得坚实一些。

如果以上的讨论能够成立，那么，我们就可以得出这样的结论：当下中国最重要、最迫切的两大问题，无论是解决两极分化，发展不平衡的问题，还是推动政治民主改革，其关键都在农村的改造与建设。

这样的改造与建设，当然主要依靠农民自身的力量（这是我们在下面还要详加讨论的），但同时需要有大批的知识分子，也包括知识青年，到农村去给农民以切实的帮助，因为我们今天所要从事的乡村改造与建设，归根结底是一个现代科学、民主运动，一个现代“立人”运动，在这个意义上，它与五四新文化运动是存在着内在的精神联系的。它必须以现代科学知识、现代民主思想作为指导，作为依托，而这样的现代新思想、新文化、新知识、新技术是农村所没有的，所以，“农村需要我们”。

而如前所说，“我们也需要（或者说更需要）农村”，这样，到了新世纪初，又重新产生了“有理想、有献身精神的知识分子与渴望改变农村面貌的农民相结合”的历史要求；新的青年志愿者运动，你们的“西部阳光行动”也就这样应运而生。

(三)“青年志愿者”:世界范围的理想主义者的运动

我还要说一点,这样的志愿者行动,这样的乡村改造与建设运动,并不只是限于中国,在某种程度上,这是一个世界范围内的运动。大家知道,西方、日本等发达国家都有许多知识分子与年轻人从事志愿者的活动,其范围非常广,思想、文化背景也很不一样,其中就有不少人在中国从事各种“扶贫”、“环境保护”的活动。这些志愿者有一个共同点,就是他们都是理想主义者,某种程度上可以说,志愿者行动就是一个理想主义者的运动。我想,中国的青年志愿者行动也是如此。这也是一个国际现象:西方国家、东方国家的知识分子,发达国家、发展中国家的知识分子,经过了一个世纪的风风雨雨,大家心中的“上帝”都死了,都面临一个“理想重建,价值重建”的任务,“今天还要不要坚持理想主义,如何坚持?理想主义者的出路在哪里?”这都是全球性的思考问题、全球性的话题,也是全球性的实践课题。据我所知,日本的“新村运动”是一直坚持到现在的。志愿者行动也是这方面的一种努力与尝试。我不否认,我自己也是这样的理想主义者,而且我称自己是不可救药的理想主义者;我想,在座的许多年轻的朋友恐怕也是新一代的理想主义者,我们今天在这里讨论“到农村、民间去”的问题,其实就是两代理想主义者的对话,也是在讨论理想主义者的出路问题。

(四)乡村建设与改造:发展中国家的国际运动

至于乡村改造与建设运动,则主要发生在发展中的国家,是发展中国家、东方国家知识分子所关注的问题,因为我们之间有着比较接近的文化背景,相类似的问题与追求。上一世纪40年代中国乡村建设运动的先驱者晏阳初先生,早在50年代就把他在中国定县实验的经验推向全世界,在他的推动下,建立了国际平民教育运动委员会,成立了国际乡村改造学院，他还先后协助菲律宾实行乡村改造三年计划，协助亚洲的泰国，拉丁美洲的危地马拉、哥伦比亚成立乡村改造促进会，这样，乡村改造与建设运动就成了一个发展中国家的国际性运动，晏阳初先生也被誉为“国际平民教育之父”。

记得前几年《读书》等杂志曾经介绍过印度一些知识分子已经开展了几十年的乡村建设运动，并且在喀拉拉邦进行了卓有成效的实验。在我看来，发展中国家的乡村改造与建设运动除了自身的意义之外，还是一个寻求不同于西方社会的东方民族国家的现代化道路的自觉尝试。最近我读了一个农村调查报告，题目叫《屯堡乡民社会》，这是《中国百村经济社会调查》的一个子项目。——我当年在贵州的一批学生、朋友这些年一直在贵州安顺屯堡作调查与实验，这是一个阶段性的成果。关于他们的这份报告，以后有机会我还要作专门的讨论。这里只讲一点：他们通过对屯堡乡民社会的调查，提出“乡镇工业和农业产业化并非农村发展的唯一选择”，“屯堡乡民社会核心家庭经济结构与乡村旅游、综合农业、传统农村工业、副业、手工业的现代改造的亲和力和可融性，向我们昭示了在经济领域传统资源与现代经济运作的另一种农村经济发展的模式的可能性。动辄单一的集约化、上规模、高科技取代人力投入的农业产业化，并不一定适合像黔中这一类喀斯特环境特征的农村发展，其经济结构的要求也与原有基础之间存在着断裂性的横沟”，而他们由此而得出了这样一个认识：“在传统和现代之间，并不存在不可跨越的鸿沟，相反，利用内涵性资源，可以稳定而积极地进行乡村重建，建设成熟的乡民社会即是在传统与现代之间进行建设性的建构，而不是非此即彼的狭窄选择。”当然，这些认识都是可以讨论的；但我从中似乎看到了与当年梁漱溟类似的思路，即是强调在中国的乡村现代化建设中，如何利用中国传统的乡土资源，走出一条既吸取了西方现代化建设中的成功经验，又有别于他们的中国自己的乡村建设、现代化发展的道路来。这同时又是一个现代民族文化的重建的过程。或许这也是我们正在进行的乡村改造与建设的更深层次的目标与意义吧。

我们怎么做?

最后要讨论的是“我们怎么做”的问题。这或许是在座的同学们最为关注的问题。而在这个问题上，我恰恰是最没有发言权的，因为我没有任何实践经验。我所能谈的，只是从历史资料中看到的历史经验；此外，也有上次听了同学们的经验总结，引发的一些思考。

（一）“我们不是包打天下的英雄”

我想，首先要解决的是“我们能够发挥什么作用”的问题。先介绍晏阳初先生总结的“乡村改造运动的九大信条”：“一，民为邦本，本固邦宁；二，深入民间，认识问题，研究问题，协助平民解决问题；三，与平民打成一片；四，向平民学习；五，与平民共同商讨乡建工作；六，不持成见，当因时因地因人制宜；七，不迁就社会，应改造社会；八，乡建是方法，发扬平民潜伏力，使他们能自力更生是目的；九，言必行，行必果。”这里，有两个概念很值得注意：一是“自力更生”，一是“协助”。晏阳初先生对此有更详尽的阐述，他指出：“农民是乡村改造的主力，知识分子回到农村去，不是包办代替，而是启发教育农民，激发调动他们的主人翁意识，培养他们自发自动的精神。”为此还提出了一个“发现、发明、发扬”的“三发”原则：“发现是指我们与劳苦大众朝夕共处中发现了蕴藏在他们身上的无穷伟力；发明是说我们发明了开发人矿、脑矿的平民教育与乡村改造的一整套理论和方法；发扬则是说我们的整个系统旨在发扬民力、发扬人格平等的精神。我们不是包打天下的英雄，我们不是解放众生的基督，我们只是广大平民的朋友，乡村改造的事业没有千百万劳苦大众的自觉参与,是一定不能成功的。”

（二）我们和农民应该建立什么样的关系

这里明确提出,知识分子与农民的关系是“朋友”的关系,是一个非常重要的命题,可以说是对“到民间去”运动历史经验的总结。知识分子到农村去,首先遇到的就是这个与农民的关系问题。而最容易发生的又是两种倾向:或者是以救世主的姿态,包打天下,把农民当作“救济”、“施恩”的对象,这是一种英雄主义、贵族主义的态度;或者将农民理想化,将农村小生产的生产方式与生活方式美化,把自己置于被改造者的地位,这是我们前面一再提及的民粹主义的倾向。这都是对知识分子与农民的真实关系的扭曲。而现在提出“朋友”的概念,即是强调知识分子与农民都具有各自独立的价值,却应该相互补充,相互支持。只有在这样的科学认识的基础上,才可能建立起一种平等的、健康的关系。

我们今天重新走向农村,对历史上曾经发生过的前述英雄主义、贵族主义与民粹主义的倾向应该保持必要的警惕。但今天的年轻人大概很难再有救世主的姿态,一般也不会将农民作为自己的崇拜对象。可能出现的是另外一些表现形态,这就是我想和同学们讨论的两个问题。

（三）先锋、桥梁作用和瞬间永恒效应

有的同学对自己到农村去所做的工作的效果期待太高,因而很容易感到失望,甚至对工作的意义与价值产生怀疑。这也是一种理想化的表现。这里所提出的问题,是如何恰如其分地确立我们的工作目标。我们在前面已经讲过,中国的农村问题极其复杂,乡村改造与建设更是一个长期的综合工程,需要动员各方面的力量,需要几代人的持续努力。而且正如当年的乡村运动者已经意识到的那样,知

识分子到农村去主要是进行实验工作，这就需要得到政府的支持，实验成果的推广，更是“非借政府的力量，政治的机构不可”，说到底，乡村改造与建设应该是政府的工作，民间的介入只能起到一个促进、协助的作用。而诸位作为大学生，力量更是有限，而且又是短期活动，因此，不能产生你所期待的明显的，甚至是轰动的效应，这都是可以预料的。

但也并不是劳而无功，青年志愿者所能发挥的作用，是毛泽东所说的“先锋与桥梁”的作用。由于你们的敏感，能够敏锐地感受时代的要求，首先觉悟到农村问题的重要，并且首先行动起来，这就能够唤起社会的关注，形成某种舆论：这就是“先锋”的作用。由于你们的热情与活力，你们就能够作为一个“桥梁”，把各种力量动员、协调起来。这方面的作用，是绝不可小看，绝不可低估的，我们在下面再展开讨论。

据我的观察，你们的工作往往会产生“瞬间的永恒效应”。在上次汇报会上，许多同学都谈到，你们到农村去，反应最强烈的是那些农村的孩子，特别是一些女孩子，他（她）们几乎被你们所迷住，因为你们给他们带来了一个全新的“远方”世界。从教育的角度说，对远方的未知世界的好奇与向往，是一个人的创造性生命的原动力，它带给人们的是一个美好与神圣的瞬间。一个人，特别是在童年时期，有或者没有这样的美好而神圣的瞬间记忆，是大不一样的。我曾经说过，教师的意义与价值，就是成为孩子童年记忆中美好而神圣的瞬间，我称之为“瞬间永恒”，有的时候是真的能够影响孩子的一生的发展的。在我看来，青年志愿者留在农村孩子的记忆中的，也是这样的美好与神圣的瞬间永恒。

而且这是双向的：农村、农民、孩子，也会在你们的生命中留下美好与神圣的瞬间记忆，这对你们自身一生的发展，也是至关重要的。我在前面已经说过，这是关于人的生命之根、精神家园的记忆，有还是没有这样的生命底色，也是大不一样的。在这个意义上，我认为，青年志愿者到农村去的主要作用与价值，是体现在促进自身的健全发展。我甚至想，每一个城市里长大（或许还应该包括在农村长大的）青年学生，都应该到农村去生活、服务一段时间，哪怕只有一次、两次，这是人的成长历程中不可或缺的一课。

（四）低调的、理性的理想主义

回到我们这里所讨论的到农村去的效果、作用问题上，我想，是不是可以总结为两句话：有效果，有作用；但又是有限的。从这一点出发，我提倡一种“低调的、理性的理想主义”。首先是坚持理想主义，同时又理性地估计与正视理想实现的有限性。我对自己做的每一件事，包括这次来演讲，都赋予理想的色彩，将其视为实现自己的理想追求的一个实际步骤，同时又不对其有过高的期待，用我最喜欢说的话，就是将其效果估计为零点零零零几，但又相信它是正数——是正数，这就够了。这背后，其实是包含了鲁迅先生所提倡的韧性精神的，就是认准一个目标，就不计效果地、不问收获地、持续地、一点一点地做下去。既清醒于个人作为的局限，又相信历史合力的作用，也就是鲁迅所说的，“地上本没有路，走的人多了，也便成了路”。

（五）如何看待农民

现在再来谈第二方面的问题，就是如何看待农民的问题。很多同学在去农村之前，对农民，以及农民对自己的工作的反应、态度，有许多设想、预期，结果一接触农民，一接触农村实际，就发现满不是那么一回事儿，于是，感到失望，以至迷茫。这或许就是理想与现实的矛盾吧。

问题可能正出在你的设想、预期，也就是你的理想的想象上。记得胡风有一个著名的观点：我们实际所接触的“人民”、“农民”，“并不是抽象的概念，而是活生生的感性存在”，“他们的精神要求虽然伸向着解放，但随时随地都潜伏着或扩展着几千年的精神奴役的创伤”。他强调：“世界上没有只有阳面没有阴面的事物，抛弃了阴面，阳面也一定要化为乌有，即所谓‘观念化了’的东西”，而且所谓“阳面”与“阴面”实际上又是难解难分地纠缠在一起的。比如说，我们通常说农民在沉重的劳动与重重压力下，常表现出一种坚韧与善良，而这样的坚韧与善良又是以安命、认命的哲学为其内容的。你能用“优点”、“缺点”这类的简单的二分法、“快刀切豆腐的方式”来加以区划吗？胡风说得很好：那种“只要‘优美’的人民，而不要带着精神奴役创伤的人民”的“理想”固然“纯粹”而“美好”，却不过是心造的幻影，在现实面前，是一定要碰壁的。我想，胡风的这一分析是能够给我们以启发的：有些同学对农民感到失望，是不是因为多少存在着这样的“心造的幻影”呢？

另一方面，还要看到，农民由于长期受到压力和欺骗，他们是不轻易相信别人（特别是“城里人”），更不随便将心扉向他人敞开的。鲁迅就谈到他与“闰土”之间的“隔膜”，并为此而深感苦恼。同学们是新一代的年轻人，大概不会有鲁迅这样浓重的“隔膜”感；但知识分子与农民，要真正成为“朋友”，也必然有一个相互认识、磨合的过程，在这一过程中，“设身处地”地理解对方，也许是格外重要的。

这里讲到“相互认识与磨合”，还有一个问题，尽管我们受到了现代教育，有现代民主、科学思想，但应该意识到，我们本身所受的教育也有很大的弱点，就是我们常常是脱离中国实际的，我们对中国自身的传统，特别是乡村的民间传统更是隔膜的；如果我们不结合当地的实际，不考虑传统资源的利用，只是一味地简单搬用我们书本上学到的知识教条，那就会碰壁，甚至帮倒忙都是有可能的。在这个意义上，向自己的农民朋友学习也是非常重要的，相互给予，又相互学习，这样才可能真正地形成良性的互补。

（六）在“苦痛的沉默”中“沉潜十年”

讲到这里，我又想起了鲁迅的一段话。那是在1925年的五卅运动时，许多青年又提出了“到民间去”的口号，鲁迅的反应却相当冷峻。他说，如果青年真的去了民间，回来以后，最好将“自己的心情”与对自己的“力量”的认识，和当初在北京“一同大叫这一个标语”时的心情、认识比较一下，而且“将这经历牢牢记住”，“那么，或许有若干人要沉默，沉默而苦痛，然而新的生命就会在这苦痛的沉默里萌芽”。

据我的观察，参加了暑期实践活动的同学中，恐怕也有“若干人”正处在“苦痛的沉默”里，其中一个重要原因就是当初你们在北京报名、喊口号时，对农村、农民的想象，对“西部阳光行动”及其效果的想象，与你们真正下去以后的实际效果与感受，产生了距离。而我要说的是，这正是抛弃对农民与农村虚幻的想象，直面真实的农民与农村现实的严酷的一个契机，正是需要经历这样的“苦痛的沉默”，才可能真正地认识中国，认识脚下的这块土地。

当然，“沉默”以后，有的同学会作出另外的选择，这应该受到尊重——年轻人的人生之路，本应该是多元的，而且最后很可能是殊途同归。但同时也会有些同学因此而“沉潜”下去：沉潜到民间、底层，沉潜到生活的深处，生命的深处，历史的深处。我给很多同学都写了这样四个字：“沉潜十年”。我认为真正有志气的青年，应该把目光放远一点，不要迷惑于眼前的一时一地之利，更应该摆脱浮躁之气，真正有力量、有自信的人是不会去追求那些表面的炫目的浮光的。“沉潜十年”必然是“苦痛的沉默的十年”，而“新的生命就会在这苦痛的沉默里萌芽”。无论个人，还是国家、民族，都是如此。

还有的同学向我谈到了他们的孤独。这，我是理解的；而且我还要进一步说，孤独正是理想主义者的宿命。于是，我又要说三句话。第一句话是：正因为孤独，你就必须坚持。我经常劝同学们要学学大侠的“定力”，要排除一切干扰，不为周围的环境、气氛、舆论、时尚所动，气定神闲，我行我素。第二句话是：要尊重他人不同于你的选择，千万不要因为孤独而陷入“众人皆醉，唯我独醒”的孤芳自赏。这也是我的一个基本信念：在多元化的世界，只要是依靠自己的诚实劳动去实现自己的追求的选择，都有价值，都应该受到尊重。还有第三句话：尽管在自己所处的环境中，或在整个人口比例中占据少数，因而感到孤独，但仍要相信，天下自有同道者，而且由于中国是一个大国，志同道合者的绝对数量并不少，因此，我一直主张中国的理想主义者应该采取各种方式，相互合作，相互支持，在整体的孤独中创造一个“吾道不孤”的小环境。在某种程度上，“西部阳光行动”，甚至包括今天的沙龙报告会，都是这样的相濡以沫的努力。

（七）我们可以做的三件事：乡村教育，信息建设，帮助农民组织起来

以上所说，依然是观念、认识的问题。下面再更深入地讨论一下青年学生到农村去如何发挥“桥梁”作用的问题。这方面，同学们的实践已经提供了一些经验。

在上次汇报会上，我特别注意到四川分队的同学谈到他们协助组织“老年人协会”、“村民文艺队”，建立“村民活动室”的经验，这背后其实也有个理念，就是把农民组织起来，推动、协助建立与发展农村各种类型的民间组织，让农民自己管理自己，以自己的力量解决自己的问题，这其实应该是乡村改造与建设的根本。

在前面提到的调查报告中，就提到了同学们开展支农活动的认识过程：随着对中国农村问题有了越来越深切的体认，就逐渐将工作的重点放在了解决农民精神贫困与帮助农民进行组织化建设这两个重点上。我的贵州朋友写的《屯堡乡民社会》报告里，也将

“扶持与引导农村公共组织，发挥其作用”看作是一个“发展农村公共空间”的问题，在他们看来，这是“重建乡村社会的依附力，维持村落稳定，完善村民自治，实现乡村民主，遏制基础权力腐败的重要途径”。

这都是极其重要的思路，这实际上就是提出了一个如何在农村建立现代社会的问题。记得中国农村改革的老前辈杜润生先生曾经提出，要使农民获得三大权力，即经济发展上的更大的自由与自主权，政治上发展乡村民间组织的权力，以及平等的受教育权，这其实就是要使农民真正成为现代公民，也就是马克思在《共产党宣言》里所说的“自由人”。这既是农村改造与建设的根本，又是中国社会建设的基础。

这当然是一个长期的战略目标，但又是可以具体实践与操作，是我们能够做的。根据同学们的经验，我以为可以做三件事：一是协助乡村教育的发展，除了文化、卫生教育、农村经济教育之外，一个重要方面是公民教育，使农民真正获得以个人自由和自觉的民主参与、权利与义务的统一为核心的公民意识，做到陶行知先生所言：“对公共幸福，可以养成主动的兴味；对公共事业，可以养成担负的能力；对公共是非，可以养成明了的判断。”其二，帮助农民进行农村信息建设，宣传政府的政策法规、法律知识，传播农业科学技术：能否及时获得各种信息，这也是现代公民的一个基本权力。正如同学们所说，“在城乡分割的二元体制下，农民获得信息的渠道狭小”，这就极大地限制了农民的独立、自由发展，是当下中国农村亟待解决的问题。据说经过青年志愿者的努力，现在全国已经建立了200多个“大学生农村信息传播站”，以后还准备建立“农村—高校”信息传播渠道：在这方面发展的余地是相当大的。其三，就是协助农民组织起来，发展各种类型的乡村民间组织。而根据同学们在实践中摸索的经验，这三方面的工作，最好是在某些条件相对成熟的实验点上集中进行，这样比较容易取得实效，并获得经验，以便推广。前面说过，在20世纪30年代，当时全国曾有过1 000多个实验点，今天完全有条件有更大的发展。如果这样持续做下去，八年、十年、几十年，就会逐渐地实实在在地改变中国农村的面貌。

（八）注意发动三种人的力量：农村能人，地方文化精英，当地学生

当然，话又要说回来，在这个大的历史性工程中，青年志愿者所能发挥的作用是重要的，特别是开始阶段更是巨大的，但同时也是有限的。主要的作用还是充当“桥梁”。在这个意义上，有几个分队谈到的“发动当地骨干与回乡大学生参与”的经验，就很值得注意。我由此想到了大家到农村去，应该注意发动“三种人”的力量。一是农村里的“能人”，这几乎是每一个村子里都有的，有的是村子里的干部，有的在村子里有着实际的影响与号召力，有的则是村子里的边缘人物，却有着活动的潜力。这些能人有较强的变革的内在要求，比较容易接受新的事物，通过外出打工、参军、读书等途径对外部世界已经有了接触与了解，因此较容易与同学们沟通，而他们的能量又比较大，在某种程度上，农村的改造与建设正应该主要依靠他们。另一类是地方上的文化人，他们中许多人都是80年代的大学毕业生，基本上集中在县城里，或掌握了一定权力，是地方新闻、卫生、教育、文化部门的大小领导，或是地方名人，既有改革开放的意识，又有实力与影响力，你们应该努力获得他们的指导与支持。最后，你们这样的大城市里的青年志愿者还应该和地方院校的大学生们，县中学的学生们结合起来，不用说，你们之间会有更多的共同语言，而他们由于是本地人，自然比你们更容易深入农村。而且从长远来说，农村的改造与建设还是要依靠本土的知识分子。你们所能起到的还是一种促进的作用。

（九）历史呼唤新一代乡村建设人才

今天的聊天实在太长了。最后，还想说一点希望。在我看来，青年志愿者参与农村改造与建设有两种方式。大部分人恐怕都是“走马观花”式，是短暂的有限的参与，这样的参与其主要意义与价值，还是前面所说的青年自身的健全发展。不能要求大家都长期地到农村去，这是不现实的；我的想法很简单，只要能去，去一两次，走一走，看一看，都比根本不与农村接触要好。但我仍希望你们中的一部分人，能进一步发展为“深入式，扎根式”，献身于乡村改造与建设事业。这其实也是30年代乡村建设运动倡导者的理想，他们提出要“以学术立场去建设乡村”，要实现“政治学术化，学术实验化”，这就需要专门的乡村建设人才。中国的农村需要什么样的乡建人才呢？先驱者们提出了五条标准：一，要有“本国的学术根底”；二，有“科学的知识技能”；三，有“创造的精神”；四，有“吃苦耐劳的志愿与身体”；五，有“国家和世界的眼光”。应该说，这是一个相当高的标准，这也正说明，中国的乡村改造与建设是一个关系“国家与世界”的命运，具有高度“学术”性与“科学”性的，富有“创造”性的，需要“吃苦耐劳”的艰辛而伟大的事业，是可以当作自己的事业，并且值得为之献身的。可以说，到了新世纪初，历史正呼唤着新一代的乡村建设人才，同学们用行动作出了自己的回应。第一步已经迈出，我们应该冷静下来，认真总结经验，作更深入的思考，使我们以后的步伐，迈得更加坚实、有力。我的讲话完了，谢谢大家。

2001年11月12—14日、16日、18—20日写，29日定稿。

十五、为生命给出意义

——谈“静悄悄的存在变革”*

主持人给我定的题目是“好人要联合起来做好事”，这是教育家杨东平教授提出来的。这里有三个概念：“好人”、“联合”、“做好事”。“好人”就是一些理想主义者，“联合”就是组织起来，就像“为中国而教”这样，“做好事”，就是做公益的事。我今天的演讲想把这样一个命题深入一步：为什么要联合起来做好事，这对我们自身有什么意义？所以我要讲的题目是：“为生命给出意义”。

我们所面临的生命存在危机

为什么要提出这个命题？因为当下中国的老百姓、青年、知识分子都面临一个生命失去意义的问题。我们的讨论就从这个问题开始：我们面临怎样的生命存在的危机？

这就需要谈到我们所生活的时代，诸位成长的背景：你们是在中国经济高速发展，极度强调以个人为中心的时代中成长起来的。这本无可厚非，但一旦将它绝对化和唯一化，即把经济的发展、物质的享受、个人的发展，变成唯一的追求，生活中的全部，就会产生严重后

---

* 2013年7月20日在“为中国而教”培训班上的讲话。

果：把人变成纯粹物质化和个人化的经济动物，这是对人的本性和生命存在的扭曲和异化。在我看来，这就是中国当前的问题所在：人的欲望不加节制地极度膨胀；对个人利益的追逐，成为人活着的唯一动力。社会对人的评价就看他能不能赚钱，能赚钱就有一切——地位、美女、荣誉等；不能赚钱，就什么也不是。生命存在的危机就是这么造成的：当人仅仅为钱、为欲望活着，缺少精神的支撑的时候，不仅会因为生活遇到挫折，物质欲望得不到满足，而感到生命的无价值；反过来经济富裕了，有钱了，也会觉得生活空虚，产生生命的虚无感，失去活着的动力。不论是穷人、富人都觉得活着没有意思。这是把生活绝对物质化、个人化的结果。这是一个后果，而另一个后果是当个人利益成为人与人之间连接的唯一纽带和尺度，人际关系便会变得冷漠，会产生和他人隔绝的孤独感。当人觉得自己的生和死都与他人、社会无关，甚至没有人需要或者关心自己活着时，也会丧失活着的动力。

我们现在面临的，是一个能不能让我们自己，以及子孙后代，有意义地、健康地、快乐地活着的问题，这关系着民族现实和未来的生存，实在非同小可。

针对这样的危机，我们应当针锋相对提出一个正面命题：让我们有意义地、健康地，快乐地活着！这应该是我们的目标。关键是要有意义：生命有了意义，生活就快乐；只有活得有意义，身心的健康才有保证。这就是我们今天要讨论的第一个问题。

由自己来赋予我们的生命以意义

紧接着的第二个问题是：如何赋予我们的生命以意义？怎样寻求这样的有意义的、快乐的、健康的存在方式？

鲁迅先生曾经说过，青年人有各种各样的，有睡着的，玩着的，醒着的。对睡着的玩着的，生命意义不是问题，因为他们觉得睡着玩着就是意义。但是，那些醒着的青年，因为不满意、不满足现有的生命存在方式，于是，就要寻求新的生命意义。诸位大概就是这样的醒着的，或将要醒着的青年，你们千里迢迢前来，就是寻找生命的意义。鲁迅说，觉醒的青年最喜欢"寻导师"。诸位听我这个老头子演讲，大概也是希望我凭借自己的人生经验，告诉大家：生命的意义在哪里？

我的回答是：我也不知道。更准确地说，我也在寻找。即使找到了路，也只是适合我自己，没有把握，也不敢向诸位推荐。怎么办？鲁迅先生有句回答："青年何须寻找那些挂着金字招牌的导师呢？不如寻朋友，联合起来，同向着似乎可以生存的方向走，你们所多的是生力，遇见深林，可以劈成平地的，遇见旷野，可以栽种树木，遇见沙漠，可以开掘井泉的。"鲁迅的意思很明确：无须去寻求他人，由自己来赋予我们的生命以意义！如果觉得力量单薄，那就"寻朋友，联合起来"。这就是我一开始就说的"好人联合起来做好事"，也为自身的生命寻求意义。

从改变自己的存在开始

我们再把讨论深入一步，提出第三个问题：我们已经联合起来了，应该从哪里入手，从哪里开始？

这是我们这样的志愿者公益组织，首先需要思考的问题。我认为应该确立一个基本的指导思想：从改变自己的生活开始，从改变自己的存在开始，以建设你自己，作为建设社会的开端。

这就需要谈到当下中国社会，特别青年一代普遍存在的焦躁、牢骚和怨愤的情绪。坦白讲，我和大家一样面临很大的困境：不满，但又无能为力，就陷入一种胶着的状态，焦躁、牢骚、怨愤，就这样与日俱增，难以解脱。这里，确实存在一个矛盾：中国的问题，大家看得越来越清楚，最关键的是必须进行体制的改革。但是我们普通学生，普通老师，又几乎很难参与体制的改革。但我们又不能只发牢骚，无所作为。怎么办呢？就从改变自己的存在做起。我们就按照自己认定的价值观念、道德观念，自己行动起来：在这个追逐物质享乐的消费社会里，我们这一群人尝试物质简单、精神丰富的生活方式；当许多人奉行极端利己主义，拒绝任何社会责任和承担，我们这一群人尝试利己利他、自助助他的新伦理；当许多人奉行将他人视为敌人的丛林法则，进行残酷的你死我活的生存竞争时，我们这群人尝试着把他人当作兄弟姐妹，志愿服务；在这个充斥着谎言的社会里，我们这群人努力地部分生活在真实里，等等。整个社会我管不了，但我自己或我们这一群人却可以反其道而行之，这是可以做到的，只是看你做不做。

这样一种思想理念和行为方式，显然是另类的，在现实中我们是孤独的，我深信在座的诸位，在你周围的同学和朋友眼里，你们都有点傻，包括你们千里迢迢地跑到北京，听我这种傻教授讲傻话，这本身就是不合时宜的。因此我们需要聚在一起，要寻找同行者。但我们所做的事，是有巨大的意义的，这一点，我们心里是有数的。不然，我们就不到这里来了。

意义在哪里呢？首先，我们的追求本身就是一种独立意志的表现。我们是在现有的框架内加进一个异数，成为一种“第二文化”，“第二教育”，“第二结构”，“另类生存方式”。这本身就具有非同小可的意义。因为我们所做的一切是符合人性发展的要求的，因而具有内在的力量，现在又组织起来，形成集体的力量。只要我们做得好，就会对我们周围的人产生吸引力，我们的队伍是会逐步扩大的。刚才沈先生提到，“为中国而教”开始只有六个人，今天发展到一百七十人，就因为六个人做的事，本来就是符合人的生命发展的内在要求的，这种要求在大多数人那里是潜在的，甚至是被蒙蔽的，现在少数先行者突破重围，做成功了，就会产生唤醒、激发的效应，会有越来越多的人愿意参与。我们对自己的工作要有两个估计：我们是先行者，开始会很孤独的；但从根本上我们又是有力量的。我们要有自信。对不理解的、反对的人，不必和他论争，而是用行动来说服他。我相信我们所做的事会像滚雪球那样，不断扩大，从改变自己的存在，到改变周围朋友的存在，最后，就会形成改革社会的力量。

改变存在，就是道德重建、价值重建与生活重建

那么，我们又要追问：这里说的“改变存在”是什么意思？其内涵是什么？

我认为包含三个重建：第一，道德重建；第二，价值重建；第三，生活重建。我们要建立一个新的道德理念、新的价值观念、新的生活方式，这应该是我们公益组织、志愿者组织的三大目标。[1]

我们的目标：“幸福地度日，合理地做人”

我们的志愿者，实际上在实践这三种重建：道德重建——我们就在实践利己利他的新伦理，志愿者工作，当然是利他的服务，但首先是利己的，在参与公益事物的过程中实现自己的个人价值，达到利己和利他的平衡。价值重建——志愿者追求与实践的，就是简单的物质生活和丰盈的精神生活的结合。生活重建——城市里的学生到农村支教，本身也是重建生活方式。我们是在这三大重建里，改变了自己的存在，建立一种新的人性秩序。鲁迅对这样一种新的人性秩序、新的生命存在，有一个概括，叫作“幸福地度日，合理地做人”。我觉得说得非常好，所谓幸福、合理，就是一种平衡，在物质与

[1] 以下具体论述，因有专文讨论，故删。参看《“我们”中的“我”，“我”中的“我们”》与《和志愿者谈生活重建》等文。

精神、个人与社会、城市和乡村、脑力劳动和体力劳动……之间取得平衡。我觉得可以把“幸福地度日，合理地做人”作为志愿者的座右铭。

而且我还要强调，这样的“幸福地度日，合理地做人”的理想是现在就可以实现的，是每个人都可以做得到的。不是为了美好的明天，而是为了美好的今天；不把希望寄托在渺茫的未来，而是现在就要实现。我把这样一种改变自我和周围存在的变革，称为“静悄悄的存在变革”。——这是我们今天的讨论里所提出的另一个重要概念。

志愿者公益组织的两大原则

要实现“静悄悄的存在变革”，在我看来，有两个关键，这也是志愿者的公益组织必须坚守的两条基本原则。

（一）坚守“自发性和内发性”

一是坚守“自发性和内发性”的原则：不是别人要我这样做，是我自己要这样做；它发自我内在生命，不是出于外在的强制或诱惑。这种内发性和自发性，是志愿者组织的本质：既然称为“志愿者”，最重要的就是要“志愿”。应该说，这本来就是不言而喻的；但我却要如此着意强调，是不是无的放矢？不是的，这是隐含了我的一种忧虑的，出自我对志愿者运动的长期观察。在中国志愿者运动刚刚出现时，我就和它发生了联系。当时的志愿者组织并没有被公开承认，生存在合法与非法之间的灰色地带，随时都有被取缔的危险。因此，参加志愿者活动，至少是无利可图的；像我这样的知识分子与之发生联系，是有一定风险的。在这样的情况下，参加和支持志愿者运动，只能是出于自己的理想与信念，完全是发自内心的。但是如前面所说，志愿者运动是自有其生命力的，随着它的逐渐发展，影响力越来越大，就逐渐被承认，不但合法，而且被纳入到学校、有关组织的体制内，甚至用行政命令的方式，规定每个学生都必须参加公益活动，作为考核的标准之一，和学生的利益直接挂钩，这就出现了官办公益组织，完全失去了其原有的民间性与志愿性（自发性与内发性），从根本上变质变味了。于是，就出现了如何区别"真、假志愿者"和"真、假公益组织"的问题；区分的标准，就看是否坚持民间性，坚持志愿性：自发性和内发性。

这样，获得合法性，被国家、政府和社会所承认，并获得越来越多的来自各方面的支持，这是大好事，也是历史的进步；但内外两方面都可能带来新的问题，甚至孕育着某种新的危机。对外而言，主要是如何处理和政府、国家的关系，既要争取支持，又要防止权力的控制与利用。在内部，则提出了一个思想建设与组织建设的问题。志愿者运动，在得到政府的承认和社会的广泛认同以后，就逐渐成为一件时髦的事情。这时候，人们参加志愿者活动的动机就不像受压制的早期那样单纯，尽管在主体上还是出于理想主义的追求，但难免要夹杂着个人的私心杂念，更有的是随大流而加入的。出现这样的情况本身并不奇怪：任何群众组织、群体运动都不可能纯而又纯。但又必须正视问题，其中一个方面，就是要提高每一个志愿者的自觉，以坚守志愿者公益组织的基本原则，首先是我们这里讨论的志愿性即自发性和内发性。

（二）扬善抑恶

接着问题就来了：如何坚守这样的自发性与内发性？我们在下面会有更深入的讨论；这里先谈一个基础性的方面：要坚守人的善良本性。这又涉及对人性的认识。其实每一个真实的具体的人，比如在座的张三李四，也包括我自己，总是并存着善与恶的人性因子。

没有纯粹的善人，也没有纯粹的恶人。善人心中也有恶。因此，人既非天使，也非恶魔，而是善恶并存，就有了多种发展的可能性：或向善，或向恶，或徘徊于二者之间，呈现出非常复杂的状态。关键就在于你所在的社会、群体，它能不能扬善抑恶。一个好的社会、好的群体，总是扬善抑恶的，把人内在的善的人性因子发扬出来，把内在恶的因子压制下去，但不可能彻底消灭。人们身处其中，就会自觉、不自觉地，或者说自然而然地显示自己人性中最美好的部分，调动起内心善的因子，并以善相处。反过来，当这个社会、这个团体是扬恶抑善的，这个社会、团体就出了问题。现在中国的最大危机，就是人与人之间常常以恶相待。我们的志愿者组织，包括你们的"为中国而教"，就在这样充满戾气和恶意的社会环境、氛围下，显示了特殊的价值：你们的最大功能和作用就是扬善抑恶。每一个参加"为中国而教"活动的朋友，一进入你们精心营造的精神空间，就会把自己人性中的真、善、美全部释放出来，那些私心恶念就没有了藏身之处。就以今天的会场气氛而言：我在这里目光闪闪地演讲，为什么目光闪闪？因为我在尽情地释放、展现我内心最美好的东西；我看到，诸位也在目光闪闪地听讲，因为你们内心最美好的东西也被唤醒、展现。这样，我们彼此以真、善、美相互交流、激励，就形成了一个充溢着真、善、美的精神空间。我们所要做的，就是让这样的精神空间不断扩散，最后把"为中国而教"，把所有的志愿者公益组织都建设成一个扬善抑恶的生命共同体，以达到每一个成员人性的升华、生命的净化。——这应该是我们的努力目标；这也是我特别看好志愿者公益组织的原因：它寄托着我的人性理想。

谈到扬善抑恶，还涉及一个在集体里如何和周围的人（同学、同事）相处的问题。我经常收到年轻朋友的来信，埋怨和同寝室、同班同学处不好关系，很苦恼。我在回信中通常提出两点建议。首先要对周围人（每一个具体的人）人性的善与恶都有一个正确的认识和把握。就是前面所说的，既不要幻想每个人都是纯粹的好人、善人，也不要把每个人都看成恶人。对于你喜欢的人，要看到他的弱点，甚至恶的方面；对于你讨厌的人，也应该看到他的优点，善的一面。这一点很重要。我就发现很多同学，特别是女同学，对周围人的看法总是趋于极端。在最初彼此相好的时候，就把对方理想化，怎么看也舒服，不愿离开；一旦因为某件事，或者某种原因，突然发现了对方的恶，就怎么看都不顺眼，非分手不可，甚至彼此心存怨恨。其实，就像我们前面所说，每个人都是善恶并举的。因此，与人相处，首先要心里有数，对每一个具体的人，他人性中的善与恶的两方面，也就是我们通常所说的优点与缺点，都应该经过细心的考察，有一个客观的、全面的、清醒的认识与估量。其次，在心里有数之后，又要以善相处，最大限度地发挥自己的善意对人，同时最大限度地看到对方的善意，这样才能建立起彼此的信任。这也是扬善抑恶。但是有一条，一旦发现这个人的道德品质有问题，比如告密、打小报告，那你最好远离他，但也不必和他对抗。在我看来，“心里有数，以善相待”应该成为志愿者公益组织处理人与人关系的重要原则。在公益活动中，人和人之间的信任感是最重要的。

（三）行动性：“想大问题，做小事情”，“能做什么，不能做什么”

以上的讨论，都集中在志愿者公益组织的“志愿”（自发性、内发性）原则，其实还有一个重要原则，就是“行动性”：每一个人都去做普通人应该做，而且可以做的事情。这几乎也是不言而喻的。但细细追究起来，也没有这么简单。这里我想讲两个问题。

一个就是我经常提的，要“想大问题，做小事情”。首先是想大问题，像我们今天所讨论的，人的生命存在、道德重建、价值重建等等这些都是大问题。大问题，要解决的是我们做事情的动力问题、方向问题。这一点，很重要，万万忽视不得。据我的观察，志愿者朋友刚开始时，都有一种新鲜感，干得很起劲；但日子一久，新鲜感没有了，每天面对的，都是一个又一个没完没了的、具体的、琐碎的小事情，做着做着，就心烦了，觉得没有意思了，即使还在做事情，也是按照惯性，机械地做着。这是什么问题？就是动力不足，缺乏方向感，原因就在对大问题思考少了，关心少了。小事情必须是为大问题管着的，小事情背后必须有大理想追求作为支撑，对社会、人生的大关怀作为底气。因此，每回和志愿者朋友交谈，我都要提醒大家，一定要关心国家大事、世界大事，一定要广泛地读书，思考社会、人生的大问题，不要做忙忙碌碌的事务主义者，要做思想者，要抬头望路。但另一方面，路又在脚下，大问题必须落实到我们所做的每一件具体的小事情上。这是我们这些志愿者和那些只发牢骚，什么事也不做的空谈家不同的地方，志愿者组织绝不是空谈俱乐部，我们是做事情的，是做公益事业的。我们要将坚持目标（想大问题）和落实为行动（做小事情）结合起来，将思想者与实践者统一起来，在二者的张力中寻找更为健全的思考与行为方式。——这是我们的特色，也是我们的优势。

其二，在行动中必须要考虑一个问题，就是要认识到你的行动的有限性，自身能力的有限性。我知道很多到农村支教的同学们，去之前都雄心勃勃："我一定要把这个村子的教育状况根本改变过来。"这是其志可嘉，其勇可佩，但是做法不可行。因为你很快就会失望，发现实际情况远没有你想象的那样简单，理想与现实的落差太大，就很难坚持下去了。因此，我想对你们提一个建议，到了一个地方，先要充分了解情况，然后区分三种情况：哪些事情是我立即可以做的，就是说，主客观条件都具备了，就等着自己去做；哪些事情是应该做，但是条件不具备，需要经过努力，创造条件后再去做；哪些事情，在相当一段时间里，都是做不了的，那就不做。要认清楚，自己能做什么(包括创造条件后可以做的),不能做什么。这既是对客观条件的清醒认识,也是对主观限度的清醒认识,我们的志愿者行动必须建立在这样科学的、实事求是的分析和认识的基础上。我们要做清醒的行动者,而不是盲目的行动者。

(四)慢而不息,边打边玩

这就需要有鲁迅所强调的“韧性精神”。要知道,要改变中国农村面貌、改变中国教育面貌,不是你想做就能做到的,它需要很多主客观的条件,是一个长期的事情,用鲁迅的话说,要几代人才能做成。因此我在和大陆、台湾的志愿者交流时,经常都要讲几条扫兴的话。第一,像诸位这样的理想主义者,永远是少数,因此我们一个人要做在常规社会里几十人,甚至几百人做的事情,你的孤独的局面将长期继续下去。第二,要做好充分的思想准备:不仅我们这一代,连在座的各位都看不到,中国农村教育、中国教育、中国社会的根本改变。我们的改革目标,是需要几代人连续奋斗才能实现的,这是真正的百年大业。因此你只能只顾耕耘,不顾收获。就像在上一届培训班演讲里,我说过的那样,我们的任务是播下种子,可能有局部的收获,但不可能有你想象、希望的那样巨大的收获。第三,你的付出和你的收获,绝对不成比例。你付出了百分之百的努力,收获的是零点零零零几。我对我自己做的事情也是这样估量的,我做什么事情都很卖力,但我很清楚,我费九牛二虎之力去做的事情,效果却很有限,我唯一欣慰的是,效果是正数,零点零零零几也是正数,而非负数,这就足够了,甚至是很了不起了,值了。一定要以这样的心态去做事情。我是有意识地向诸位,以及所有听我演讲的人,泼冷水,特别是各位热情高涨的志愿者,更需要泼点冷水。冷静下来了,把最坏的结果,都想清楚了,还要干,这时候就是真干。在各种鲜花、鼓掌声中去做事,这没什么意思,你是坚持不了的。为成功而干,弄不好,就会变成假干、虚干。

我们需要的真干、实干，最大的特点是“慢而不息”。这是韧性精神的精粹。首先是“慢”——中国的事情必须慢，只能慢，心急吃不了热豆腐。但又要“不息”，不停息，不放弃，任何时候、任何情况下，都在干。这就需要把你所做的努力变成日常的生活习惯，我叫“边打边玩”。鲁迅曾经说过，你饭不吃觉不睡拼命干，只能坚持一天一夜；但是你一边干，一边谈恋爱，一边看小说，一边玩，你大概就可以坚持一年、两年，一直干下去。我曾经讲过，人大概有三种活法。一种是“只玩不打”，其实你们同学中的大多数都是只玩不打，你们很熟悉，不用我多介绍。另一种是“只打不玩”，这样的一味苦干的献身者，现在已不多见了，他们的精神很可贵，但做法却可商榷，其中也有许多历史的教训。还有就是“边打边玩”——这是我推荐给大家的方式，是我认为的志愿者应有的活法。我们既然有理想，选择了志愿服务，当然就不能“只玩不打”；但我们又清醒于我们要做的事绝非一日之功，需要长期坚持，就必须“边打边玩”，把我们的奋斗努力常态化，成为日常生活习惯。我自己就是这么干的：每年都要看准时机，发表一两篇非常厉害的文章，通常引起巨大反响，有人欢喜，有人骂，还有人怕，这是挺开心的事。发完文章我就不管了，我从来不看网上对我的评价，我去玩了，去旅游了，我刚刚从宁波旅游回来。以后，看时机成熟就再发一篇。边打边玩，何其乐哉。对我来说，做事情和玩是一回事，都是自我生命发展的需要，这样就能长期坚持。大家这回到农村去，千万不要这样想：我这两年牺牲了，豁出去了，这样是坚持不了的。你到农村也是去玩的，大家不要回避“玩”这个词，“玩”就是一种享受，享受生命的意义与快乐。因此，到农村服务也是“玩”，到大自然中，到乡村生活里享受自然之美，人情、人性之美，也是“玩”，这是可以也应该统一的：“边打边玩”是志愿者的活法，是我们生命存在的方式。

“静悄悄的存在变革”的意义

刚才我们说了很多悲观的话、极端的话，但是话说回来，也不要低估我们的工作。这种从改变自己存在开始的静悄悄的存在变革，从个人来说，是把命运掌握在自己手里；对社会来说，则是社会变革的基础和开始。这是一种自下而上的变革。我经常说中国的改革，必须是自上而下的改革和自下而上的改革相结合。所谓自上而下的改革，就是国家利用政府权力来进行改革；自下而上的改革，就是在权力之外，民间力量推动的改革。以国家为动力的改革，和以民间为动力的改革，相互补充又相互制约，这才是一条健全的改革之道。而我们现行的改革却是跛足的：基本上是自上而下的改革，它不仅单一，而且极容易被掌握权力的既得利益者所把持，从而失去群众基础；并且用行政手段强行推动，必然带来形式主义，甚至借改革之名，损害民众利益，激化官民矛盾。这些年大家看得越来越清楚的改革弊端，是跟这样的单一的自上而下的改革动力和路线直接相关的。

这些年我为什么这么热心地致力于民间运动的建设，推动“静悄悄的存在变革”，坦白地说，是有一种战略考虑的，就是要推动自下而上的改革，发展民间的、权力之外的草根运动，这对改变中国改革的结构，加强改革的民意基础和民间监督，促进中国改革健康发展，是非常关键的一个环节。我们决不要低估自己的工作的意义：这是决定中国改革和中国未来的命运的，而且我们要牢牢地把命运掌握在自己手里。也就是说，我们的眼光不要只向上，把希望寄托在“清官”身上，而要眼光向下，看到自己的力量。

当然，就目前的实际情况而言，我们的力量还是极其微弱的，我在前面已经说过，我们每个人都处在孤独的状态。但你还要看到和你一起努力的人不止你一个，也不止“为中国而教”这样一个团体。我最近看到一个统计数字，全国现在登记的公益组织已经达到四十万，我们算一笔账：假设每个公益组织参与的成员是三十人，这样乘起来就是一千二百万人。每个公益组织活动的受益者，我们假设也是三十人，这样就也是一千二百万人。也就是说，全国有一千二百万人在和我们做同样的工作，同时有一千二百万人因我们的工作而受益，但实际上远远不止这个数。如果这两个一千二百万的力量能够持续下去，并且持续壮大，几年、十几年地坚持下去，那确实会产生很大的影响，其作用是不可估量的。我常说中国最大的优势就是人口多，虽然像我们这样的理想主义者在中国人口中所占的比例极小，在你所在的学校里可能就你一个人，或者三五个人，几乎微不足道，但是绝对量并不小，是数以万计，十万、百万计的，而且我们已经或正在组织起来，形成群体的力量。你们看，我们今天就是济济一堂，看看坐在你身边的这些志同道合的朋友，心里会鼓起阵阵热浪：原来“吾道不孤”！

而且，我们还要看到，我们的志愿者公益活动，我们推行的“静悄悄的存在变革”，所做的改变自己和周围的存在的努力，是一件改变社会基础和每个人的生存状态的工作，是具有一种根本性的意义的。最近许多人都在讨论中国改革的设计，特别是顶层设计；许多人都把改革的重心，放在上层建筑的改革、体制的改革上，这都很有道理，特别是中国这样的体制，以上层建筑的改革为突破口，是很自然的选择。但如果把这样的改革设计推向极端，认为在体制改变（而且是根本的改变）之前，其他什么事都不能做，做了就是改良主义，甚至有害，那就只会把改革的路走窄，由于种种原因不能参与上层建筑改革的人就被排除在外了，更会遮蔽一些重要问题。李大钊先生曾强调民间底层社会的改革和变动，是“根底”和“源泉”，是抓住了要害的。也就是说，上层建筑的变革必须以社会基础的变革为支撑，上层建筑变了，基础没有变，不仅不牢靠，还有变质的可能。我还想起鲁迅的一句话："大约国民如此，是决不会有好政府的；好的政府，或者反而容易倒。"(《通讯》)中国的危机，不仅是体制的危机，更是国民性的危机，人的道德、精神的危机。我经常说，"教育的危机是更为根本的危机"，强调的就是我们今天的教育培养出什么样的人，是要决定中国未来命运的。以上这两个方面，恰恰正是我们这里讨论的"静悄悄的存在变革"的重心所在：它最关注的，一是社会基础的变革，改变我们身边的社会生活的存在，重建新的社会秩序，二是改变每个人的生命存在，重建新的人性秩序（道德重建、价值重建、生活重建等）。这都是带有根本性的。

当然，这样的"静悄悄的存在变革"又是自有局限的：主要是它是在上层建筑没有发生根本变化的前提下进行的，只是在现有的框架内加进一个"新数"，这就注定了是不可能彻底的，会有许多的妥协与遗憾。我们前面一再强调它不可能根本改变社会面貌，原因就在这里。这正说明，上层建筑的变革与社会基础的变革，社会制度的变革和建设与国民性、人性秩序的改造和建设，是应该相互支持、补充，缺一不可的。而在现实的实践里，每一个人只能根据自己的主客观条件，参与其中的一个方面，作出自己的努力与贡献，同时又清醒于自己的选择的有限性。"静悄悄的存在变革"之所以值得推广，就因为它几乎是每一个普通人都能做的，而且是现在就可以局部实现的。它是理想主义的，同时又是低调的、静悄悄的，它不公开摆出挑战的姿态，也不大肆炒作、宣扬自己，而是实实在在地体现在我们所做的每一件具体的小事情上。这是它的特色，也是它的力量所在。志愿者公益组织所从事的这样的静悄悄的存在变革，从一开始就是以年轻一代为主体的，这表明，它是面向未来的，它追求的不是一时之成效，而是着眼于中国和世界的长远、持续的发展。

志愿者公益组织自身的建设问题

正因为是着眼于长远、持续的发展，就应该更着力于自身的建设。“为中国而教”成立五年了，最初的草创时期已经过去，现在应该进入一个队伍建设的新阶段。其实，我们今天前面所讲的，都是关于志愿者公益组织的思想建设的一些根本问题。不过，为了将讨论再深入一步，我还想讲两个问题。

（一）“责任”、“信仰”、“意义”

我们前面讲到，志愿者公益组织的自发性、内发性，是自有人性基础的，是出于人的善良本性，用同学们的话来说，就是出于爱心。现在，我又要补充一句：仅凭人的本性，仅有爱心，又是不够的；它应该提升为一种理性的精神，由本性的驱使，进入更自觉的追求。为此，我想为公益组织提出三个概念：第一责任，第二信仰，第三意义。

首先是“责任”。我一开始就说过，在我们这个社会里，已经形成一种伦理、道德观，就是将个人欲望置于一切之上。我们要反抗这样一种精神状态，我们要建立新道德、新价值、新生活、新人性秩序，要反其道而行之，将责任置于欲望之上。这个责任也可以叫承担，具体地说，就是“三承担”。其一是对自我生命的承担和责任。我记得一位老先生说过一句话：你不要在乎别人怎么看你，怎么评价你，重要的是你自己怎么看自己，你自己的行为对不对得起你自己。要对自己的生命负责。其二，是对自己所从事职业的责任和承担。诸位是做教师的，那么你们要对教师这个职业有一种使命感。我们是不是可以说三句大话：我的学生不能离开我！我的学校不能没有我！中国的教育不能没有我！你有没有这样的胆识和使命感？应该有！当然有人会觉得你狂妄；其实这并不是夸大个人的作用，而是对自己从事的教师职业，对学生、对学校、对中国教育的一种自觉承担。其三，对社会、历史、民族，以至世界的承担和责任。我对全国的中小学教师演讲，就说不要小看我们教师，现在全中国最有名的人，那些国家各部门领导人，那些企业界、教育界、学术界的大款、大腕，哪个没有接受教育，哪个不是我们教师培养出来的？我们的教学怎么样，就可以决定中国的未来，你要有这个责任感。国家、社会、民族的未来，是掌握在我们手中的。你不得不有一种神圣感、使命感。

这样的"三承担"，应该成为公益组织的基本原则，我们没有自己独立的利益，而仅有对国家、民族、社会，也是对自己的责任感。

其二是"信仰"。责任感、使命感，只能产生于一种自觉的信念与信仰，而不是别人的指令或影响。我曾经说过，要使为他人、为社会服务成为一种习惯，在任何时候，只要发现有人需要，就会志愿去服务，而不是参加志愿者活动时，处在集体中就积极活动，在组织活动之外，个人独处时就不服务了。仰赖于集体、环境的责任感，不是真正的责任感，甚至可以说是一种依附于集体的盲从。这里的关键，是你的志愿服务，是出于信念与信仰，还是出于一时之兴趣，跟随着大家做好事。这是盲从的志愿者和具有独立自主性的志愿者的区别所在。

其三是"意义"，这是信仰的核心。这就回到我们今天演讲的主题上来，为什么要好人联合起来做好事，就是在这个过程中，建立起自己的信仰，给自己的生命存在寻找某种意义，也就是寻找活着的理由，寻找有意义地、快乐地、健康地活着的理由。不仅自己要有意义地、快乐地、健康地活着，也要让支教的对象，我们的学生，有意义地、健康地、快乐地活着。它是从内向外扩张的过程，从创造个人的存在意义开始，去影响周围的人创造各自的存在意义，最后为社会的存在创造意义；而他人意义、社会意义的寻求与创造，又反过来深化与强化自我生命的存在意义。这也是一个创造个人与创造社会的往返良性互动的过程。

（二）公民的培育和建设

公益组织建设的另一个方面，就是把我们的组织建设成一个新的社会组织。诸位大学毕业参加了“为中国而教”的活动，实际是进入了另外一个大学，即公民大学。我们的理想是要在全中国建立起一个新状况，那么就从我们的身边开始，首先把我们的组织变成一个新的社会组织，把自己变成一个公民。现在“公民”这个词讲烂了，其实不是你宣称“我是公民”，你就是合格的公民，没有那么简单。不仅有公民权利，还有如何行使公民权利的问题，这就有公民意识、公民伦理、公民行为方式等一系列的问题。公民也是要训练的，我们的志愿者公益组织的一个重要任务，就是要进行公民训练。

公民训练主要有两条。一条要真正实现民主，真正实行民主的、公开的原则。为什么提这个问题？因为我发现有的公益组织在外部的压力减少以后，内部矛盾就凸显出来，有的甚至维持不下去了。原因之一，就是缺乏真正的民主，出现了权力过度集中，监督不足，管理机构行政化、官僚化，以至腐败的问题。这其实是社会的腐败向民间组织的腐蚀与渗透。这是应该引起高度警戒的。于是，公益组织内部的民主建设的问题，就被凸显出来。这里不仅有民主理念的建立，更有民主制度的建构问题。在这方面，大家都没有经验，需要长期的试验。

第二条，必须强调自我管理、自我控制和自我约束，这应该成为公益组织的一个原则。这自然也是有现实针对性的。公益组织内部矛盾的凸显，不仅是因为民主的缺失，还因为参加公益组织的人，在某种程度上都是一些与周围世界格格不入的特异的人，个性都非常强，这些各有主见的人聚到一起，如何相处就是个大问题。我听说一些公益组织内部吵得一塌糊涂，就是因为彼此之间不相容，各有主张，各行其是。这就需要强调自我管理、自我控制和自我约束。民主不是你想做什么就做什么，这是一个团体，需要相处，你必须和别人合作。我们就是要学会相互对话，彼此尊重，学会互助，学会宽容、妥协，这都是公民组织必须遵循的原则，公民意识、修养的必有之义。作为公益组织的一个成员，大家不仅要充分发挥个人的主观能动性、积极性和创造性，还要善于和别人合作。自我生命的意义，并不完全在于个性的张扬，那只是自我生命意义的一个方面；不可或缺的，还有互助精神、包容胸怀、谦虚品格的培育、发扬。为自己生命寻找意义的一个重要方面，就是要不断实现自我生命的完善和提升。而这样的完善与提升，又必须在群体的和谐共处，相互吸取、补充中完成。这样，群体意识、团队精神就显得特别重要。一定要珍惜自己的群体，学会在群体中成长。希望大家经过了这几年“为中国而教”的志愿者工作的锻炼，走出群体之后变成另一个人，至少在你身上有新的东西、新的因素，这样你的两年支教才不是白过。我期待着，以后还有再见面的机会，那时候，就不是今天这样听我一个人讲，而是由你们讲，我来听你们讲述：参与农村教育改革、农村社会变革的故事，以及如何在改变社会的过程中改变自己的故事。那将是更为丰富，也更精彩的。

谢谢大家耐心地听完我如此冗长的讲话。

十六、我的两个提醒

——和“农民之子文化发展中心”的青年志愿者的谈话*

参加今天这个研讨会，我有很多的感慨。我和北师大的“农民之子”的关系，已经有七八年了。“农民之子”是1998年成立的，那时候就和我有联系。但当时，“农民之子”还是艰难的，发生了一些后来的参加者很难想象的事情。因此，我要支持“农民之子”，也受到很大压力。鲁迅早就说过，这是一切改革事业和改革者必然的遭遇。在开始阶段，总要受到限制。但改革事业是有它的内在生命力的，压是压不住的，“农民之子”也就一步一步地发展、壮大起来。于是，我们就有了更多的合作。我多次应邀来演讲，以至北师大成为我退休以后来得最多的一所大学。而其中最成功的合作就是“首都打工子弟学校学生首次作文竞赛”，那次活动产生了不小影响。慢慢地，“农民之子”的名声也越来越大，突然有一天，我在电视上得知，北师大的“农民之子”成了一个典型了。我真是既喜且忧。喜是因为“农民之子”终于走出困境，被社会所承认了，这正是我们当年一起奋斗时所期待的，有了社会承认和支持，我们就可以做更多的事情，吸引更多的人参加。但坦白地说，我高兴之余，同时就有了忧虑。我立刻想起了当

---

* 2007年4月28日讲。

年鲁迅关于“革命的命运”所说过的一番话。他说，“庆祝，讴歌，陶醉着革命的人们多，好自然是好的，但有时也会使革命精神转成浮滑”，“革命的势力一扩大，革命的人们一定会多起来”，一些根本没有革命信念的人也会参加进来，“这样的人们一多，革命的精神反而会从浮滑，稀薄，以至于消亡，再下去是复旧”（《庆祝沪宁克服的那一边》）。鲁迅还讲过这样的意思，对支持者要有分析，有的是真支持，有的是反对改革者的另一种手段：压不住了，就作出支持的姿态，“咸与维新”了，改革成为一种时尚，就有可能变形、变质；因此而可能出现许多问题，产生某种弊端，于是就会有人打着“纠偏”的旗号反攻倒算，而且是“改革一两，反动十斤”。正是鲁迅的提醒，使我对“农民之子”的命运，有了一种也许是多余的忧虑。在我看来，得到承认、支持，意味着草创期已经结束，就走到了一个十字路口，或者坚守自己原初的理想、追求，同时充分利用新出现的有利条件，进行新的探索，求得新的发展；或者在大发展中逐渐模糊，“稀薄”了自己的理想、追求，“以至于消亡”，或者“名存实亡”。我甚至想到了和“农民之子”的关系，我觉得自己的任务只是“雪中送炭”，而不是“锦上添花”，现在既然有许多人关心，我就可以退出了。——我对“农民之子”这样的青年志愿者的组织的活动的参与，完全是个人性的，因此，是可进也可退的。

或许是因为有过这样一些考虑，因此，当我得知，“农民之子”的一些老社员，在大学毕业以后，仍不忘自己的理想与追求，还要坚持下去，因而组织了你们这个“农民之子文化研究中心”，并且还像当年一样，关心打工子弟，为他们开办“节假日学校”，进行“自然教育”的新的探索，我是非常高兴的，因为这正是我所期待的。同时，你们这样几年如一日地持续关注打工子弟的做法，也让我感动。在我看来，我们每一个人，包括青年志愿者组织所能做的事情是有限的，就应该抓住一两件事，把它办好，而且坚持三五年，十数年，积以时日，就会有成效，这也就是鲁迅倡导的韧性精神。我今天到你们这里来，就是为了表示我的支持，如果你们还需要我做什么事，我也愿意尽力。

我也由“农民之子”想到了青年志愿者的遭遇。尽管今天不同程度、不同形式的压制依然存在，但总体来看，已经过了草创期，得到了学校和社会的广泛认同，甚至也出现了“时尚化”的倾向。政府、学校提出了许多鼓励性政策和措施，给志愿下乡支教支农者以许多优厚待遇，还实行了“村官”制度，实际上是试图发动以国家为主导的志愿者运动，有的地方甚至出现了对民间自发的志愿者的排斥。对这样的新情况、新问题，必须引起高度重视。这里存在着一个困境：志愿者的民间社会运动，如果得不到政府的支持，几乎是寸步难行，因此，如何与政府部门保持理性的合作关系，在现实的制度框架下，如何与政府机构展开有效的、建设性的互动，就是每一个志愿者组织和个人必须面对的问题。而我要强调、提醒的是，在谋求这样的良性互动时，必须坚持自己的独立性和主体性。我经常对青年志愿者说，你们必须时时想到：“我是谁？我要做什么？我要达到什么目标？”有三个东西是必须坚守的，就是我们的“志愿性”、“民间性”，以及“站在农村弱势群体这一边，实实在在为大多数农民谋利益”的基本立场。如果这三条守不住，我们就可能被同化，面目模糊化，以至独立性的丧失。而坚持“我要做什么”，同时也内含着“我能做什么”、“我不能（理念不允许和能力不允许）做什么”的问题，这也就形成了自我约束和自我限制，既不能超越现实可能性去做我们力所不及的事，也不能对现行体制下青年志愿者在农村建设中所能发挥的作用，有过高的估计和期待。既要坚持原则立场和独立性，又要有自我限度意识，既要保持我们的自我主体性，又要保持自我调节的功能，这样才可能有一个持续、健康的发展。

我给致力于农村建设事业的青年志愿者的第二个提醒，是要时刻反省自己：我们给农民究竟带来了什么？这里我想给在座的年轻朋友讲一个电影故事，一个文学故事。首先是姜文导演和主演的《鬼子来了》：一个僻远的山村，老百姓与世隔绝地在那里平平静静地生活了几百年、几千年，战争“来了”，日本鬼子“来了”，八路军“来了”，后来国民党也“来了”，老百姓分不清这些人有什么区别，但他们却按照本性，一律善待这些外来者，但却遭到了日本鬼子“以怨报德”的屠杀。战争结束了，战争中真正的牺牲者——中国的农民却偏偏被遗忘了，那土地上的青青坟草，早就被历史的叙述所淹没、省略了。

另一个是被称为现代文学中的“乡下人”沈从文写的《长河》里的故事：抗战开始以后，湖南省国民党政府派数千学生到农村去推动“新生活运动”（很有点像今天的“新农村运动”，其意也在推动农村的变革）；小说写的就是消息传到湘西以后农民的反应。小说选择一个“老水手”作为观察视点，是很有深意的，因为老水手曾走南闯北，是农村中见过世面的人，对外界事物比较敏感，因此，他对“新生活”“来了”，是既喜且忧的：他期待着“来了”会给他的家乡带来新的变化，但历史的经验却又使他满怀忧虑，因为这些年来，先是共产党“来了”，闹革命；后来又是国民党“来了”，镇压革命。老水手因此担心：这一次“新生活”“来了”，结果会怎样？值得注意的是，老水手在寨子里走了一圈以后，发现大多数老百姓对“来了”的呼声并不在意，生活照样进行，又放下心来。这其实是表达了作者的一个观点或信念的：他对中国农村的观察，有两个基本点，即是农村的“变”与“常”；在他看来，农村中的“常”，即老百姓的日常生活及其背后的日常生活逻辑，是具有永恒性的，也是乡村生活的真正力量所在；而“变”则有两种，一种是良性的，是老水手这样的老百姓所渴望的，但实际在中国农村发生的，却是一次又一次的“来了”带来的对乡村生活的破坏，农民所惧怕的恶性的“变”。但沈从文却相信，即使是这样的恶性的“变”，也是一时的，最后必然要回到老百姓日常生活的“常”即乡村永恒中来。

最近我重读了沈从文先生的这篇《长河》，我觉得历史仿佛正在重演。长期以来，一直是事实上的“弃地”的农村，被许多学者、知识精英宣布必然要“消灭”的农村，连农民自己也纷纷逃离的农村，突然成为注目的中心，于是，大家都“来了”：政府官员来了，企业家来了，知识分子来了，大学生来了，志愿者来了，外国慈善家、学者也来了。来了，来了，在近年的中国大地上，涌动着“来了”的浪潮。但似乎没有人问过或想过：“老水手”们即中国的农民，是怎样看待这样的“来了”的。但我们如果真正关心中国的农民的命运，就不能不如当年的沈从文那样，提出这样的问题：我们的“来了”，给中国农村带来的，究竟是农村发展的良性的“变”，还只是一次新的骚扰，甚至是破坏性的恶性的“变”？而我们如果要创造良性的“变”，就需要如沈从文强调的那样，研究农村老百姓生活中的“常”，尊重农民的意愿，真正让他们在这块土地上安居乐业。因此，我们在支教支农，参与农村建设时，必须要有自警、自省意识，要时刻问自己：我们所做的事，是有利于，还是有损于村子里的大多数乡亲的利益，是有利于，还是有损于农民的长远利益？一个“大多数”，一个“长远”，这是我们考虑问题、办事情的基本出发点与归宿。不能想当然地认为，我们怀着善良的愿望“来了”，就一定给农民带来好处，受到农民的欢迎。就新农村建设的全局而言，也要看到两种可能性，弄不好，《鬼子来了》和《长河》所描述的历史就会重演，或者只是一个过场，“雨过地皮湿”，农村依旧不变，甚至是又一轮的骚扰，给农民带来新的灾难，而我们自己却因为“来了，来过”，而获得某种炫耀的资本：如果这样，就完全违背了我们的初衷，走到了愿望的反面。——也许这只是我的“杞人忧天”，也许同学们暂时还感受不到这些，我姑妄说之，同学们就姑妄听之吧。

不管怎样，第一步已经迈出，不管会经过多少曲折，甚至失败，我们总要努力，希望正在脚下。

2007年5月3日整理。

十七、一百块钱，有多轻，又有多重？

——雪灾救助活动的启示

2008年初一场突如其来的暴风雪，让中国人过了一个充满不安的春节，也唤起了最初的自救救人的行动。正是在这样的背景下，一耽学堂发起了一个“春节临时救助活动”，在社会上募集了数量并不多的救助款，分发给每一个参与活动的义工（志愿者），数额在一百元到三百元之间，要求他们救助给周围需要救助的人，并把救助过程和自己的观察、思考、内心活动如实记录下来，并最终集成《2008年春节临时救助活动纪实汇编》。一耽学堂的总干事逄飞先生将汇编送给了我。我读了以后大受感动，深得启发，对这些年我一直在关注的青年志愿者运动有了许多新的认识。当时就想把它写下来，但接踵而至的汶川地震、北京奥运会、全球经济危机，都吸引了我的注意力，文章也就始终没有写成，但心里却一直惦着这件事。而且事后来看，年初的雪灾其实是预示着2008年的“多灾多难”的，而春节的这次救助活动实际也是2008年举国举世瞩目的志愿者行动的一个先声。因此，在准备将我写在2008年的文字汇集成书时，就想到应该把这篇“雪灾救助的启示”补写出来，也算是我也参与了的一段历史的记录吧。

按原定的计划，准备谈四个问题。

帮助你身边需要帮助的人

正如一位年轻朋友所说，这次春节救助活动的最大特点，就是它是一种“个体对个体的救助”，[1]一切都要“一个人去面对”，这就意味着“义工一个人就可以做起来”，也就是“慎独其身”。[2]据说这是一耽学堂的一个信条。我以为这是一个重要的理念与实践。

于是，就有了这样的命题：“帮助你身边需要帮助的人”。同时，又产生了一个问题：“一个人是否能够与另一个人发生一种关联？”[3]首先，就要去“寻找”。这几乎是所有参与活动的义工都要遇到的问题：“身边需要帮助的人”在哪里？这个问题看似简单，真要做起来，就有了许多的想不到的困难与曲折。这是为什么？原来“身边的人、事往往都是擦肩而过，更何况我们是多么容易忽略边缘地带、边缘人群”。[4]我们所受到的教育，使我们只关心自己、自己的家庭、三五个同学、朋友，我们所感觉的范围其实是极为狭窄的，但我们却“不免咀嚼身边的小小的悲欢，而且就看这小悲欢为全世界”（鲁迅语）。在这个意义上，我们这些“人”和周围的广大世界里的“人”是隔膜的。因此，真正要找到“身边需要帮助的人”，打破隔膜，首先需要的是改变我们自己：我们的生活方式，我们的思想视野。于是，义工们走出了家门，到村寨里去访贫问苦，到养老院去看望孤寡老人，到大街去和流浪汉、乞丐交谈，用眼睛去看，用心去发现。这样的一个“寻找”的过程，实际上是一个深入认识中国社会、中国国情的过

[1] 曾庆滨（广州）：《关于个人参与社会救助的一点思想》。

[2] 刘晨（昆明）：《谁是最需要帮助的人？》；孙丽烨（石家庄）：《一耽学堂春节临时救助小组纪实》。

[3]《一耽学堂春节临时救助小组座谈纪要》。

[4] 史一可（沈阳）：《活动纪实》。

程。一位义工说，他在寻找中真正感受到了“社会底层的艰辛，在灾难面前的无奈”。[1]尽管这样的感受、认识还是初步的，但却是一个根本性的改变，正像另一位义工所说，“忽然发现关注生活的眼光都不同了：我开始观察并‘看见’平常被忽略的社会的另一面，那些歌舞升平、光明敞亮之下的卑微、苦难和黑暗。我密切注视昆明电视台最受群众欢迎、有直接的申报救急栏目的《街头巷尾》《都市条形码》节目，我上街散步时开始观察那些乞讨的人，街上相互搀扶的残疾人，我仔细看人们的眼神、衣着、表情——连同我的父亲也开始关注报纸、电视中的信息”。[2]

于是，又有了这样的自我质问：“我怎么判断对方是不是需要我的帮助？我的帮助真的能解决他的问题吗？我怎么在不伤害对方自尊心的情况下帮助对方？……”尽管这样的质问难有答案，但至少表明我们的义工的思考中，不只是有“我”还有“对方”，他们在努力地寻找真正的心灵的沟通与理解，这或许是更重要的。而且还有自我反省：“我自认还是个善良的人，平时遇到需要帮助的人，也会尽自己之力。可是限于自己的生活圈子和个性特点，更多的时候，我对社会的责任感，对人的善心只是停留在心理层面的，很少主动地去付诸实施。”[3]

这确实是一个问题：如何把我们的爱心变成行动，而且要把“为别人的努力成为生活的一部分”，[4]也就是我在一篇文章里提到的，要使志愿者（义工）行动变成“习惯”：“使这种关爱、服务精神真正成为自我生命的内在需要，以至变成近于本能的反应：看见有人需要帮助，就不加考虑，自然而然地伸手相助。于是，这样的志愿服务，就

[1] 韩晓宇（西安）：《活动纪实》。
[2] 刘晨（昆明）：《谁是最需要帮助的人？》。
[3] 包萧红（北京）：《一百块钱怎么花》。
[4] 高勋（吉林）文章（无标题）。

会渗透到日常生活中：不仅积极参与志愿者的有组织的活动，而且一人独处时也会随时随地为需要帮助的人服务。”[1]这次春节救助活动的一个特殊意义，就是它所倡导的“个体对个体的救助”，就是一种“一人独处”时的习惯性志愿服务，如其倡议书所说：“见孤老病苦人，我应尽一份力！见鳏寡流离人，我应尽一份力！见无望失助者，我应尽一份力！见困急危殆，我应尽一份力！见我心不忍，我应尽一份力！知我力不及，我尽我心！知我心无悔，我尽全力！”[2]一位参与活动的义工说得很好：“做好事要顺其自然，恰到好处，不露声色，润物无声式的，那种太明显的，痕迹太重的，反而让我不安。”[3]这里所说的“顺其自然，恰到好处，不露声色，润物无声”等等，都是习惯性志愿服务所应达到的境界。——当然，在最初倡导时也不免要造些声势，但它最终还是要返璞归真，使随时随地“帮助你身边需要帮助的人”成为一件自然的事，成为我们每个人精神素质的一个有机组成部分，因而成为习惯，这是我们应该追求的目标。

寻求心灵上相契相感

许多义工都谈到，他们在寻找需要帮助的人的时候，首先得到的反应是“怀疑的眼神和委婉的谢绝”，或者“沉默”，这是他们完全没有想到的，因此感到困惑。

他们遇到的是我们的社会环境问题：这是中国的志愿者（义工）运动所必然遇到，也必须面对的问题。

一位义工在他的总结里，提出了一个“官民心态”的概念，很值得深思。

---

[1] 参看本书《“我们”是谁》一文。
[2] 转引自范英梅（北京）：《活动纪实》。
[3] 阎国华（北京）：《活动纪实》。

首先是“官员的不作为和事不关己高高挂起的态度”:“当我们希望我们的那些官员可以多为民勤政的时候,他们却不知所踪。”[1]这样的冷漠和官员们对“招商引资”的过度热情是形成了鲜明的对比的,但就是这样的巨大反差暴露了我们的政府职能的根本错位:为社会,特别是为社会弱势群体提供公共服务,本来是政府的职责所在,而“招商引资”本应是市场行为,是不应由政府主导的。

义工们遇到的还有周围的人的冷漠,作为一个普通的学生,却要去管那些连基层组织也不管,甚至自己的子女也不管的残疾老人,这是许多人都不理解的,甚至要怀疑其动机,这都对义工形成了精神的压力。于是,又产生了这样的追问:随着中国经济的发展,许多老百姓的物质生活改善了,但他们“心里富裕”了吗?[2]

更使得年轻的义工难以理解与接受的,是被救助者的拒绝或怀疑。一位义工说,当他意识到身处社会底层的人,他们的“防卫心理很强,不容易去相信别人”时,是感到一种莫名的痛苦和迷惑的。[3]这样的“防卫心理”其实是不难理解的:在当今的中国,有多少种力量在打着“为弱势群体谋利”的旗号,为自己谋利,又不断继续侵犯他们的利益?他们能不“防卫”吗?而这样的“防卫心理”,却又确实反映了当下中国社会心理的危机:人与人之间已经失去了基本的信任感。这是会导致社会危机的。

其实,连义工自己也不能不有所防卫。一位义工谈到,他去救助街上的乞丐时,是心怀“不安”的,他害怕遇到“假乞丐”,并由此而想到:“当那些‘假乞丐’剥夺了真正困难者生存的最后办法,连社会中人们最后一点怜悯心都要被玷污,我们最后一块同情的空间都不得不戴上‘打假’的紧箍圈时”,他的心里是感到深深的“悲

---

[1] 张钰(武汉):《救助款使用说明》。
[2] 张钰(武汉):《救助款使用说明》。
[3] 林清洁(福州):《活动纪实》。

哀”的。[1]

心灵的“相契相感”，“感通心地”，[2]这大概是所有的作为理想主义者的义工共同的追求。但现实却告诉他们，在当今的中国，人与人之间——义工和政府官员，义工和周围的人之间，救助者与被救助者之间，要达到这样的心灵的“相契相感”，是极其困难的，需要长期而艰苦的社会改造和人心改造，人与人关系的改造。但我们又不能等待，从另一个角度说，在这样的心灵并不相契相感的社会环境下，坚持救助行动本身就是一个“绝望的反抗”，是改造社会，改造人心与人和人关系的开始。这也是这次和类似的救助行动的意义所在。

根本的意义在于传播爱心

这也是义工们在参与救助活动时，经常质疑自己的：个人的救助行为究竟有多大作用？这样的质疑是有道理的：如前所说，社会救助的根本责任在政府。正像一位义工所说，如果看不清这一点，过分强调民间救助的作用，就会在客观上“掩饰了事件本身的残酷，甚至粉饰了太平”。[3]

在看清自己的限度，即我们的救助不可能根本解决被救助者的困难，只是“杯水车薪”之后，也不可忽视这“杯水车薪”的作用：送去的是我们的爱心，这却是生命的活水和火种。很多义工都谈到，他们在一些鳏寡老人无人照看，有的连子女也将他们抛弃，因而处于极度孤独，情感也受到极大冲击的情况下，及时给予救助和关怀，就使绝望中的老人发出了微笑，“燃起了希望”，如一位老人所说：“活这么

[1] 刘晨（昆明）：《谁是最需要帮助的人？》。
[2] 唐鼎峰（北京）：《救助记录》。
[3] 包萧红（北京）：《花不去的一百块钱》。

久，总算感到了真正的温暖。”[1]因此，在某种程度上我们可以说，义工救助的主要意义，就在于“传播爱心”。[2]

不可小看了这“传播爱心”的意义。在我看来，这背后有两个理念，很可以琢磨。首先是“做公益，应该先从治人治心开始”，[3]“人们物质上的匮乏可以通过一定的途径改善生活状态，而人的精神的匮乏更难解决”，也就更需要精神的救助。[4]而且就救助本身而言，最重要的，也是“唤起被帮助人的自信”，激发出他自身的自救力量。[5]

从另一个角度看，“传播爱心”的任务和功能，也内在地决定了义工（志愿者）的本质本性：它的一切都必须从“爱心”出发，每一个义工都是出于发自内心的“爱”——对社会，对他人，对被救助者的爱，来参加救助活动的。这样的“爱心”是内发的，不是强加的，也不是因为受了诱惑；是不求偿报，不带任何功利目的的：这样才会是真正“自愿”的。离开了这样的内发的、无功利的爱心，义工的公益活动，就会走样。这正是许多义工所警惕的：“掺杂了太多的功利的东西，‘公益+文化’的理念就会变质。”[6]一位义工在谈到“看到身边不少同学参加公益活动只是为了争名夺利”时，更是无法掩饰他内心的担忧。[7]而且这样的担忧是有道理的，我在一篇文章里就说过，当志愿者成为一种力量，一种时尚时，就会有被控制，被利用，被掺假而变形变质的危险。因此，越是在发展条件比较好的时候，越要坚守自己的本性——自愿性、民间性，而这样的自愿性、民间性的基础，就是

[1] 参看路永照（滨州）：《活动纪实》；陈显韬（兰州）：《救助情况》；郑礼华（长沙）：《活动纪实》。
[2] 屈国家（南京）：《春节救助的感想》。
[3] 雒申升（北京）：《活动纪实》。
[4] 路永照（滨州）：《活动纪实》。
[5] 史一可（沈阳）：《活动纪实》。
[6] 范英梅（北京）：《个人心理感受与事后思考》。
[7] 林清洁（福州）：《活动纪实》。

每一个义工的“爱心”。[1]

新一代的理想主义者

义工都是理想主义者：这也是我们必须坚守的志愿者的本质与本性。

我多次说过，自己是一个不可救药的老理想主义者，我和一耽学堂和其他志愿者组织的年轻朋友的交往，也包括正在写的这篇文章，都是新、老理想主义者之间的对话。而且我总是在思考新、老理想主义者的相同与相异。这也是我在读这本《汇编》时的一个特别关注点。于是，我注意到了参加这次救助活动的义工们的如下自白——

“要永远保持这样一种底层关怀、平民视角，保有这样一种行动的勇气和韧性。”

“相信并敢于自己去行动，去面对这个社会，并着重这种点滴的力量。”[2]

“从身边小事做起，从心源出发，从生活中得到锻炼，自我升华，体味生命。”[3]

这里所说的“面对现实”、“底层关怀”、“平民视角”、“行动勇气和韧性”，大概是新、老理想主义者的共同点，这里或许存在着某种精神的传承，人们比较容易注意，这里就不再多说。

我要讨论的是，尽管“从身边小事做起”，“着重点滴的力量”，追求“自我升华”，也同样是新、老理想主义者的共同点，如我多次说过的，鲁迅（在我心目中，他是最大的理想主义者）就最重视“从小事做起”。但像我这样的老理想主义者，还受过革命的教育，就有着另外

---

[1] 参看钱理群：《我的两个提醒》，见《致青年朋友》。
[2] 以上两段话都见于刘晨（昆明）：《谁是最需要帮助的人？》。
[3] 孙丽烨（石家庄）：《活动纪实》。

一些也应该说是理想主义的（或者说是乌托邦主义）的信念与追求。这是和今天的新理想主义者大不相同的。主要有三点。

首先，我们相信并追求“彻底地、一劳永逸地”消除社会弊端。我们追求“彻底”，就拒绝一切“点滴”的改良；追求“一劳永逸”，就拒绝逐步的、“渐进”的改革。历史已经证明，这样的“彻底革命”的“理想”之路，只能是一个不可能真正变为现实的乌托邦。

其次，我们把一切希望都放在“未来”，“明天”的“理想世界”，并且信奉这样的“革命伦理”：为了美好的明天，我们必须无条件地牺牲今天。

其三，我们还相信，为了美好的理想，必须无条件地牺牲自己。

而历史却证明，这样的“牺牲观”最容易受骗，被利用，并且常常被引导在“革命理想”的旗号下作出许多违心的事情。这样的教训，也是不能忘记的。

历史的进步，已经使新一代的理想主义者，在继承前辈理想主义者的传统的同时，还能吸取我们的教训，作出新的选择：坚持和平、渐进的改革，“着重点滴的力量”，“从小事做起”；从改变现在做起，不仅追求美好的明天，更追求美好的今天；把关爱他人和发展自己结合起来，救人与救己结合起来，在参与公益事业中“自我升华，体味生命”，实现自己生命的意义和价值。我想，这大概就是这次春节临时救助活动，给予我们的最重要的启示。

2009年4月11日、12日写。

十八、奥运会后的思考*

今天是我今年第二次来北师大演讲，上一次是6月7日，讲《震灾中的思考》。——讲稿已经整理出来，收在我今天带来的新书《致青年朋友》里，没有听过而有兴趣的同学可以去看。我今天要讲的题目是《奥运会后的思考》。汶川地震和北京奥运，正是2008年中国以至世界的两件大事。我已经说过，2008年在中国，以及我们每一个人的生命史上都将留下印记。而其中最大的亮点有两个：一是志愿者的表现，二是“80后”、“90后”的年轻人的表现。甚至可以说，正是通过汶川地震和北京奥运，中国的志愿者与年轻一代，为国人和世界所瞩目，从此登上了历史舞台。

我自己也在这一过程中受到了许多的启示，从志愿者和年轻一代的表现中吸取了许多力量。同时，我也在紧张地思考——这是我的习惯，也是责任。今天就是来和诸位交流这些思考。许多想法都是不成熟的，有些问题我自己也没有想清楚，可以讨论，也欢迎质疑。还是我在《致青年朋友》这本书里多次说过的：我姑妄说之，诸位姑妄听之，然后，自己思考，自己发言。

* 2008年9月24日在北京师范大学的演讲。

奥运后所提出的问题

我还是从汶川地震和北京奥运的关系说起。这两大事件有相似之处，也有区别。

汶川地震突如其来的大灾难中又爆发出人性的力量，国民精神的力量。在这里，灾难的沉重、恐怖和人性的美好并置，同时呈现在国人和世人面前。而灾难所呈现的，如一位作者所说，是“中国发展滞后地区的贫弱”，但就在这极度贫弱中爆发出了极其丰厚的精神力量，这就更让人们感到震惊。

而北京奥运，则是用大量的金钱投入、现代科技和高效率的管理机制，以及志愿者的参与所合力打造出的“盛典仪式”，是一次“豪华中国”的集中展示，它所展现的，实际是“中国高度发达的城市文明”。它和汶川地震所展示的“发展滞后地区的贫弱”，形成了强烈的反差，正是反映了当今中国的真实。也就是说，汶川地震和北京奥运都从不同的层面反映了中国的真实。

奥运会所集中展现的，是我们改革开放三十年的经济成就，科学技术成就，并且通过运动员、志愿者的出色表现，展示了中国国民，特别是年轻一代精神面貌的积极方面。而奥运会的三大理念——人文奥运、绿色奥运、科技奥运，则展现了未来中国发展的某种可能性，即成为一个经济发展、科技发达，同时又注重人文精神与生态平衡，注重继承传统又向世界开放的现代国家。当然，这还是可能性，是我们要努力实现的目标，某种程度上又可以看作是政府对国民的一个承诺，要真正和完全变成现实，还有许多的路要走。——以上四个方面，应该说都是反映了当今之中国的真实的。

但是，奥运会似乎还有另外一面。于是，我注意到了《南风窗》2008年第16期的一篇文章《奥运三章》(作者庄礼伟)，作者有一个分析，引起了我的极大兴趣。他提出了一个“电视屏幕中的奥运会”的概念，提醒我们注意：大多数人，也包括我在内，都是通过电视屏幕来了解、体认奥运会的。这就有许多可琢磨之处。首先，现场中许多不完美、不方便之处，比如那么多安全措施、喇叭指令、拥挤、暑热和长时期的等待，等等，都消失得无影无踪，“优美的画面行云流水般滑过，喜庆或者激昂的音乐强化着视觉的冲击，民众的笑脸和泪水澎湃着观众的心情，屏幕上的一切都那么美好和有说服力，让观众幸福并且信服”：这就是所谓“盛大公共仪式”的效应。不能否认它的真实性，但已经是经过艺术选择的真实，是有别于生活原生态的真实，有所凸显，又有所遮蔽。

或许还有更大的遮蔽。文章作者又引入传媒理论中的“仿像世界”的概念。所谓“仿像世界”，就是“通过科技手段构建并经由受众意念活动所产生的一种可能替代现实世界的‘现实世界’”。它有三个特点：第一，尽管是“仿像”，它还是反映了部分的真实；第二，它是一个“人工的世界”画面，是通过艺术和技术的手段来达到某种意识形态的灌输，和现实世界是有差距，对现实世界是有遮蔽的，它有可能减弱受众与现实世界的联系；第三，它又是受众、观众所愿意的，因为他们也期待这样的既真实又梦幻的世界，以获得情绪的发泄、精神的按摩和抚慰。在生活中越是受压抑的人越是期待于此。这是公共需要（凝聚人心，制造“想象共同体”）和民众精神需要的一个巧妙结合。

作者还提出了一个很有意思的分析：“愤青就是沉浸于仿像世界里的一种生物”，“例如他们的战争观念主要来源于电视屏幕中战争电视剧的熏陶。场面的宏大快意，梦想成真且不说，悬殊的敌我损伤比例也让愤青们会觉得战争是一种很值得一试的对外关系的手段，对战争真实记忆的缺乏，使得对战争及其结果的浪漫想象得以建立”。——我现在所担心的是，对于一些在城市里长大，不太了解中国底层社会的青年，如果他们凭借“电视屏幕里的奥运”，以及某些媒体意识形态宣传去想象中国，把“仿像世界”看作是“现实世界”，真的以为中国已经是“太平盛世”，不仅是“奥运强国”，而且是无敌天下的“世界强国”，要去主宰、拯救世界，简单认为未来的世纪将是“中国的世纪”，陷入这样的“盛世仿像幻觉”、“大国仿像幻觉”，是会妨碍我们正视中国的问题的。在这个意义上，将汶川地震和北京奥运联系起来思考是很有必要的：欣赏北京奥运，不要忘了汶川地震；瞩目高度发达的城市文明的豪华，不要忽视发展滞后的农村和落后地区的贫弱。

事实上，在奥运会、残奥会期间和之后，中国仍然发生了许多灾难：攀枝花地区的地震，始终没有停止过的矿难，还有最近的所谓“泥石流”灾难，三鹿毒奶粉事件（据报道，三鹿董事局去年12月即得知奶粉有毒，今年8月2日才上报所在地区领导，又压到残奥会之后才向社会公布），这都说明中国并不“太平”，所谓“盛世”底下，有着许多的灾难和苦难，有着巨大的贫富差距和社会不公，以及社会和体制的腐败。当然，我们也不会因此否认奥运会所集中展现的已经取得的成就。中国有进步，但问题多多，距离奥运会所激发起来的“中国梦想”，还很远很远。其实，我在汶川地震以后就说过，不能把2008年所发生的一系列灾难、突发事件，看作偶然，而应该将其视为“常态”：“我们从现在起，应该有一个新的觉醒，要在思想上作好准备，中国，以及世界，将进入一个自然灾难不断，骚乱不断，冲突不断，突发事件不断的多灾多难的时代。”而这样的一个多灾多难的时代，将主要由中国的年轻一代，“80后”、“90后”的诸位直接去面对，直接去参与，直接去承担。

同时，大家不要忘了，我们这些北京的大学生、志愿者都是幸运者，得以在奥运会上向国人与世界展现我们的风采。有一篇文章将在座的诸位，称作“青年中的精英”，并且提醒说：“当聚光灯照射着这些青年精英的时候,另一部分生活在灯影背后的青年,此时此刻,或许正在为生存而挣扎努力,没有机会参与奥运会,他们同样是真实的中国的一部分。奥运的宗旨是实现没有任何形式的歧视,如何让这些灯影背后的青年也能不受歧视地、公平地分享奥运精神和这个社会的成长,是有机会参与奥运的青年精英们和这个国家的使命。”[1]

汶川地震是一次突发的自然灾难,是一个“非常态”;在汶川地震后,我提出的问题是:“能不能把这次灾难的非常态中爆发出来的人性之美、人情之美,变成一种稳固的社会与精神的常态?”奥运会也是一种“非常态”,与汶川地震是大自然的主宰不同,奥运会的非常态是我们主观创造的全民狂欢节,是对日常生活节奏的有意打破,让我们在日常生活的平庸中享受一次“豪华筵”,视觉、听觉、情感、心理的豪华筵,在日常生活的压抑中得到一次发泄与释放。但奥运之后,一切都要恢复常态,回到日常生活中。这里,就有了三个问题。

第一,如何使在这次举世瞩目的狂欢中,我们所爆发出来的内在的最美好的人性、人情,所内蓄的力量,我们的青年精神、国民精神中积极健康的一面,成为一种精神常态?这里的关键是要作理性的提升,提升为新的价值观、伦理观、生活观,同时对我们原有的观念进行反思。

第二,由于奥运会是一次自觉的动员和组织,我们甚至是采用了一种“战时体制”,进行大规模的动员和组织。“一切为了奥运,一切为奥运让路”,不计一切代价,不惜一切牺牲,创造了非常时期、非常态的“奇迹”,比如控制交通的奇迹、控制气候的奇迹、社会治安的奇迹,等等。问题是,在从“战时体制”回复到“日常体制”以后,这样的奇迹,其实是健全社会必须达到的目标,怎样才能得以延续下来,成为生活的常态?事实上,两个奥运刚刚结束,北京就面临着交通拥

[1] 朱学东:《青年与奥运》,载《南风窗》2008年第16期。

挤的问题，还有北京的污染，就更令人担忧。这就提出了一个尖锐的问题：如何不用采取非常时期的非常手段，而用正常手段来达到北京奥运向全世界，更是向中国老百姓承诺的目标，比如作为“绿色奥运”重要内容的降低空气污染的指标，“人文奥运”的保障公民权利的指标？有些奥运特别的规定与指标，比如划分一定的游行示威区域，新闻报道、采访的一定程度的开放透明，能不能也成为常态？在这些方面，都存在理念、宣言与现实的巨大差距。为解决这些问题，就必须有一系列的制度建设，必须加快政治、经济、社会、文化领域的体制改革的步伐，这也是奥运以后所提出的问题。

第三，对“电视屏幕里的奥运”可能造成的遮蔽，要保持必要的警惕。我们的目的是更全面、更深入地认识真实的中国，以此来决定我们的选择和行动。对于在座的诸位来说，不同程度地参与汶川地震和北京奥运，都是极其难得的社会实践。我们要通过这些实践，来检验已有的许多观念，这些观念都是长期灌输给我们的，我们也深信不疑，经过实践检验，有些是正确的，我们应该坚持，有些是偏颇的，甚至是错误的，就要纠偏纠错，重新认识。我们要超越自我认识的局限，在一系列重大问题上有一个新的体认，确立更加健全的观念。例如，如何认识当今的中国？如何认识当今的世界？如何认识当今中国与当今世界的关系？如何认识我们自己和当今中国与世界的关系，如何认识我们的责任？这些大问题，我们过去想得很少，也不太关心，但经历了汶川地震、北京奥运这样的国家大事、全球大事，我们就有可能，更有必要来认真思考。这样的“想大问题”，关系着我们的成长：视野狭窄，一味咀嚼身边一己的悲欢，是长不大的。奥运之后，正是我们“想大问题”的最好时机。

以上三大问题，第二个问题涉及国家制度建设，政治、经济、社会、文化改革与建设，也许更带根本性，是需要另外专门讨论的；今天，我们要讨论的是第一、第三方面的问题，具体地说，我想讲两个问题。

志愿者的地位、作用，我所理解的志愿者精神的核心问题

还是从汶川地震和北京奥运的比较说起。我们前面谈了二者的区别，现在谈二者的共同点。

有一篇文章谈到两个重大事件都“定位在同样的格局”，这个格局有两个重要特点，一是“政府集中力量办大事”，一是“周边有社会力量摇旗呐喊”，是一个“国家与社会互动”的“新模式”。[1]这也是我在汶川地震的演讲中所谈到的“两大动员”，一是以政府为主导的“国家动员”，一是以民间社会组织和个人为主导的“社会动员”。正是这两大动员，把我们国家、我们民族的物质和精神力量，空前未有地动员起来，形成了巨大的力量，举世震动，我们自己也料所不及。可以说，汶川地震和北京奥运都把“政府集中力量办大事”的国家动员和以志愿者为主体的社会动员发挥到了极致。

在汶川地震的救灾和灾后重建中，都充分表现了政府集中力量办大事的威力，显示了中国式的集中体制的力量。比如“对口支援”就是其他国家很难办到的。而北京奥运更是把政府集中力量办大事的威力显示得淋漓尽致。简直可以说要什么就有什么，要怎么办就怎么办，集全国之财力、物力、政治之力、社会之力、文化之力，还有智力、想象力、科技力，来处理奥运会的每一件事，甚至每一个细节。几乎可以说，只要想得到，没有办不到的。在我看来，奥运会、残奥会的开、闭幕式就是这么打造出来的。而为许多人，包括外国人所称道的奥运会的高效率，“无与伦比”的完美、周到，就是这样的“政府集中力量办大事”的体制的一个成果，几乎是其他国家、其他体制所办不

[1] 释然:《国家与社会互动的新模式》,《南风窗》2008年第16期。

到的，许多人觉得北京奥运不可复制，原因就在于此。

另一方面，汶川地震、北京奥运的社会动员力量也是惊人的。这是举世瞠目的两个数字：据中国青年志愿者协会初步统计，参加汶川抗震救灾的志愿者有491万；而北京奥运志愿者据官方公布，则有170万。汶川地震志愿者的献身精神，北京奥运会志愿者的微笑，已经成为全球眼里的“中国标记”。

应该说，“政府集中力量办大事”，是我们的传统，可以说是从1949年中华人民共和国成立以来，一直延续下来的。而以志愿者为代表的社会力量、社会组织的出现，并且发挥了如此巨大的作用，还是一个新事物。当然，这里也有历史的继承，比如今天北京奥运的志愿者和60年代“学雷锋”的我们这些当时的青少年，也有某种精神上的承接；但那时的学雷锋运动，是完全由党和国家组织的，是国家动员的一个部分，和今天具有一定自发性与独立性的“非政府”的社会组织、社会动员，性质是不一样的。如果细说起来，汶川地震的志愿者和北京奥运的志愿者也有些差别，前者具有较多的自发性，奥运会的志愿者就有更多国家动员、组织的成分。

而这样的具有一定独立性的社会组织、社会力量的出现，是具有重大意义的。

在《致青年朋友》这本书里，有一篇演讲《“我们”是谁？》就谈到了这个问题。长期以来，在中国社会运行、管理格局和机制里，只有一种力量，就是国家机制的力量，政府主导一切。经过三十年的改革开放，出现了市场机制、市场力量。而“非政府，非营利”的志愿者组织、社会组织的出现，又产生了“第三种力量”：社会组织机制，社会的力量。这样，国家、市场、社会三种机制、三种力量的互动与相互制约，就形成了一个全新的格局。

这里，需要强调的是，“第三种力量”——志愿者社会组织，是以公民的身份来参与国家公共事务、参与社会管理的，这背后有一个公民权利的问题。我在汶川地震的演讲中,就谈到了长期以来,我们盛行一个观念,或者说被灌输一个观念:每个人只要做好本职工作,管好自己的事,而把公共事务放心地交给“公仆”,交给政府去做。这背后是一个政府及其官员管理、主导一切的逻辑。公民淡出公共领域,只能在个人的、物质的有限空间里求发展,这就是这些年许多人,包括年轻人,变得越来越物质化与个人化,“咀嚼着身边的小小的悲欢,而且就看这小悲欢为全世界”(鲁迅语),其中的内在的、体制的原因。

但这样的状况,在汶川地震和北京奥运中有了一个大的突破:许多公民、许多年轻人,不只关心自己的本职、自己的学业,更以志愿者的身份,关心、参与2008年这两个国家最重大的公共事务,政治、经济、社会、文化、体育公共事件。我在前面说过,这同时是有利于年轻人自身成长的,为什么大家都感觉到,就在汶川地震和北京奥运这两个历史的瞬间,我们都迅速地成长了,就是因为我们走出了狭窄的校园,我们有了一个大视野,获得了一个大的生命空间。

更重要的是,作为一个公民,我们应该有充分的自由和有效的途径,主动参与社会活动和社会管理。这是公民的权利,具体地说,我们应该有知情权、参与权和监督权。同时,这也是我们的义务:这是我们对社会的回报和承担。我们还要在这样的公民权利和义务的自觉上,建立“公民文化”。这些年,我们提出了“志愿者文化”的概念;在我看来,所谓“志愿者文化”就是这样的“公民文化”。而志愿者精神,它的核心,就是公民意识。

确认这一点,不仅对如何把握志愿者精神,而且对如何确立志愿者及其组织的地位和作用,都是至关重要的。不能把志愿者看作是一个降低社会成本的廉价劳动力,也不能简单地把志愿者精神归结为服务精神;志愿者当然要进行社会服务,但这种服务,是在行使公民权利,是在履行公民义务,这样的实质是不能忽略、淡化和淹没的。

这就谈到了作为“第三种力量”的非政府、非营利的社会组织的作用问题。它不仅是一种群众的参与,同时也是对政府权力的监督与制约,对市场化负面效应的有效制衡。不能小看这样的监督、制约、制衡的作用。我们前面说过,“政府集中力量办大事”,能够提高效率,有很大的优越处。但是,政府权力的高度集中使用,同时是具有危险性的。也就是说,即使“集中力量办大事”,政府的作用还是应该有边界的,政府的权力还是应该有限度、有制约、有监督的。不然就会发生权力的过度使用、滥用。集中力量办救灾、奥运这样的好事,人民受益,可以得民心;但如果决策错误,或者受到某些利益集团的影响,办了错事、坏事,越集中权力,危害越大。事实上,在奥运前后,所发生的公共恶性事件,如贵州的瓮安事件等,其中一个重要原因,就是一些地方政府滥用集中在自己手里的权力。没有限制、监督、制约的“大权独揽”,其危害性绝不能低估。在这个意义上,社会组织、社会力量对政府行为的制约和监督,其作用是不可低估的。作为志愿者,我们也应该更自觉地行使这样的知情权、监督权和制约权。

应该说,在加强公民的知情权、参与权和监督权方面,汶川救灾、重建,北京奥运都迈出了重要的一步。最近报上就公布了对救灾、重建进行审计的结果。在这方面,我觉得奥运会似乎还有加强的必要。比如,我至今还不知道奥运会的支出情况,我前几天看中央电视台“奥运数字”的节目,看到了无数数字,就是没有看到奥运会支出的数字。据说奥运会的支出,大大超出了预算,我不知道这样的超出,有没有经过相应的合法手续。由于没有公布支出数字,就只能听各种“小道消息”了。我不反对奥运的费用多一些,毕竟是百年一遇;但这样的巨额却超出了我的思想与情感上的承受力。因为我有一个数字比较:今年9月1日,我在报纸上看到了一个特别报道,大标题是《教育提速奠基民族未来》,其中专门谈到“2006年至2010年,国家财政新增加农村义务教育经费2 182亿元”,如此大肆宣扬的“奠基民族未来”的教育工程,其投资居然比不上一个体育盛会！再考虑到一直到现在，政府还没有兑现教育投资占当年GDP的4%的承诺，面对奥运会的过度奢华，心里实在不是滋味。当然，这只是我个人的意见和感受，我知道也有朋友认为奥运会的钱花得值。但作为纳税人，我想是有权也应该对奥运会的用费——用多少，怎么用，用得是否都适当，有没有腐败现象，提出疑问的：这也是在行使公民的监督权。

这里，顺便对国家所实行的体育发展的“举国体制”提出一点质疑。据说这样的“举国体制”也是体现了“政府集中力量办大事”的优越性的，这次奥运会中国运动员的突出成绩似乎也证明了这一点。但它的负面效应也是突出的，即是突出了部分人竞技水平的提高，而忽略了全民健身。我这里也有一组数字：据今年6月1日公布的第五次全国多民族大规模学生体质调查结果显示，我国学生肥胖检出率仍然继续攀升，七至二十二岁城市男生超重和肥胖检出率分别为15.23%和11.39%，比2000年上半年上升1.4和2.7个百分点；城市女生超重和肥胖检出率也分别上升0.7和0.9个百分点，达到8.72%和5.01%，而最严重的就是举办奥运的北京，平均五个孩子就有一个小胖子。其中一个重要原因，就是不重视体育锻炼，体育课被看作是可有可无的“小课”，或装点门面的“花瓶”。最能说明举国体制的弊病的是中国男子足球：这是中国体育和球迷的心中之痛，不仅国奥队在奥运的表现让人难过，更由于完全忽略了青少年足球运动的扶植和发展，以至奥运会后又面临后继无人的尴尬。我们不能因为奥运会的成功，掩盖这些体育发展体制的负面问题，我们也应该关注并进行监督。

如何认识“世界”、“中国与世界”以及“我们和世界”

提出这个问题，是因为奥运会的主题“同一个世界，同一个梦想”现在已经成为一个响亮的口号，却很少有人去追问和思考它的真实内涵。在我看来，它至少可以分解出几个问题：为什么是“同一个”？是“怎样的世界”，“怎样的梦想”？以及我们每一个人，在实现这样的梦想中，应担负什么责任？

北京奥运，是中国和世界的一次零距离接触。我们早就说“全球化”，说“地球村”，对普通民众来说，都不太容易理解，现在，具体化了，形象化了：某种程度上，奥运村就是一个地球村。我想在座的奥运志愿者更是亲身体验到了，我们和其他国家、民族的运动员和普通民众确实生活在“同一个世界”。

所谓“同一个世界”，细说起来，应该有两个方面的含义。

首先是全球化时代在很多方面都已经打破了国界，许多人都成了移民，在世界范围内流动迁徙，更换国籍。这次奥运会最触目的就是所谓“海外兵团”，许多中国运动员加入了其他国籍，代表他所属的国家来和我们同台竞赛。过去我们大惊小怪，不能容忍，现在都习以为常了。作家龙应台有一个对台湾大学生的演讲，甚至作了这样的夸张性的描述：“一个21世纪的孩子，很可能父母分属不同国籍，自己又出生在第三国，在第四国接受教育，在第五国和第六国成家立业，妻子属于第七国，他的子女则拥有第八国和第九国的护照，最后他自己在第十国埋葬。”（《我离世界有多远——谈21世纪大学生的“基本配备”》）台湾作家余光中还写过一篇散文，题目叫《日不落家》，说“一家而分居在五国，你睡我醒，不可同日而语”，就成了“日不落家”。这样老两口每天看电视，对气候的关注，就自然不限于台湾一地，而要关心全球气候：“温哥华还在零下！”“暴风雪袭击纽约，机场关闭！”“布鲁塞尔呢，也差不多吧？”——这里的描写，我们也可以把它看作是一个象征：在这全球化时代，大家都成了“利益攸关者”。就以2008年所发生的几个全球事件为例，无论是粮食危机、气候变暖，还是石油的价格起伏，美国次贷危机引发的金融危机，都牵动着世界各国,几乎无一例外,也具体影响到我们每一个人的生活。在今天的世界,每一个国家的国内问题都会变成全球问题,每一个世界问题也都会变成国内问题,问题也不再是单一国家所能解决。因此,我们生活在“同一个世界”,我们是“利益共同体”。

我们更是“生命共同体”。我在关于汶川地震的演说中,就引述胡适的话:“万国之上还有人类在。”汶川地震之所以会成为“全球之痛”,北京奥运之所以能成为“全球狂欢节”,就是因为人类是一个生命共同体,有着共同的价值。尽管各国家、各民族之间,确实存在差异,有不同的文化、不同的价值观,但差异中自有相同与相通,要友好交往、和平共处,就必须有一个价值观念上的“最大公约数”,而且也确实存在大家都认同的共同价值。我曾经说过,在抗震救灾中,“人的生命至上性”就是一个公认共通的价值,而奥运会所要发扬的公平竞争、反对歧视、和平、友爱、人的自由发展等精神,其实也都是共同价值。通过汶川地震和北京奥运的实践,对共同价值的存在与认可,应该没有什么问题了吧?

但是,我们也同样不能把奥运会所集中展现的和平、友好,绝对化、理想化,而应该同时看到这世界并不太平,也不和谐。我在前面说到的“灾难不断,冲突不断,突发事件不断”的“多灾多难”,既指中国,更指世界,这都是我们必须面对的。

这里涉及一个问题:我们怎样认识和想象世界?龙应台在对台湾大学生的演讲中,就提到可以有两种想象。据说有这样的“全球化指南”:“封面是一个或者一群穿西装的男人,两手交叉在胸前,带着极度自信的微笑,告诉你如何往上爬,变成跨国公司企业的高级经理人”——这是一个“国际成功人士”主宰、拥有一切财富和权力的“世界”。龙应台对此提出了一个尖锐的问题:为什么我们想象21世纪的世界时,眼睛里只看见“强者”?“跨国企业的发展,固然促进全球强势经济和资讯的快速流动,但是它同时蕴含的暗面——

比如全球经济游戏规则的不公平，比如强势经济带给弱势经济的文化倾斜，比如儿童劳工的人权，大企业对落后地区的剥削等等”，我们为什么视而不见？也就是说，我们认识和想象世界，不能只看到共同价值、和平友爱，眼睛更不能只是盯着跨国公司的利润、经济和科技的高速发展，还要看到种种利益和文化价值的冲突，看到经济、科技发展带来的财富积累下的贫富不均。事实上，当今世界正面临两大全球性的危机和挑战。一是20世纪的过度开发，所谓“对地球的开战”，造成了世界生态平衡的大破坏，从而形成全球环境危机，直接威胁到人类的生存和持续发展。二是超越国界的贫穷（今年的粮食危机就是一个突出表现）、疾病（想想非典所引发的全球性恐慌）、战争（伊拉克战争至今还在牵动着全世界的心）、人道问题（无论是发达国家如美国的虐俘，还是一些不发达国家的种族残杀），都使全球面临公平、正义、平等的危机。这两大危机，也可以说是世界文明的危机，是一个如何“防止、避免世界文明的腐蚀与毁灭”的问题。

由此产生的，是我们的“同一个梦想”：如何通过全球性的协商、合作，来保护和改善地球环境，以保证全人类的可持续发展？同时保障全人类的公平、平等，维护人类正义，以保证全人类一切地区、一切国家，每一个个体生命的健全发展？——这里，特别突出了“每一个个体生命”的健全发展，这是非常重要的。因为我们在强调“同一个”世界，“同一个”梦想时，很容易注意群体的“同”而忽略了个体的“差异”。

应该意识到，在这样一个全球化的时代，全球面临的挑战，也是对我们每一个人的挑战，和我们自身的利益、自身的发展，都是息息相关的，迎接这些挑战，也是我们自己的责任。前面已经说到，全球化的时代是充满利益冲突的。这也就产生了一个问题：我们在这样的利益冲突中，应该作出怎样的选择，是努力挤进“强者”的队伍，还是关注全球化的弱者，为他们说话，为他们行动，批判并防止全球化的恶性发展？这就涉及志愿者的立场问题。我在一个讲话中曾经提出，志愿者的宗旨是“自助”和“助人”，而助人的主要对象就是社会弱势群体。这是出于我们的信念：我们追求社会的公正、公平、正义。我们认同这样的生命观：全社会的每一个具体的生命的价值和幸福，是最重要的。只要还有一个生命不自由、不幸福，我们就是不自由、不幸福的。因此，我们是永远站在社会弱势群体这一边的，为他们呼吁，为他们服务，是我们自觉的使命。应该说，这次残奥会的志愿服务，就是这样的为全球弱势群体服务的一个实践。正是残奥会充分地体现了“所有的生命都是平等的，所有的生命都应该享有自由发展的权利”的理念，其最大的特点，就是“互助”：不仅作为健全人的志愿者给予残疾人以尽可能的帮助，而且残疾人也以他们的生命的尊严、顽强、自立，给志愿者以精神的启迪与激励。可以说，志愿者的精神与价值，在残奥会上得到了完整的体现：助人即助己，我们和弱势群体的关系，是一种相互帮扶，以求得生命的共同成长。

通过残奥会的志愿服务，对前面所提出的作为志愿者精神核心的公民意识，我们应该有一个更深入的认识：我们的公民权利和义务，不仅限于国内，而且是全球性的。因此，需要提出一个“全球公民”的概念，提出确立“全球公民意识”的任务。

据龙应台介绍，“全球公民意识不仅只是自觉我们是全球的一分子，它更强调我们对彼此以及对地球的责任”：一是“体会到地球的不可替代，并且积极地行动去保障它永续的未来”，一是“理解并且积极行动去解决地球社会不公不义的问题”，概括地说，就是“让地球永续，让人类公平”。这就是我们心目中的“全球公民”：“他的关照面超过他的本土，而且自觉是全球的一员”，因此，他具有全球视野，“对全球经济、政治、社会、文化、科技和环境的关联和运作都有所了解”，同时又“尊重多元价值”。

龙应台特别强调：“全球公民意识，其实是一种思维方式和行为方式，是一种人生观、一种信仰——坚信行动可以带来实质改变。”这样的行动性，其实也是志愿者精神、品格的一个基本内涵：志愿者是一群行动者，他们的全球关怀是体现在具体的、琐细的行动中的。

我们注意到，无论是汶川地震，还是北京奥运，都有许多的国际志愿者，他们的参与，不仅是出于对中国人民的友好，更是基于我们这里所讨论的“全球公民意识”。志愿者运动实际上是一个全球性的运动。我们中国的志愿者应该成为国际志愿者队伍的组成部分，我们也应该成为“全球公民”。

最后，还要讨论一个问题：全球化中的中国。在北京奥运前后，世界的各种反应，无一不在中国引起强烈反应，这都提出了一个问题：世界要学会理解中国，和中国相处；中国也要学会理解世界，同时重新理解自己，并学会和世界，特别是西方世界相处，可以说这是全球化时代所提出的新问题。

说是新问题，是因为过去的中国在许多西方老百姓的眼里，是一个贫弱的国家，一个有着古老文化的遥远、神秘的存在，和他们的生活没有多少关系；但在全球化的时代，特别是中国经济的发展，中国货已经进入了他们的日常生活，中国成了和西方世界休戚相关的存在。而中国又和西方国家有着不同的信仰，不同的价值观，社会制度更是不同，在许多西方人看来，这样一个不同于己而又日趋富裕和强大的中国，是一个不确定的因素，因此在对中国刮目相看时，又有了许多疑惧，就不知道该如何认识中国，和中国相处了。而奥运会更是把世界的目光聚焦于中国，某种程度上，这是中国与世界，首先是西方世界在全球化时代的一次相遇，一次短兵相接。应该说，双方都没有作好准备，在2008年的接触中，大概双方都会觉得对方有些变幻莫测，看不透，吃不准。西方许多人在开始传递奥运火炬时，他们从自己的价值观出发，对中国有许多批评，以至要抵制奥运会；但奥运会又展示了他们所不了解的中国的另一面，让他们大吃一惊，觉得中国真是不可思议，不知如何评价。有的西方人出于对他们自己国家体制的不满，又反过来将他们所看到的或自以为的中国的积极因素加以夸大和理想化。而我们对西方的认识和态度也有一个变化：开始西方的疑惧、抵制伤害了一些人的民族自尊心，因此以非常激烈的态度进行对抗，那时西方在一些人眼里是邪恶的；而奥运会后，听到了来自西方世界的许多赞扬，有些人又有些昏昏然，同时也觉得西方人有些不可思议。因此，我相信经过汶川地震，特别是经过北京奥运，中国与西方，都需要冷静思考，调整对对方的认识。2008年无疑是中国与世界重新相互审视的重要年头。

我自己也在重新思考。我提醒自己，首先要调整好心态，以平常心对待这些相遇中的纷争。要看清今天的中国在世界大家庭中，是一个独立而日趋强大的成员，已经不是晚清的"东亚病夫"，被侵略的对象。因此，不要老是以受迫害的被围心态、弱国心态来看待西方世界，总是觉得别人"亡我之心不死"，"别有用心"，不能用"恶意假设"来和西方世界相处。同时也要防止"中华中心主义"自大心理的复活。

其次，要看到所发生的纷争，既有利益之争，也有价值之争。而世界利益和价值都是多元的，因此，如一位研究者所说："西方世界作为一个整体，既不会成为中国人所想象的朋友，也不会成为中国人所想象的敌人。"[1]因此，在西方，总会有人批评我们，拒绝我们，也总有人欣赏我们，即所谓"有人欢喜有人骂"。我们不要以为一骂就是敌人，就作出激烈的反弹；一欢喜就是"铁哥儿们"，并且自我膨胀起来。

这里的关键，还是正确地认识我们自己。我想，是不是也有三条：第一，要有民族自信力。我们有悠久的历史文化，有这么好的人

[1] 郑子平：《中国：大国思维和大国责任》，载《同舟共进》2008年第8期。

民，而且我们在不断地进步。特别是在汶川地震时所爆发的民族自救力，奥运会运动员所表现出的自强不息的精神，都是足以让我们自豪的。第二，更要有民族自省精神。中国的问题我们自己最清楚，可以说，一个真正的爱国主义者对自己国家问题的批判，是远远超过外国人的批评的，而且这都是切肤之痛，爱之愈深，审视愈严。第三，要坚信，中国的问题要靠中国人自己来解决，而且我们也能够解决自己的问题。中国必须进行全面的改革，无论怎样艰难曲折，无论改革的路有多长，我们都要坚定地走下去。我想，真正的民族自尊，是应该建立在这样的民族自信、民族自省和民族自我改造的自主性基础上的。发虚火、说大话的"民族主义"，骨子里隐含的恰恰是一种民族自卑心理。

有了这样的民族自尊、自信，我们就会懂得应该如何和世界(包括西方世界)相处，我也想了四条：要承认并尊重共同价值，最大限度地寻找"最大公约数"；要尊重差异，尊重和我们不同的选择；要善于学习、吸取别国的长处，及时调整和不断发展自己；要坚持自己的独立自主性，对外国的各种批评，其善者则听之，其不善者则不听之。

我很欣赏中央电视台主持人董倩的这句话："宽容，妥协，镇静，平常，知进知退，是大国应有的心态。"[1]

还是那句话：经过2008年的汶川地震、北京奥运，我们都长大了，成熟了，更能理性地认识中国、世界和我们自己，我们的视野开阔了，我们的胸襟扩大了。我们"想大问题"，又"做小事情"，既追求大的生命境界，又落实到日常生活实践中：这也就是我们今天所讨论的志愿者精神的一个重要方面。让我们以此互勉吧。

2008年8月20—26日陆续写成。

---

[1]《容纳、学习、吸取、调整》，载2008年8月23日《北京青年报》。

十九、和志愿者谈生活重建*

这是我这一两年一直在关注与思考，并在许多场合一再谈及的问题：基本上解决了温饱问题的中国，应怎样实现制度、文化、价值与生活的四大重建？今天，我想和诸位一起讨论其中的一个方面——生活重建的问题，或者说，从生活重建这一角度切入，在另一层面上讨论四大重建问题。

对消费主义生活方式和价值观的质疑

我想从当下所面临的全球性金融危机说起。这一次金融危机可以说是震撼了全球，并引发了对许多问题的重新思考。这样的反思涉及许多方面，其中和我们要讨论的问题有关的，是人们发现，引发金融危机的一个重要原因，就是人的贪婪，超前消费，而在消费透支的背后，是一种消费主义的生活方式；由此引发的是对消费主义的生活方式及其背后的消费主义价值观的反思。而这样的消费主义的生活方式、价值观，不仅盛行于欧美西方国家，而且在中国，甚至是在中国的农村也是大有市场，深刻地影响了许多人，特别是年轻一代的生活方式与价值观念。

---

* 2008年10月5日在中国人民大学乡建中心讲，2008年11月8日在北京大学讲。

在这里，我要向大家介绍一篇报告：《消费主义文化在中国社会的出现》（作者陈昕、黄平）。据报告的说明，所谓“消费主义是指这样一种生活方式：消费的目的不是为了实际需要的满足，而是在不断追求被制造出来、被刺激起来的欲望的满足”。它通过大众媒体的推动和扩散，已经深入中国城市和农村，在城市里表现为“求新、求贵、求名、求洋”，在农村则表现为“高收入家庭的奢侈和炫耀与低收入家庭的模仿和攀比”，而且形成“流行消费符号链条”：“村里追乡里，乡里追县里，县里追市里，小城市追大城市，大城市追赶港台地区和国外”，“从这个世界上最发达地区连到中国乡村这个最不发达地区”，这大概也是全球化时代的一个特点吧。也正如报告作者所说，“在最基本的生存需要（主要是由生理需要所决定）满足以后，对生活的其他欲求内容主要应由社会价值所决定”，因此，消费主义“它所涉及的不仅是经济问题，而且是整个价值观念和生活方式的深刻变异”。——这是一个重要提醒，我们讨论“生活重建”，实际上这样的重建已经开始；因此，我们又需要追问：这是怎样的重建？

消费主义所建立起来的是怎样一种价值观念和生活方式呢？概括地说，有以下几个特点。第一，物质第一，欲望第一，以满足不断增长、不断变化、因而永无止境的物质欲望为追求目标，在其背后是一个将人视为“物质欲望动物”的理解与想象。第二，以高消费（奢侈消费，一次性消费，高额度、大批量消费）和豪华享受为“现代生活”，这背后是一种“现代化”想象。第三，以消费能力和消费生活为社会地位、个人成功、声望的评价标准，“消费便成为人们生活意义的来源和不断追求的对象。甚至可以说它在不断地制造关于什么是‘成功人士’，什么是社会品位，以及什么是‘美好生活’的幻象”。第四，为满足无止境的物质欲望，就必然无止境地追求金钱，形成“金钱崇拜”，在中国的体制下，为追求“钱、权交易”，也会同时产生“权力崇拜”和对权力的驯服，因而，这样的消费主义是得到权力和市场的双重保护和鼓励、支持的。第五，以上一切想象、理解、追求，都是以人们想象中的“西方世界”，而且主要是“美国模式”为样板的，这背后同样有一个西方（美国）崇拜，以至“现代化、全球化就是美国化”的想象。第六，消费是有等级的，这样的消费等级尽管实际是社会不平等关系的一个折射，但却被“消费面前人人平等”的假象所掩盖，并形成了论者所说的消费伦理：“只要你能挣，你就可以花；奢侈在当今不算什么，挣不到，没得花才是问题；达不到当今流行的消费水平是你无能，是丢面子的。”由此形成的是“有钱奢侈光荣，无钱消费可耻”的舆论。在这样的舆论压力与诱惑下，就大大加剧了消费竞争。“用一切办法挣钱供消费”成为追求，也形成了高度紧张的工作和生活方式，同时产生的是随时可能被淘汰的不安全感与焦虑感，造成了许多生理和心理疾病。——以上几个方面，实际上是构成了一种“消费主义的意识形态”的，如调查报告作者所强调，当消费主义占据了支配地位时，它同时是一种“文化霸权”，它“控制了人们的消费的‘需求’与欲望，就控制了人们的价值选择和以此为前提的制度的生产与再生产”，以及生活方式的选择。

因此，这样的消费主义的价值观念和生活方式，是可以从几个方面进行质疑的。首先，如前所说，消费主义鼓励的是一次性、高额度、高批量的奢侈消费，它就必然是“对能源、材料、资源、技术以及劳动的高消耗，通常也是对环境——生态的大规模的破坏”。这个问题，我想今天已经看得越来越清楚。特别是今年所发生的能源危机、气候危机，以及接连不断的自然灾害，更是向人类提出一个警告：这样的高消费、高消耗、高污染、环境大破坏，再也不能继续下去了。不仅不允许，而且几乎不可能了。应该说，人们所称羡的美国发展模式和生活方式，是在世界殖民帝国时代的特殊条件下形成的：美国为首的西方发达国家，实际上是在国内实行高消费、高享受，而把必然同时产生的环境危机、生态危机转嫁到了作为殖民地、半殖民地的不发达国家。我们且不说这有违社会平等、公正的原则，而且在今天的世界显然已经不可能复制，像中国这样的人口众多的后发达国家再也不能，也不可能走这样的高消费、高消耗、高污染的道路了，而必须作出别样的选择。这一点，我想，在这一次全球金融危机中，我们应该看得更清楚，而且这样的别样选择具有越来越大的迫切性。

当然，更重要，也更根本的，是这样的消费主义的价值观和生活方式，它会对现实生活中的社会不平等、腐败等消极现象，以及体制和市场的弊端，形成掩盖和遮蔽，使之合法化、合理化，同时对年轻一代进行错误的引导：因为从根底上，它将导致人的异化。这里需要对消费与消费主义作必要的区分：物质消费的合理性是毋庸置疑的。我也经常引用鲁迅的那句话："一要生存，二要温饱，三要发展。"发展就不仅是精神的发展，也包括超越生存、温饱层面的物质生活的发展与享受。但鲁迅同时又解释说："我之所谓生存，并不是苟活；所谓温饱，并不是奢侈；所谓发展，也不是放纵。"（《北京通信》）消费主义的要害和问题，在于前述报告所强调的，消费的目的不是为了实际需要的满足，而是被刺激起来的欲望的满足，"人们所消费的，不是商品和服务的使用价值，而是它们的符号象征意义"，在这样的"虚幻的和无止境的需求"中，人事实上成了自己欲望的奴隶、物质的奴隶，像人们常说的"房奴"、"名牌奴"等等，而且如前所说，还必然成为金钱的奴隶和权力的奴隶。而且激烈竞争中的不安全感和焦虑感，也会梦魇般地压在人的心上，即使得到了高消费、奢华享受，也只是瞬间的感官满足和虚荣心的满足，难以产生持续而实实在在的幸福感。

但同时也要看到，这样的消费主义在中国已成趋势，不仅得到权力和市场的支持，而且事实上是得到"千百万人的'积极同意'和'主动实践'"的。而且还特别得到许多青年，也就是你们的同代人的认同，许多城市里的青年都以成为这样的高消费、高享受的"成功人士”为自己的梦想。如调查所表明，乡村年轻人，有机会出入于城市和乡村的年轻人，更是这样的城市时髦的追逐者。这都构成了消费主义的某些正当性：尽管消费主义作为一种引领社会的思潮，是存在弊病，并会产生有害影响的，但作为个人，如果是用自己诚实的劳动去追求高消费、高享受，也似乎无可厚非，我们不能用道德主义的眼光去评价、看待消费主义。

这样，我们既不认同消费主义，甚至持批判的态度，又无法从根本上来改变这样的趋势，那么，我们应该怎么办？

我们理想的“新生活”

我们只能从自己做起。

这就说到了我对志愿者的意义的一个认识。我想引入一个概念，这是后来成为捷克总统的作家哈维尔提出的，以后有机会我想和志愿者专门谈谈哈维尔的思想，今天只谈他的一个命题，叫“存在革命”，就是强调“从改变自己的生活开始，从改变自己的存在做起”，以“建设你自己”，作为“建设社会的开端”。这就是说，我们要在“现有框架内加进一个异数”，在许多人按照消费主义的价值观和生活方式生活时，我们选择另一种价值，另一种生活方式，这实际上是不公开对抗下的抵抗，用行动来开创另一种可能性。这样的另一种选择，对于我们自身，是在追求人有意义的存在，而它也会对社会产生影响，至少表明，已经成为时尚的消费主义的生活方式不是唯一的，人还可以有另一活法，而且我们坚信，我们所选择的新生活方式，是根植于人的生命存在的内在需求的，因而是有生命力的，能够唤起社会的隐藏力量，尽管眼下显得不合潮流。这其实也正是志愿者工作的意义和特点：它实质上是在进行新价值、新生活的实验，可以说是新价值、新生活的先行者，正如鲁迅所说：“地上本没有路，走的人多了，也就成了路。”

因此，我们下面的讨论，既有它现实的针对性，更是具有理想主义色彩的。

我想从五个方面来展开。

第一个要提出讨论的，自然是如何处理物质与精神的关系，也就是说，在温饱问题基本解决，人在获得生命所必需的物质以后，我们应该作怎样的选择？是像消费主义者那样，无止境地追求物质享受，以不节制的物欲满足为生活的意义，还是另作选择，不追求物质生活的奢侈豪华，而转而追求人的精神生活的发展。在某种程度上，这正是向人的生命本质迈进：人最终和动物区分开来，人之为人，就是因为人有精神的追求。这是另一种活法：追求简单的物质生活、丰盈的精神生活，做一个“外表生活俭朴，内心世界丰富”的人。用我这几年，一直向年轻朋友鼓吹的话来说，就是“脚踏大地，仰望星空”，让我们的生命向两个方面伸展：把生命之根深扎在大地，和养育我们的土地、土地上的文化、土地上的人民，保持密切的精神联系；同时，把生命的枝干，伸向星空，向超越于现实物质生活的人类的、宇宙的、历史的、文化的精神空间扩展。

这里有生命的取舍，一方面，是舍弃，“需要极少”，过简朴的生活。我最近正好看过一篇文章，题目叫《将循环经济建设成为新的生活文明》，[1]谈到循环经济的基本原则就是资源消耗的“减量化”与资源“再利用”，并据此提出了“新生活文明”的原则：“新的东西消耗得少些，再少些，旧的东西用得多些，再多些。”那么，我们这里讲舍弃，讲“需要极少”，就是符合未来经济发展的趋势的。当然，最重要的，还是人自身的发展。有人曾将这样的简朴的生活称为“自然的生活”，这是大有深意的，就是说它是更接近人的自然本性的。

[1] 潘洪其，载2008年9月1日《北京青年报》。

现在大家都在提倡吃简单的有机食品，拒绝过多的人为加工，恢复食品的自然本色，这是很有道理的：其实也不只是食品而已，人也应该过更为本色本性的生活。在我看来，这样的拒绝奢华的简朴生活或许是更接近人的生活本色、自然本性的，也更利于人的健康。另一面，还要获取，"需要极多"，就是精神的需求，人的内心的需求，应当得到最充分的满足。当下这个烦嚣的世界，外在的诱惑太多，我们对自己的内心世界反而容易忽略，而人的内心世界恰恰是最丰富最广阔最有发展空间的。内心世界的枯竭才是生命的真正危机，忽视我们自己的内心世界，这就使我们从根本上远离了人的本性、本色。

这里还有一个如何对待人的欲望的问题。我在这里要向大家介绍一篇周作人的文章：《生活之艺术》。文章谈到"中国生活的方式现在只是两个极端，非禁欲就是纵欲，非连酒字都不准说即是浸身在酒槽里，二者互相反动，各益增长，而其结果则是同样的污糟"。他因此提倡"生活之艺术"，要旨是"在禁欲与纵欲的调和"，"欢乐和节制二者并存，且不相反而实相成"。周作人认为，这样的"调和"和"节制"也就是中国儒家传统中的"礼"，他说："中国现在所切要的是一种新的自由和新的节制，去建造中国的新文明。"这是1924年，即距今八十多年前的理想，或许到了今天才显示出它的意义。因为这八十多年来我们一直在为基本的生存而努力，在大多数人饭都吃不饱的情况下，谈"生活之艺术"本身也有点奢侈；现在，我们在温饱问题基本解决以后，就可以来谈这类精神上的奢望了。

谈到人的精神生活，我在这里，想专门提出讨论两个问题。

首先，我们要使"阅读"成为我们精神生活的一个基本组成，成为一种生活方式。据说作家福楼拜曾说过一句话："阅读是为了活着。"陈平原先生在一次关于读书的演讲中，引述了这句话，并且说："这么说，不曾阅读或已经告别阅读的人，不就成了行尸走肉？这也太可怕了。"话虽可怕，但也说出了一个道理：阅读对于人的生命的意义和健康发展,是不可或缺的。据说美国总统尼克松也有一句名言:"所有我认识的伟大的领导者几乎全都有一个共同的特征,那就是:他们全部都是伟大的读书者。"他提出了一个"伟大的读书者"的概念,是很有意思的:读书能够提高人的精神境界,使你成为一个精神的"伟人"。瑞士著名作家黑塞对阅读对人的意义,有一个很好的阐释:阅读是人"获得教养的途径"。作为个体的人,我们的生活是有很大局限的,受到我们生活在其间的现实时间和空间的极大限制。我们如何和百里千里万里之外的人世间、宇宙空间建立联系?如何和百年千年万年之前的历史文明建立联系?只能通过不受时间、空间限制的阅读来实现,阅读是我们打破自身局限,和历史与现实的民族文化、人类文明建立精神联系的基本手段和途径。而有还是没有这样的精神联系,就关系着人的生命的意义、质量。可以这么说,我们正是通过阅读,使人从自然人变成文化人,由生命的自在状态进入自为、自觉状态。也就是说,我们需要从人的精神需求,从人的生命本质来重新认识阅读的意义;这样,阅读才能成为我们生命发展的内在需要,成为我们基本的生活方式。

其次,我要谈谈体育的意义。坦白地说,我是受到了奥运的启发,才思考这个问题的。而且由我来谈是有些尴尬的,因为我这个人的最大毛病,就是不锻炼身体。因此,我大谈体育的意义,只能是纸上谈兵,并且多少有些自我嘲讽的意味。

这也是我在报纸上看到的美国著名黑人田径运动员欧文斯说的一句名言:"奥运会不仅是比赛,还有尊重他人、生活伦理、如何度过自己的一生,以及如何对待自己的同类","奥林匹克主义是一种将身、心和精神方面的各种品质均衡地结合起来的人生哲学"。这里谈到体育对人的身心健康的发展的意义,以及体育背后的生活伦理、人生哲学,都是点到了体育的本质的。

我在奥运会的集中展现中所看见的体育,是一种"美丽人生"。

首先是“人体之美”。有一篇奥运评论给我留下了深刻的印象，题目是《发现美丽是奥运会的魅力之一》。[1]文章谈到，“从古代奥林匹克运动会诞生之初，展示、发现、欣赏人体之美，就是运动会最重要的内容”。作者提醒我们，“对体育运动的魅力和价值”，要“有更全面的认知和体会”：通过这次北京奥运，国人已经摆脱了“唯金牌论”的迷思，但只是一味强调学习运动员的“拼搏精神”，也依然没有走出“宏大的议题”，还需要能够“公开、快乐、健康地欣赏运动员在赛场上所展示出的美丽”。我以为，这是抓住了要害的：体育的第一要义是关乎人的个体生命的健康发展，而且首先是人的“躯体的雄健，协调，美丽”。而我们的误区，恰恰是要么像我这样完全不注意自己的肢体的健美，要么就是像某些消费主义者那样，一味地追求“美容”消费——这样的“美容消费”的问题，一是注重人为的装饰美，而忽略了人体的自然美，二是美容成了时尚，并不真正关心人自身的人体健康。对于我来说，谈“人体之美”似乎晚了一点；但对于诸位来说，却必须趁自己还年轻，一定要通过体育锻炼来达到自身躯体的强壮和协调——在我看来，这是人体之美的两个基本要素，这不仅是人的生命发展的基础，而且本身就体现了人的生命的意义，人的魅力。

当然，这强壮、协调和美丽，同时也是精神的。也就是说，体育对我们的意义，不仅是生理、身体的，也是心理、心灵的。而对肢体残疾的人（运动员）来说，这样的心理、心灵的力量的获得是更重要的，体育活动本身就构成了他们生命的意义。对肢体健全的人来说，体育活动同样也是自己生命力量的一个释放与证明，正像奥林匹克精神所强调的，体育所激发的，是一种对人的生命发展的积极的参与态度和创造活力，是对“更高更强更快”的生命状态的追求，是对人的

[1] 张天蔚，载2008年8月23日《北京青年报》。

体能极限的挑战，最终所达到的，确实是人的身心两方面的健康与“和谐发展”。我所要强调的，是人在这一过程中所获得的快乐和幸福感：这其实是最重要的。这是无论怎样奢华的消费所绝对达不到的；消费主义者可以将体育也当作一种时髦的消费，借以显示自己身份的高贵，但却永远达不到作为生命内在需要的体育活动所创造的自由的酣畅淋漓的生命境界。

第二个方面：我们的生活应该保持怎样的节奏？如前所说，消费主义者为达到高消费、高享受，必须有高收入，也就必然以高度紧张（工作的紧张与内心的紧张）的快节奏的生活为代价。问题是能不能有另外的选择？前几年我在探讨贵州的发展道路时，就接触到这样的问题。我发现，贵州老百姓在长期的农业社会里，形成了一种“安闲、散淡的生活方式”，“这样的生活方式可能带来某种惰性，必须进行一定的改造，注入更多的活力，以适应新的建设与开发的需要”。我的问题是：“我们是不是应该对这样一种贵州老百姓长期形成的，也是历史选择的日常生活方式多一些理解与尊重，并将其转化为新的建设的精神因素。比如说，我们能不能以一种‘从容坦荡的心态’来进行贵州的开发和建设，不那么急于追求高速度，而是以‘慢而不息’的精神，追求社会经济更为平稳的发展，在‘紧张’与‘安闲’、‘进取’和‘散淡’之间取得某种平衡，重建既对传统有所继承，又能适应社会发展需要的，既旧且新的日常生活方式？”（《对贵州和西部发展的一些遐想》）——这里谈到了“慢”，这也是这些年我一直在思考的问题，我发现自己所关注的无论是教育，还是乡村建设，都是“慢的事业”，都不能立竿见影，急于求成，而是需要长时间的努力，是潜移默化，逐渐见效的。因此，与之相适应的生活节奏也应该“慢”，更准确地说，是“慢而不息”，这背后是一种生命的“韧性”力量。

安闲与散淡的慢生活，还蕴含着一个生命命题，即“闲暇”对于人的生命健全发展的意义。这也是周作人所鼓吹的“生活之艺术”：

“我们于日用必需的东西以外，必须还有一点无用的游戏与享乐，生活才有意思。我们看夕阳，看秋河，看花，听雨，闻香，喝不求解渴的酒，吃不求饱的点心，都是生活上必要的——虽然是无用的装点，而且是愈精练愈好。”（《北京的茶食》）这其实正是中国的一个传统，强调“无用之用”、“无为之为”。林语堂就专门写过一篇文章，谈《悠闲生活的崇尚》，认为“爱悠闲”是中国人的“性情”，“是由于酷爱人生所产生，并受了历代浪漫文学潜流的激荡，最后又由一种人生哲学——大体上可称为道家哲学——承认它为合理近情的态度”。闲暇还有一个意义，即是“意味着人可以专注于自己乐于从事之物，在追求自己的兴趣中获得乐趣与满足”。[1]个人小乐趣，个人小自由，很容易被忽略，但对于个体生命的健全发展，却十分重要。还需要强调的是，我们所说的“闲暇生活”和“无聊的生活排遣”是有着质的区别的：后者是生命萎缩的表现，而闲暇展现的恰恰是生机勃勃的积极的生命状态。

第三个方面：如何重新认识乡村生活的意义。我们前面所说的简朴的物质生活，丰富的精神生活，有一位伟大的倡导者和实践者，就是美国作家梭罗，他的第一个实践活动，就是他二十八岁时只身一人来到他家乡城外的瓦尔登湖，自建小木屋，自耕自食两年有余。他说他的目的是要“想过一种经过省察的生活，去面对人生最本质的问题”。后来美国著名的哲学家爱默生也在这里定居，还吸引了作家霍桑等一批19世纪美国的杰出人物。后来梭罗写有《瓦尔登湖》一书，20世纪90年代介绍到中国，也产生了很大影响。梭罗和他的朋友的实践，给我们最大的启示，就是他们在乡村生活中重新发现了我们在城市的现代文明中失去的生活文明、人生意义。

---

[1] 参看《美好常常就在闲暇中·经典阐释》，见张文质主编《活着就是幸福：生命读本》。

我在一篇文章里，谈到乡村教育及乡村文化的精神资源意义。我说了三点。一是大自然的熏陶。"人在自然中"，真正地"脚踏大地，仰望星空"，这本身就是一个最基本、最重要、最理想的生存状态，同时也是最基本、最重要、最理想的教育状态。别的不说，单是在乡居生活中能够每天"按时看日出"(这是作家福楼拜提出的一个著名的生命命题)，就足以使我们感悟生命的意义，尽享生命的欢乐了。梭罗曾因看早晨的阳光，而产生"黎明的感觉"，即每天都以新的眼光，以一种新鲜感去重新观察、重新发现已经司空见惯的生活，从而获得生命的新生。正是在大自然中，我们成为一个"精神明亮的人"，这才是一个健康的人。

乡村生活的第二个迷人之处，在丰厚的民俗、民间文化资源。这也是我一再提到的，我们民族最伟大的现代思想家、文学家鲁迅，正是在他家乡的民间文化的熏陶下培育出来的，这成了鲁迅生命中的永恒。他在面临生命的死亡的危机时，总是要回到这样的童年记忆中去，从中吸取生命的力量。[1]这是能给我们以很大启示的。

乡村的魅力还在乡村生活方式本身：全家人在一个庭院里朝夕相处，邻里间鸡犬相闻，来往密切，这就形成了充满亲情、乡情的精神空间，这是用金钱所换不来的。由此形成的，是人与人关系的亲密与和谐。我曾说过，在人群的和谐与人和自然的和谐的气氛中，人的生命就进入一个沉潜状态，只有在这样的沉静的气氛和状态下，我们可以直面在城市喧嚣中被遮蔽的人生的真实，思考在城市的紧张忙乱中无暇顾及的"人生最本质的问题"，人的生命才能获得真正的意义和欢乐。

在我们中国，也有一位当代作家，他也在农村建屋，自由游走、生活在城市与乡村之间。这就是写有《马桥词典》、《暗示》的韩少功。他写过一篇《遥远的自然》。他说得很明确：人们对乡村，对自然

[1] 参看鲁迅:《无常》、《女吊》。

的“投奔”，实质上是在投奔乡村和自然“呈现的一种文明意义”，是他们“用来批判（城市）文明缺陷的替代品”。韩少功所指明的乡村和自然“文明意义”有三，一是自然造化的“没有一片叶子是完全相同”的“个异性”，而这样的个异在严格雷同的“技术高精度”和大量重复的“规模经济”中已经被完全屏除了。其二是“永恒”的感觉：“除了不老的青山、不废的江河、不灭的太阳，还有什么东西更能构建与不朽精神相对应的物质形式？”其三是“所富含着的共和理想”：“人造品总是被权利关系分割和网捕”，而“大自然无比高远和辽阔的主体，至少到目前为止还无法被任何人专享与收藏，只可能处于人类共有和共享的状态”，“世俗权利给任何人所带来的贫贱感或富贵感，卑贱感或优越感，虚弱感或强盛感，都可能在大山大水面前而轻易地瓦解和消散”。——他的这些感受和分析，尽管有些理想化，却是能够引发思考的。在我看来，城市文明和乡村文明，人造文明和自然文明是应该而且可以互补的；理想的生活状态可能还是在城乡之间自由游走。

第四个方面：重新认识体力劳动、手工劳动对于人的生命健全发展的意义。对体力劳动和体力劳动者的忽视，已经是当今中国政治、经济、社会、文化生活中的一个大误区，在理论上也有许多的混乱，是中国今后政治、经济、社会、文化体制改革中亟待解决的问题，需要另作专门讨论。这里要说的，是体力劳动、手工劳动对于人自身的意义。有一个《中华手工》的杂志，经常寄给我，我也读得很有兴趣。这个杂志的宗旨在“发掘、抢救、传承和弘扬中华手工文明”，倡导“具有综合人文价值密集型和劳动密集型之优势的手工文化产业”，我觉得很有道理，在我有关贵州发展道路的讨论中，也有过响应。[1]但我最关注的，是这样一些理念：“劳动创造世界，并且创造人

[1] 参看《对贵州和西部发展的一些遐想》。

本身”，而“手工是人类文明和人类劳动的本质”。手工劳动的最大特点，是“工具”始终“握在人的手里，与人贴近，与人融合，可谓全面意义的‘人的延伸’。这种‘物我一体’的关系，肯定了‘手’的人性力量”。在手工劳动中，不仅会训练“手(人)对工具(自然)的细腻把握和敏锐体验”，而且会“达到一种心理甚至身体的治疗和平复”，繁复的手工过程，就成为“修性，慰藉心灵的过程”，这既是“手与物的触摸”，更是“心与材料的交融”。而且手工劳动最便于发挥个人的想象力与创造力，是“技艺”与“艺术”的结合，其劳动产品“就因人的理想、情感、观念的介入，因亲手的制作，而成为个人主观意志、人格的物化”。但是，这样的手工劳动，却在现代工业生产方式一统天下的格局下，被人为地抛弃了。其后果就是论者所说的，“在国人对机械，对电脑，对一切非人的因素，愈来愈近时，甚至连我们的孩子也在游戏机面前流连忘返时，我们的动手能力也就呈现反比似的愈来愈弱，我们丧失了对世界对物质材料的亲手的触摸，我们也因此削弱了对世界的真切的感受。或许，在这个时候，手工及其手工艺产品，对我们就有一番特殊的意义了”。[1]

或许是这样吧。对我们这里讨论的“新生活”来说，这样的手工劳动，是可以给我们提供一种新的生活方式的：在自己的业余、闲暇的自由时间里，通过手工劳动来创造一种“艺术化生活”。——也真是凑巧，我正在思考这样的生活方式的可能性的时候，无意中翻到朋友送给我的一本新书——《小趋势：决定未来大变革的潜在力量》，其中一章就谈到了美国近年出现了一种新的生活时尚：有2 000万人在业余时间从事手工编织活动，其中大部分是年轻人，他们聚在一起，一边编织，一边交谈，成为一种叫作“我的空间”的社交活动。据说吸引年轻人的，是“可以用编织来舒缓紧张的身心”，并“从自己动

[1] 以上均见《中华手工》创刊号文章。

手的创造活动中获得乐趣”。而且这样的业余生活中的手工劳动的内容也有愈见丰富的趋势，如做木工，自制运动鞋、运动服、结婚戒指等等。如书名所暗示，这样的“小趋势”说不定就预示着某种生活方式以至价值观念的变革：或许这是一个更重要的启示吧。

最后，要说的第五个方面，就是要让从事志愿者活动也成为一种生活方式，也就是我曾说过的，要“把关爱他人，特别是弱者，为他们服务，变成一种习惯”，把志愿服务“渗透到日常生活中：不仅积极参与志愿者的有组织的活动，而且一人独处时也会随时随地为需要帮助的人服务”。[1]这同时也是对我们自身的现实物质生活与精神生活空间的扩大，一种博爱的人道精神的注入，达到“大生命”的境界。不然，我们的“新生活”就有可能局限于一己的小自由，小欢乐，那也就走到了我们的追求的反面。关于志愿者的问题，已经谈得很多，这里点一下题，就不多展开了。

从以上的扼要的讨论中，可以看出，我们追求的“新生活”，从另一个角度说，又是最广泛的传统资源的继承与发展。这里既有中国儒、道传统，也有新文化的传统，比如五四时期颇有影响的“新村运动”，就是提倡一种调和“物质”与“精神”，“互助”与“独立”，“手的工作”与“脑的工作”的“人的生活”。这里还有社会主义文化的传统，我们这一代人理解的社会主义，就是要“消灭三大差别”，即“城市和农村的差别，体力劳动与脑力劳动的差别，工业和农业的差别”。值得注意的是，如前面所提到的，美国19世纪的梭罗等倡导的作为西方工业文明的反叛的自然主义，也是我们所要吸取的精神资源。而事实上，今天的西方国家，美国社会也在反思消费主义，进行着新的尝试。除了这里提到的“慢生活”、“手工劳动”、“志愿者生活”以外，我在报上还看到了《十万美国人追梦现代“乌托邦”》的报道，

[1] 参看本书《“我们”是谁》一文。

据说为了应对经济的不稳定、不景气，许多美国人进行了建立“理念村”的实验，实行“简朴的生活”、“资源共享”，有大约三分之一的“理念村”建立在城市，其余则是在享受乡村生活。[1]这也许正是表明，应对人类面临的新的生存危机，探索新的价值、新的生活方式，正在成为全球化时代的一个新的趋势。

这就是说，一切还在开始。我们的讨论或许有些空泛，有些理想化，甚至有些超前，追寻的是“现代乌托邦”，显得不合时宜。我们的目的仅在引发思考，更期待实践。而且事实上已经有许多志愿者朋友在进行这样的实验。据我所知，北京农民之子文化中心的朋友就在作“简单生活”的尝试，而由一耽学堂发起的“晨读活动”正在全国各地许多学校轰轰烈烈地开展。在我看来，“晨读”正是将我们这里讨论的“将阅读与体育锻炼成为生活方式”、“生活在自然中”两者有机结合起来，提出的口号是：“青年！起来！早起来！读书去！晨曦大地，天光放亮！洪钟震响，击破长夜！拥抱这清明的寰宇，投入这浩然的天空！广大的世界里，做一个自强的男儿！”“勿惶顾迟疑！勿推脱怠惰！勿枉费辜负！日日新，赤子之心！——赞叹你健康厚实的体格！赞叹你充盈生动的灵魂！赞叹你整个新鲜生命的朴素庄严！”[2]这样的“晨读活动”实际上就是一个“新生活运动”。

“新生活”正在我们脚下开始。

2008年9月27—30日陆续写成。

---

[1] 载2008年9月3日《文汇报》。

[2] 参看逄飞：《春天的倡议——致青年朋友》。

二十、社会公益活动的根扎在哪里？

——为《新互助》创刊号而写

正荣公益基金会的年轻朋友希望我为即将出版的《新互助》创刊号写几句话。打开寄来的介绍材料，就为之一振——

“正荣公益”活动已经持续十六年了！而且，正如他们自己所总结的，这一路走来，从最初的出于爱心，“热心慈善”，到现在“开始专业化、系统化提供公益活动”，“创新公益模式”，“正荣公益的成长之路是中国公益发展演变的一个缩影”。我也因此联想起自己和公益活动组织（我习惯于称为“青年志愿者运动”）的交往，从2002年开始到现在，也有十二年了。想当年，参与这些活动，不仅人数不多，不免时有寂寞之感，而且老实说还有点风险；而现在，竟然浩浩荡荡成了一支队伍，参与者都是信心满满，其吸引力与影响力也在不断扩大。正荣公益团队的朋友说：“我们非常年轻，在公益路上，我们受过质疑、有过挫折、犯过错误，但未曾想过放弃。”这就产生了一个问题：这样的“从不放弃”的信念和信心，从何而来？公益活动从无到有，从小到大，其存在与不断发展的理由与动力，其内在生命力何在？它的根扎在哪里？我要说的话，就从这里开始吧。

我注意到，正荣公益基金会的一个宣告：它“关注转型期的中国社会问题”。这就意味着公益活动的兴起与发展是有着深厚的社会背景与需求的。我们且不谈历史，就说当下中国的现实：中国正在进入从单一的经济改革向全面改革的历史转型期。正是在这样的背景下，"社会建设"成为一个迫不及待的任务和引人注目的领域，如何建立"国家—市场—社会"之间的有机联系，成为推动全面改革的关键环节之一。党和政府的有关文件里，已经明确提出了在建设"法治国家"的同时，还要建设"法治社会"的目标，并且确定要"激发社会组织活力，正确处理政府和社会的关系"，其中一个重要方面，就是政府在简政放权时要把一部分权力交给社会，"适合由社会组织提供的公共服务和解决的事项，交由社会组织承担"，以"实现政府治理和社会自我调节、居民自治良性互动"。我们的公益组织正是在建立独立自主的、法治的、理性的"社会建设"这样的中国改革的历史要求里，获得了它的原动力和历史合法性、合理性，并且迎来了从未有过的发展机遇。

全面的改革同时也意味着一个各利益群体全面博弈的时代的到来。维护社会公平与正义，就成为决定历史转型期发展方向的根本任务。这里的关键，又是弱势群体利益、权利的维护，其自身力量的发展。这也正是社会公益组织的目标所在：所谓"公益活动"的核心就是为弱势群体服务。我注意到正荣公益基金会这些年的活动，都是围绕着救灾、助学、发展平民教育、社区活动等展开的。而且不仅是经济的救助，更着眼于弱势群体的觉醒与自身的组织化。这都表明，社会公益活动的根是深扎在底层社会、弱势群体之中的，这是它的力量的源泉，也是必须坚守的方向。

前面已经说过，我是一直把公益组织与活动看作是青年志愿者运动的，这不仅因为公益组织与活动的主要成员大都是年轻人，而且在我看来，参加公益活动是青年一代健康成长的一条正道，我十数年热心于此的原因也在这里。我在很多场合，都谈到了所谓历史转型期，不仅是社会的转型，更是一个精神的转型：我们正面临着由"物质主义时代"向"后物质主义时代"的转变。物质主义的时代，是一个以解决"生存与温饱"为主题的时代，人们追逐的核心是物质欲望与个人利益的满足；而在生存与温饱基本解决以后，就逐渐进入了一个“发展”的时代。我在最近一次对大学生的演讲里提出，这将是一个物质与精神全面发展的时代，其时代主题词应该是“健康地、快乐地、有意义地活着”，或者借用鲁迅的话说，就是要“幸福地度日，合理地做人”。所谓“健康、快乐”和“幸福”，讲的是物质与精神的关系，在维护物质利益的同时，更注重精神的发展；所谓“有意义”与“合理”，要处理的是个人与社会、个体与群体的关系，在维护个人正当利益的同时，更注重个人对社会的责任，在群体的发展中获得个人的发展。这显然是一个全新的幸福观、价值观与人生观。而且在我看来，这正是公益活动所要坚持的基本理念；所谓“公益”，就是强调谋求和维护“公共利益”，在为公众服务过程中获得个人精神的健康发展。因此，正荣公益这样的公益组织与活动出现于上一世纪90年代末与本世纪初，就标志着中国青年精神世界的一个重要转折，即由单一的物质追求转向更注重精神的发展，由以满足个人利益为目标，转向更自觉地承担社会责任。但这样的转折，又是一个漫长的历史过程。前面说到正荣公益及其他志愿者组织成立初期的孤独，就是因为当时大多数青年还沉湎于以物质的个人的利益为满足的“小时代”里，事实上直到今天仍然有许多人没有走出“物质主义”的时代。这就决定了当下的公益组织与活动，依然是一个少数已经觉悟到时代变化的青年的选择。但我要强调的，也是前文说到的，这样的公益组织与活动所具有的越来越大的吸引力与影响力，这是基于对人的基本人性的一种信心：人从根底上说，更是精神性与社会性的。同时也是出于对青春力量的一种信心：人到了青春时期，就本能地充满理想，充满对未来的想象，充满生命的活力，具有旺盛的精神追求与在社会的广阔天地施展自己的雄心壮志。由此得出的结论是：我们的社会公益组织和活动的根，是扎在人的基本人性追求和青春追求，扎在人的心灵深处的。这是它的生命活力所在，是我们“从不放弃”的依据，是它能够从无到有，从小到大，并且必然不断发展的原动力，也是我们必须坚守的基本原则与立场。守住人性的根本，保持青春的活力，立足于底层社会、弱势群体，公益组织也就永远茁壮成长。——就以此语敬赠正荣公益基金会，以及所有的公益组织的朋友。

2014年4月23日写。

二十一、在中国农业大学的演讲*

我自称宅男，就是每天宅在家里面，读书、思考、写作，不到外面去。我给自己定了两个规矩：第一条，基本上不到外地去开会和讲学；第二条，在北京，也尽可能地拒绝讲课，拒绝演讲，拒绝参加会议。所以，农大请我，我确实犹豫了很久。犹豫的另一个原因是这次会议的讲题“中国农村教育——反思发展主义的视角”有点让我为难。我因为长期宅在家里，不是不关心农村，而是对于当下农村问题只有耳闻而没有亲见。对自己不熟悉，没有亲自体验的问题发表意见，对我来说也是一个忌讳。所以，我今天没办法对你们的主题发表意见，讲不出来。还有个原因，就是今天来这么多人，我就觉得不好讲，很难满足各位的不同的要求和期待。这让我很犹豫，但最后还是决定来了，除了盛情难却，还有一个原因：我虽然宅在家里不出门，还是非常关心现实的。我自己给自己定位，是站在边缘的位置思考时代中心问题，这是我们这一代人最大的特点。有朋友读过我的《致青年朋友》，就会知道让我们这一代人不关心政治，不关心现实是不可能的。我们时时刻刻，不管处在什么位置，都在思考一些现实的问题，人文的问题，精神的问题。我之所以要宅在家里，拒绝参加各种会议，其实主要目的并不是躲进小楼成一统，在象牙塔里面逃避

---

* 2013年12月7日讲。

现实，而恰恰相反，跟现实保持一定距离以后，就可以更静下心来，去思考既是从现实出发，又超越现实的更加重大的问题。坦白地说，我宅在家里思考了很多问题，范围也很广，从历史到现实到未来，从中国到世界，从政治到文化、经济、学术等等，都在我的思考范围内。其中有一部分就有可能跟在座的朋友关心的问题有相契合的地方，今天就在这里和诸位汇报一下：2013年我在思考什么。大概有两个层面：先想宏观层面，既远且大的问题；再想现实层面的问题。可能有的问题跟你没关系，你可以不听，思想开小差；有些问题你如果感兴趣，我可以姑妄讲之，你就姑妄听之吧。

第一个问题。我今年七十四岁了，在座的诸位大概是二十岁、三十岁、四十岁，少数的可能有五十岁，大部分的人也就大概在二十岁到三十岁这个范围之内。因此我想提一个问题，你们距离我这个七十四岁的年龄还有五十年、四十年、三十年的时间，在未来的三十、四十、五十年内，你们将面临的是个什么世界，为此你们应该作什么准备，你们准备好了吗？[1]

第二个要向大家汇报的是，今年的11月、12月我一直在非常紧张地做一件事情：编一套“志愿者文化丛书”，这是和三联书店合作的。这些年我很关心志愿者运动，关心乡村建设。但我觉得中国的志愿者运动、乡村建设运动缺乏理论资源，许多理念基本上都是借鉴西方的思想资源。这当然很必要、重要；但缺少中国自己的资源，这又是个非常大的问题。我因此想到在这个方面做点工作，这套“志愿者文化丛书”初步编成五卷，即《鲁迅卷》、《卢作孚卷》、《晏阳初卷》、《陶行知卷》、《梁漱溟卷》；每卷有三部分——语录、部分原文，以及我编写的长篇导读。每本十万字左右，便于携带和阅读。可以看出，这里集中了以鲁迅为代表的新文化资源，以及上世纪三四十年

[1] 下略，参看本书《青年朋友，你们准备好了吗？》一文。

代中国乡村建设运动与平民教育运动的经验。以后，还准备编《孔孟卷》、《墨子卷》，等等，从中国古代传统吸取资源。顺便说一句，在我看来，中国最初的草根组织是墨家和他的弟子建立起来的，我们志愿者要找老祖宗的话，应该找到墨子那里去。这里的意图是很明显的，就是要发掘中国自己的思想资源，和现实的实践结合起来，就可以创造出中国自己的志愿者理论、社会组织理论、乡村建设理论。为此，这几个月来，我日日夜夜都在读这几个先驱者的全集，读了非常感动，也有很多感慨。首先是深感当年他们所面对的一些问题，恰好是今天我们所面对的问题，但另一方面又很欣慰：毕竟先驱已经把问题提出了，并且有他们的思考与实践，我们就可以在他们的基础上，继续往前想，往前做。问题是多年来，我们恰恰忽略了这些前辈的经验；从表面看起来，我们大家经常谈晏阳初、陶行知、梁漱溟，但是究竟有多少人真正认真读过他们的书，读进去的就更不多。现在正应该坐下来，好好地读他们的原著，结合我们的实践，认真思考一些关于乡村建设、社会建设、志愿者组织建设的根本问题。我理解年轻朋友，特别是参与实践的朋友，没有时间坐下来读书。正好我是一个闲人，更有静得下来的闲心，那就从我自己开始吧，也是为年轻朋友做一点服务性的工作。于是，我就认真地一个字一个字地翻读起来，然后编语录，一字字输入电脑，这是很辛苦的，我的打字速度又没有像诸位那么快，只有慢工出细活。但读得、编得都很愉快，因为我终于有了机会，与先驱们对话，逐渐发现了我所不了解的晏阳初、梁漱溟、陶行知、卢作孚。今天就在这里和大家分享。因为时间有限，就只介绍其中的一位——晏阳初先生，讲讲他的思考中和我们有重要关系的几个观点。

晏阳初的第一个思想，他首先强调“民为邦本，本固邦宁”，这是他的思想的出发点。他的原话是：“人民是国家的根本。要建国，先要建民；要强国，先要强民；要富国，先要富民。世界上无论任何国家，都是一样，从来没有哪一个国家，是国势强大而人民衰弱与人民贫困。”我读到这里为之一震。什么原因？就是长期以来，我们国家的发展模式是一条“富国强兵的发展主义道路”。所以，国富了，兵强了，而民有待富起来。我们可能到最近的几年才意识到要照顾民生了。现在，就必须对“富国强兵”的国家主义发展模式进行反思。

晏阳初说，我们口称是个民主国家，但是这个国家的大部分人没有解决问题的能力，并没有解决问题的权利。这就提醒我们注意：讲人民穷困，不只是经济上的穷困，更有权利上的贫困。这样会造成什么样的老百姓呢？晏阳初指出，问题来临时中国老百姓通常是三种态度，一是“冷漠旁观”，二是“惊骇躲避”，三是“抑郁烦闷，暴躁妄为”。原因就在国家富裕，人民没有得到相应的权利和他应该有的觉悟。这种权利、觉悟的缺失、丧失，就会造成严重的后果。大家都知道，今天的中国充满了各种矛盾。问题发生了，老百姓一开始是默然冷视，然后是逃避，逃避之后就是妄为，就成了暴民。从顺民到暴民，这样的迅速转换，在历史与现实的中国，是随时、随处发生的。在晏阳初看来，中国这样大的国家，无论是产生顺民而导致专制，还是转为暴民而发生暴乱，都不仅会毁了中国，还会毁了世界。我觉得晏阳初当年这个警告在今天也是触目惊心的。

其二，晏阳初强调，他讲的人民主要是指农民，第一，“乡下人占全人口的绝大多数”，第二，“世居城市的市民，他们的祖先，什九都是乡下人”，因此，“不但代表中国国民的应该是农民，连中国的人种也是出于农村”。“民为邦本”在中国就是“农为邦本”。晏阳初要追问的，是尽管中国自古都是强调“农为邦本”，为什么到了近现代社会，农民就不能成为根本，大家都忽略农民、农村问题呢？他有一个解释：我们中国的现代发展模式是从外国搬来的，走的是一条工业化、城市化的道路，各行各业的建设都是以城市为中心。在他看来，城市中心的发展模式不破，中国农村、农民问题永远不能解决，农民永远不会得到应该有的地位。——这点我听了也很触动，我立刻想到了中国农村教育，其最根本的问题就是以城市为中心。我们培养学生的全部目的就是让学生考上大学，流动到城市，来了以后再也不回去了。当然农民进入城市，农民往上流动，这是他的权利，我认为这没有错。上大学，到国外去留学，这都是农民和他们的子女应该享有的权利。但另一方面，将其绝对化后，把应试即考上大学为教育的唯一目的，就会产生许多问题。现在的农村中学的状况就是这样：一切教育资源都用在保证几个尖子学生能够考上大学，提高学校的升学率，其他没有可能考上大学的学生都是陪衬，基本上处于被淘汰的地位。其结果，就是发生毕业学生的两极流动，一部分爬上去了，再也不回来；一部分就往下流动，成为底层游荡子，甚至成为黑社会的后备军。在我看来，这是农村教育基本的问题，是城市中心的农村教育的必然后果。

其三，晏阳初提醒说："乡村改造仅仅是方法，而人的改造才是目的"，"我们乡村改造的目的不是使人摆脱困境，而主要的是在摆脱困境过程中，真正开发出个人和社会的发展与创造能力"，"使个人和社会都得到良好的全面发展"。所以他提出，如果不对农民的发展足够注意的话，有一天中国农民吃饱饭了，但"却不能成为自由的人"，"那是可悲的"。——这也是一个重要的警示。今天中国大部分农村，吃饱饭的问题都已经或能够解决，成问题的是农民不是自由的人。这也正是晏阳初所强调的：发展农村教育、农村建设的目的是让农民成为自己管理自己的主人，进而成为管理国家的主人。至少有三个东西：第一，要有农民的觉醒；第二，农民要拥有全面的权利；第三，要让农民组织起来。他说，离开农民觉醒，离开农民组织化，农民永远不会是自己命运的主人。这些都点到了中国农村问题的要害，当年如此，今天也如此。

晏阳初的第四点意见，谈到乡村建设运动的发展问题。大家知道在上世纪30年代，中国的农村教育和乡村建设达到一个高潮，但晏阳初却提出，高潮时期“危险性即潜伏其中”，因为一时起劲，“成为最时髦的口头禅”，最容易变成泡沫，“再过几年以后，也要变成无声无息”。为什么乡建运动、平民教育运动其兴也速，其灭也速？晏阳初作了两个分析：第一，根本的问题是我们所推动的乡村建设、农村教育是不是符合农民的需要？实际是存在两种危险，一是打着农民需要的旗帜，实质上是换包，是某个利益集团的需要，这就是挂羊头卖狗肉。二是把自己认为的需要当作是农民的需要，那也会出问题。晏阳初语重心长地说：“一个强加于人民的计划，即使其出发点是为了人民的利益，也会由于不能满足人民的真正需要而宣告失败。”我就给到农村去的大学生朋友提醒过：不要好心办坏事。不要以为自己满腔热情地想为农民办事，就一定会给农民带来好处。有时候适得其反，给农民带来更大的祸害。听说有的农村学校已经不欢迎志愿者支教了，原因是你给人家添乱。一定要记住这一点：你自己觉得需要的，不等于就是农民的需要。这就有了一个问题：究竟什么是农民真正的需要？这就需要真正深入到农民中去，了解农民真实的需要是什么。晏阳初说，任何改革如果不是农民需要的，不管搞得多么漂亮多么热烈，最后是一场空，无法持续。这是一个重要与及时的警告。晏阳初的第二个分析，也非常重要，就是你的改革有没有在农民中打下坚实的基础，有没有生根。什么叫生根，就是必须使农民成为农村改造的主力，农村建设、教育的真正的主人。因此要防止救济式的农村改革，把农民当成救济对象；更不能搞什么“模范村”，这是当官的需要，与农民无关。这确实是一个深刻的历史教训。我专门写有一篇文章，谈到从五四开始，中国青年、知识分子曾先后五次到中国农村中去推动农村改革，但每次都是雨过地皮湿，去时轰轰烈烈，走后烟消云散。什么原因呢？因为搞的就是晏阳初这里批评的救济式的改革，或者是模范村式的改革，都不是农民自主的，外来的人走了就完了，它没有生根。

第五，晏阳初的乡村建设思想是不断发展、完善的。大概有三个发展阶段。最初，他的着力点在农村教育，教农民识字，扫除文盲。但随着对农村问题的深入了解，就发现仅仅解决识字问题，还不能给农民带来实际利益，而且有危险：农民和他们的孩子识字了就走了，不回来了，因为农村没有根本改变，留不住有文化的农民。于是就进入第二个阶段，提出识字教育、生计教育、卫生教育和公民教育的全面教育。与之相适应的是农村的全面变革，包括经济、思想、文化、教育、卫生、科技的一系列的改造。但晏阳初又发现了一个问题：我们在这辛辛苦苦改造农村，县太老爷们却照样剥削农民怎么办？这就涉及一个更根本的问题：如果仅限于经济改革，农村基础不改革，政治不改革，上层建筑不改革，改革不可能彻底，官员们还会利用他们的政治权力，继续剥削农民。于是，就进一步提出，农村改革，最重要、最根本的，是要进行县政改革，县一级政权、政治体制的根本改造。之所以强调县一级，是基于对中国国情的一个估计："中国的基本政治是地方政治，没有好的县政，产生不出好的省政，没有好的省政，亦产生不出好的中央政治。所以县政是直接影响民众的政治，是老百姓的政治"，"中国整个的基本问题可以说是县地方政治"。县政不改革，农村改革是没有希望的。从晏阳初的三大步改革轨迹来看，晏阳初是真正为农民所想的，他逐步深入地抓住了农民的真正需要，抓住了中国农村的根本问题。

他由此而提出从事中国乡村建设运动的两个基本指导思想和方针。一是"要建立一个立体的网络结构"，不是单一的改革，不要零零碎碎地改，要形成改革体系。每个人到农村去想做件好事很容易，但是单独的、零碎的做些好事是不行的，解决不了农民的需要，必须进行整体的改革。其二，不能枝枝节节，要抓住根本问题，作统筹的安排。农村的各种问题是纠缠在一起的，单解决一个问题，别的问题不解决，反过来妨碍这个问题的解决，最后一事无成。这两点——打破零碎的改革，要整体的改革；打破枝枝节节的改革，要进行统筹全面的改革，我觉得这可能也是当下中国农村改革的要害，而进行县政改革，更具有极大的迫切性，可惜至今也还没有被列入议事日程。

最后谈谈晏阳初对于中国的农业大学的改革的看法，或许同学们更感兴趣。他尖锐地指出，中国的大学教育是从东洋和西洋抄来的，并没有结合中国的实际。中国的农业大学搞研究，老农种自己的地，这二者没有什么联系。基于这样的问题，晏阳初提出，农业大学的改革要遵守三条原则：第一，要站在农民的立场上解决实际的问题。第二，不要为研究而研究，重在推广。第三，在发展应用科学的同时，要深入农村，结合农村实际来改革农业大学教育，要走一条"大学教育与乡村建设运动相结合"的道路。

从以上简单的介绍里，同学们大概已经能够体会到晏阳初思想的丰富、切实，尤其切合当下中国的农村、社会现实。在座的研究中国问题的老师和同学可能需要补一下课，要认真地研究我们乡村建设的先驱们，像晏阳初、陶行知、梁漱溟、陶行知，他们的思想与经验。相信你们只要一打开他们的原著，就会像见到老朋友一样，进行心的交流，会有很多很多的话要说。我今天的讲话，就算是一次引见吧。

二十二、如何建立“文化身份自信”

——给“新农民工”的一封信

2004年12月，我收到江苏的一位年轻人寄来的信和一本《“新农民工”对话录》。所谓“新农民工”是指“从乡村走出来的大学生，尤其是那些相对贫困的农村走出来的大学生”，他们有这样的自我心理分析：“我们身上时时显现着一种强烈的‘身份强化意识’，总是有意无意地对贫困、落后、老土的农村孩子的文化身份进行强化（想摆脱却摆脱不了），既包含着强烈的自尊，也夹杂着强烈的自卑，用这夹杂着自卑的自尊把自己包裹起来，拒绝任何同情、怜悯，甚至真诚的帮助，从这种自戕行为中寻找快感和心理平衡。它促使我们不断奋进，同时又造成我们目光的狭隘，成为怯懦的退缩的借口和受伤后寻找慰藉的栖息地。”《对话录》还谈到自己的“双重失语”：“在城市人眼里，我们是‘乡巴佬’、‘土包子’，在乡亲眼里我们又成为‘城市人’，无论在哪里都无法得到一种归宿与认同。”他们这样描述自己在回家过程中的感受：开始“总带些衣锦还乡的荣耀感”，“面对乡村，我们这些‘新农民工’所流居的城市反而成为在同龄人面前值得炫耀的资本”；但是，每次回来却又“有一种心理创伤感、失落感，在传统伦理的回归欲望和心理张力之间摇摆。似乎有一个循环的圈子：走出乡村——试图融入城市寻求心理认同——逐渐遗忘乡村——由于身份强化意识作用，加上在城市受挫，开始觉醒回归的欲望——在乡村失落受挫——回城疗伤——试图重新寻求认同”。《对话录》最后说：“一旦走出来，我们就无法回头了，无论如何我们都不会再回去了，我们不愿意我们的后辈，我们的孩子，再像我们一样艰难地走出来，甚至是更艰难地走出来。”

这封来信和《“新农民工”对话录》，让我思考了许多问题，当即写了回信，并将它收入了我的《致青年朋友》(中国长安出版社2008年版)一书中。最近，我又有机会读到了打工者写的关于回忆家乡、表现乡愁的诗歌散文作品。作者应该是比八年前给我写信的农村出身的学生更加年轻的、名副其实的“新农民工”；但我从他们的创作里，依然读出了当年引发我思考的问题：关于乡村文明的命运，关于流动于城乡之间的一代人的文化身份。于是，又想起了当年的通信，并作了一些新的补充，并以此奉献给今天的新农民工朋友。

那位江苏的朋友当年给我的信中，一开始就说了一番话，谈到对我的印象：“您比较可爱，感觉您生活很开心，充满激情，还有一点，就是据说您的字比较难看。”于是，我的回信也这样开头——

××：

我的字依然难看，但我仍然用笔给你写信了，因为我觉得亲笔写信，更要亲切些。

读了你们的对话，心里很不好受，我一直在关注你们这样的“新农民工”，“城市里的乡下人”。从你们的来信里，我看到了残酷的真实。你所说的在城乡之间流浪的失根状态，以及由此产生的“身份强化意识”和“失语”，以及走不出“离去——归来——离去”的生命循环，是一个现代社会的普遍现象。其实鲁迅的《故乡》写的就是这样的生命形式。最近我也在和一些年轻朋友讨论“漂泊者”与“坚守者”两种生命形态及其所存在的生命危机。

所谓漂泊者，就是离开家乡，到远方去发展；坚守者就是不离故土，在本地寻求发展。应该说，这两种选择，都是自有意义与价值的，每个人都有自由选择的权利。但不同的选择也各有自己的困惑：漂泊者会因为灵魂的无可着落而陷入归来与继续流浪的两难；坚守者也会因为不堪承受生活的艰难而面临逃离或继续坚守的困顿。但如果他们自有家园，就会大大缓解各自的困惑：漂泊中会有乡思，困守里也自有依傍：他们都是有根的。你们现在所面临的危机，并不在于漂泊在城市，而是在你们的内心里，逐渐将生养自己的乡土遗忘。坦白地说，由于你们从小受到的教育的失误（这里暂不作讨论），你们对自己的家乡、土地上的文化与乡亲，本来就相当陌生；如果现在又产生了认识、情感、心理上的疏离感和逃离感，这就有了釜底抽薪的危险。而另一面，你们又事实上无法融入城市社会，这就陷入了两头不着地的尴尬，成了无根的一代人。

在这个意义上可以说，你们现在正面临一个寻根的生命命题。而要寻根，又必须解决认识上的几个问题。这也是我想在这封信里，和你及你的朋友探讨的。我的意见不一定正确，只是想引发思考与讨论。

首先，是不可回避的乡村文化的败落。我曾经说过，乡村文化具有现代城市所不可企及的三大优势：一是生活在大自然中，既脚踏大地，又仰望星空，这是人的最佳生活方式，也是最好的教育环境；二是深厚的民间文化，包括民间戏曲、民间节日等等，中国最伟大的现代作家鲁迅就是他的故乡里的社戏培育出来的；三是浓郁的乡情，家庭、家族、邻里亲密接触、和睦相处的农村日常生活里，充满了人情，乡村伦理与智慧，是最有利于人的健全成长、发展的。但是，这一切都在消失，农村生态环境的恶化，民间文化的商业化，家庭邻里关系的淡漠、紧张与陌生化，以及传统乡间伦理秩序的解体，新的合理的价值秩序又远没有建立，剩下的就只能是金钱与利益，能不能赚钱成了衡量自我价值的唯一标准，消费文化成为农村主宰性的意识形态。应该看到，你们这一代的农村人，就是在这样的乡村文化败落的背景与环境下成长起来的。这样，你们也就很自然地无法对乡村文化产生亲和感和皈依感，但同时城市文化对你们又始终是遥远而陌生的。这就是我们前面谈到的你们的失根状态的更深层次的原因。但你们中有些人还保留着一些童年的乡村记忆，于是就有了你们自己的诗歌、散文创作中的乡思与乡情，其中充盈着你们对遗存的乡村文化的感悟和记忆，将其置于前述乡村文化败落的背景下，就显得弥足珍贵。

接着的问题是，如何看待这样的乡村文化的败落？有人认为，这样的败落是必然的，而且是一种历史的进步，或者说是历史进步必须付出的代价，因为随着城镇化的发展，乡村文化最终是应该消亡的。这样的观点的背后，是隐含着一个更大的问题的，即如何看待和对待农业文明（乡村文化）和工业文明（城市文化），以及它们二者之间的关系？这也是我要和你们讨论的第二个问题。这种以农村文明的败落作为农村城镇化、现代化的代价的主张，是有着三个理论观念支撑的：其一，是农村和城市，农业文明和工业文明，乡村文化和城市文化的二元对立，二者具有不包容性，必须作出非此即彼的选择；其二，是所谓“文明进化论”，采集文明、渔猎文明——农业文明——工业文明是一个直线的进化运动，后者比前者具有绝对的优越性、进步性；其三，这是一个取代，以至消灭一个的时代，后一种所谓“体现了历史发展方向”的文明，只有通过前一种“已经落后于时代”的文明的毁灭，才能取得自己的历史性的胜利。但这三大理论在我看来，都是可疑的。其主要问题是对工业文明和城市文化的理想化与绝对化，在全球工业文明已经日益陷入危机的情况下，就更显得有些一厢情愿。当然，我们也不能因此而走到另一个极端，将农业文明、乡村文化理想化与绝对化。我们总是在农业文明和工业文明两个极端来回摇摆，其思想根源，就是工业文明与农业文明，城市文化与乡村文化的二元对立。如果不从这样的非此即彼的思维模式中跳出来，我们就永远走不出在钟摆中不断损害农民利益的怪圈。我们应该以更加复杂的眼光、态度和立场，来看待历史和现实的各种文明形态。首先要确认：它们都是在自己独特的历史过程中生长起来的，而且都是在长期实践中创造出来，并寄托了一代又一代人的理想的生存方式和生活形式，因而都有自己的独立存在的价值，而且积淀着某种人类文明的共同价值（如农业文明、乡村文化对人和自然关系的和谐，人与人关系的和谐的注重，工业文明、城市文化对科学、民主、法制的强调，等等）。但同时，又各自存在着自己的缺憾和问题，形成某种限度，也就为另一种文明的存在提供了依据。也就是说，各种文明形态，既是各不相同，存在矛盾、冲突，相互制约，又是相互依存和补充的。由此形成文明的多样性和文明的生态平衡。

以上讨论，在有些年轻朋友看来，或许有些抽象和理论化；其实，是和你们的人生选择和文化选择直接相关的。前面说到，你们是游走于农村和城市之间的一代人，从一个角度看，你们因此容易陷入两头不着地的失根状态，这一点，我们前面已经讨论过，你们自己也会有深切的体会。但我们能不能换一个角度思考：这样的身份，有没有自身的价值？你们出身于农村，自然地就有对乡村生活与乡村文化的感受、经验、体验和记忆，而且你们的父母现在依然生活在农村，这都决定了你们和中国的乡土，乡土上的自然、历史文化，以及世代生养在土地上的父老乡亲，有着天然的血缘关系和精神联系，这是你们天生的一个优势，是许多城市人所不能企及的。我多次和出身于城市里的大学生说，你们必须到农村去，进行补课，因为不了解农村，就不可能真正理解中国。而另一方面，你们出身农村，又走出了农村，来到城市发展，以后有条件和机会，还可以出国，走向世界：这都是你们的权利。任何人都不能限制农村出身的人接触更广大的城市文化、世界文化，你们应该抓住这个机遇，以更开阔的视野，接触和接受人类文明的一切成果，以突破农业文明、乡村文化的局限，从而形成固守在农村里的人所没有的另一种优势。这就是说，出身于农村，又来到城市发展的诸位，如果善于利用自己的特殊身份，既珍惜、保留、深化与发展自己的农村经验，又广泛吸取城市文化和世界文明的积极成果，就会形成双重优势，这是单有一个方面（无论农村与城市）的经历和经验的同龄人所不具有的。我曾经说过，一个人，如果能够自由出入于城市与乡村，高层与底层，中心与边缘，精英与草根之间，那就能得到更为健全的发展。当然，你们现在距离这样的境界，还相当远，但你们出入于城乡之间的身份，就有了一个很好的基础。目前这只是一个潜在的优势，需要你们自己去将其转化为实实在在的现实优势。如果你们采取相反的态度，以自卑心理看待自己的农村出身，甚至恨不得将其作为包袱彻底抛弃；另一方面又因为融入不进城市文化而怨天尤人，那么，这些潜在的优势就都转化为劣势，就真正陷入了“身份困境”。在某种程度上，主观选择是决定一切的。你们现在正处于人生选择的关键时刻，而首先要解决的是文化选择的问题。具体的人生道路，比如继续在城市发展，还是重返农村发展，都不是最重要的，有了乡村文化和城市文化的双重优势，无论在哪里发展，都会有不同于他人的自己的特点与优势。认真考虑农村文化与城市文化的关系这些问题，并作出正确选择，是非常重要而迫切的。这也是我最想向诸位提出的建议，希望能够引发你们的思考与讨论。

2004年12月9日写，2012年12月22日补充。

二十三、如何看待“80后”这一代人

这是原定在北大团校组织的“生于80年代”作文竞赛颁奖大会上的讲话稿，我作了认真的准备，期待能有和北大学生的一次对话的机会。但后来会没开，我保留了这份讲稿。

感谢这次征文的组织者让我参加评奖工作，给了我一个了解“生于80年代”的当代中国大学生的机会。

我在北大教了二十多年的书，比较熟悉的，是“知青”那一代(生于四五十年代)和“改革”那一代(生于六七十年代)，现在，都是你们的父母、老师辈了。我在北大的最后一批学生，是80年代上半期，也即1980—1983年出生的，我已经不太了解了。而诸位大都是我2002年退休以后入学的，我们之间自然就相当陌生了。而这次征文却使我们相遇，以至今天我能走到你们中间，这也可以算是我晚年生活中的一件幸事吧。

第一次让我注意并思考“生于80年代”这一代人，是前不久我看到了《中国青年报》发表的《青年调查》。其中有两点，引起了我的很大兴趣。

首先是一个数字：“根据《中国统计年鉴》数据，从1980年至1989年的10年中，中国约有2.04亿人出生。即使排除中途‘夭折’的，‘80后’也有2亿人左右，其中多数生长在农村。”2亿人，这可不是一个小数目，这确实是一个不可忽视的青年群体，何况他们将要或已经开始接班，他们中间的代表，像姚明、郎朗、刘翔，甚至已经成为中国形象的象征了。这自然要引人关注。

但这同时又引起了争论，主要是对这一代人的看法与评价。这份《青年调查》提供了一组数字，显示出“‘80前’看他们”与“‘80后’看自己”之间的同与不同，这是很有意思的。我注意到，有两点比较一致：一是“重视外表，讲究穿着”，“80前”有73.2%，“80后”有59.3%都这么看；二是“生活离不开网络，QQ、网游是最爱”，“80前”有78.3%，“80后”有48.2%，都认同这样的描述。但一涉及评价，就显出极大的差异。比如，“80前”人普遍认为这一代人“永远以自己为中心”，“道德观念、是非观念、责任感普遍不强”，“总是高估自己的能力”，持这样观点的分别为61.4%、61.4%、64.2%；而“80后”认同这样的评价的比例分别为28.7%、29.9%、28.1%，可以说大多数不能接受这样的批评。于是，就有了“请别误读这2亿青年”的呼吁。

对这样的争论，我有几点看法。

首先我们要注意，尽管由于人的成长总是和时代的发展有密切的联系，同时代人会显示出某些共同或相近的特点，我们也因此可以作出这样那样的概括，但一定不可忽视个体的差异，更要警惕，不要以“代”的特征而掩盖了每一个活生生的生命个体的特殊存在、特殊问题与特殊魅力。正是在这一点上，显出了这次征文的一个特点：大多数文章都是相当个人化的叙述，谈的是个人的真实经历、个人真切的生命体验，真诚地吐露个人的精神困惑，我们或许可以从中感受、把握“一代人”的精神风貌，但其个人的特殊性却更有吸引力。

而在对“代”的特征作概括时也要小心。切忌以点代面，以偏概全，仅根据一部分人的特点或问题，就作出整体性的概括。比如说我在一些场合、一些文章中曾对当代青年，大概也包括“生于80年代”人中某些人的利己主义倾向，调侃人生的态度，提出我的担忧，但是否据此作出“利己主义的一代”或“调侃的一代”这样的概括，则一定要谨慎。

另外，强调“代际差异”时，也要防止过分夸大，因为无论时代的发展，还是人的生命成长，都有连续性；年轻人总是在上代人，甚至上几代人的影响、熏陶下成长的，也就必然有生理与精神的遗传基因，从而显示出代际相承、相融的另一面，这也是不可忽视的。如我在前面的点评中已经提到，好几位同学的文章里都出现了长辈形象，深情地写到了自己成长过程中的精神传递，这都不是偶然的。

其次，在我看来，作为一代人，他人的看法固然重要，但更主要的还是自己如何看。鲁迅就谈到中国长期以来，总是处于“被描写”的地位，而别人（例如外国人）的描写，就难免有误读、偏见，以至曲解；因此，最好的办法，就是自己来描写自己。这大概就是这次“生于80年代”征文比赛的主要意义所在。这是一次自觉的自我描写、自我呈现，它有助于人们更真切，因而也更正确地看待这一代人，克服有意无意的偏见；它更是一次自觉的自我审视、自我反省，是一次契机：同代人一起来回顾自己所走过的道路，检讨自己所存在的问题，共同面对自己所面临的挑战。

最后我要说的是，前述《青年调查》中所显示出的前代人对后代人的指责、批评，以及后代人对这样的批评的不满与反击，在历史上是屡见不鲜的，也可以说是一代传一代的。我曾写过一篇《我看90年代北大学生》的文章，就提到“我在研究近百年历史时，早就发现，几乎每一代人都不满意于下一代，而且批评的言辞都差不多。比如手头这篇《老实说了吧》，就是刘半农（五四那一代）批评生于30年代的青年的，说他们不认真读书，又喜欢乱骂人等等。如今生于30年代的（还有四五十年代的）青年已经成了婆婆和爷爷，他们对后辈（也包括生于90年代的青年）的批评，仿佛也是不读书、好骂人之类：这历史的循环是耐人寻味的”。我又说了一段话：“然而历史照样前进——每一代人都被他的上代人所不满，最后还是接了上一代的班，完成了历史赋予他们的使命，以至有资格来批评下一代人。”现在，一些生于70年代的青年，不也在批评你们这些“生于80年代”人了吗？

我由此而得出一个结论：“为下一代人，尤其是年轻人担忧，实在是杞人之忧。每代人会有他自己的问题，但既不能看得太重，最终也要靠他们自己来解决问题。一是要相信青年，二是要相信时间：这大概也是我的两个基本信念吧。”

这篇文章写于1997年，距离现在已经有八年了。但我今天面对新世纪的北大学生，“生于80年代”的一代人，也还是坚持这两大信念，所要说的还是这句话：自己来解决自己的问题，走自己的路。

2005年5月17日写。

（附）北京大学团校主办
“生于80年代”征文比赛评语

特等奖：《黑白翩翩》（钱好）

本文讲了一个“我和外婆”的故事，一个小小城镇的故事，这都是个人化的叙述，却无意中折射出了一个时代的一代人的身影：“生于80年代”的人，有许多都是在隔代教育下成长的，和作者一样，他们的父母都在“远方”求发展，这一代人就更多地从奶奶、外婆那里接受精神的滋养；而小城镇正是现代中国与乡土中国的接合部，本文最后写到的老屋变成废墟的场景是具有典型性的。这样的成长背景下所形成的精神特征和气质，是读者阅读本文所最感兴趣的。

正是在这方面，作者以她细腻、优美、轻灵的叙述，给了我们很大的满足。作者的感觉很好，有很强的细节形象记忆力，字里行间，流泻着内心世界的温情、柔韧与感伤，这都让人感动。

一等奖:《泽国》(高小井)

这又是一个小城镇的故事,以至我怀疑自己是否对这样的故事有些偏爱,因此,对要不要评以一等奖,曾有所犹豫,但最后,从文字的功力考虑,还是选了这一篇。

当然,同样是讲小城故事,本文还是自有特点的。作者说“从泽国到县城,从县城到杭州,直到来到这个据说与国家历史息息相关的所在,我一路走再没有回头”,但这篇文章却显然是一个回顾,于是就多少有了理性的思考。和前文几乎全是感性的抒发不同,本文的结尾,讨论了“80年代后”的“定义”,作者概括为“他们是最后能忆起火光的一代人”,而据说“他们之后的孩子彻底地迎来了另一个时代,这时代异常的瑰丽,但它缺乏野性的火,灵性的火,只可意会的火呵,寻常百姓的火”。这“生于80年代”人对“之后”的一代人的看法本身,就很有意思,只是不知道“之后”那一代人是否同意这样的比较与分析?

二等奖:《生于80年代》(刘越南)

本文和下一篇,都是以本次征文比赛的题目命名,有点像命题作文,而这一代正是在这样的命题作文训练下成长起来的:这一点本身就很有意思。但我这么讲,并不含有贬义,否则我就不会将两篇文章都评为二等奖了:命题作文也会有好文章。

本文还有一个特点,就是有极强的针对性,是对人们(主要是成年人)对“生于80年代”人的种种批评性的概括的一个辩驳,因此,本文是可以被视为这一代人的宣言的,是“自己描写自己”的一次自觉的努力:这本身就具有一种意义。

于是,我们极有兴趣地读到了这样的陈述与宣示:“我们仍是单纯的孩子”,“我们并非没有理想”,“我们已经学会面对现实,并在现实中享受生活”,“我们不是随便被安置的一代,我们需要独立的思考”,“我们不会再是象牙塔中不食人间烟火的小孩,年轻的我们将建设自己成熟的理念和信仰,建设具有‘独立之精神,自由之思想’的品格的堂堂正正的人格”。

而我最为欣赏的是这句话:“我们成长的路途并不平坦,但我们永不退缩。”——在我看来,不管面临的生活如何严峻,我们永不退缩,永不放弃:这应该是这个时代的最强音。

二等奖:《生于80年代》(李震)

和前文不同,本文更多的是一种自我反思和反省:我非常欣赏这样的自我解剖的精神,这是鲁迅那一代人开创的精神传统,现在在“生于80年代”的这一代人中得到继承和发扬,是令人欣慰的。在我看来,是否具有自我反思、反省的精神与能力,是一个人或一代人能否成熟的重要标志。

而本文的反省的意义在于,它所提出的问题,实际上是我们这个时代的一系列悖论,如“衣食无忧”,就可能失去对“未知”的追求与向往,失去生活的动力;“多元”会变成没有“评判”,没有“理直气壮的热爱和憎恨”,甚至失去了“生命中为人类公认的准则”,“一切在混沌中混淆”;于是,我们“由思考着的动物进化成无思考的人”,生活中只有“假声假气的哀号者、口水飞溅的愤怒者、虚弱的呻吟者、冷眼的逃避者”,却没有真正的“创造者”。

——这些,不只是“生于80年代”的人,而是我们所有的人,包括我自己,所面临的共同的问题。因此,本文对大家都是一个警示:它逼我们思考。就为此,我们也应该感谢本文的作者。

三等奖:《怀念我的童年》(明丽)

以下两篇都是对童年的怀念:“童年”似乎是这次征文许多文章

的一个中心词。这可能是“生于80年代”人脱离童年不久，于是就有了这样的回眸。

而本文提供的是另一个背景——这不仅是青年时代对童年时代的怀念，更是身居城市的“我”对乡村生活的怀念，也就是说，童年记忆是与乡村记忆合一的：“童年印象中，贫穷却宁静的乡村人缺乏但也无需安全和防范的概念”，“调皮的童年，不分富贵贫贱，肆无忌惮地打闹嬉笑”……

本文还提供了一个背景，也许是更加触目惊心的：“今天的故乡的孩子再也体会不到夏日里捕蝉嬉水的乐趣，因为绿树不再成林，小池不再清澈”，“失去的不仅仅是略带野性的童年，总感觉没有了乡村的宁静、和谐、朴素和天然的浪漫，没有了夜不闭户的安全，随意出入的自由，也没有了人与人间的信任、热情……”

于是，就有了作者也不回避的本文浓厚的怀旧情调，它出之于年轻人的笔下，至少对于我是一个惊讶。或许这正是表现了“生于80年代”人的童年记忆和现实感受的丰富性与复杂性吧。

三等奖：《漫步童年》（陈日新）

这是另一种童年记忆，如作者自己说，是一次“为自己创造最完美的童年”的自觉努力。

因此，文章有一点温馨的情调：“想起了小时候好多好多的事，它们挤在我的心中，争先恐后要涌出来”，“很暖很暖的午后，很暖很暖的笑脸”，“在别人的故事中，我创造着自己的故事，我所创造的心灵空间，是所有人都无法了解、改变和支配的。我喜欢窝在这样的一个世界中，悄悄地懂事，悄悄地成长”，“对生活永远怀有好奇，永远带着发现与快乐的目光，永远不怕尝试，不怕失败，简单一点对待身边的人和事，毕竟，生命的意义不就在快乐吗，别人快乐，自己也快乐……”——我情不自禁地抄了这么许多，因为这样的童年是健康、美好的，是令人羡慕的啊！

但作者却于不经意中透露了一句：“人，对于自己永远也不能得到的东西，总希望它完美。”那么，这“完美”的背后是隐含着许多童年与现实的“不完美”的，在唯美里依然流露出感伤——为什么在这一代人的笔下，或精神气质里，总有排解不开的感伤呢？

三等奖：《忽然长大》（罗建岚）

这一次征文中，有好几篇都是以“成长”为主题的，这是其中写得比较好的一篇。

文章最吸引我的地方，是充溢全文的时间感：“过往”——“现在”——“未来”。人在时间的流逝中成长，而“生于80年代”，刚进入大学这一代人强烈感受到的，是成长的烦恼，以至恐惧：“今天我企图用最华丽的辞藻填充我逝去的过往，却猛然发现现实中自己已然不堪”，“才发现曾经是多么无忧无虑。准备好姿势，奔跑，只朝一个方向；现在，前面却是无数个出口，只等我做抉择。选择什么呢？以什么样的姿势去追逐？起点在哪儿，终点又在哪儿？”……

这不是“少年不知愁而强说愁”，这是对自己的真实困境的正视，“不相信永远，不相信永远”，一切都有待自己去解决，自己去创造……

于是，就有了“忽然长大”的感觉。

这感觉是美好的。

二十四、当今之中国青年和时代精神

——震灾中的思考*

将灾难转化为育人、治国的精神资源

“当今之中国青年和时代精神”是学堂主持人逄飞给我出的题目；而“震灾中的思考”是我主动要讲的。原因也很简单：这些日子，我，相信我们大家都一样，整个心都扑在“震灾”上了，我们所有的言说，所有的思考，都集中在这一点上了。这是此刻我们唯一愿意，甚至渴望彼此交流的话题。而且，正是震灾使我们对什么是“当今之中国”，什么是“当今之中国青年”，什么是当今的“时代精神”，以及“当今之中国青年”和“时代精神”应该建立起什么样的关系，承担什么责任，都有了新的认识。正像震灾中的幸存者，北川中学的高一学生贾国伟在他的日记里所说：“世界变了，原来的一切都变了。”[1] 我们也都是幸存者，我们都有这样的“一切都变了”的感觉：世界变了，中国变了，我们彼此的关系变了，我们自己也变了，都要刮目相看了。在此之前，我们对世界、中国、中国人、人与人之间的关系，以及我们自己，都有过许多悲观的，甚至绝望的看法；现在，因为灾难，我们原来

---

* 2008年5月24日在一耽学堂讲，6月7日在北京师范大学讲。

[1] 见2008年5月20日《北京青年报》。

看不到的，忽略了的世界、中国，以及我们自己，人性中最美好的方面，突然呈现出来，我们开始目瞪口呆，继而被深深地感动了。

我们应该感谢的，首先是灾区里的受难者，是他们承受了这一切生命的苦难，正是他们在危难中表现出来的坚韧的生命力量，对生活的渴望，友爱与互助，奉献与牺牲，才激发了、点燃了全民族、全人类，以及我们每一个人内心同样具有的爱与力量。一位网友说得好：真正的“英雄”是这些承受、“经历了磨难的人”，“他们绝不是等待别人怜悯的难民”，最终解救者是他们自己，而且也是他们拯救了我们这些早已麻木的、沉沦了的灵魂。一切“感恩和歌颂”只能归于这些受难者和“抗震救灾”的真正承担者。[1]

我自己在整个抗震过程中一直处于焦虑不安之中，我感到了自己的无力，甚至因此有愧疚之感。在这许许多多的人，都投入救灾行动中时，我特别感到了思想的无力；但我又不能放弃思想，这可能是我唯一能够做的，而且是应该做的。而因为思考，又带来了新的焦虑。昨天，我在报上看到了一篇《北京志愿者说》，说他“好害怕一件事情发生”：当“灾难过去”，“大家都回复正常作息”，会不会就忘记了这些受难的孩子呢？“我害怕他们已经被抛弃过一次了，他们不能承受再被忽略抛弃一次的二度伤害！”[2]我也有这样的恐惧，即灾难过去“以后”的恐惧。灾难毕竟是一个非常态的状况，人们最终还要回到常态之中；我的忧虑正在于，回到原来固有的生活里，我们会不会故态复萌，又恢复了那个自私的、颓废的自我，那种冷漠的、互不信任的人与人之间的关系，那样一种僵硬的、官僚化的权力运作？……我相信这决不是杞人忧天，因为我们体制的弊端依然存在，我们国民性的弱点依然存在。

这里，我想特别谈谈国民性的问题。是的，这一次抗灾，让我们

---

[1] 参看何帆：《每一共同经历了磨难的人都是英雄》。

[2] 载2008年5月21日《北京青年报》。

看到了中国国民性中极其可贵的一面。这个民族有着一种难得的生命的坚韧力量。平时，看起来惰性很强，但凡有一条退路，就绝不思变革和前进，宁愿妥协、迁就、得过且过；但一旦到了危难时刻，就能突然爆发出一种自救的力量，即所谓"置之死地而后生"，或者叫"绝路逢生"。这就是我们这个世界上最古老的民族，经历了一次次民族危亡，又始终不亡不倒，而屹立于世界民族之林的一个基本原因。这一次抗灾就是这样的民族精神的大爆发，是一次民族自救。但起之也速，退之也快，这一次抗灾，并不能自然地将我们的民族惰性消除，而这样的惰性发作起来，又会将我们国家，以及我们自己置于一个不死不活的状态。我常说，中国人可以共患难，却难以同富贵；别看现在全民同心同德，日子太平了，又会是窝里斗。然后再等待下一次危难中的爆发，再来团结自救。正是这样的循环，使我们这个民族，既不会垮，总在前进，但又极其缓慢，令人心焦，我们也就永远在"绝望与希望"的交织之中煎熬。

现在，我要提出的问题是，我们有没有可能打破这样的循环，能不能把这次灾难的"非常态"中爆发出来的人性之美、人情之美，变成一种稳固的社会与精神的"常态"？我以为，这就需要做两方面的工作。首先是要做理念的提升，即把在抗灾中从人的生命本能中爆发出来的人性美、人情美，提升为一种新的价值观、新的伦理观，同时对我们原有的价值观、伦理观进行反思。但仅有理念还不行，必须要有制度的保证。也就是说，我们还需要将抗灾中所展现的政府和人民的新关系，提升为一种新的治国理念，并进行一系列的制度建设。同时也必须正视这次救灾所暴露的制度缺陷，为我们正在进行的政治、经济、社会、文化的四大改革提供新的推动力。这就是这十多天来，我一直在紧张地思考，并且想在今天和年轻的朋友们一起讨论的问题——

"如何将灾难转化为育人、治国的精神资源？"

这首先是我们这些幸存者的责任。大家不要忘了，我们这里所说的抗灾中所爆发出的所有的美好的东西,都是以数万人的死亡和数十万人的受伤为代价的,这是浸透了死难者的鲜血的。如果我们不珍惜,不把它转化为精神资源,将其遗忘,甚至成为自我炫耀的资本,那就是犯罪。

我还想强调的是,这样的讨论,也是我们“当今之中国”所急需的。记得我在今年4月27日北大110周年民间纪念会上,就讨论过这样的“当今之中国最需要什么?”的问题。我提出了一个分析:当今中国,已经基本解决了温饱问题,进入小康社会,这是一个来之不易的巨大的成绩;但也就同时面临着这样一个摆脱了贫困、开始富裕了的中国,将向何处发展的问题,在这个意义上,当今之中国,正走在十字路口。我认为,在这样的转折关头,需要提出“四大重建”、即“制度重建”、“文化重建”、“价值重建”(它是文化重建的核心)、“生活重建”。当时,我提出这个问题,许多同学都觉得过于宏观,并不能引起共鸣。但是,现在,经过这次地震的洗礼,我们再回过头来讨论这四大重建,就有了血肉的内容:在我看来,我们要将灾难转化为育人、治国的精神资源,其核心就是一个“价值重建”与“制度重建”的问题。

下面,我就按照这样的思路,来展开我的讨论。这是名副其实的抛砖引玉:我十分真诚和迫切地希望和年轻的朋友一起来思考和讨论;我以为,这是最初的激动过去以后,我们最应该做的工作。而且我所提出的一己之见,是不成熟的,有些问题我自己也没有完全想清楚,没有把握,需要讨论,欢迎质疑,我所期待的是一个集体的智慧,共同来思考和解决我们所面对的问题。我想从三个方面来讨论。

敬畏生命,一切为了每一个个体生命的健全发展

这次抗灾,最为响亮,最激动人心,也最具有凝聚力的口号,大概

就是“人的生命重于一切”。这里，实际上是提出了一个“生命至上”的理念，强调的是人的生命价值的至高性与普遍性。

所谓“至高性”，就是认定人的生命的价值具有绝对性，它高于一切价值，它本身就是目的，而不是手段，一切与之相违背的价值，都应该受到质疑。当然，人可以为了自己的信仰而献出自己的生命，这次抗灾中就有这样的牺牲，献身者应该为我们所崇敬。但是，这必须是发自内心的自主选择，其内在动因正是自我精神发展和完善的需要。这和外力的强制侵害与剥夺是不能混为一谈的。而且即使是这样，也是应该尽量地减少，不能轻言，更不能鼓励牺牲。所谓“为了崇高的目的”的“牺牲论”之所以不能接受，还因为这样的“牺牲论”的背后，常常隐含着巨大的欺骗，因为所谓“崇高的目的”的解释者、宣扬者是那些自命“真理的掌握者、垄断者”的政客；所谓“为崇高目的”而“牺牲”，其实是为这些政客、代表卖命。这样的教训实在是太多了。年轻人对那些动不动就鼓动你们去牺牲的蛊惑，一定要保持高度的警惕。

人的生命至上，同时是一个普遍性的观念。我们知道，人是分为群体的，不同地位、出身、经历，不同文化、教育背景，不同信仰，不同国家、民族，不同利益的人的群体，共在同一块土地，同一个地球，存在着这样那样的矛盾冲突，是必然的；而要真正和谐相处，就必须有一个“最大公约数”，取得公认共通的价值。这次震灾中的全国、全世界的同一条心，启示我们，这样的共同价值，就是人的生命至上性。这也是我们大家共同的体会和体验：救助每一个遇难者的生命，在这一目标面前，原来存在的所有的分歧、论争、利害冲突，都变得不那么重要了。

因此，通过这次救灾，我们应该毫不含糊地将“敬畏和尊重生命”（也包括大自然的生命）作为一个基本的价值、普遍性的价值确立下来，如一位作者所说，它应该成为我们共同的“信仰”，[1]并融入我们

[1] 舒圣祥:《活下去，是一种信念》，载2008年5月17日《中国青年报》。

的日常生活中。“生命是美丽的，活着真好”，应该成为我们每一个人，特别是年轻人的基本的、稳定的、不可怀疑的、不能动摇的信念：前一段时间曾经出现的年轻人厌世、轻生的悲剧，再也不能发生了。

“生命至上”，这是一个总概念。它其实有着非常丰富的内涵，需要作更深入的讨论和分析。根据在这次救灾中的观察、体验和思考，我觉得它至少有八个层面的意思。

第一，我们讲的“生命”，是有明确的指向的，就是具体的、一个一个的“生命个体”。到我写作本文时为止，我们从废墟里救出的六千条生命，是一个一个地救出的；我们说“只要有一线希望，就要付出百分之百的努力”，指的也是一个一个的具体的生命；我们说“为人的生命负责”，其含义也是明确的，就是为“每一个个体生命负责”。这在救灾中好像是一个不言而喻的常识，但却有非同小可的意义。因为在中国传统观念中，是很少强调“个体的人”的，我们更重视的是家庭的人、社会的人、国家的人，这当然自有它的意义和价值；但它也容易造成对个体生命的意义、价值和权利的忽视和压抑。因此，鲁迅等先驱者在上一世纪初提出“个”的概念，在五四时期提出个性解放的观念，个体生命的价值和权利，从此得到了确认。但在以后的中国历史发展中，却不断发生用抽象的群体价值、利益否认个体价值、利益的观念和行为的偏差。比如，“为人民服务”，至今也是我们的基本治国理念，这本身是没有问题的；问题在于对它的理解。在一些人那里，“人民”成了一个抽象的群体概念，就出现了“我是为人民服务，又不是为你服务”这样的误解。问题更在于这样的抽象的“为人民服务”，就很可能变成为自称“人民代表、公仆”的官员服务，那就变质了。而这一次，在救灾中，“为人民服务”，就成了实实在在地为每一个具体的生命个体，他们的生存、温饱、发展负责，这正是“为人民服务”的治国理念的正本清源。所谓“敬畏生命，关爱和尊重生命”，就是“敬畏个体生命”，它是必须落实为对每一个个体生命，每一个公民的尊重、关爱、具体服务的。不仅治国如此，我们每一个人对人的爱也必须落实为对一个个具体的人的具体帮助。

其二，关爱每一个生命，同时就意味着承认每一个生命都是“平等”的。这一次救灾的一个最大特点，就是完全打破了原来的等级观念，即所谓“在灾难面前人人平等”。不分贵贱、贫富，不分职务高低，不分官员平民，我们一起受难，互助互救，共渡艰难，共同承担生命的艰险，也共享生命的意义和欢乐。如论者所说，“生命的宝贵不因包含身份、地位在内的一切差异而有区分，所有的生命都同等宝贵”。[1]这样的“生命平等”的意识也应该成为一个基本价值理念，并成为我们追求社会公正与平等的基本依据。

其三，给最危急、最困难的，也就是最需要帮助的人以最及时的救助，这是这次救灾不言而喻的基本原则，它其实也是有着普遍意义的，就是我们关爱生命，首先是关爱弱者的生命，这也是五四时期的先驱者所提出的“弱者、幼者本位”的观念。有朋友提出“生命至上的理念首先要充分体现在孩子身上”，[2]这大概已经成为经历救灾以后的中国人的一个共识。因为孩子们在救灾中的表现，深深感动了每一个成年人。更因为这次灾难以血的事实昭示我们：社会体制的每一个弊端，我们成年人所犯的每一个错误，都会以孩子的生命为代价。这是这次灾难给我们带来的“永远的痛”：震灾中，中小学校舍房屋倒塌最多，孩子的牺牲最为惨重。我们的政府，以及我们这些成年人，应该为此感到难堪和羞愧。人们有理由追问，并要求依法追查：这背后有没有腐败？能不能把“亏什么不能亏教育”作为治国的基本理念，让“谁在教育上出了问题，就罢官，走人”成为一个制度，真正把教育置于今后中国整个国家、社会发展首要的、绝对“不

---

[1] 舒圣祥：《活下去，是一种信念》。

[2] 尹卫国：《把教室建成庇护生命的坚固屏障》，载2008年5月18日《北京青年报》。

能亏”的地位，不仅在理念上，更在制度上得到保证，这是我们在救灾以后必须思考和解决的问题。在座的诸位义工、志愿者也需要重新来认识我们已经在做、还要继续做的支教工作的意义。在我看来，“关爱孩子的生命”应该成为义工、志愿者的一个基本理念。

其四，在救灾中人们关心和考虑的，不仅是孩子现实的生命存亡和温饱问题，还有他们今后一生的长远发展。这也有普遍的意义。就是说，我们所说的“生命”不只是生理意义上的肉体生命，更是一种精神生命。这次救灾，不仅医治伤病，也注重心理的治疗，就表现了这样的对人的生命的物质与精神的双重关怀。这背后的理念，就是我们所追求的，是人的生命的健全的发展，即鲁迅所说的“一要生存，二要温饱，三要发展”，我们所说的人权，生存权、温饱权和发展权，是缺一不可的。这次震灾所凸显的，就是这三大人权。

作为人的精神发展的需要的一个重要方面，还有公民民主权利的保障问题。这次救灾至少就涉及公民的知情权、参与权与监督权。这次抗灾的一个重要进步，就是知情权的扩大，透明度的增强，尽管在这方面，人们还是可以提出许多批评，但无论如何毕竟前进了一步，人们自然也就期待将非常态的知情权扩大为常态时期的知情权的充分保障。随着民间捐款的日益增多，捐款人如何监督捐款的使用的问题也提了出来。有关部门很快作出了相应的规定。这都可以视为一个历史的进步。

我想着重谈的是公民参与社会活动和社会管理的权利的问题。曾经有过一个说法，每个人只要做好本职工作，管好自己的事，而把公共事物的管理放心地交给“公仆”去做。这就在实际上把公民置于公共领域之外，这是变相的对公民参与权的剥夺，同时造成了对人的生命发展空间的挤压。这些年许多人，也包括年轻人，变得越来越物质化与个人化，是和这样的公共空间，政治、精神空间的相对狭窄，只能局限于个人、物质空间的发展的状况直接相联系的。在这个意义上，这些年不断成长的民间志愿者组织、慈善组织的发展，正是对年轻一代生命发展空间的一个扩展。尽管民间社会组织、志愿者组织、慈善组织的发展，已经得到国家的承认，有了法律的依据，但有的政府部门依然对民间组织心存疑虑，多有限制。正是在这次救灾中，这样的状况有了很大的突破。这都是救灾中最引人注目的新闻：地震发生数小时以后，一支由江苏某民营企业组织的，由120人和60台挖掘机等大型机械组成的民间抢险突击队，从江苏、安徽集结出发，48小时之内已经赶到绵阳参与救灾；曾经于今年春天赶赴湖南灾区，参加抗击冰雪灾害的13名唐山农民组织的“爱心志愿小分队”，也赶赴抗震第一线。在受灾地区更是出现了大批本地与外地的志愿者。许多平时依据不同兴趣形成的网络社群，也集结为网下的志愿者团队，参与到各地的救灾行动。《北京青年报》为此发表了专门的评论，对救灾中所表现出的自觉的公民意识，有序有效的公民行动，给予了很高评价；很多志愿者也感到救灾是最好的公民教育的课堂。而这一次救灾，民间组织所显示的力量，是一个重要的启示：“敬畏、尊重生命”的观念，应该包含“尊重和保障人的公民权利”的内容，我们所要建立的是这样的社会，在这里，“公民意识落实为公民的普遍自觉，公民的权利得到法律的保障”，“每一个公民都有充分的自由和有效的途径，主动参与社会活动和社会管理”。希望这次救灾能够成为构建社会的新的开端：我们已经迈出了重要的一步。

其五，这也是《北京青年报》的一篇文章的内容：《灾难告诉我们，人与人是这样相互依存的》(作者范大中，2008年5月17日)。在这次救灾中，许多受难者都谈到，是“一定会有人来救我”的信念支撑自己战胜了死亡。文章的作者却问道：这样的“别人会来救我”的信念的“理由”是什么？于是就有了这样的分析：理由就在相信“你的生命与别人是有关的”，“灾难是平等的，不到它发生的那一刻，谁都不清楚谁是拯救者，谁是被拯救者。所以我们必须彼此守望、互为依存，这是个约定。你必须信守约定，以良知发誓让每一个遇难者得到救助，然后，当你某天遇到艰险时，才有理由在黑暗与恐惧中坚信别人一定会来救你”。作者说：“人与人之间就是这样相互依存的。一个家庭，一个民族，一个国家，甚至是整个人类，都是以这种默认的契约依存的。”这就是说，我们所说的“敬畏、关爱生命”的观念，它还包含着一个“生命相互依存”的“约定”。作者说：“或许，只有在汶川大地震这样的灾难面前，我们才有机会看清人与人之间最本质的相互关系。那就是，我们生活在同一个群体之中，同一片天空之下，每一个人都同时是别人生命的一部分，你的伤就是别人的痛。在这个群体之中，任何一条生命的逝去，都会让所有活着的人悲痛，感到生命的减损。”——这大概是所有人在这次救灾中的共同感受，由此形成了“生命共同体”的概念，其背后是一个普遍价值观念：“每一个人的不幸都与我们有关，每一个地方的不公正都是对我们的羞辱，每次对别人苦难的冷漠都是我们为命运自挖的墓地。”

我要补充的是，这样的共同价值观念，也同时存在于中国的传统观念之中。正如一位作者所引述，孟子早就说过：“稷思天下有饥者，犹己饥之也；禹思天下有溺者，犹己溺之。”这就是古语中所说的“人溺己溺，人饥己饥”。张载也说，“凡天下之疲癃残疾、茕独孤寡者，皆吾兄弟之颠连无告者也，民吾同胞，物吾与也”，讲的都是中国传统文化的核心价值：“大仁即大勇。”[1]这同时也是中国现代文化的传统。这也是我多次谈到的，鲁迅直到生命的最后一刻，还感到“无穷的远方，无数的人们，都和我有关”，他说，一个真正的诗人是能够感受到天堂的欢乐和地狱的痛苦的。因此，鲁迅的生命有一个大境界，包含一种博爱精神，一种佛教所说的大慈悲情怀，既是独立的，又自由出入于物我之间，人我之间。这是一种大境界中的自由状态。

---

[1] 胡晓明：《大地是病，大地是药》，载2008年5月20日《文汇报》。

过去我在课堂里讲这些，同学们听起来总觉得有些隔膜，好像很难和自己联系起来；而现在，经历了这次大救灾，同学们大概就能领悟了。前不久，我和清华大学的同学，有一次对话。大家都觉得，这些天，自己的精神境界仿佛经历了一次蜕变。在此之前，眼睛里只有周围的那个小世界，考虑的只是个人的发展、前途，所感觉的范围非常狭窄，不免“咀嚼着身边的小小悲欢，而且就看这小悲欢为全世界”(鲁迅语)。就像大家自嘲中所说，沉湎于“小资情调”之中，自怜而自恋。这回地震，就一下子震出了一个“大世界”，突然感受到自己的生命原来是和别人的生命息息相关，有无数的和自己一样年轻的生命需要自己去救助，自己的生命也只有在和更广大的生命相互依存中才获得意义。也就是说，当你眼里只有自己时，这世界很小很小；当你眼里有了别人，你自己的生命境界就很大很大了。——同学们应该珍惜这由数万人的生命换来的生命体验，将“生命相互依存”的观念化为自己的信念，并转化为更加自觉的义工、志愿者行动。所谓“义工”，就是将从事公益活动视为自己的义务；所谓“志愿者”就是以帮助别人为自己生命发展的内在需要，其内在的理念就是生命的相互依存，“人溺己溺，人饥己饥”，“救人即救己，助人即助己”。

其六，我们说生命视野、境界的扩大，也包括看到了中国之外的世界，而且也是那样充满了仁爱。如一位作者所说，我们突然发现，“这里的‘地’，已不只是中华大地，而是全球各地；‘人’也不只是中华儿女，而是包括了不同民族、不同肤色的全球民众”。[1]于是，有人想起了胡适六十年前留下的名言：“万国之上还有人类在。”[2]日本参议院议长说得好：这次中国四川的震灾，可谓“全球之痛”(新华社5

[1] 顾顺中：《大难兴邦，震情唤醒公民意识》，载2008年5月17日《新民晚报》。
[2] 徐迅雷：《地球可以颤抖，精神不可颤抖》，载2008年5月17日《新民晚报》。

月20日电)。在这全球化的时代,各国家、各民族之间,既有差异,有利益的冲突;更有利益的相关,以及生命的相通。有朋友说得好,通过这次救灾,我们不仅要"感恩"中华儿女,更要"感恩世界",人以仁爱之心对我,我更应以仁爱之心对人。

这里,我想讲一件今天回想起来让我们颇为尴尬的事情。——我本来有点犹豫,不知道在此刻谈这些是否合适;但我还是决定讲出来,因为经历了这次地震的洗礼,我们已经更加成熟,应该更能正视自己的问题。这是我在网上看到的今年龙卷风袭击美国时,中国的个别网民的反应。一位网民这样评论:"活该!苍天为什么不把更大的灾难降到美国呢?这种虚伪的自以为是的国家原该受到诅咒!"我尤其注意到一位四川成都网民的反应:"美国怎么只死22个呀,为什么不死22万呀。"我已经说过,这只是几个人,并不代表大多数中国网民和公民;但它所反映的人性的扭曲,却很值得警惕。这将自己不喜欢的国家视为敌人,"你死我活"的"斗争逻辑"、狭隘心态,这完全漠视他国人的生命、幸灾乐祸的杀戮情结,这样的心灵的毒化,是何以造成的:这不能不让人悚然而思。

其七,当然,人性的扭曲之外,更有人性的美好。这次救灾所展示的人性的光辉,让我们所有的人为之感动而震撼,也是举世瞩目的。我们说人的生命之所以值得尊重,就因为它蕴涵着这样美好的人性。

但是,不能否认,人性中也有恶的方面。"人性善"还是"人性恶",自古以来,就存在着争论,这里暂不讨论。我只说说自己的人性观。在我看来,人性是"善恶并举"的,也就是说,我们每一个人的心中,都既有善的种子,也有恶的种子。问题是,我们自己,以及我们的社会,对人性中的善和恶,采取什么态度:是"扬善抑恶",还是"扬恶抑善"?应该说,这一次救灾,就是一次"扬善抑恶"的壮举:每个人的内在的所有的人性的善良、美好,都得到淋漓尽致的爆发、放大,而且相互影响，形成“人心向上、向善”的环境、气氛，人性恶的方面，就得到了极大的遏制。我以为这提供了人和社会的改造的一个很好的范例。

问题是，我们如何将这样的“扬善抑恶”变成一种价值理念，变成更自觉的行动？我以为，应该有三个层面的努力。首先是，我们自己要努力“扬善抑恶”，自觉地发掘、发扬自己内心最美好的东西，中国传统讲“修身养性”，在某种程度上，就是“扬善抑恶”。

还有在和他人相处中，能不能做到“扬善抑恶”。这里有两个层面的问题：一是自己要以最大的善意对待他人；二是在相处中要最大限度地释放对方的善意。这也是我经常说的，对方的弱点、毛病，以至恶的方面，我们心里要有数；但更要看重他的优点、善处，以善相处。而我们在实际生活中却常常相反。我最近在网上看了一篇文章，看得我心惊肉跳。他说，我们中国的社会里，有太多的违背人性的东西，我们却习惯于此，并且努力去适应它，从而形成一种“自我糟践”，把自己的内心世界弄得非常阴暗，并且以敌意看周围的人，甚至以“恶意假设”彼此对待，人与人之间就失去了基本的信任，自己释放敌意、恶意，又彼此交换敌意、恶意，就极大地毒化了社会环境。这样，就弄得自己活得累，活得烦，活得不快活；同时也弄得周围的人都累，烦，不快活。我想，在座的同学对这样的“扬恶抑善”的人与人的关系和社会环境，都会有自己的体验，它某种程度上已经成为许多中国人的生存常态了，以至我们的社会里充溢着怨毒之气，这是我们所说的民族精神危机的一个重要方面。我之所以感到心惊肉跳，就是为此。而这一次救灾正是一扫这样的怨毒之气，给我们提供了人与人关系的另一种方式，另一种可能性：以最大的善意对自己，不要自己和自己过不去；同时以“善意假设”看人，把自己的关爱和友善给予别人，又从别人那里收获关爱和友善。这样，热情友善地对人，成为日常生活，成为人与人相处的一般行为方式，至少我们可以活得轻松点、快活点。

在我看来，这是并不难做到的，起码我们的义工组织、志愿者组织，就可以以“扬善抑恶”作为自己的基本理念，努力培育友善的气氛和环境，使我们在这个群体中生活得快活而有意义。

当然，还得有制度的保证。我说过，一个健全的社会，总是“扬善抑恶”的；一旦出现“扬恶抑善”，这个社会就出问题了。如何建立“扬善抑恶”的机制，应该是我们所说的“社会改革”的重要任务。

最后要说的是，我们还应该把我们这里讨论的“生命至上”的观念，变成一种治国理念。长期以来，我们一直在进行现代化建设，为实现四个现代化而努力；问题是，实现现代化的目的是什么？很长时期，我们奉行的现代化路线是为了满足国家独立与富强的要求，自然有一定的合理性；但其一定程度上忽视民生的弊病是明显的。这些年提出了“以人为本”的理念，应该说，这是治国理念上的一个进步；通过这一次救灾，我们对“以人为本”的理念的认识，可以有一个深化，应该更明确地指出，“以人为本”，就是“一切为了每一个个体生命的健全发展”，这里的关键词是“每一个”、“个体生命”与“健全”，其内涵前已论述，不再重复。这次救灾，还有力地证明，只有实实在在地为每一个个体生命负责，为他们的生存、温饱和发展尽职，政府的权力才能真正获得公信力和合法性。这都是需要另作专门讨论的，这里只能点到为止。

灾难将成为常态，我们如何应对？

最后，我要说的，也是我们大家共同的感受：2008年，真是一个多事之年！只有五个月，就发生了多少事情！先是冰雪之灾，又是火车相撞，手足口病的流行，火炬传递中的冲突，现在正面临汶川地震……真不知道还有多少突发事件在等着我们！问题是，我们应如何看待？这正是我想和诸位讨论的第三个问题。

我有一个基本的想法：不能认为这是一种偶然；相反，应该把它看作是一个常态，也就是说，我们从现在起，应该有一个新的觉醒，要在思想上作好准备，中国，以至世界，将进入一个自然灾害不断、骚乱不断、冲突不断、突发事件不断的“多灾多难”的时代。

因为我们将面临两个大紧张。首先是人和自然关系的大紧张。20世纪人类在推行工业化和现代化时，对大自然过度破坏，到21世纪就必然遭到大自然的反抗。连细菌都在反抗：人类原来制造了无数抗菌素，现在细菌就通过变异来应对、反抗，又反过来造成人类在瘟疫面前束手无策而要进行新的发明，就像作家王安忆所说，“我们将和自然永远处于较量、协调，再较量、再协调的关系中”。这一次大地震，就是人与自然之间的一次大较量、大协调。我们必须学会如何和大自然和谐相处，并且转变我们的观念：不要再“向地球开战”了，而是要“敬畏自然”。但较量也还是不可避免，要准备好自然灾难频频。

其次，是人与人关系的紧张。现在是一个全球化的时代。不同信仰、价值，不同利益的国家、民族、个体，都处在同一个地球村里，来往越来越密切，所有的国内问题都成了国际问题，反过来也一样。这样的密切接触、联系，固然使人的生命越来越相互依存，产生生命共同感，但同时也必然是摩擦不断，冲突不断。既相互批判、质疑、冲突，又相互支持、共处：这将是国内各利益群体，世界各国家、民族之间关系的常态。

现在已经可以看得很清楚，21世纪人类将进入一个“多事之秋”，发生灾难、突发事件，那是常态。——如何应对灾难和突发事件，这就是当今之中国面临的第三个问题。而且这个问题，是有世界性的。

我以为，中国1976年的唐山地震和这一次的汶川地震，都提供了很好的经验。

这大概不是偶然的。人们在面临汶川地震时，总要谈到唐山地震。我在地震第三天在网上看到一个《从唐山地震看汶川地震》的短片，受到了极大的震撼，和老伴一直讨论到凌晨2点。唐山地震是一个大悲剧，又创造了三大奇迹。说是“大悲剧”，不仅是因为死亡人数特别多，更因为这是早有预报（这本身就是一个奇迹），本可减少伤亡的灾难。预报的被忽视，显然是因为那是一个“政治的稳定压倒一切”的时代，政治任务（当时正在轰轰烈烈地进行“批邓、反击右倾翻案风”运动）大于人的生命是占主导地位的意识形态。但当时也有坚持“人的生命更重要”的干部，某县的县委书记就抱着“宁愿丢掉乌纱帽，也要保一方百姓性命”的决心，而提前报警，创造了全县无一伤亡的奇迹。第三个奇迹是开滦煤矿因早有预防，也无一伤亡。

我在这里要讨论的，是另一个重要的教训。前面说的唐山地震的三大奇迹的创造，是因为执行了周恩来制订的三大治灾原则，即“预防为主”、“土洋结合”和“群防群治”。当时的地震预测工作，不仅依靠专家，而且组织了一支强有力的群众业余的预测队伍；而预测的成功，除了利用了科学仪器，而且采用了中国传统的“取象比类”的土办法，还充分利用了古籍中的历史文献。很显然，这三大原则，是那个时代的宝贵经验，是我们所说的“社会主义经验”的重要组成部分。

问题是，这样的我们自己的社会主义经验在改革开放以后，却被我们自己否定、抛弃了。群众预测队伍被撤销，完全依靠专家；“土法子”被抛弃，完全依赖于现代科技；“地震不可预测论”成了指导思想；坚持“土洋结合”的专家被排斥。问题是，这样的对自己的社会主义经验的忽视以至抛弃，不仅发生在地震研究界，而且在医疗卫生、体育、教育各领域都有突出的表现。比如，医疗卫生方面，“预防为主，中西医结合”的方针，重视农村卫生工作，发展合作医疗的指导思想和做法；体育方面，以提高全民身体素质为首要任务，特别重视青少年的健康，并有相应的制度保证；教育方面，对普及教育的重视，对工人、农民子弟教育权利的特别维护，大力发展适合中国国情的中等专业教育，对包括中等师范教育在内的师范教育的重视，等等，这些已经取得成效、比较成熟的我们自己的经验，在相当长的时间内都在所谓"和国际接轨"的口号下被忽视，以至抛弃了，直到最近几年，才稍有恢复，但在指导思想上却并没有完全解决问题，这次汶川地震再一次给我们敲响了警钟：要知道一切思想与工作的失误，都要付出血的代价。

这样的"抱着金娃娃讨饭吃"的蠢事，再也不能做了。在我看来，中国社会主义实验中所形成的这三大经验，应该成为今天的中国应对将成为常态的灾难、突发事件的三大法宝，而且应该吸取国际经验，加以发展。

一是"预防为主"。首先要有危难、危机意识，准备持续作战，这就必须早作预防，时作预防，并且形成预防体制。在这方面，日本的"防震避难融入日常危机意识"的经验就很值得重视。[1]

二是"土洋结合"。这里我想向大家推荐一篇文章——《雪灾教我们要更加尊重体力劳动》，[2]这是我所看到的唯一的一篇总结雪灾经验的好文章。文章说，"在自然灾害肆虐，造成无数的电网结冰倒塌的时候，我们从电视上看到的最惊心动魄的画面是，崇山峻岭中电力工人在数十米高的铁塔上，手持木棒、铁扳手或橡胶棒敲击结冰的电网"，"而最感人的画面是破冰的解放军战士一双双伤痕累累的手"。作者说："这些触动心灵的画面告诉我们一个道理：在技术发达的现代社会，尽管我们已经有了许多技术装备，但是人的双手、人

[1] 参看2008年5月19日《文汇报》报道。
[2] 赵修义，载2008年2月14日《文汇报》。

的体力还是最基础的。在诡谲多变的大自然面前，现代化也有其脆弱的一面，而克服这种脆弱性的法宝，就是人的体力、人的双手、人的智慧和勇气。”更值得注意的是作者的反思：“在现代化的进程中，随着知识经济的来临，在一段时间里，我们一些同志在强调智力和脑力劳动的重要性的时候，有意无意地漠视了体力劳动的意义。加之，市场经济带来的拜金主义和消费主义文化的冲击，使得一些人把‘劳动创造世界’这个平凡而重要的真理忘却了”，“现在雪灾来教育我们了，该改变一下这种轻视、贬低体力劳动的愚蠢观念了”。文章最后提出：要“让尊重劳动，尤其是尊重体力劳动和体力劳动者成为社会风尚”，“学校教育要把培养劳动观念和劳动习惯纳入教育计划”，“各级政府要逐步提高劳动收入在整个国民收入中所占的比例，让尊重体力劳动体现在制度上”。这都说到了要害。我在今年年初的雪灾中，最感痛心的，是在电视上看到那两位抗灾中牺牲的湖南电力工人家里一贫如洗的状况，不禁想到，在灾难降临的时刻，是这些普通的百姓、普通的劳动者挺身而出，救国于危难之中，而我们又是怎样对待他们的呢？当灾难过去，我们是不是又把他们忘却了呢？在这次震灾中，又是这些普通的士兵，普通的农民、工人、市民，站到了第一线。我们自然会注意到，在险恶的自然条件下，一切现代化设备都无法发挥作用，显示其脆弱的一面时，依然是靠人的体力，徒步行进，靠人的双手，用土办法来救急。当然，现代化装备仍然起了主力的作用。这次救灾，正是显示了“土洋结合”，体力劳动与脑力劳动结合，普通劳动者和专家结合的威力。这是我们的传统，我们的优势，切切不可放弃。

还要说一点，所谓“土洋结合”，在文化上来说，就是“尊重中西文化优势互补”，在这一问题上，我们也是左右摇摆，忽而“全盘西化、洋化”，忽而“中国第一，越土越好”，而且至今还存在着两种力量，各执一端；但在我看来，最终还是要走“中西结合”的路。

三是“群防群治”，其实就是政府、专家、群众的三结合。在这次救灾中，最大限度地实现了两大动员，一是政府为主导的“国家动员”，二是民间社会组织和个人为主导的“社会动员”，正是这两大动员，把我们国家，我们民族的物质与精神的力量，空前未有地动员起来，组织起来，形成了巨大的力量，举世瞩目，我们自己也料所不及。这是一个重要经验：政府的主导和民间的社会参与和监督，是缺一不可的；两者应该建立相互信任、相互补充的关系。民间的参与，本是中国的传统，但过去对民间力量的独立性与独立作用却重视不够，民间社会组织往往成为政府行政的附属力量，受到政府权力的规约。因此，我们需要从公民权利与社会建构的高度，重新认识民间社会组织的社会参与作用，并从国家发展的战略高度来重新认识民间社会组织的社会动员的作用，逐步形成国家动员与社会动员相结合的全民动员体制，只有这样的全民动员才能应对我们前面所说的日趋严重、频繁的灾难和各种突发事件的挑战。

当今中国问题，时代精神，青年使命

我们最后作几点总结。

第一，当今中国面临着三大问题：基本解决了温饱问题，进入小康以后，要走向哪里，需要重建怎样的制度、文化、价值和生活？日趋强大的中国，在全球化时代，如何和与自己有着不同信仰、价值、制度的西方世界相处？面对将成为生活常态的灾难、突发事件，将如何应对？

第二，我们这个时代所需要，并正在形成的三大精神：一是以生命至上为核心的仁爱精神，二是以多元社会、文化并存为核心的宽容精神，三是以社会参与和承担为核心的责任意识。

由此提出的，是一个理想的国家目标：建设更加人性化的仁爱中国；建设和世界和睦相处的礼义中国；建设对国内每一个人的生命负责，对世界和平发展负责的负责任大国。因此，必须对和这三大目标不相适应的观念和制度进行必要的改革。

这同时也是对我们自己的要求：要学会关爱，学会宽容，要有责任感。

这里，我想对“宽容”再多说几句。大概有三点意思。其一，我们是一个有十三亿人口的大国，人多势众，唯其如此，我们就一定要宽容对待异己者，不要以势压人，不要咄咄逼人。要习惯于总是有人对我们指指点点，提出质疑、批评，要习惯于被人误解、猜疑，以至反对，对这些异己者的声音，要择其善而听之，其不善者则不听之，但不必作过激反应。其二，还要有自我反省的精神，不要自以为是，自以为真埋在握，要学会在和不同意见的论争和自我质疑中探索真理。其三，任何时候都不要忽视个体，要保护少数。在国家意识特别强烈和民族精神高扬时，尤其要注意尊重和保护个体的独立选择自由，少数人保留自己不同意见的权利。我们这个国家太容易“舆论一律”，形成“多数暴力”。我们自己也很容易在集体有意识与集体无意识，在群体意志和所谓“宏大叙事”、有组织的舆论导向面前，放弃自己的独立思考。一个健全的社会，任何时候都不能只有一个声音；我们要学会和与你想法不一样的少数人对话。

第三，这一代人的历史使命。

我相信，这十多天，对在座的“80后”和“90后”的年轻朋友，都是极不平常的。正像我一开始引述的那位北川的中学生所说，从这一刻，“世界变了”，世界变得更大、更可爱，也变得问题更多、更复杂。更重要的是，你们和这个世界的关系变了，这个灾难不断、骚乱不断、突发事件不断的世界，需要你们直接去面对，直接去参与，直接去承担了。事实上，在未作好充分准备的情况下，你们就已经接班了。我说过，在这次救灾中，最引人注目、最让人感动的，一是民间的力量，一是青年一代的力量。冲锋陷阵在第一线的解放军战士，主力就是“80后”、“90后”的这一代青年。我注意到，香港地区的媒体、外国的媒体都在赞扬中国的年轻一代，说你们绝不是“自私的一代”，而是有责任感、有献身精神的一代。我们前面说的“理想国家”的目标，要靠你们这一代去实现，你们将打造一个新中国，建设新社会，创造新生活，你们真正是“任重而道远”！

我们这一代人，已经做不了多少事，只能给你们鼓劲。我曾经送给你们八个字——“独立，自由，批判，创造”；现在，我还要送给你们六个字——“仁爱，宽容，责任”：这两者是相辅相成的。

人，特别是年轻人，总是在瞬间成长的。你们这一代就在汶川救灾这一瞬间成长了。你们成长了，我们就放心了。

但我们还要一起努力！

2008年5月22日、23日写出前半部分，5月25日、26日写完。

二十五、我所知道的部分中国青年的新动向*

这是第三次来夏令营和诸位交流了。记得第一次演说时，我就引述鲁迅的话，提出：要理解现代中国，“必须不被搽在表面上的自欺欺人的脂粉所诓骗，却要看看他的筋骨和脊梁”，“要自己去看地底下”。中国生活在“地底下”即社会底层的人群很多；今天我要向诸位介绍的是其中一个特别值得注意的群体，即青年群体。我之所以选择这么一个题目，不仅因为这些青年的动向，将决定中国的未来；而且考虑到，诸位都是韩国青年，在这全球化的时代，不同国家、民族的青年之间是有更多的相通之处的，希望我的介绍，能有助于中韩两国青年的交流：在我看来，这恐怕是诸位“理解现代中国”的一个关键环节。

当然，我也知道，由我这个七十五岁的老人，我们中国人通常说的“30后”的“老青年”来讲述“80后”的“新青年”的事情，是有许多不妥之处的。首先，彼此年龄、经历、处境各方面的差距都太大，我虽然一贯关心他们的成长（八年前即2006年我就作过一个《如何看待“80后”这一代》的报告），但其实并不真正了解他们，特别是他们的内心世界。因此，今天的报告主要引述他们自己的言说，而尽量减少我的分析；即使有所说明，也仅供参考。其次，我实际上和青年的接触并不多，所了

---

* 2014年7月28日在韩国首尔大学北京夏令营“现代中国理解”讲座上的报告。

解的情况十分有限；我今天的介绍，也只局限于我比较熟悉的北京、上海等大城市大学校园内外的青年群体，即青年大学生、研究生、大学毕业生和大学青年教师，而且主要集中在“80后”(即上一世纪80年代出生)这一年龄段的青年。还有更多的青年群体，如青年工人、农民(包括农民工)这样的底层青年，外地中小城市和乡镇青年，还有已经进入上层社会的“官二代”、“富二代”、青年精英等，以及“90后”的青年，都不在今天讨论范围内。也就是说，我们还是局限在一个相当狭窄的范围内，来讨论“部分青年的新动向”，这是需要特别说明的。

我要向诸位介绍的，主要有四个材料：最近一两年部分青年中的两次讨论与两个活动。

关于“‘80后’，怎么办”的讨论

2013年中国人民大学文学院副教授杨庆祥先后在中国内地出版的《天涯》和香港地区出版的《今天》上发表了《“80后”，怎么办》一文(在《天涯》发表时，改题目为《希望我们可以找到那条路》)，在部分青年中引起强烈反响，遂由《今天》杂志社与人民大学文艺思潮研究所联合召开专题讨论会，参加者以“80后”为主，也有“50后”、“60后”、“70后”的部分老师辈参加，《研讨纪要》后来发表在《今天》第103期，一时颇引人注目。

杨庆祥在文章里，首先讲述了他自己的故事：他是来自小城镇的青年，好不容易熬到研究生毕业，在大学任教，却面临“飞涨的物价与贫瘠的收入之间的落差”，[1]不得不过着一种“居无定所的生活”。杨庆祥的遭遇、处境是有一定代表性的：“80后”一代人成长中的最大问题就是在读中学时，遇到“应试难”；上大学又遇到“就业难”。

[1] 杨庆祥：《“80后”，怎么办》，载《今天》第102期。以下杨庆祥的意见，均引自此文。

近年来，在中国城市，特别是北京这样的大城市，就逐渐出现了一个以毕业大学生为主体的新群体——高校毕业生低收入聚居群体，人们称之为“蚁族”。他们收入低，多数从事简单的技术类、服务类工作，聚居在城乡接合部或城中村，人均居住面积不足10平方米。[1]比起这些同辈人，杨庆祥还是幸运的，因为他毕竟获得了博士学位，就职于名牌大学，他的居住面积在14—16平方米：他的境遇略胜于“蚁族”，研究者将他这样的高校青年教师命名为“工蜂”，“收入不高，上有老下有小，买车买房，让他们面临比较大的生活压力”，同时又承受相当大的工作压力。[2]青年大学毕业生中的“蚁族”与“工蜂”的出现，显露了中国高等教育的不公平的问题；“蚁族”与“工蜂”中生活压力最大者，都是“来自农村和县级市，家庭经济、社会地位较低，很难获得更多的经济资助和社会资源”的底层青年，杨庆祥即是其中的一员。研究者因此说：“如今的中国高等教育已经不再是底层青年改变命运的通道，而更像是一个加剧社会分层的助推器”，事实上以大学毕业生为代表的青年知识阶层已经发生了分化。[3]这里还有一组触目惊心的数字：据“教育与中国未来”论坛专家介绍，全国重点高校农村考生比例仅为20.8%；而中国社科院《2013年应届生就业调查报告》称，农村家庭的高校毕业生失业率高达30.5%。[4]——以上算是对杨庆祥文章的一个背景介绍。

杨庆祥文章所要讨论的，是由这样的经济压力、生存状态，给自己这一代人带来的精神问题。他首先谈到了“城市‘80后’的小资(产阶级)之梦”：“独立、自由、尊严的生活，这种生活建立在物质生

[1] 廉思：《从“蚁族”现象看高等教育公平》，载《同舟共进》，期数不详。

[2] 顾箐：《廉思：以研究“蚁族”出名后，又推出针对五千名高校青年教师和“万名”农民工的调查，解读流动中国的行动派》，载2013年10月28日《北京青年报》。

[3] 廉思：《从“蚁族”现象看高等教育公平》，载《同舟共进》，期数不详。

[4] 贺卉、张天潘：《“读书无用”还是“知识改变命运”？——寒门学子如何向上流动》，载《同舟共进》，期数不详。

活和精神生活的双重保证中。”而随着经济压力的日趋加重，在底层青年中，这样的小资之梦也逐渐“纯物质化”了：“有稳定职业，有房有车”成了最基本的追逐。杨庆祥说：“我的一个朋友曾这样向我描述，他的最大理想是，在一个周末的夜晚，开车带着自己的孩子，在一场丰盛的晚餐后去看一场文艺电影。”在讨论中，有人还提到，在一部分物质生活相对富裕的青年中的“比小资产阶级更为‘中产化’的生活想象”：“有房有车有空闲的经济基础，学知识懂艺术的文化品位，被标榜的尊重、友好、宽容的阶层道德。”[1]而让杨庆祥最不能释怀的，是这样的小资之梦、中产之梦成了社会与这一代人的价值观和价值标准：“房子、车子和收入成了衡量一个人‘成功与否’最重要的标志。”而在他看来，这样的“80后”的小资中产之梦和相应的价值观，“不过是全球化资本加之于我们的一种规划与想象”。但他又无法摆脱这样的社会的、同代人的压力，不能不面对自己“买不起甚至租不起房子”的现实，因此“充满了沮丧感，甚至是失败感”。

杨庆祥还发现，当包括自己在内的“80后”把全部希望、追求都集中在“个人奋斗”上时，不仅他们自己失去了对社会、他人的关心与联系，社会、他人也从不曾关心过自己，自己已经完全被排斥在社会之外，成了“局外人”。在讨论中，也有人具体指出，“80后”“变成了四不像，变成了一个悬浮的阶级：农村里没有我们的土地，工厂里没有我们的车间”。这样的“各种区分之外的‘剩余人’”的感觉是非常尴尬与无奈的。[2]

而更为严重的，也是杨庆祥认为应该反省的，是由此造成的“80后”的精神困境：他们“无法找到历史与个体生活之间有效的关联点”，“历史缺失感”使他们“以一种近乎‘油滑’的态度面对生活和

[1] 见《“‘80后’，怎么办”专题研讨纪要》中戴潍娜的发言，载《今天》第103期。
[2] 李云：《再见，幻觉——从杨庆祥〈“80后”，怎么办〉谈起》，载《今天》第103期。

他者”。杨庆祥说:“在我的同龄人,尤其是接受过高等教育的同龄人中,他们日常言行的一个非常大的特点就是可以无视一个事情的性质和范畴,而用一种局外人的身份与语气来对其进行嘲讽和戏谑”,“事物本身的严肃性、神圣性被取消了”。因此,在杨庆祥的观察与感觉里,“今天的‘80后’非常善于模仿生活,但是,却不会自己构建一个真正有效的生活。你可以和他们成为朋友,你没有办法和他们进行严肃认真的交流”。这就构建了一个“沉溺的、观感的、后现代式的轻的主体”,“历史之‘重’被刻意‘轻’化了”,“也许只有在‘80后’这一代年轻人这里,我们才能看到历史虚无主义居然可以如此矫饰、华丽地上演,如此地没有痛苦感”。

值得注意的,是杨庆祥如此反省“80后”历史感与历史担当的缺失,是有一个参照的,即他的老师辈,主要是“50后”的那一代人,“共和国的早期历史与他们个人生活史在某种意义上是一致的”,“他们不仅是在一个个人的空间里面思考与想象,而是与历史进行有效的互动”。在杨庆祥看来,“不管是肯定还是否定那段历史(知青、上山下乡、大跃进、‘文革’等),这段历史都是与他们的身体、生命接触过的实体,而不仅仅是一种叙述,一段故事,或者一段话语宣传。正是这种历史与生活的同一性使得这一代人具有一种厚度与韧性,在与历史的对话中,他们构建了自己的主体意识”。因此,文章最后,杨庆祥召唤自己与“80后”这一代人,“从小资产阶级的白日梦里醒来,超越一己的失败感”,重新建立个人与社会历史的联系,参与“现实的社会实践”,“厘清自己的社会身份,矫正自己的历史位置,在无路之处找出一条路来”,他实际上也是在呼吁恢复在“80后”一代已经失去了的共和国传统。如论者所说,这显示了一种“唤回左翼思维的冲动”。[1]

---

[1] 孙郁:《抵抗没有历史的历史——谈杨庆祥的文学批评》,载《今天》第103期。

这就使我们注意到，杨庆祥提出"'80后'，怎么办"的另一个重要背景，即在今天，大集体时代传统的部分失落。这里我想说一点我自己的经验、体验与认识。我曾经说过，大集体时代的最大特点，就是将最普通、最边缘的人都卷入历史潮流。不只是"50后"那一代，还有我这样的"30后"，比我小的"40后"，确实如杨庆祥所说，毛泽东所领导的共和国的历史社会运动直接影响着我们的生活、身体、情感、心灵，我们的"小我"始终和国家、民族、社会的"大我"纠缠在一起，由此形成了这几代人强烈的历史、社会责任感和参与意识、集体主义意识。但这样的历史社会关怀和参与又始终是被规范的。因此，当"文革"结束，80年代反省大集体时代历史时，要求突出个人的物质欲望的满足，强调个人利益、自由、尊严与权利的个人主义成为时代潮流是自然的。问题在于，对大集体时代缺乏真正深入的清理，就把孩子和脏水一起泼掉了；更严重的是，以后中国发生的变化，世界资本的逻辑的渗透与控制，就将具有合理性的个人主义发展为极端利己主义与消费主义，而"80后"正是在这样的背景下成长，他们有极强的个人意识，在我这样的曾经失落了个人的老一代看来，这是一个历史的进步；但他们因此失去了与历史、社会的有机联系，失去了历史、社会责任感与参与意识，确实令人担忧。但同时应该看到，"80后"以局外人的态度对待现实，首先是因为杨庆祥所指出的，是社会将他们推到了局外位置。我也曾在一篇文章里谈到，公共空间，政治、精神空间的相对狭窄，其实是青年人越来越个人化与物质化的不可回避的政治社会原因。[1]因此，杨庆祥呼吁"80后""回到历史现场"，就不仅关系着中国年轻一代的历史走向，而且也提出了中国改革的一个重要任务，要开拓公民，特别是青年参与国家、社会事务的政治、经济、文化空间。

[1] 参看本书《当今之中国青年和时代精神——震灾中的思考》一文。

在充分肯定了杨庆祥提出的问题的重要与及时的同时，他对50年代以来的共和国传统的简单化理解，也引起了担忧。在讨论会上，正是“50后”的那一代人提醒说：“‘80后’的青年其实是面临两个遗产的负面值的纠葛”，“一是全球化的资本的力量对人的异化问题”，另一是“左翼文化的极端性给社会历史带来的暗影”。因此，在提出“怎么办”，要求建立新的文化逻辑起点时，“既要警惕全球化时代的负面值，又要提防革命时代的负面值”。因为后者，“80年代后出现的脆弱的个人主义的精神链条，是要保护的”；因为前者，又必须正视个人主义传统“面临歧路的危险”。[1]

关于“漂泊一代：当代中国青年身份认同”的讨论

也是2013年，上海大学文学院博士王翔写了一篇题为《漂泊一代：以“漂泊”为视角看中国当代青年主体》的文章[2]。以后，部分来自北京、上海、陕西的研究生和青年教师，在北京举行了一次讨论会。其部分内容在台湾的一次会议上作了报告，在大陆，因为没有作宣传，知道的人很少。但我认为王翔的文章与讨论中提出的问题，很重要，就在这里作一个介绍。

王翔文章最引人注目之处，在他提出了“两种青年主体”。人们看得见，也被社会承认与充分肯定的，是“成功者”。按王翔的定义，他们是“在市场上有能力调动资本的人”，既是政治资本、经济资本，也包括文化资本、社会资本，等等。他们不仅决定着社会的价值取向，而且也成为“80后”，乃至“90后”青年奋斗的目标和偶像：对这

[1] 孙郁：《抵抗没有历史的历史——谈杨庆祥的文学批评》，载《今天》第103期。
[2] 载《艺术广角》2014年第1期。以下引述的王翔观点均引自此文。

一点王翔与前文介绍的杨庆祥有着共同的观察与体验。

王翔的贡献，是他在“成功者”之外，还在一个更广阔的视野下，发现了一个他所说的“改革开放生产出的青年主体”——“漂泊者”。他说得很清楚，“漂泊”在他这里“指的是一种身体经验和精神状态”。他这样分析漂泊者形成的社会背景与环境，大概有五个方面。第一，“改革开放催生了国内大面积的流动人口”：异地求学的学生群体，到处流动的诗人、北漂、艺术家群体，到处可见的打工者。第二，“城市化的快速进程，催生出了对故乡的陌生感”，“对故乡的归宿感、依恋感在快速地丧失”。第三，“改革开放后，集体主义理想的失落和个人主义理想的建立”，“一个巨大的共同体破碎后，理想变成了个人式的、漂浮的尘埃”。第四，“交通工具的普及和网络对人的影响”：飞机、高速列车、地铁带着人的身体飞快移动，网络信息的飞速流动，与他人的瞬间交流，“这样一种被现代工业和科技带动起来的体验之中，自会产生一种常态化的，以至难以被意识到的身体和精神上的漂泊感”。第五，“全球化下跨国和跨区域的人口流动”，带来了全新的经验与体验，提出了全球范围的交流、相处的可能与问题。

王翔的叙述，让我们注意到一个流动的中国与世界；一个在城市与乡村，中小城市之间，在不同地区与国家之间流动的人群，或许可以用流行的“新移民”来概括；在某种意义上可以说，在这个现代、后现代的时代，全球化的时代，几乎每个人都成了不同形式、层次的“新移民”：我们有了全新的身份。这是过去任何时代都没有过的。

这同时又是一个穿越时间与空间的限制、自由流动的精神空间；一个全新的生活方式、人的生命存在方式；一个全新的人的思维、心理、情感与行为方式：我们可以用“漂泊”来概括。

在以上两个层面上，即现实身份的层面与精神的层面，我们都成了“漂泊者”。而青年漂泊者无疑是其中最活跃、最重要的部分。王翔强调，这不仅是改革开放的中国出现的新身份，新的精神现象；这是全球性的,“今天的全球的青年都在这样一个漂泊的状态”。

问题是,如何看待与评价“漂泊者”和“漂泊”精神?

在现实生活里的社会评价中,以至在我们的自我评价里,都把“漂泊者”看作是与“成功者”对立的“失败者”;“漂泊”精神也是必须摒弃而走向最后的皈依。

王翔对此提出了他的质疑。

他首先说,不能“以胜者为王”,以成败论英雄。不错,今天的考试制度决定了,“竞争中占优势的是考试的高手;而为了理想求学的、疏于应试的、真想做学问的,或者有性情或才华的人,往往被排斥出去”,但决不能因此而否定这些考试失败者的价值。

因此,也决不能以成功者来否认漂泊者的存在与价值。王翔强调,那些打工者,或许还有我们前面讨论的“蚁民”、“工蜂”,“南下,北上,从内地到沿海,持续了三十年的时间,他们在想什么?他们渴望的是什么?他们对城市的感受是什么?这里面有非常多的东西被忽略了”,仿佛他们只有成为“成功者”之后,社会才会注意到他们的存在。这是不正常、不公平的。漂泊者有自身的独立存在价值,他们应该发出自己的声音,社会应该倾听,并尊重他们的选择。

更重要的是,王翔发现了:漂泊者中,其中“有一部分人(当然不是全部)是这个时代的理想主义者”。他们的独特性有二。首先他们有极强的自主性,“以自身为主体,而不是以他者为主体,来试图解决自身的问题”,自己来创造自己的生活,“自己来创造新的方法”。因此,他们决不“沉迷在既定的生活方式里面,还在寻找”,由此决定了他们的第二个重要品质,即主体的漂泊精神状态。所谓“漂泊”,就是“生活在别处,远方”的永远的追逐。尽管“心灵动荡不定”,“常常感到无依无靠,无缘无助,也有寂寞孤独的心绪”,但“心灵却是极度的敏感,向大千世界开放,像个未谙世故的少年人,容易受伤害,但也容易受感动,容易接纳整个世界,接纳一切新鲜和陌生的体验”，这样也就获得了不断创造的新的可能性，这恰恰是成功者所缺乏，而又亟需的：没有新的创造，也就杜绝了继续成功之路。这正是说明，漂泊者也能够为成功者提供精神的资源。也就是说，成功者与漂泊者“并不是相互对立，他们是一种相互缠绕的、共存的状态”，漂泊者可以成为成功者，成功者更应保持某种漂泊心态。王翔强调，“不同青年主体都有权利找到自己的生活方式，不同状态、阶段的生活方式都应该被看见，不同主体的精神状态都应该得到生长与呼吸的空间”。

王翔的发现与分析，在他的同代人里，引起了共鸣，也引发了讨论。争论点有二。

讨论中有人坦率提出：“我无法理解，‘一个人只要处在漂泊状态就可以了’这样的说法”，“如果把漂泊视为一种永恒的状态，它是非常危险的。现在的年轻人对认同有相当深的危机感：我们不知道可以相信什么，认同什么。但是，如果真的什么都不相信、不认同，我们就被局限在一种漂泊的状态下。而就人的本性来说，这种状态会导致极度的不幸和痛苦”。因此论者主张，“尽管现在是处于漂泊，但一个人仍在寻找一种可以认可的身份认同，所以他总要去寻找一个稳定的锚定点，把他定住了，安心了，并且围绕这个点奋斗一生。所以处于这种漂泊只可能是一种短暂的人生阶段”，漂泊者最后还是要“找到自己的归宿”。[1]——这里提出的，实际是一个人性和人生追求中的“漂泊”与“归宿”的关系：永远漂泊（怀疑）而无归宿（认同）可能导致虚无，这是王翔质疑者所担心的；但他似乎有将归宿（认同、稳定）绝对化的趋向，就可能导致生命的凝固化和保守化。或许应该在“漂泊”与“归宿”之间形成某种张力，寻求动态

[1] 见《“漂泊一代：当代中国青年身份认同”北京讨论会》，未刊稿。以下讨论均引自此文本。

的平衡。这是一个复杂的人性、人生问题，讨论中大概只能提出问题，而无法展开。

还有一个到哪里寻求归宿的问题，这或许更是一个现实选择的问题，就很难形成共同的意见。有一种意见，主张“在这个去政治化，对历史极为冷漠的时代，要重建青年跟国家、历史，跟整个大时代文化政治的联系”，“现在已经没有什么集体主义认同了，我们现在应该做的就是重建这种认同”，“如果你丧失了某个整体性的认同，你就无法做一个真正的个体”。这意见，是比较接近我们已有讨论的杨庆祥的呼吁的。而质疑者提出的担忧——“是否会因此回到一个由政治来建构主体的时代，个体的丰富性和多元性可能因此又会丧失掉”，也与对杨庆祥的提醒相类似，我们也不再作详细讨论了。

关于“爱故乡，发现故乡之美”的活动

以上两个讨论，主要是校园内的讨论，参与者表现出了对社会、人生问题背后的学理问题、人性问题的探索兴趣，这是偏于思想的学院青年知识分子群体。而在中国，还存在另一类青年群体，他们来自学院，有的现在仍在校园学习与任教，但他们已经走向中国底层社会，主要是农村，开始从事实际的社会服务运动。他们自称是“坐言起行的‘80后’”，“一直默默无闻负重潜行的‘80后’”，“甘愿以乡土为底色的‘80后’”，“尝试‘全球视野，本地行动’的‘80后’”，“以实践和行动超越梦的‘80后’”。[1]

这些依托农村、具有更强的行动力的青年，主要集中在中国民间社会组织（通常称为“志愿者”、“义工”，“公益组织”、“慈善组织”、“NGO组织”等）里，据前几年统计，全国正式登记注册的社会组织，

[1] 潘家恩：《乡村和我们——“80后”实践札记》，网上文章。

已达40万；如果以每一个组织集中了30名青年(实际远超过这个数字)计算，那么，活动于其间的，就有1 200万青年，这是一个相当可观的力量。

这里仅介绍我比较熟悉的两个社会组织的两项活动。

2012年12月由中国人民大学乡村建设中心和西南大学中国乡村建设学院等机构发起了“爱故乡——发现故乡之美”的活动。

这是对乡土中国的重新发现，是有着深刻的社会、时代背景的。它直接反映了近年来中国社会与社会思潮的一个变化。

首先是最近两年随着中国经济增速的放缓，高校就业形势的日益严峻(我们在上文已有讨论)，在青年群体流动的方向上，开始出现了“回流”，或选择中小城市、西部地区寻求发展，或选择不同形式、不同内容的“返乡”。

这些年连续出现的食品安全危机、环境污染，以及城市交通的拥堵，让人们突然发现，原来大家趋之若鹜的“北(京)、上(海)、广(州)”这样的大城市都成了“最不适宜居住”的地方，这就撼动了城里人的普遍优越感，开始出现部分市民(主要是中产阶级)“逆城市化”，流动于城乡之间的新的选择。

更重要的，是生态危机、能源危机、金融危机与环境危机等构成的现代社会的整体性危机，既是全球性的，在中国更是越演越盛，这就必然引发全面的反思。如一位乡村建设者所说，多年所走的工业化、城市化的发展道路，使中国获得了经济的高速发展，却也饱受其负面的苦果。现在是“停下来，思量我们的未来”，路该怎么走的时机。面对资源约束趋紧、环境污染严重、生态系统退化的严峻趋势，生态文明建设的重要性就凸显出来，这就直接引发了对农业文明和乡土文化的重新认识。有学者说得很好：在以往以工业文明为唯一指向的发展路线和格局里，农业文明不仅是落后的，更是应该消灭的；但在生态文明的视野里，农业文明的价值就自然得到凸显，乡村才是生态文明的根基。直到这个时候，人们才愕然发现：在工业化、城市化的大潮下，乡村已经沦陷，不仅是实际乡村的败落，更是乡村在自己心灵中，特别是年轻一代的精神世界里的流失。就像我为这次活动的题词里所说："当人们，特别是年轻一代，对生养、培育自己的这块土地一无所知，对其所蕴含的深厚的文化，世代生活其中的父老乡亲，在认识、情感，以至在心理上产生陌生感、疏离感时，就在实际上失落了不只是物质的，更是精神的家园。"于是，就产生了重新寻找故乡，发现乡土，重置乡村位置和价值的历史性要求。

这次"爱故乡，发现故乡之美"就是意识到了这样的历史要求而采取的自觉的行动，而且是从年轻人比较容易接受的图文征集的方式，即通过文学、摄影、书画、视频短片、音乐等形式，记录故乡人地风景和爱故乡实践案例，内容主题包括：故乡的风土人情，传统生活技艺，故乡的传统农业技术和方法，当下仍然坚守在乡村、推动乡村保护的行动者的故事或实践案例，等等。在图文征集的过程中，还开展了一系列的活动，如爱故乡网络传播，乡土文化学术讨论会，面向支农志愿者、高校学生、市民、中小学生的"爱故乡"系列讲座等，吸引了大批大学生、市民、农民、公务员、媒体记者、公益人士和学者参与，形成了关注故乡、保育乡土文化的良好的社会文化氛围。

当然，这只是一个开始。在乡村建设方面，还有许多事情可做、要做，如推动农村经济自组织建设、文化自组织建设，推动平民教育，等等。一位活动组织者说得很好：根本的问题是"找回故乡，找回人"，可以看到，有越来越多的年轻人，"80后"、"90后"的中国青年，正在通过乡村建设运动的参与，在自己的"故乡"(这是一个更宽泛的概念，不只是自己的出生地)，在乡土中国找到了自己的根，找到了自己这一代人与中国现实、历史建立精神联系的途径。这意义与影响无疑是重大的。

关于“新的生活革命”运动

在走向乡村的同时，部分有理想的“80后”、“90后”的青年又开始了另一方面的探讨：在高速城市化的当代社会，生活在城市里的青年如何回应这样的发展，寻找更可持续的生活方式，创造另一种“新生活”的可能性？

我所认识的一个由“社区伙伴”组织创办的《比邻泥土香》杂志，展开了一次“留城青年”的讨论，作者包括香港、内地、台湾的青年，文章也涉及日本、泰国等地的有关实验。这表明，我们这里讨论的生活革命发生在全球化的背景下，是一个世界性的社会运动。——我想，在座的韩国青年朋友，对此也会有兴趣。

活动提出的问题是：在发展主义、消费主义指引下的城市发展中，我们失去了什么？这是谁的城市？我们今天要找回什么？我们需要怎样的城市发展，建立怎样的城市与人、与我们每一个人的内心的关系？我们又应该从哪里入手，去进行新的理想的城市生活的重建？

我一再说，这是具有行动力的一代人，他们正是带着这些问题，进行了许多具有想象力的实验。

他们中有的人从城市本土文化——地方戏曲、方言、地方饮食、民间习俗、节日、邻里关系……里，去寻找城市的根。

有的到曾经遍布在城市各个角落的手工作坊，尝试实现手工艺和生活的重新接轨。

有的则在城市寻找与乡村、自然的联结点：或者以菜市场为城市与农村交流的空间，建立“农夫市场”，促成从事生产的农民与城市消费者的沟通；或者在城市边缘、社区建立城市菜园，自给自足，守护“生活与大地”；或尝试在城市建设各个环节更多地嵌入自然的因素,使城市更加绿色化。

也有人在寻找“在城乡之间自由游走”的生活方式。

发生在21世纪的“新的生活革命”,表明中国青年中的理想主义者正在突破体制的限制,寻找适合自己的新的生活方式、新的价值观念。这使我想起了五四新文化运动中的“新村运动”,也想起了我们这一代年轻时候向往的“消灭三大差别(城市与农村的差别,工业与农业的差别,脑力劳动与体力劳动的差别)”的理想。可以说,寻找与开拓更加符合人性的新生活的新的可能性,这样的理想追求是前仆后继、代代相传的。

以上所说,都只是部分青年的新动向,我不敢说他们的新思考、新实验有多大代表性;但有一点可以肯定,中国的青年,正在以他们自己的方式成长着。这才是最重要的。

不知道在座的韩国青年朋友,在听了我的介绍以后,你们有何感想,有什么话要说?

2014年7月6—10日写。

二十六、青年朋友，你们准备好了吗？*

这些年，我一直在提倡“想大问题，做小事情”。今天，就专门和诸位谈谈“大问题”。

前几天，我看了电影《小时代》，突然发现，我们现在是生活在一个“小时代”里，我这样“想大问题”，就有点不合时宜。小时代，小人物，小享受，小苦恼，还有点小孤独：这大概就是当今许多人，包括不少年轻人的生活方式和精神状态，这使我想起了鲁迅当年对一些作家的批评，说他们“把个人小悲欢看作是整个世界”，因而陷入“顾影自怜”之中，我还想补充一个“顾影自恋”。我还发现，在当今社会，即使有人有社会责任感，介入现实，也是紧贴具体矛盾和问题，不能自拔。这两种情况，都引起了我的不安。更准确地说，都是我所不能适应的。关于前者，我们这一代已经习惯于“大问题”的思考，有一种几乎本能的时代关怀、社会关怀、政治情结、历史承担意识，老是想参与社会的变革、历史的创造。我们在年轻时候，因此有极大的生命投入，但也因此被利用，上过当。于是对过于强烈的直接参与，又有一种反思。过于贴近现实，就会陷入无止境的焦虑感、无力感，很

* 2013年9月26日在部分志愿者“简单生活”讨论会上的讲话，10月9日在清华大学中文系讲，12月7日在北京大学讲。

可能被现实所吞没。因此，又想和现实拉开一点距离，想一些更大的超越性的问题，一些关于人性、人的存在、人类发展的形而上的问题。既从自己生活的时代出发，更要有一点距离，想更大、更根本的问题。在我看来，这才是知识分子的职责所在。

今天要和诸位交流的，是我正在想的，也是和年轻朋友直接相关的一个问题。

我今年七十四岁了；而在座的诸位的年龄大约在二十岁、三十岁、四十岁上下，也就是说，你们距离我的年龄，还有五十年、四十年、三十年的时间。我想问的问题是：未来三十、四十、五十年间，也就是你们的人生的主要阶段，你们将面临一个什么样的世界，将面对时代所提出的什么问题？为此，应该作什么样的准备？你们准备好了吗？

我最初想到这个问题，是2008年汶川地震以后。当时，我也是给志愿者朋友作演讲，我讲了这样一番话——

“2008年，真是一个多事之年！先是冰雪之灾，又是火车相撞，手足口病的流行，火炬传递中的冲突，现在正面临汶川地震……

“不能认为这是一个偶然；相反，应该把它看作是一个常态。也就是说，我们从现在起，应该有一个新的觉醒，要在思想上作好准备：中国，以至世界，将进入一个灾难不断、冲突不断、突发事件不断的多灾多难的时代。

“从这一刻起，世界变了，你们和这个世界的关系变了。这个灾难不断、骚乱不断、突发事件不断的世界，需要你们直接去面对，直接去参与，直接去承担了。在未做好充分准备的情况下，你们已经接班了。”[1]

从2008年到今天，又过去了五年。对当年我所提出的问题，我们有了更深切的体会，似乎可以展开来讨论了。

[1] 参看本书《当今之中国青年和时代精神——震灾中的思考》一文。

当年我所说的“灾难不断、骚乱不断、冲突不断、突发事件不断”，其实是有两个层面的。也就是说，我们今天所要讨论的“未来三十年到五十年，以至更长时间，将面临什么样的时代问题”，也有两个层面，两个方面。

第一个层面：所谓“自然灾害不断”，背后是一个“人和自然关系”的问题，也就是2008年我所说的“人和自然关系的大紧张”。这实际上也是这五年来愈演愈烈的问题。就拿当下的2013年来说，从年初的雾霾，到眼下，甚至是此刻，雾霾又重来，空气污染已经成为我们生活中的最大威胁了。可以预测，这样的威胁、紧张，要长期延续下去；可以断言，未来三十年、五十年，也就是诸位生活的年代，人和自然的关系，将成为人类第一大问题。

这个问题，我们和我们以前几代人都未曾遇到过。当年，我们把大自然看作是利用、征服的对象，人与自然的关系是以人为主体，并且是可以由人来掌控的。于是，在“工业化、现代化”的目标与口号下，我们不断地向地球开战，破坏大自然。现在，就遭到了大自然的反抗和报复。连细菌都在反抗，人类原来制造了大量的抗菌素，现在细菌就通过变异来反抗，反过来造成我们今天在瘟疫面前束手无措。现在，我们在设计、规划、决定人类问题时，就不能不考虑大自然的存在、反应和作用。人类中心论从此被打破，人与自然起码要处于平等的地位。2008年汶川地震时，作家王安忆作了一个很深刻的概括：“我们将和自然永远处于较量、协调，再较量、再协调的关系中。”或许我们可以这样概括：“人和大自然之间的不断较量与协调”将成为未来三十年、五十年，以至更长时间的时代主要内容，时代主题词。

由此提出的，是许多我们从未想过的问题；我们既定的观念、思维方式，生活、行动方式……都会遇到巨大挑战。这个问题，实在太大，涉及面太广、太复杂，我还没有想清楚。只能就想到的，略谈几点。

首先是发展模式。我们讲大自然的报复,其实就是对工业化、现代化的报复。"征服大自然,向大自然无止尽的索取",正是单一的工业化的特征,自然资源、环境的破坏,就成为其必然后果。这是一个全球的问题。只不过西方可以将工业化的负面效应转嫁到殖民地、东方落后国家,而中国这样的东方后发国家,转嫁的机会就会大大减少,就只有自己承担。——当然,在国内,也有另一种形式的转嫁,即东部先进地区向西部落后地区转嫁。这样一条"工业化即现代化"的发展模式,背后是有一个公认的理念的,即发展道路与模式上的进化论:断言"游猎文明——农业文明——工业文明——信息文明"是一个历史进化过程。农业文明与工业文明,农村文明与城市文明是二元对立的,有落后与先进的绝对的质的区别,必须全面否定前者,后者全面取而代之。对这样的几乎是天经地义、无可怀疑的发展道路上的进化论,在重新思考人与自然关系的今天,恰恰是应该进行反思、质疑的。农业文明、农村文明保有的人与自然关系的相对平衡与和谐,尽管是建立在低生产力水平上,但其精神内核却自有它的合理性。民间有一种说法,叫"一方水土养育一方人",在长期的历史实践中,中国每一个地方的老百姓,都找到了一种适合于在自己本乡本土生存的生产方式、生活方式,在人和环境的经济、社会和精神的历史联系中所产生的一个地方、一个民族的知识和文化,是不可以简单地用工业化和现代化的逻辑任意摧毁的。问题是这样的摧毁仍然在继续发生,也就是说,反思单一工业化发展模式,不是一个理论问题,而首先是一个实践的问题:在东部地区基本上完成了工业化过程以后,中国的西部正在快速发展工业化。据我的观察,这样的工业化,正在走当年西方、中国东部地区走过的"先破坏,后弥补"的发展道路,这样的生态平衡、环境破坏导致的人和自然关系的紧张,还会持续下去,这是令人忧虑的。

其二,人与自然关系的紧张,必然引起人与人关系的变化。过去我们习惯于将人分为阶级和阶层；现在，突然发现，在“人和自然”这一组关系里，“人”具有某种共同性。也就是说，只要生活在同一个自然空间——例如北京——的人，都要面临同样的大自然的报复，无论富人、穷人，官员、百姓，都要同样受到雾霾天气的影响。当然，也有人会分析，同样面对雾霾，富人、穷人之间，官、民之间，受到的损失、应对的手段等都会不同。这样的阶级、阶层的差别当然存在；但不能否认人在雾霾天气威胁下，利益的某些共同性，因此，就产生了新的社会问题：由环境问题引发的不满和反抗，几乎会遍及全城居民，具有全民性。这很有可能成为未来社会不稳定的最大因素。在此之前，所有的社会矛盾引发的社会骚乱，都是局部的。包括拆迁、某些社会不公引发的冲突，都只涉及社会群体的某些部分，而不会是全民的。这样的环境问题引发的全民不满和反抗，就会引发新的社会问题，甚至形成运动的新的组织方式。西方已经出现了以解决环保问题相召唤的“绿党”，并深刻地影响了西方政治。这是不能不引起注意和深思的。

其三，人和自然的关系，还会引发新的伦理问题。这些年围绕动物保护引发的争论、冲突，提出了动物伦理的问题，还引发了我们今天讨论的“简单生活”的倡导。这对我们的伦理观、生活方式的影响，都是极为深远的。由此展开的是一系列的形而上的宇宙观、天命观的哲学讨论。人和自然关系的背后，还有“天、地、人”的关系，中国“天人合一”的传统观念，这些年被广泛关注，当然不是偶然的。

以上是“天灾”引发的讨论，还有“人祸”的问题。这就是我们第二层面的讨论。所谓“骚乱不断、冲突不断、突发事件不断”的背后，是一个人与社会的关系问题，人与人之间的关系的问题。2008年的演讲里，我谈到“人与自然关系的紧张”以后，又谈到了“人与人关系的紧张”：“现在是一个全球化的时代，不同信仰、价值，不同利益的国家、民族、个体，都处在同一个地球村里，来往越来越密切。所有的国内的问题,都变成国际问题,反过来也一样。这样的密切接触、联系,固然使人的生命越来越相互依存,产生生命共同感;但同时也必然是摩擦不断、冲突不断,既相互批判、质疑、冲突,又相互支持、共处。这将是国内各利益群体,国际各国家、民族关系的常态。”最近我写了一篇关于台湾的文章,谈到随着大陆和台湾贸易、人员交往的密切,零距离接触,也会产生类似香港的问题。而对诸位来说,一方面可以自由地在世界范围流动,同时就有一个“如何和世界相处,如何培育自己的‘世界公民’意识”的问题,这都是我们这一代未曾遇到的。

不过,我想强调的是另一个更为根本的方面。这就是我观察2011年的世界所得出的结论。我发现全世界都病了:美国发生占领华尔街运动,病了;日本发生大地震,核泄漏,病了;北非发生了颜色革命,病了;北欧(瑞典)发生爆炸事件,病了,等等等等。这就意味着现行的所有的社会制度(资本主义与社会主义)、发展模式(美国模式、北欧模式、日本模式,等等),都出现了问题,出现了危机。这是骚乱不断、冲突不断、突发事件不断的根本原因。由此也提出了一系列的问题。

首先是社会制度、发展模式的问题。社会主义与资本主义,孰优孰劣,谁战胜谁,曾经是我们那个时代的主题。在上一世纪末,社会主义出现危机,苏联解体、东欧发生剧变,这时候就有人出来宣布“历史的终结”,似乎世界从此进入一个全球资本主义化、美国道路模式独占一切的时代。但现在全球经济危机,又打破了这样的美国神话。

我们必须正视这样的现实:将任何一种社会制度,任何一种发展模式绝对化、理想化,都是一种遮蔽。这就会使我们在寻找发展道路时,产生新的困惑。

如果说我们那个时代,是社会主义和资本主义两种制度,西方与东方两种文明大博弈、大冲突的时代,博弈的结果是各种制度、文明的弊端的彻底暴露，各自出现了危机，形成全球性危机；那么，未来三五十年，将是一个对现行的社会制度、发展模式，也就是人类发展至今的各种文明形态（美国文明、欧洲文明、中国文明、伊斯兰文明、印度文明，等等）进行全面反省、反思的时代。

问题是：如何进行反省与反思？

要防止两种倾向，即所谓“文明崩溃论”和“文明崛起论”。绝不能轻而易举地宣布：某种文明崩溃了，某种文明崛起了。我们一定要承认并正视两个基本事实：一是我们前面说到的，所有的现有的社会制度、发展模式、文明形态，都已经出现了这样那样的问题，盲目固守某种制度、模式、文明，都是有问题的。另一方面，我们又必须看到，危机并非末路。现存的社会制度、发展模式、文明形态不仅曾为世界各族人民造福，延续到今天，并且继续维持着今天的世界，甚至还存在某种发展空间。这都说明，现存的所有的制度、模式、文明，尽管出现危机，但也都自有其存在的合理性，包含着某些人类文明积淀的成果，具有相对的普遍意义的因素，它们都应该成为人类文明继续发展的一个基础与前提。弊病与价值并存，危机与转机并存，可能是更符合各种社会制度、发展模式、文明形态的真实的。这样，在未来的世界发展中，就有可能出现三种状况。一方面，仍然延续上一个时代的各种制度、模式和文明形态的冲突，在特定的条件下，在特定的时期，还会达到相当尖锐的程度。但更为突出的将是两种倾向：一是各种制度、模式、文明形态内部的危机与冲突，由此引发的是内部的改革与调整。二是由于共处于全球化时代，各国内部的冲突、变革与调整，又是相互影响的；而这样的内部改革与调整，又必然是相互吸取的。也就是说，改革与调整的结果，不是选择一个，抛弃一个，一个战胜一个，一个消灭一个，而是相互交融，是对现有社会制度、发展模式、文明形态的综合和超越。

我们可以作一个小结：如果说我们那一代，面临的是一个文明冲突的时代;那么,诸位所处的未来三五十年,将是一个由文明危机引发的改革、调整,最后达到文明交融的时代。如果说,我们那一代人主要是要处理民族危机的问题,那你们这一代要承担的不仅是民族危机,更有世界危机,而且两者是纠结在一起的。诸位的历史任务,就是要对世界现有的社会制度、发展模式、文明形态进行全面反省,并寻找、创造人类文明发展的新的可能性,变危机为转机。你们的时代,既是一个危机重重的时代,更是一个呼唤新的想象力与创造力的时代。在我看来,这个时代,是需要创造人类社会发展的新的乌托邦想象的。

另一面说,这就意味着对我们既定的认识世界的观念、方法的全面挑战。我越来越感觉到,简单地站在某一价值观念、思维模式、知识立场上,已经很难对当今世界发生的许多事情作出准确的判断、合理的解释。举一个例子。对2011年发生的几个世界性事件,中国左右两派知识分子都作出了各自不同的针锋相对的判断。比如对北非的颜色革命,包括埃及革命,自由主义知识分子判断为世界又一次民主浪潮;对美国占领华尔街的运动,左派知识分子纷纷发出欢呼,认为是敲响了资本主义的丧钟。结果事态的发展,完全出乎意外:埃及穆巴拉克政权垮了,但没有进入民主的新时代,而陷入了无休止的内战之中;美国资本主义社会也没有左派想象的那样迅速走向崩溃。当然,仍然还会有左右派的知识分子坚持他们的理论的"正确性",但任何有现实感,而不是沉湎于理论幻觉的知识者,都会承认:我们今天和今后所面对的,是前所未有的新的现实,新的社会问题、危机与变革,我们就不能简单地固守于原有的价值立场、知识观念,以不变应万变,将变化了的现实强纳入我们已有、固有的理论框架内,而应该正视现实,从新的现实出发,进行新的研究和理论创造。要永远记住,理论是灰色的,而生活之树是常青的。

最后,不能不说的,就是今后三五十年,你们将面临的第三个重大问题，将是科学技术的新发展、新变革所带来的层出不穷的新问题、新挑战。或许这是最应该注意的问题和挑战；但恰恰是最讲不清楚的：一是我们都受知识结构的限制，对此所知甚少；另一是许多问题还处于不明朗状态，还难以想象和预测。这里只能把问题提出来。

在某种程度上可以说，人类社会的发展都是由科学技术的发展引发出来的，鲁迅当年称科学为“神圣之光，照世界者也”，又称科学为“人性之光”，首先注意到科学对社会发展、对人自身的发展的特殊意义。我们可以举两个例子。一是网络技术的发展，它所引发人类社会的变革，将是全面的，而且至今还难以预测。有了网络，我们的学习方式、研究方式、思维方式、感受世界的方式、生活方式，等等，都彻底地变化了。还有网络政治，提供了和传统政党政治完全不同的另一种政治方式。网络的出现，同样是对我们既定观念、思维的巨大挑战。今天以及以后的中国年轻一代都完全是网络培育出来的。网络对年轻一代的塑造，将对中国与世界的未来发展，产生什么样的影响，也是至今还没有完全看清楚的。你们比我更熟悉网络，应该有更大的发言权。

其二，我还要谈到基因技术的发展。它不仅会影响动植物的生产，从而根本影响人的生活，而且会影响人自身的生产，由此带来的社会问题、伦理问题、人自身的问题，也是难以预计的。我们前面讲到了人与大自然关系的紧张，人与人之间关系的紧张，这两大关系紧张又会带来人自身心理的紧张；现在，又有了人自身生产带来的紧张，这是更带根本性的。这些都是我们那个时代，想都想不到的。因此，像我这样年龄的人，对这样的科学技术带来的问题知之甚少，想之不多，都是可以原谅的。而对诸位来说，这都是你们将来会时时刻刻遇到的问题。你们对之漠然不知，就是不允许的。在这方面蒙昧，是迟早要付出代价的。

以上就是我现在想到的未来三五十年，以至更长时间，你们将遇到的三大问题：人与自然关系的问题；人类文明的危机与转机，全面反省和寻求新的出路的问题；以及科学技术发展的新机遇、新问题。三大问题引发的三大紧张：人与自然关系的紧张，人与人关系的紧张，以及人自身的内在紧张。这是一个多灾多难的时代，又是孕育着新的变革与新的希望的时代。

问题是，要怎样迎接这样的时代？从现在开始，就要作好准备。在我看来，应该有三个方面的准备。

首先是精神的准备。认识问题的存在，思考这些问题，这是一个最基本的准备，也可以说是一个最基本的觉悟。这样才可能从容、主动、自觉地去应对。要直面多灾多难的时代，就需要有强大的精神力量；要探讨新的出路，就需要有新的创造力与想象力。

其次是知识、理论的准备。如前所说，这些新问题都是对我们的价值立场、知识理论的挑战。我要强调的是，新的想象力与创造力，必须建立在全新的深厚的知识结构的基础上。要真正对现有的社会制度、发展模式、文明形态进行全面反省，认识其存在的合理性与内在矛盾和弊端，就必须深入到其内部结构的深处，去进行科学的分析与研究。这就需要对所要研究的社会制度、发展模式、文明形态有深厚的学养，而且还要有制度、模式、文明比较的眼光与学养。而这样的反思、总结，又必须是多学科、跨学科的。这也是我的苦恼所在：我意识到了问题，却因为知识结构的缺陷，几乎处于无能为力的状态，就只能向诸位发出呼吁了。诸位一定要充分发挥自己年纪轻、时间多、精力好的优势，及早调整、健全自己的知识结构。

这里还想对理论准备多说几句。首先要有理论的兴趣与自觉。我很为青年人中的理论淡漠症感到担忧。这和我一开始就说到的人们沉湎于个人小悲欢或过于沾滞于现实的现状有关。其次，还要有理论的能力。在我看来，需要有两种能力，第一是发现理论问题的能力。在这网络时代，我们天天面对无数的信息，却很少有人能够从中发现问题，特别是蕴含在具体事实背后的，也就是现实生活中的理论问题，这可能和我们的思维缺少距离感和理论敏感有关。第二是解决理论问题的能力，这就和知识和理论学养直接相关。我还发现，有些青年对理论也有兴趣，但要么沉湎在抽象的理论里，失去了现实的感觉；要么满足于对某种西方理论的搬弄，完全脱离了中国的实际。或许我们应该强调的是理论与实践的结合。这都使我想起我们这一代当年对自己的期许：要思考大问题，要关注理论问题，要注重社会调查，要理论与实践相结合，要善于学习，敢于独立思考。我一再说，我们这一代有许多的迷误、许多的教训；但这些年轻时的自我期许，也可以说是准备吧，或许对今天的年轻人作出新的选择时，还会有点借鉴作用。

我们再拉回来谈准备问题：精神、知识、理论的准备之外，还要作实践的准备。这个大危机、大转机的时代所提出的问题，都几乎是没有前例可循，一切要靠我们自己去探讨，去实验。它也就给实践提供了一个绝好的机会。这真是一个“实践出真知”的时代。鲁迅的名言是最适合于这个时代的：“地上本没有路，走的人多了，也便成了路。”我们这里所提出与讨论的今后三五十年所面临的问题，其中有些部分，如理论的反省和探索，不是所有人都能做到的；但实践、试验，却是我们每一个人都可以参与的。也就是说，我们思考的“大问题”是可以落实在“小事情”的具体实践上的。这就是“想大问题”和“做小事情”的统一。事实上，这些年许多年轻朋友已经开始了这方面的试验和实践。我一直在关注青年志愿者运动。我们今天讨论的主题，就表明，你们正在组织起来，尝试创造“新生活”，提倡并身体力行“简朴生活”、“农家生活”。其背后隐含的问题，就是要建立人与自然的新关系，寻找工业文明与农业文明、城市文明与乡村文明、体力劳动与脑力劳动之间的新的结合。这有点类似于20世纪初周作人他们倡导的"新村运动"。其最大特点,就是"从改变自己的存在,改变自己身边的存在"开始,逐步改变社会的存在。我称之为"静悄悄的存在变革"。但它是落实为可以具体操作、可以实现的新的社会实践的。这个问题,我谈得很多,这里就不多说了。

问题是要有自觉,要有准备。这也就是我今天来和大家讲"大问题"所要提出的问题:这些未来三五十年的问题,你们想过了吗?你们作好准备了吗?

2013年10月19日、20日整理。

后　记

在去年年底我作了“我与青年”的公开演讲，宣布“告别”以后，似乎应该把进入21世纪后的这十几年对青年朋友说过的话，作一番汇集，算是一个交代吧。于是，就有了这本《二十六篇——和青年朋友谈心》。

我多次说过，和当代青年的交往对我自身的精神意义。特别是在2002年退休以后，我基本上是闭门写作，过着“宅男”的生活，与社会生活是隔绝的。我正是通过和青年的接触，通过他们和现实保持或一程度的联系。青年们不仅给我提供了大量来自生活第一线的信息，而且用他们的不断提出的问题，逼着我面对当下中国的迫切问题。青年们活跃的思想，更给我增添了思考的活力。在我看来，这些具有思考力与行动力的青年，正是鲁迅所说的存在于“地底下”的中国的“筋骨和脊梁”，但他们同时处于被忽视的地位。我也因此找到了自己的位置，即和他们站在一起，尽我的力量给以支持；更从他们那里吸取思想、智慧与力量，在相濡以沫中寻求生命的意义与快乐。

我特别想说的是，青年不仅代表着未来，而且他们自己也在创造着未来。收入本书第三辑的一篇文章，谈到当下的部分中国青年中开展的“新生活运动”，表明青年一代正在用自己的方式成长着，创造着新的生命，这是非常值得注意的。正是青年人使我在关心现实的同时，更多地思考未来。我把这些思考写成了《青年朋友们，你们准备好了吗？》一文，谈到未来三四十年、五十年间，这一代青年将面对什么问题。我当然知道，这样的问题已经超出了我的知识结构，但我仍然把自己能够想到的，都说给青年人听，这可能是在尽自己的责任。以后的事，就要靠青年自己思考，自己面对，自己解决了。我已经做完了能够做的一切，就只能给青年以老人的祝福了。

2015年6月15日